La promesse d’une rose

SHERRYL WOODS

La promesse d'une rose

Jade

Titre original :
FEELS LIKE FAMILY
publié par MIRA®

Traduction française de MARIE-PIERRE CORRIN

Photos de couverture
Fond fleuri : © ROYALTY FREE/ISTOCKPHOTO
Femme enciente : © ALENA OZEROVA/ROYALTY FREE/STOCKLIB

83-85, boulevard Vincent-Auriol, 75646 PARIS CEDEX 13.
www.harlequin.fr
ISBN 978-2-2802-1371-4 — ISSN 1773-7192

1

Helen Decatur bouillait de rage. Pourtant, d'habitude elle pouvait se targuer de savoir garder son calme et sa présence d'esprit en toutes circonstances — ce qui, en tant qu'avocate, lui assurait le succès dans la plupart des cas.

Mais pas cette fois.

Bien sûr, elle ne possédait pas de preuves flagrantes que le juge, l'avocat de la partie adverse et le futur ex-mari de sa cliente étaient de connivence. Leurs rencontres hebdomadaires au club de golf ne suffisaient pas à appuyer de manière irréfutable sa conviction. Néanmoins, elle aurait mis sa main à couper qu'ils étaient bien déterminés à spolier sa cliente de ce qui lui revenait de droit après les trente années qu'elle avait consacrées à la carrière de son époux et à l'éducation de leurs enfants. A force de délais interminables, de reports incessants, de chinoiseries administratives, les trois lascars essayaient de briser la résistance de Caroline Holliday, espérant qu'elle finirait ainsi par accepter un arrangement à son désavantage.

Le jour même, Helen avait lu dans le regard de Caroline qu'elle était tout près de baisser les bras. Le juge venait d'accorder un délai supplémentaire. Un de plus. Il affirmait, contre toute vraisemblance, ne pas avoir pris connaissance de certains documents transmis par Helen plusieurs semaines auparavant ! Elle avait eu beau produire un reçu de la poste, signé de la main de l'avocat et daté du jour même où elle les avait communiqués à la cour, le juge Lester Rockingham n'avait pas moins fait droit à la demande de la partie adverse.

— Voyons, Helen, pourquoi toute cette précipitation ? avait-il déclaré d'un ton condescendant, nous poursuivons le même objectif.

— Pas exactement, avait-elle marmonné entre ses dents.

Elle dut se résigner et se plier à cette décision, résolue cependant à en tirer profit. Quelque chose lui disait que, en fouillant un peu les finances de Brad, elle trouverait le moyen de lui faire ravaler son sourire plein de suffisance ! Elle avait souvent remarqué que les hommes trop bien disposés à produire leurs comptes avaient tendance à dissimuler quelques secrets financiers.

Quant à l'avocat Jimmy Bob, il évitait soigneusement son regard. Il la côtoyait depuis suffisamment longtemps pour connaître son tempérament volcanique ! Seul, il aurait su jusqu'où ne pas aller trop loin. Mais là, pressé par son client, il était obligé de prendre le risque qu'elle lui saute sur le poil.

Les cheveux lissés en arrière et le visage rougeaud, Jimmy Bob était un joyeux luron qui affectionnait les plaisanteries grivoises. Un gars du coin qui, depuis son plus jeune âge, s'était tiré d'affaire grâce à son bagout. Il n'était pas foncièrement malhonnête — Helen ne l'avait jamais surpris en flagrant délit d'escroquerie —, toutefois, il flirtait souvent avec les limites de la légalité.

— Je suis désolée, déclara Helen à Caroline tout en récupérant ses dossiers. Ils ne vont pas s'en tirer comme ça, cela commence à bien faire.

— J'ai bien peur qu'ils n'arrivent à leurs fins, soupira sa cliente. Tout ce qui intéresse Brad, c'est d'avaler son Viagra et de sauter sur tout ce qui bouge. Alors, la date du divorce, il s'en fiche comme de sa première chemise ! Cette situation d'attente lui convient parfaitement. Cela lui donne l'excuse idéale pour ne pas avoir à s'engager avec une autre femme. Le paradis !

— Qu'est-ce que vous avez bien pu lui trouver ? s'étonna Helen.

Elle n'en revenait pas et se posait souvent la question : comment des femmes intelligentes, belles, éduquées de surcroît, finissaient-elles ainsi par épouser des hommes qui ne leur arrivaient pas à la cheville ? Quant à elle, elle ne se marierait jamais ! il n'en était pas question. Ses amis disaient qu'à force de voir des gens se séparer, divorcer avec perte et fracas, elle s'était dégoûtée. Elle en convenait volontiers — tout en comptant sur les doigts d'une seule main les couples dont le mariage avait résisté à l'épreuve du temps.

Maddie Maddox, par exemple. Son amie et associée en affaires était heureuse avec son second mari — mais seulement après avoir essuyé bien des déboires avec son premier époux. Dana Sue Sullivan, son autre amie et associée, venait tout juste de se remarier, elle aussi. Avec son ex, d'accord. Et Helen devait reconnaître que Dana et Ronnie semblaient bien partis cette fois-ci.

— Brad n'a pas toujours été odieux, lui expliqua Caroline d'un ton empreint de nostalgie. Quand nous nous sommes rencontrés, il était tellement charmant, tellement plein d'attentions… Un époux et un père idéals, qui a su subvenir aux besoins de sa famille de manière irréprochable. Si vous m'aviez posé la question il y a à peine quelques mois, je vous aurais affirmé que notre mariage était solide.

Helen connaissait la suite — ou, tout au moins, une version de la suite. Brad avait eu un cancer de la prostate, qui lui avait fait craindre le pire pour sa virilité. Ensuite, tout était parti à vau-l'eau. Pour se prouver qu'il était encore un homme, il n'avait rien trouvé de mieux que de coucher avec une ribambelle de femmes, toutes beaucoup plus jeunes que lui. Il ne lui était jamais venu à l'idée qu'un homme, un vrai, aurait choisi de rester avec la femme et la famille qui l'avaient soutenu tout au long de sa maladie et de son traitement…

Lorsque Helen quitta enfin le tribunal, elle se sentait encore plus désabusée que de coutume. Si seulement elle avait pu faire un détour par le Club du Coin ! Elle aurait passé une bonne heure à faire de la gym et à s'y détendre, en compagnie de Maddie et de Dana Sue. Mais comment faire ? C'était impossible avec la pile de dossiers qui l'attendait au bureau !

Fut un temps où un agenda surchargé l'aurait rassurée. Récemment, elle avait commencé à se demander quel manque elle essayait de combler en maintenant un rythme aussi effréné.

Professionnellement parlant, elle avait réussi. Elle avait de l'argent de côté à la banque, beaucoup d'argent. Sans compter sa jolie maison à Serenity, qu'elle avait rarement l'opportunité d'apprécier. Elle avait de bons amis… En revanche, la famille dont elle avait rêvé ne s'était, hélas, jamais matérialisée. Pour compenser, elle s'était attribué le rôle de tante adoptive auprès des enfants de Maddie et de Dana Sue : Tyler, Kyle, Katie, Jessica Lyn et Annie. Elle les adorait tous.

Quoi qu'il en soit, elle ne pouvait s'en prendre qu'à elle. Si elle s'était laissé ainsi accaparer par son travail, c'était avant tout parce qu'elle était perfectionniste de nature et qu'elle s'était dévouée corps et âme à ses clientes. En conséquence, il ne lui restait guère de temps pour sortir et faire des rencontres. Puis, de cas de divorce en cas de divorce, elle s'était peu à peu convaincue qu'il valait mieux ne pas mettre son propre cœur dans la balance, surtout dans un domaine qui n'offrait aucune garantie.

Elle eut vite fait de rejoindre son bureau, une petite maison située dans une ruelle calme non loin du centre de Serenity, où l'attendait sa secrétaire.

Barbie Dixon ne faisait rien pour dissimuler son âge. Les cheveux gris, elle arborait la soixantaine avec grâce. Restée veuve assez jeune, elle s'était battue contre vents et marées pour assurer à ses trois fils l'éducation qu'ils méritaient. Tous trois avaient fait des études universitaires poussées. Elle faisait preuve avec les clientes d'Helen d'une patience infinie, doublée d'une compassion sans bornes. Envers Helen, elle était d'une loyauté indéfectible. D'ailleurs, elle n'hésitait pas, quand la situation s'y prêtait, à lui dire ce qu'elle pensait, quitte à lui adresser des reproches par ailleurs toujours justifiés. Elle était, en tout état de cause, une des rares personnes qui se le permettait.

— Votre rendez-vous de 14 heures attend dans votre bureau depuis une heure, déclara-t-elle sans cacher sa réprobation. Celui de 15 heures ne va pas tarder à arriver.

Helen jeta un coup d'œil au calendrier que Barbie gérait minutieusement. Elle savait d'instinct comment répartir le temps entre chaque client, surtout des femmes, certains ayant besoin d'une oreille attentive, tandis qu'un simple quart d'heure suffisait amplement pour d'autres.

— Karen Ames ? Tiens ? Elle travaille pour Dana Sue au Sullivan. Que vient-elle donc faire ici ?

— Elle ne m'a pas donné la raison de sa visite. Elle tenait absolument à vous parler de toute urgence. Comme il y avait une annulation cet après-midi, je l'ai appelée hier pour lui dire d'en profiter. Si vous ne traînez pas, vous arriverez peut-être à rattraper votre retard.

— D'accord. Je vais la prendre. Lorsque Mme Hendricks arrivera, excusez-moi auprès d'elle et faites-la patienter comme vous savez si bien le faire. Avec une tasse de thé et quelques petits biscuits du Sullivan, tout se passera très bien. Elle vous dira sûrement qu'elle est au régime mais, sutout, ne vous laissez pas impressionner, je l'ai surprise l'autre jour en train de dévorer un *sundae* chantilly à la fraise chez Wharton !

Barb hocha la tête.

— C'est comme si c'était fait.

Le bureau d'Helen était spacieux et agréable, avec ses murs pêche et son mobilier ancien. Karen attendait, assise sur le bord du canapé, en se mordant les doigts nerveusement. Elle avait attaché ses cheveux blonds en queue-de-cheval, ce qui lui donnait l'air plus fragile encore et faisait ressortir ses grands yeux bleus. On ne lui aurait pas donné plus de seize ou dix-sept ans, pourtant elle approchait de la trentaine et était maman de deux jeunes enfants.

— Je suis vraiment désolée de vous avoir fait attendre si longtemps, s'excusa Helen. Le procès a commencé avec du retard et il a fallu un temps fou pour s'entendre sur la date de la prochaine séance.

— Ce n'est pas grave, ne vous inquiétez pas. C'est déjà extraordinaire que vous ayez pu me recevoir si vite.

— Que puis-je pour vous ?

— Je pense que Dana Sue va me licencier, lâcha-t-elle sans préambule d'une voix tremblante. Je ne sais pas ce que je vais devenir, madame Decatur. J'ai deux enfants, mon ex-mari ne m'a pas versé de pension alimentaire depuis plus d'un an. Si je perds mon emploi, nous risquons de nous retrouver à la rue. Le propriétaire nous a déjà menacés d'expulsion.

Le cœur d'Helen se serra devant la détresse évidente de la pâle jeune femme qui se trouvait en face d'elle. Elle était visiblement accablée, au bout de ses forces.

— Vous savez que Dana Sue et moi sommes non seulement associées dans le Club du Coin, mais aussi amies. Pourquoi êtes-vous venue me trouver ? Vous comprenez bien que, vu les circonstances, il m'est impossible de vous représenter. Je peux toutefois vous recommander à une de mes collègues.

— Non ! Je vous en prie ! protesta Karen. J'étais venue en fait vous voir en espérant que vous pourriez me donner quelques conseils, précisément parce que vous êtes amies. Je sais que Dana Sue trouve que j'exagère depuis quelque temps, mais… comment voulez-vous que je fasse ? C'est toujours à cause des enfants, ça n'arrête pas : d'abord, ils ont eu la rougeole, ensuite la nounou est partie sans préavis, alors évidemment le travail en pâtit. Je suis une maman avant tout, ils sont ma priorité, c'est normal, n'est-ce pas ? Je n'ai plus qu'eux, maintenant…

Sa voix se brisa.

— Bien sûr qu'ils sont et doivent rester votre priorité avant tout, la rassura Helen.

Elle aurait tant aimé parler par expérience ! Elle n'avait, hélas, jamais eu à jongler entre sa carrière et une famille, ce qui, d'ailleurs, lui pesait chaque jour un peu plus.

— Je suis terrifiée à l'idée de me retrouver à la rue avec deux jeunes enfants, gémit Karen.

— Nous ferons tout pour que cela ne vous arrive pas, déclara Helen d'un ton ferme. Avez-vous essayé de parler avec Dana Sue, de lui expliquer la situation avec votre ex-mari et les menaces d'expulsion ?

Karen secoua la tête.

— Ça me gêne trop. Je considère que ce n'est pas professionnel de parler de mes problèmes financiers dans le cadre du travail, alors je n'en ai rien dit à Dana Sue ni même à Erik. Quand je les appelle pour leur annoncer que je ne peux pas venir, je leur dis la vérité. Je suppose qu'ils commencent à se lasser de mes problèmes continuels avec les enfants. Je me suis engagée à être là, elle a parfaitement le droit d'attendre de ma part que je respecte cet engagement.

— Donc vous comprenez son point de vue ?

— Bien sûr ! Je le comprends tout à fait ! Ce n'est pas comme si elle avait assez de personnel sur qui se rabattre en cas d'urgence. Même quand nous sommes tous là, ce n'est déjà pas facile. J'ai bien essayé de prendre une autre nounou, mais vous ne pouvez pas vous imaginer à quel point c'est difficile d'en trouver une qui veuille s'occuper des enfants quand ils sont malades pendant mes heures de travail. C'est pratiquement impossible. Il y a bien la crèche ; seulement le problème, ce sont les horaires. Il faut récupérer les enfants trop tôt. Et puis ça ne résout rien, je ne pourrai pas les y laisser lorsqu'ils seront malades.

Son découragement était flagrant. Les bras ballants, le regard vide, elle laissa s'écouler quelques secondes avant de reprendre :

— Vous savez, jusque-là, j'étais une employée modèle. J'ai toujours adoré travailler au Sullivan et je me suis toujours donnée à fond. Demandez à Erik ou à Dana Sue, ils vous le diront. Je m'en veux tellement ! Dana Sue m'a accordé une chance formidable en m'engageant. Vous vous rendez compte, comparé au bistrot où je travaillais auparavant, cela n'a rien à voir ! Je suis en train de tout gâcher…, balbutia-t-elle d'une voix entrecoupée de larmes.

— Rien n'est encore perdu, assura Helen. Je sais combien Dana Sue vous apprécie, elle ne tarit pas d'éloges à votre égard, croyez-moi. Toutefois, je reconnais que vous avez raison sur un point : il est impératif qu'elle puisse compter sur ses employés.

— Je le sais bien, murmura Karen, éplorée. En outre, elle le mérite. Je crois bien être arrivée au bout du rouleau… Pensez-vous pouvoir m'aider ? A votre avis, qu'est-ce que je dois faire ?

Helen resta pensive quelques instants, tournant et retournant le problème dans sa tête. Sans être experte en droit du travail, elle se doutait bien que, en licenciant une employée pour absences répétées, Dana Sue restait tout à fait dans les limites de la légalité.

Surtout si elle avait déjà lancé de nombreux avertissements au préalable. En revanche, elle connaissait suffisamment son amie pour savoir qu'elle ne s'acharnerait jamais sur quelqu'un de faible ou de désarmé. Si le Sullivan marchait si bien, c'était précisément parce que Dana Sue considérait l'ensemble de ses employés, relativement peu nombreux, comme une famille. C'était, entre autres, une des raisons pour lesquelles elle refusait de s'agrandir.

— Je propose que vous expliquiez la situation à Dana Sue. Je veux bien être là, en tant que tierce personne. A nous trois, nous finirons bien par trouver une solution. Je suis sûre qu'elle comprendra, elle a beaucoup de cœur. Croyez-moi, l'idée de devoir vous licencier ne doit pas l'enchanter plus que vous. En outre, n'oubliez pas qu'elle a investi beaucoup de temps à vous former. Elle compte bien faire de vous son sous-chef, un jour ou l'autre. Comparée à l'homme qui tenait votre poste lorsqu'elle a ouvert, vous avez tout à fait le profil. Je sais aussi que vous avez pris beaucoup d'initiatives, en inventant des recettes inédites pour le Sullivan. N'oubliez pas, non plus, que vous avez répondu présente lorsque Dana Sue a traversé une crise familiale elle-même. Je parviendrai peut-être à négocier un compromis, histoire de vous donner le temps de vous retourner.

— Ce serait formidable ! murmura Karen les yeux pleins d'espoir.

— Malheureusement, cela ne résout qu'une part du problème. Il va falloir trouver la perle rare pour s'occuper de vos enfants. Cela dit, Dana Sue et moi connaissons beaucoup de monde à nous deux. Il doit bien y avoir quelqu'un qui aura du temps et sera enchanté de se sentir utile.

La lueur d'espoir qu'Helen avait vu briller dans le regard de Karen quelques secondes auparavant s'éteignit aussi vite qu'elle était apparue. La réalité était décidément trop accablante à appréhender pour la jeune femme.

— Je suis désolée de vous mettre dans une situation aussi difficile.

— Pas du tout ! rétorqua Helen. J'ai eu peur que vous n'ayez l'intention d'intenter un procès à Dana Sue pour licenciement abusif.

Je n'aurais rien pu faire dans ce cas de figure, vous comprenez, à cause de mes liens d'amitié avec elle. Il s'agit, en tout état de cause, d'une discussion à l'amiable entre trois femmes raisonnables. Je crois sincèrement qu'en étant honnête et directe avec Dana Sue, vous choisirez la seule option qui vous soit ouverte.

Karen lui jeta un regard inquiet.

— Je ne sais pas du tout combien vous prenez pour vos services, mais je tiens à vous assurer que je vous paierai le plus tôt possible. Même si j'ai beaucoup de mal depuis le départ de mon mari, j'ai toujours fait en sorte de régler mes dettes. N'hésitez pas à vous renseigner sur ma solvabilité. Il m'est arrivé une seule fois, une seule, de ne pas payer le loyer le jour dit et le propriétaire a vu rouge ! Je lui ai donné son argent une semaine plus tard, pourtant, il ne me le pardonne toujours pas ! Il n'attend que l'occasion de se débarrasser de nous. Comme ça, il pourra augmenter le loyer avec le prochain locataire.

— Ne parlons pas d'honoraires à ce stade. Comme je l'ai dit, nous allons aborder cela sous la forme d'une discussion à bâtons rompus entre amies, d'accord ?

Karen, bouleversée par tant de gentillesse, ne put contenir son émotion. De grosses larmes jaillirent sous ses paupières et coulèrent le long de ses joues. Gênée, elle les essuya d'un geste impatient.

— Cela dépasse toutes mes espérances... Je ne sais pas comment vous remercier, madame Decatur. Je ne sais vraiment pas...

— Commencez par m'appeler Helen. Et ne me remerciez pas avant que nous ayons trouvé le moyen de transformer cette situation en un scénario gagnant-gagnant pour tout le monde !

Il ne devrait pas y avoir de problème, se dit Helen. Une fois que Dana Sue aurait en main tous les éléments pour comprendre, elle n'hésiterait pas à engager quelqu'un à mi-temps, une personne qui pourrait remplacer Karen lorsqu'elle aurait un contretemps, ce qui était inévitable avec de jeunes enfants. Le Sullivan marchait assez bien, elle n'avait pas d'inquiétude à ce niveau-là. Au pire, elle-même pourrait accourir au pied levé, en cas de nécessité. Ce ne serait pas la première fois ! Elle l'avait déjà fait sans hésitation, lorsque Dana Sue avait traversé une crise familiale qui l'avait empêchée de s'occuper du restaurant.

Helen avait découvert que travailler avec Erik était tout sauf ennuyeux ! Il était probablement le seul homme sur la planète qui ne se laissait pas intimider par elle outre mesure. Elle trouvait cela, curieusement, à la fois gratifiant et frustrant.

En outre, il était extrêmement perfectionniste et exigeait que tout soit préparé avec une précision absolue. Obéir à ses ordres était reposant, en quelque sorte. Surtout après une rude journée au tribunal, quelle meilleure thérapie que d'imaginer sur la planche à découper un témoin particulièrement coriace ou un juge récriminateur ? Tout comme elle aurait adoré, à ce moment précis, découper en rondelles le juge Rockingham, Jimmy Bob ou Brad Holliday !

— Travaillez-vous demain ? demanda-t-elle à Karen.

— Si la nounou ne me fait pas faux bond, j'y serai à 10 heures pour la préparation du déjeuner, puis je resterai jusqu'à 19 heures, pour m'assurer que le coup de feu du dîner sera couvert.

— Je vais vérifier l'emploi du temps de Dana Sue pour m'assurer qu'elle sera là et je vous rappelle, entendu ? Nous allons régler cette affaire, vous pouvez me faire confiance.

Elle ferait tout pour s'assurer que Karen ne perde pas son emploi, quitte à se proposer comme volontaire pour travailler dans la cuisine le temps nécessaire. Il y avait aussi cette histoire avec son mari indélicat, qui ne lui donnait aucune aide financière. Peut-être pourrait-elle s'en occuper, quoique Karen ne lui ait rien demandé. Elle n'hésiterait pas à le faire bénévolement, s'il le fallait.

Karen se sentait beaucoup plus légère en sortant du bureau d'Helen que lorsque, ne sachant plus vers qui se tourner, elle avait téléphoné en désespoir de cause pour prendre rendez-vous. Elle connaissait la réputation de l'avocate de se donner à fond pour ses clients et pour tout ce qu'elle entreprenait. Elle n'aurait pas pu mieux choisir. Le perfectionnisme de Dana Sue dans la cuisine du Sullivan n'était rien en comparaison !

De retour dans son petit deux pièces situé dans une barre d'immeubles sans charme, elle alla frapper à la porte de sa voisine, à qui elle avait demandé de garder les enfants pendant deux heures. Deux heures, c'était la limite pour Frances Wingate, une vieille dame qui devait avoir bien plus de quatre-vingts ans et qui refusait de l'admettre. Ce n'était en effet pas de tout repos. Au bout de deux heures, Daisy, à cinq ans, en avait assez de dessiner avec ses crayons ou de lire. Quant à Mack, à trois ans, il dormait pendant une heure environ, au grand maximum. Quand Karen sonna, elle pouvait entendre Mack pleurer.

— Espèce de gros bébé ! Regarde ce que tu as fait à mon dessin ! vociférait Daisy au moment où Frances ouvrait la porte.

— Je suis désolée d'avoir été si longue, s'excusa Karen, gênée.

Frances avait l'air beaucoup moins stressé qu'elle l'avait craint.

— Ne vous en faites pas, ils viennent tout juste de commencer ! Mack s'est réveillé il y a cinq minutes à peine, et la première chose qu'il a faite, ça a été de foncer sur la table où Daisy coloriait. Il a déchiré le dessin qu'elle voulait vous donner, celui qu'elle préférait, évidemment. J'allais leur proposer un verre de lait et des petits gâteaux pour les calmer. Entrez donc, vous en prendrez bien aussi. Ce sont des petits gâteaux au chocolat, je les ai faits ce matin.

— Vous êtes sûre ? Vous devez avoir hâte d'être débarrassée d'eux, ils font un tel raffut !

— A mon âge, on n'a guère envie de silence et de tranquillité, déclara Frances avec un regard qui en disait long. J'adore m'occuper des enfants, ça me ramène quelques années en arrière — je ne vous dirai pas combien… —, quand les miens avaient leur âge. J'ai des arrière-petits-enfants plus vieux que ces deux-là ! Venez donc plutôt vous installer par là, fit-elle en prenant Karen par le bras et en la guidant vers le canapé. Vous avez besoin de vous reposer. Je m'occupe d'eux et je vous rejoins ; comme ça, nous pourrons bavarder tranquillement.

Quand Karen avait demandé à Frances si elle voulait bien s'occuper des enfants quelque temps, elle lui avait simplement dit qu'elle voulait consulter quelqu'un à propos des problèmes qu'elle rencontrait dans son travail. La vieille dame n'avait pas hésité une seconde.

— Bien sûr ! Allez donc faire ce que vous avez à faire, lui avait-elle dit sans hésitation.

Tandis que Frances trottinait vers la cuisine, Karen entra dans la salle à manger où les enfants continuaient à se chamailler bruyamment à propos du dessin détruit. Dès que Daisy l'aperçut, elle se précipita vers elle en courant et leva les bras pour qu'elle la soulève. Elle avait les yeux pleins de larmes.

— Maman ! Mack a déchiré le cadeau que je voulais te faire ! lança-t-elle, indignée.

Daisy commençait à être trop lourde pour que Karen la porte longtemps. Pourtant, elle tint sa petite fille adorée serrée contre elle.

— Ma petite chérie, il n'a que trois ans. Je suis sûre qu'il ne l'a pas fait exprès.

— Mais regarde ! Il est tout abîmé !

— Je parie que tu pourras m'en faire un encore plus beau. Tu dessines tellement bien !

Mack, pendant ce temps, s'était agrippé à sa jambe, son petit corps secoué de gros sanglots.

— Maman..., hoquetait-il. Prends dans les bras...

Tout ce bruit, toute cette commotion venant s'ajouter à la tension des heures précédentes, Karen sentit poindre un violent mal de tête. Déchirée entre ses deux enfants, aussi pitoyables l'un que l'autre, elle devait leur accorder la même attention. Mentalement épuisée par toutes ces émotions, elle parvint malgré tout à s'asseoir sur une chaise, tout en tenant Daisy dans ses bras. Elle la cala sur un genou, puis hissa Mack sur l'autre. Aussitôt, la fillette, vexée de ne pas avoir l'attention exclusive de sa mère, se débattit pour en descendre.

— Attends un peu, déclara Karen d'une voix énergique tout en la maintenant fermement. Raconte-moi plutôt ce qui s'est passé.

— C'est juste un bébé, proféra la fillette d'un ton boudeur. Il n'écoute jamais ce qu'on lui dit.

— Justement, pointa Karen. Puisqu'il est trop petit pour comprendre que tu tiens beaucoup à certaines choses, c'est à toi, en tant que grande sœur, de t'arranger pour qu'il ne puisse pas les attraper. Tu crois que tu peux faire ça ?

— Je peux essayer, je suppose, fit Daisy, apparemment résignée.

— Bravo ! C'est très bien.

— Qui veut des petits gâteaux avec un verre de lait ? lança Frances joyeusement en passant la tête dans l'embrasure de la porte.

Les enfants ne se le firent pas dire deux fois. Ils dégringolèrent des genoux de Karen et se ruèrent dans la cuisine, ayant tout oublié de leur dispute. Ils adoraient les petits gâteaux de Frances, les trouvant bien plus à leur goût que les desserts trop élaborés que Karen rapportait parfois du Sullivan.

— Si on faisait un pique-nique ? suggéra la vieille dame. Je vais mettre une nappe par terre devant la télé dans la pièce à côté. Qu'est-ce que vous en pensez ?

L'idée fut accueillie par des cris de joie. Surtout que, chez Frances, il y avait le câble, qui leur offrait le luxe d'un choix de chaînes beaucoup plus vaste qu'à la maison.

— Moi aussi, j'adore les pique-niques, confia Frances en sortant une grande toile cirée à carreaux rouge et blanc. Au fait, vous savez pourquoi c'est encore mieux à l'intérieur ?

— Pourquoi ? s'enquit Daisy, intriguée.

— Il n'y a pas de fourmis !

La fillette éclata de rire.

Une fois les enfants installés confortablement, Frances plaça une assiette par terre entre les deux.

— Tenez, déclara Frances avec beaucoup d'emphase. Il y en

a deux pour chacun. Mack, voici ton gobelet avec du lait et toi, Daisy, voici ton verre.

Elle brancha la télévision et tendit la télécommande à Daisy.

— Débrouille-toi pour trouver la chaîne de dessins animés que vous aimez tant.

Enchantée, la fillette se concentra sur sa nouvelle responsabilité.

— Cela devrait les occuper un petit moment, dit Frances. J'ai fait du thé pour nous. Allez donc vous asseoir à la table de la salle à manger, je l'apporte tout de suite.

— Laissez-moi vous donner un coup de main !

— Le jour où je ne serai plus capable de porter une assiette de biscuits et deux tasses de thé jusqu'à la table, c'est que le moment sera venu pour moi d'intégrer la maison de retraite qu'ils ont construite au bout de la rue il y a quelques années.

Inutile d'insister, se dit Karen, qui connaissait l'esprit indépendant de la vieille dame, couplé d'une volonté de fer. Ce qui expliquait sans doute comment elle faisait pour se débrouiller encore toute seule à son âge. Ses enfants venaient lui rendre visite de temps en temps. Ils passaient généralement aussi chez Karen, pour lui demander si elle considérait Frances encore capable de vivre ainsi.

Karen n'avait jamais eu à mentir, même un tant soi peu. Frances avait toute sa tête et ne manquait pas d'énergie pour une personne âgée. Elle se rendait utile dans la paroisse et allait, au moins une fois par semaine, à la bibliothèque, chercher quelque chose à lire. Jusqu'à encore récemment, elle se rendait régulièrement à l'hôpital visiter les malades. Malheureusement, il lui était devenu de plus en plus difficile de conduire, si bien qu'elle avait dû se résigner à abandonner cette activité. Pour ne pas être en reste, elle passait une heure ou plus par jour à faire le tour des personnes confinées chez elles, s'assurant qu'elles n'avaient besoin de rien ou même restant à bavarder, si elle sentait qu'elles manquaient de compagnie.

L'appartement de Frances, tout en étant identique à celui de Karen dans les proportions, était beaucoup plus chaleureux, beaucoup plus douillet. Cela tenait sans doute aux meubles, aux photos, aux objets dont il était empli, témoins de toute une vie, chacun ayant une histoire fascinante à raconter. D'ailleurs, les enfants le sentaient bien, même Mack. Ils avaient vite compris qu'on avait le droit de regarder — avec les yeux seulement ! Une fois, une seule, un bibelot avait été cassé, à la grande consternation de Karen. Frances n'en avait cure. Elle avait balayé l'air d'un geste large.

— C'est sans importance, avait-elle déclaré. Ça sera toujours ça de moins à épousseter !

Tout en versant le thé dans de ravissantes tasses dépareillées en porcelaine, elle étudia Karen attentivement.

— Je vous trouve encore bien tendue. Vous avez l'air inquiète. Votre rendez-vous ne s'est pas bien passé ?

— Au contraire, la rassura Karen. Ça s'est passé beaucoup mieux que je ne l'espérais. Seulement, je ne serai réellement fixée que demain. Pour tout vous dire, j'ai eu beaucoup de mal à aller travailler ces derniers temps, pour des tas de raisons. L'avocate que j'ai rencontrée pense que je dois parler avec ma patronne de mes problèmes et tâcher de trouver une solution. Elle sera présente pendant l'entretien et semble confiante. Malheureusement, je ne partage pas son optimisme.

— Vous ne pensez quand même pas que Dana Sue va vous licencier ? s'écria Frances, choquée. C'est bien de cela qu'il s'agit, n'est-ce pas ?

Karen hocha la tête.

— Elle serait tout à fait dans son droit.

— Ma chérie ! C'est une des filles les plus gentilles que j'aie jamais connues. Elle n'est pas du genre à licencier une employée, simplement parce qu'elle traverse une période difficile, vous pouvez me croire ! Figurez-vous que je l'ai eue dans ma classe en grande section de maternelle.

Elle secoua la tête lentement, les yeux perdus dans le vague, un léger sourire sur les lèvres.

— Oh ! là, là ! reprit-elle. C'était un sacré numéro, déjà à l'époque. A côté d'elle, votre Daisy est un vrai petit ange !

— J'ai du mal à l'imaginer, sourit Karen.

— Je connaissais très bien ses parents à cause de ça. Je la connais d'autant mieux qu'elle était dispensée de sport et restait à l'intérieur avec moi. Chaque fois que je vais déjeuner au Sullivan avec mon groupe de la paroisse, elle me le rappelle. Elle dit que j'étais bien la seule personne à savoir la contrôler. Si vous pensez que cela peut aider, je pourrais lui parler.

— Ce qui me dépannerait vraiment, ce serait de m'aider à trouver une nounou sur qui je peux compter, une qui accepterait de s'occuper des enfants pendant mes heures de travail.

— Je le ferais volontiers, si je le pouvais, déclara Frances les yeux empreints de regret. A la rigueur, je pourrais prendre Daisy quelques heures, mais j'ai bien peur d'être trop vieille pour courir après Mack.

— Croyez-moi si vous voulez, il y a des jours où je me dis que je suis trop vieille moi-même pour le surveiller ! Je vous suis tellement reconnaissante de tout ce que vous faites, c'est déjà énorme. Il ne me viendrait pas à l'idée de vous en demander plus !

Frances la remercia d'un sourire.

— Avez-vous eu des nouvelles de leur père, récemment ? Vous a-t-il versé ce qu'il vous doit en arriérés ?

Karen secoua la tête. Rien que de penser comment Ray était parti en la laissant se débrouiller toute seule avec les deux enfants, suffisait à lui donner mal à la tête.

— Je ne veux même pas y penser, confia-t-elle en essayant de dissimuler son amertume. A ce stade, la seule chose qui compte, c'est que je ne perde pas mon travail ; sinon, c'est sûr, le propriétaire nous mettra à la porte.

— Si cela arrivait, vous viendriez vivre avec moi, le temps de vous retourner, déclara Frances sans hésitation. Je ne vous laisserai jamais à la rue, vous et vos petits, vous pouvez être tranquille !

— Ce serait impossible, protesta Karen.

— Comment ça, impossible ? Bien sûr que non ! Les amis sont là pour s'entraider. Je ne peux peut-être pas garder vos enfants toute la journée mais je peux m'assurer que vous ayez un toit au-dessus de la tête !

Sidérée, Karen resta sans voix. Si elle espérait du fond du cœur ne jamais avoir à accepter l'offre de Frances, le simple fait qu'elle la lui ait faite la bouleversait. C'était si généreux, si spontané… C'était la première fois qu'on lui avait fait une proposition pareille ! Et puis il y avait Helen, prête à se battre pour l'aider à conserver son travail ! Cette journée commencée dans l'inquiétude et l'angoisse avait décidément pris un tournant rassérénant.

2

Il était déjà presque 19 heures lorsque Helen salua son dernier client. Barb était partie une heure plus tôt. Elle éteignit les lumières et ferma à clé. Ouf ! Sa rude journée de travail se terminait enfin.

Une fois sur le trottoir, elle hésita. Devait-elle rentrer directement dans son appartement vide ou bien passer par le Sullivan pour y faire un bon repas, tout en profitant de l'occasion pour bavarder un peu avec Dana Sue ? Le choix était clair. Elle ne ratait jamais une chance de rencontrer l'une des « Sweet Magnolias », comme elles s'étaient surnommées à une époque. C'était décidément une excellente idée, elle en profiterait pour jeter les bases de la réunion prévue avec Karen pour le lendemain. Barb avait tout organisé pour 14 heures. Ainsi, Karen et Dana Sue seraient là, et le coup de feu du déjeuner ne serait plus qu'un souvenir.

Comme à l'accoutumée, le restaurant, qui se spécialisait dans ce que Dana Sue appelait la « nouvelle cuisine du Sud », était plein à craquer. Serenity avait beau être une petite ville comptant à peine trois mille cinq cents âmes, la réputation du Sullivan n'avait pas été longue à s'établir dans un rayon très vaste, à la suite de quelques articles dithyrambiques dans les pages gastronomiques des quotidiens de Charleston et de Columbia.

Helen fut accueillie à la porte par Brenda. La serveuse, toujours souriante et détendue, était débordée comme à l'accoutumée.

— J'ai une table qui ne va pas tarder à se libérer. Cela ne vous ennuie pas de patienter un petit peu ?

— Non, pas du tout. En attendant, vous pensez que je peux

faire un petit coucou à Dana Sue dans les cuisines, sans mettre ma vie en péril ?

Brenda sourit.

— Ça dépend ! Si vous êtes prête à mettre la main à la pâte, vous avez vos chances. Erik et elle ne savent plus où donner de la tête ce soir. C'est la folie depuis cet article dans le journal de Columbia. Si ça continue comme ça, elle va être obligée d'employer un autre commis au moins dans la cuisine et des serveurs pour la salle. Paul et moi, on est sur les rotules, pourtant on avait des stagiaires pour nous aider. Ah ! je préfère vous prévenir, il n'y a plus ni entrée maison ni plat du jour ! On a été dévalisé.

— J'en prends note, dit Helen en se dirigeant vers la cuisine.

Si, dans la salle, l'activité était fébrile, ce n'était rien en comparaison de ce qu'elle découvrit dès qu'elle eut poussé la porte. Dana Sue, les joues rougies par la chaleur qui se dégageait de l'imposante cuisinière, jonglait littéralement avec une demi-douzaine de poêlons. Elle les secouait l'un après l'autre, en faisait sauter le contenu qu'elle disposait ensuite dans les assiettes, y ajoutait les garnitures, puis nappait le tout de sauces épicées avant de les déposer sur le comptoir, où les serveurs venaient les chercher. On aurait dit qu'elle n'avait pas deux bras mais dix, tant elle se mouvait avec rapidité et dextérité !

Dès qu'elle aperçut Helen, elle poussa un soupir de soulagement.

— Attrape un tablier, lui ordonna-t-elle. Tu ne pouvais pas mieux tomber, on a besoin de toi. On devient dingues, ici !

— J'ai plutôt l'impression que tu as surtout besoin de personnel bien mieux formé que de moi. Mais… où est passé Erik ?

Sans attendre une réponse, elle s'était débarrassée de sa veste de tailleur chic et professionnel, l'avait accrochée à une patère et avait enfilé un tablier par-dessus sa blouse de soie.

— Là, derrière vous, grommela une voix de basse. Attention où vous mettez les pieds !

Elle se retourna et se trouva nez à nez avec lui. Il avait les bras chargés d'un plateau de tartes qui sortaient tout juste du four et dont l'arôme délicieux de pêche, de cannelle et de vanille embaumait l'air environnant.

— Mmm... Si vous m'en donnez une part, je veux bien être votre esclave pour le reste de la soirée, plaisanta-t-elle.

— Je vous en mets une de côté pour plus tard, répliqua Erik en souriant. Là, tout de suite, j'ai besoin d'un coup de main. Il me faut un bol de chutney de mangue et de papaye pour accompagner le poisson.

Il l'examina en hochant la tête d'un air dubitatif.

— J'espère que que vous vous rendez compte qu'après cet exercice, votre ravissant chemisier sera bon pour le teinturier..., ajouta-t-il.

— C'est sans importance, fit Helen en haussant les épaules.

Elle en avait plein d'autres dans sa penderie. Elle ne tenait pas particulièrement à celui-là.

Erik lui jeta un regard surpris, teinté d'admiration.

— C'est ça qui me plaît chez vous. Vous, au moins, vous ne vous prenez pas la tête. Il paraît, à ce qu'on m'a dit, que vous êtes un vrai ténor du barreau. Pourtant, vous n'hésitez pas à vous transformer en commis si nécessaire, histoire de donner un coup de main à une amie. C'est surprenant.

Elle ne s'attendait pas à un tel compliment de sa part. Plutôt taciturne de nature, il arrivait parfois à Erik de l'étonner par une remarque inattendue, comme ce soir. Elle se demandait alors ce qui se cachait derrière cet homme apparemment insaisissable. Qui donc était-il ? Et quelle était son histoire ?

Elle lui fit un clin d'œil.

— Ne vous méprenez pas sur mon compte, je ne suis pas totalement désintéressée. Je me suis dit qu'avec le monde qu'il y avait ce soir, Dana Sue pourrait bien m'acheter un autre chemisier !

— Ne dites pas ça ! Vous allez anéantir mes illusions. Je vous croyais au-dessus de ces basses considérations matérielles ! fit-il, l'air déçu. Mais revenons à notre sujet : vous rappelez-vous au moins comment on fait le chutney ?

Helen secoua la tête.

— Non. Mais ne vous inquiétez pas, je sais où sont les recettes.

Je vais la chercher de ce pas. Tous les ingrédients sont dans la réserve, je suppose. Ce sera prêt en un clin d'œil. Vous n'aurez même pas besoin de passer derrière moi.

— Détrompe-toi ! intervint Dana Sue. Il ne va pas rater une occasion pareille. Ce n'est pas si souvent qu'il a quelqu'un à superviser. Ne lui retire pas ce plaisir !

Bientôt, Helen avait adopté le rythme trépidant qui régnait dans la cuisine. Et dès qu'elle le pouvait, elle jetait des coups d'œil curieux vers Erik. L'efficacité de ses mouvements la laissait béate d'admiration, presque autant que les merveilleux desserts dont il avait fait sa spécialité. Bien que Dana Sue lui confiât de plus en plus de responsabilités ; au point de l'avoir nommé officiellement directeur adjoint quelques semaines plus tôt.

On disait qu'il avait eu une tout autre carrière, avant d'intégrer le Sullivan, mais il n'en parlait jamais. Proche de la quarantaine, il était, bien qu'un peu caustique au premier abord, foncièrement sympathique ; surtout, il faisait preuve envers Dana Sue d'une loyauté indéfectible. Ce trait de caractère plaisait à Helen…

Sa carrure d'athlète ne la laissait pas totalement indifférente, loin de là. Cela ne manquait pas de l'intriguer : pourquoi s'intéressait-elle tant à lui ? Il n'était pas du tout son genre d'homme. Elle avait toujours fréquenté des cadres supérieurs, style costume-cravate, plutôt bourgeois. Alors, un beau ténébreux taciturne… !

Pendant les deux heures qui suivirent, Helen fit donc office de commis. Elle adora s'immerger dans l'atmosphère survoltée de la cuisine, être environnée d'arômes plus étonnants les uns que les autres, se sentir portée par l'excitation, la fièvre qui y régnaient. Elle aurait volontiers fait la cuisine plus souvent chez elle, si c'était aussi amusant. Mais c'était loin d'être le cas ! A part les œufs brouillés et les pommes de terre, elle ne préparait pas grand-chose.

Elle savait aussi faire d'excellents *margaritas* — savoir-faire acquis pendant les saisons où elle travaillait comme serveuse, lorsqu'elle était étudiante. Au bar de l'Hilton Heal, elle recevait de bons pourboires, rencontrait des gens intéressants et, surtout, apprenait beaucoup sur la nature humaine.

Lorsque, enfin, la dernière commande servie, il ne resta plus que quelques clients attablés encore devant leur dessert, Helen était éreintée et mourait de faim.

— Allez, toutes les deux, vous en avez assez fait, déclara Erik en les poussant gentiment vers la porte qui menait à la salle. Allez vous asseoir, je vous apporte votre dîner dans quelques instants.

Dana Sue acquiesça.

— A condition que tu te joignes à nous. Toi non plus, tu n'as pas arrêté de la soirée.

— D'accord, je vais venir. Laissez-moi le temps de préparer ce qu'il faut. J'en ai pour une minute. Quant à Helen, elle ferait mieux de retirer ces talons ridicules.

— Qu'est-ce qu'elles ont, mes chaussures ? Elles ne vous plaisent pas ? fit Helen, que sa remarque avait vexée.

S'appuyant au dossier de sa chaise, elle étira sa jambe et balança sa cheville de gauche et de droite, afin de mettre en valeur un ravissant escarpin qui dénudait les orteils.

Erik contempla un instant le pied aux ongles élégamment vernis, puis son regard suivit la ligne du mollet fin et galbé, et s'arrêta au creux du genou. La jupe, en remontant, laissait entrevoir un peu de ses cuisses.

— En tant qu'homme, je n'ai rien contre, avoua-t-il en la fixant d'un air à la fois amusé et troublé. Tout au contraire. En revanche, après vous avoir vu clopiner toute la soirée, j'imagine que vous devez avoir les pieds en compote !

Helen se détendit.

— Vous avez sans doute raison, admit-elle. Si ce genre d'activité devient une habitude, je garderai en permanence une paire de tennis dans le bureau de Dana Sue.

— Tu as des tennis, toi ? s'exclama Dana Sue, interloquée.

— A ton avis, je porte quoi, quand je fais ma gym ?

— Je sais ! Ces choses exquises et de couleur assortie à ton petit body que tu as achetées sur Internet.

Erik n'en croyait pas ses oreilles.

— Des tennis, on en trouve de tous les styles dans les magasins de sport, fit-il remarquer, stupéfait. Pourquoi se compliquer la vie ?

— Pour ne pas porter le même modèle que tout le monde ! rétorqua Helen. Décidément, il est impossible de parler chiffons avec un abonné aux jeans et aux T-shirts !

Erik pouffa.

— Tout ce qui m'intéresse, c'est qu'il s'y connaisse en cuisine, déclara Dana Sue avec un clin d'œil en direction d'Erik.

Sur ce, les deux jeunes femmes se dirigèrent vers la salle à manger, où elles choisirent une table dans un coin reculé pour ne pas importuner les quelques clients encore présents.

Dès qu'elles furent assises, Helen poussa un gémissement et ôta ses chaussures.

— Surtout ne le dis pas à Erik, tu me le promets ? Ces chaussures sont *atrocement* inconfortables. Je ne pourrai jamais les mettre pour danser.

Dana Sue sourit.

— C'est le prix à payer pour être sexy. Je n'ai pas porté de talons depuis des années. Je crois que je me casserais le cou !

— Si un jour tu as envie d'émoustiller Ronnie, je t'en prêterai une paire.

— Figure-toi que je n'ai pas besoin de ça pour l'émoustiller ! Il me trouve tout à fait à son goût, quoi que je porte ! déclara Dana Sue, les yeux brillants.

— Alors, c'est toujours la lune de miel ?

— Ronnie et moi, nous avons l'intention de rester en lune de miel toute notre vie !

Helen lui jeta un regard empreint de nostalgie.

— Je vous envie, toi et Ronnie.

Dana Sue la regarda avec un mélange de compassion et d'impatience.

— Dans ce cas, qu'est-ce que tu attends ? Remédie à ta situation !

Quand es-tu sortie pour la dernière fois avec un homme ? Attention, je ne parle pas de ces avocats que tu rencontres à l'occasion, pour discuter de droit, de juridiction et autres sujets rasoirs !

— Quand veux-tu que je trouve le temps ? rétorqua Helen, piquée au vif. Entre mon travail, les affaires du Club, et quelques heures de gym par semaine, je ne vois pas les journées passer.

— Vraiment ? Tu viens de trimer deux heures dans ma cuisine. Deux heures, c'est largement suffisant pour sortir avec un homme et pour s'amuser.

Helen haussa les épaules.

— Ta cuisine, c'est de la détente. Il n'y a aucune pression.

Dana Sue ouvrit de grands yeux étonnés.

— Aucune pression ? Tu veux rire. Avec Erik sur le dos qui exige une précision implacable dans l'exécution de ses ordres ? Si ce n'est pas de la pression, je ne sais ce que c'est ! Il a quand même réussi à faire fuir les deux derniers commis que j'avais pris à l'essai.

— C'est un perfectionniste, et je le comprends tout à fait.

— Au fait, reprit Dana Sue en changeant de sujet, tu avais une autre raison pour venir ce soir, à part l'espoir qu'on te mette aux fourneaux ?

— Je vais être honnête. Je voulais t'entretenir de quelque chose qui me tient à cœur, reconnut Helen.

— A quel sujet ?…

— Au sujet de Karen.

— Tu veux me parler de Karen Ames ? s'écria Dana Sue en écarquillant les yeux. Pourquoi ? Ah ! je comprends ! C'est pour ça que Barb a pris rendez-vous pour toi demain après-midi ? Je croyais que tu voulais parler du Club. Attends, fit-elle en levant une main. Voici Erik qui arrive avec notre dîner. Si c'est à propos de Karen, on ne peut pas l'écarter de cette réunion. Ça le concerne aussi.

Erik posa trois assiettes de poisson, du mérou, sur la table, ainsi qu'un plat de riz sauvage, avec son chutney de papaye et de mangue et un autre ravier contenant de petites carottes caramélisées. Tout était aussi bien présenté que pour de vrais clients.

— Et ma tarte ? demanda aussitôt Helen.

— Vous l'aurez quand vous aurez fini ce que vous avez dans votre assiette, la taquina-t-il. Le dessert, c'est la récompense, ce n'est pas votre dîner.

Helen le regarda en fronçant les sourcils.

— Qui a dit ça ?

— Le chef. On ne discute pas. Allez, attaquez !

Tous trois se mirent à manger de bon appétit. Au bout de quelques minutes, Erik demanda :

— De quoi parliez-vous quand je suis arrivé ? Vous aviez l'air terriblement sérieux pour deux femmes que je croyais en train de se détendre.

— De Karen, déclara Dana Sue d'une voix sombre. C'est Helen qui a lancé le sujet, ajouta-t-elle en prenant une autre bouchée.

Erik dévisagea Helen, ses yeux soudain emplis de suspicion.

— En quoi Karen vous concerne-t-elle ?

— Elle est venue me voir aujourd'hui. Elle a peur que vous ayez l'intention de la licencier.

Dana Sue échangea avec Erik un regard qui en disait long.

— Je vois qu'elle ne se trompait pas, soupira Helen. C'est à cause de ses absences répétées, ces derniers temps ? C'est ça, n'est-ce pas ?

Dana Sue hocha la tête.

— Ça me fend le cœur mais, franchement, je n'ai pas le choix, Helen. Comment veux-tu que ma cuisine fonctionne, si l'une des employées clé est absente la moitié du temps ? Même en supposant que je trouve la personne idéale pour la préparation, je ne peux pas me passer de mon assistante avec le monde qu'il y a. Tu l'as bien vu toi-même !

— Tu as essayé de savoir pourquoi elle s'absentait autant ?

— Chaque fois qu'elle appelle, c'est toujours à cause de ses enfants, intervint Erik.

— Je comprends parfaitement et elle a toute ma sympathie, ajouta Dana Sue. Mais il faut être réaliste. On ne peut pas faire de sensiblerie si on veut que cette cuisine fonctionne à cent pour cent. Ça retombe toujours sur moi et sur Erik. Ça ne peut pas durer, c'est impossible. Nous ne tiendrons pas le coup. Je dois absolument avoir une employée sur laquelle je peux me reposer.

Elle étudia Helen d'un air inquiet.

— Elle veut nous faire un procès ? C'est pour ça qu'elle est venue te voir ? murmura-t-elle.

— Non, fit Helen en reposant sa fourchette. Il n'est pas question d'en arriver là. De toute façon, si c'était le cas, je ne la représenterais pas. Je voulais simplement que nous discutions tous ensemble demain, pour voir s'il n'y avait pas une solution. Pour voir si nous ne pouvions pas faire en sorte que cette cuisine fonctionne comme elle doit et que Karen ne perde pas son emploi.

— Vous mettez Dana Sue dans une situation impossible, intervint Erik pour la protéger. Enfin, Helen, vous voyez bien que si elle fait ça, c'est parce que Karen ne lui a pas laissé le choix.

— J'entends bien. Toutefois, Karen n'est pas non plus une gamine irresponsable. Tu as passé beaucoup de temps à la former, Dana Sue. Je vous demande simplement de la laisser s'expliquer et de voir si on ne peut pas trouver une solution.

Malgré l'expression assez dubitative d'Erik, Dana Sue hocha la tête.

— Je peux lui accorder ça. C'est la moindre des choses.

— Merci, dit Helen.

Elle pivota vers Erik.

— Et vous, attendez demain avant de décider, d'accord ?

— Je vais faire de mon mieux, puisque la championne des opprimés en fait la requête. Je ne vous cacherai pas que cela ne m'enchante pas. Je serai présent à cette réunion. Je tiens aussi à ajouter, à titre d'information, que je suis un peu surpris de vous voir plaider la cause de Karen, plutôt que celle de votre meilleure amie.

— J'essaye précisément de ne plaider la cause de personne, rétorqua Helen, froissée. Des négociations bien menées permettront peut-être de parvenir à une situation gagnant-gagnant.

— Je serais curieux de savoir ce que Dana Sue aura à gagner dans le cas présent !

— Elle conservera une employée excellente et bien formée, répondit Helen, en s'efforçant de garder son calme.

Ce n'était pas facile, le ton employé par Erik commençait sérieusement à lui porter sur les nerfs. Pour qui se prenait-il ? Il n'était pas le seul à vouloir protéger Dana Sue. Elle était restée à ses côtés depuis bien plus longtemps que lui. Cette conversation commençait à lui faire perdre son appétit.

— Vous savez aussi bien que moi que Karen est excellente dans son job. Je vous ai entendu le dire plus d'une fois.

— A quoi cela sert-il, si elle n'est jamais là ?

Sa mauvaise foi, son refus d'accorder le bénéfice du doute à Karen la mettaient hors d'elle.

— Là, franchement, c'est de l'exagération pure et simple ! fulmina-t-elle.

— Holà ! Il s'agit d'une réunion, Erik, intervint Dana Sue. On doit bien ça à Karen, Helen a raison. Quand elle est là, elle est formidable. Reconnais-le.

— Du moment que tu ne laisses pas ton amie ici présente te forcer la main et t'entraîner à prendre une décision qui ne serait pas dans l'intérêt du restaurant.

— Je n'ai jamais forcé la main à personne, déclara Helen, furieuse.

Elle n'avait plus faim du tout.

— Vraiment ? ironisa-t-il. Dites-moi alors qui avait eu la brillante idée d'envoyer Ronnie Sullivan le plus loin possible, quand Dana Sue et lui se sont séparés. Cela s'est révélé extrêmement salutaire pour leur fille, n'est-ce pas ?

Dana Sue lui lança un regard désolé.

— Erik, ne remue pas le passé, à quoi cela sert-il ? Annie va bien désormais. Ronnie et moi, aussi.

— Et ce n'est pas grâce à l'intervention d'Helen !

Helen, blessée par ses accusations, lui jeta un regard noir. Dana Sue, qui s'apprêtait à prendre sa défense, fut interrompue d'un geste ferme.

— Je peux me défendre toute seule, lâcha-t-elle. Vous n'étiez pas là, fit-elle sèchement en pivotant vers Erik.

Ses yeux lançaient des flammes.

— Comment osez-vous juger ? reprit-elle. Vous n'avez aucune idée de ce qu'il fallait faire à l'époque.

— C'est exact, acquiesça-t-il en la scrutant d'un regard pénétrant. Je suis arrivé au moment où la panique la plus totale avait éclaté, quand Annie s'est retrouvée à l'hôpital.

— Ce n'était pas *ma* faute, bon sang !

— Ah bon ? Je croyais avoir compris que son anorexie avait été déclenchée par le départ de son père, qu'elle avait interprété comme un abandon. Je me trompe ? Vous en êtes la cause directe ! l'accusa-t-il sans même lui donner le temps de répondre.

Dana Sue, qui semblait avoir été oubliée, s'interposa.

— C'est une façon de voir un peu simpliste à mon sens.

Helen et Erik étaient si près l'un de l'autre que leurs visages se touchaient presque.

— Comment osez-vous proférer des énormités pareilles ? gronda Helen.

— J'appelle un chat un chat, ma chère.

— Allez au diable !

Quel mufle ! songea Helen, exaspérée. Elle n'avait qu'une idée, partir d'ici au plus vite ! Elle poussa Dana Sue du coude, qui se leva pour lui laisser le passage.

— A demain, lança-t-elle à l'intention de son amie, tout en attrapant ses escarpins sous la table.

Puis elle gratifia Erik d'un regard menaçant.

— Vous feriez mieux de ne pas venir à la réunion !

— Je vais me gêner ! répliqua-t-il. Il faudra bien que quelqu'un s'assure que le bon sens triomphe.

— Et vous croyez franchement être ce quelqu'un ? Alors là, vous ne manquez pas de culot ! Qu'en penses-tu, Dana Sue ? Enfin, dis quelque chose !

— Je suis en état de choc. Je ne comprends pas comment cette conversation a pu dégénérer ainsi. Que vous arrive-t-il à tous les deux ? Je ne vous ai jamais vus réagir comme ça !

— Je suis allergique aux avocats belliqueux. Ils font ressortir ce qu'il y a de pire en moi, déclara Eric.

— En ce qui me concerne, ce sont les hommes qui se permettent de porter des jugements en refusant d'écouter la raison qui me mettent hors de moi !

Erik l'enveloppa d'un regard scrutateur qui lui fit bouillir le sang dans les veines.

— Je suppose que vous allez refuser de manger cette tarte, puisque c'est moi qui l'ai faite !

Helen se trouva soudain face à un cruel dilemme : elle n'avait cessé d'imaginer cette fameuse tarte aux pêches depuis qu'elle avait mis les pieds dans la cuisine. Rien que d'y penser, elle en avait l'eau à la bouche ! En même temps, elle était bien trop fière pour le reconnaître devant Erik.

— Je n'ai jamais dit ça, bougonna-t-elle.

Sur ces mots, elle se dirigea d'un pas décidé vers la cuisine, laissa la porte claquer derrière elle et s'empara de la tarte.

« Juste une bouchée », se dit-elle tout en humant l'arôme délicieux qui s'en dégageait. Quel mal y avait-il à cela ? Elle la reposa sur la surface de travail, prit une fourchette et entama la combinaison divine de fruits et de pâte feuilletée. Elle poussa un long soupir, tandis que sa mauvaise humeur fondait déjà d'un cran. Deux bouchées ? Pourquoi pas ? Après tout, Erik n'en saurait rien. Une fois le second morceau avalé, elle s'en empara en glissant sa main dessous, reprit le chemin de la salle à manger et, avant d'avoir eu le temps de réfléchir à ce qu'elle faisait, la plaqua avec détermination sur le visage effaré d'Erik.

Dana Sue retint son souffle. Le premier moment de surprise passé, elle dut lutter de toutes ses forces pour ne pas éclater de rire.

Helen, encore étonnée de son geste, contemplait, fascinée, les pêches, la crème, la pâte, dégouliner du visage d'Erik et se répandre sur son T-shirt. Elle était tellement hypnotisée par ce spectacle, dévorant des yeux son torse puissant, qui se soulevait d'indignation, qu'elle ne vit pas l'éclair mauvais s'allumer dans le regard d'Erik.

Elle n'allait pas s'en tirer comme ça !

Avant qu'elle n'ait pu s'enfuir, il s'était déjà essuyé, avait bondi, l'entourait de ses bras et la tenait fermement serrée contre lui. Sa bouche se plaqua sur celle d'Helen, sa langue écarta ses lèvres et fouilla, avide, exigeante, la bouche de la jeune femme. Pendant ce temps, le reste de tarte s'incrustait de manière irréversible sur son beau chemisier de soie.

Pour le chemisier, ce n'était pas grave, elle pourrait toujours en acheter un autre, songea Helen.

En revanche, il serait beaucoup plus difficile d'effacer de sa mémoire le souvenir de ce baiser fougueux d'Erik. Surtout que Dana Sue en avait été témoin et qu'elle s'était bien gardée de perdre une seule miette du spectacle. Elle n'était certainement pas près de lui permettre d'oublier l'incident… Sans compter qu'il restait dans la salle un ou deux clients, que cela se passait à Serenity et que, par conséquent, toute la ville serait au courant dès le lendemain matin.

Helen Decatur, la Sweet Magnolia, celle qui, des trois, avait le plus les pieds sur terre, celle qui parvenait toujours à tirer les autres d'affaire, venait d'en prendre sérieusement pour son grade.

Erik avait eu une très mauvaise idée en embrassant ainsi Helen, il le savait. Quand il l'eut enfin relâchée, il jeta un regard penaud vers Dana Sue, avant de filer dans la cuisine sans demander son reste. Bon sang ! Quelle mouche l'avait piqué d'agir de la sorte ? Quelle folie avait bien pu s'emparer de lui ? C'était comme si une force irrépressible l'avait poussé, d'abord à la mettre en colère, puis à se jeter sur elle et à l'embrasser fougueusement ! Une femme comme Helen Decatur !

Elle était, sans équivoque, une avocate qui se targuait de tout savoir mieux que tout le monde. Cela n'empêchait pas qu'elle fût également la meilleure amie de sa patronne et une cliente régulière du Sullivan. En outre, elle n'hésitait pas, comme elle l'avait prouvé ce soir une fois de plus, à retrousser ses manches pour les tirer d'un mauvais pas quand ils étaient débordés dans la cuisine.

C'était peut-être là justement la clé du problème, conclut-il. S'il ne supportait pas le côté apprêté, les vêtements à la dernière mode et tout le tralala, il ne pouvait pas s'empêcher d'être fasciné par ce qu'Helen révélait d'elle dans la cuisine du Sullivan. C'était une femme pour qui l'amitié passait incontestablement avant des considérations aussi futiles que ses vêtements de luxe. Elle savait aussi laisser son orgueil au vestiaire et faire ce qu'on lui demandait, sans rechigner. En outre, elle le faisait à la perfection, il devait bien le reconnaître. Pour tout avouer, elle lui plaisait assez. La plupart du temps… Ce soir, elle lui avait tapé sur les nerfs sans raison particulière. Il savait bien, quoi qu'il ait pu dire, qu'elle prendrait toujours la défense de Dana Sue.

Qu'il la tourmente, passe encore, mais de là à l'embrasser… ! Cela ne pouvait que lui attirer des ennuis et mal finir. Il avait dépassé les bornes et n'aurait plus qu'à s'excuser.

Comment oublier toutefois qu'elle lui avait rendu son baiser ? Avec une telle fougue, une telle passion qu'il était parti en courant, qu'il avait déguerpi comme un lâche ! Il ne se rappelait pas avoir fui une femme ainsi, depuis l'école communale, lorsque Susie Mackinaw l'avait embrassé de force sous les huées de tous ses camarades.

Il se versa une tasse de café et se mit à la boire tout en entreprenant un nettoyage minutieux de la cuisine. Non…, se corrigea-t-il, ce n'était pas vrai. Il fuyait les femmes depuis la mort en couches de la sienne. A l'époque, il travaillait comme ambulancier paramédical à Atlanta. Il s'était trouvé présent avec elle dans l'ambulance. Les contractions s'étaient déclenchées prématurément et elle avait fait une hémorragie. Ils avaient mis un temps fou pour arriver à l'hôpital. Avant même qu'elle soit transférée en salle d'opérations, il savait qu'il était trop tard. Elle avait perdu beaucoup trop de sang, ses fonctions vitales étaient déjà atteintes. Quant au bébé, il était trop petit pour être sauvé.

C'était comme si on lui avait déchiré la poitrine à mains nues et arraché le cœur. Ce jour-là, sa vie avait perdu toute signification. Son travail non plus n'avait aucun sens : comment pouvait-il imaginer sauver qui que ce soit, s'il n'avait même pas été capable d'empêcher sa propre femme de mourir ?

Au bout d'un mois d'arrêt de travail, pendant lequel il avait passé ses journées à ruminer et boire jusqu'à oublier qui il était, il s'était rendu dans le bureau de son patron et lui avait donné sa démission. Gabe Sanchez avait tout fait pour l'en dissuader, lui conseillant de se faire aider sur le plan psychologique. En vain. Erik savait au fond de lui-même qu'il ne pourrait plus jamais travailler dans le domaine de la santé.

Il avait perdu tout intérêt à vivre et serait probablement devenu une vraie loque, sans l'intervention d'une amie de sa femme, qui lui avait suggéré d'aller se renseigner sur les cours de l'Institut culinaire d'Atlanta. Il avait tout d'abord trouvé l'idée absurde, risible même.

— De toute notre bande d'amis, c'est toi le plus doué pour la cuisine. En plus, tu adores ça, avait-elle insisté. Même sans chercher plus loin, ça te changera les idées. Il faut que tu sortes de ce marasme. Ensuite, qui sait ? Une fois ton diplôme en poche, tu auras peut-être envie d'ouvrir un restaurant ou de devenir traiteur. A la limite, tu peux trouver un job dans une cantine ou même, au pire, venir à la maison une fois par mois cuisiner pour nous ! Sam ne supporterait pas de te voir comme ça. Elle ne voudrait pas que tu la pleures toute ta vie.

Ben, son mari, était venu à la rescousse pour donner plus de poids à sa démonstration.

Malgré cela, Erik n'aurait probablement rien fait, si, quelques jours plus tard, Bree n'était pas venue le relancer chez lui. Cette fois-ci, elle avait apporté les formulaires d'inscription et avait attendu qu'il ait fini de les compléter en bonne et due forme. Puis elle avait rempli le chèque elle-même.

— Prends ça comme un placement sur ton avenir, de la part de Ben et moi, avait-elle dit. Quand tu auras ton restaurant, tu pourras nous rembourser en nous invitant à dîner pour fêter nos anniversaires de mariage.

Après s'être assurée qu'il ne manquait rien dans l'enveloppe, elle était allée elle-même poster le tout. Mieux valait ne rien laisser au hasard, s'était-elle dit.

Quelques semaines plus tard, il avait été accepté et, peu de temps après, avait commencé à suivre les cours. Au bout d'un mois à peine, il savait que c'était la meilleure décision qu'il eût jamais prise de sa vie, à part celle d'épouser Samantha. Quand il arriva à l'examen final, il en était à se demander comment il avait pu envisager de suivre une autre carrière !

Par la suite, Dana Sue avait contacté l'école, elle était à la recherche d'un chef pâtissier, ce qui était la spécialité d'Erik. Au départ, l'idée d'aller s'enterrer dans une petite ville de la Caroline du Sud ne l'enchantait guère. Mais, dès sa première visite à Serenity et au Sullivan, il tomba sous le charme. C'était exactement ce qu'il lui fallait : un changement radical, l'occasion d'échapper à Atlanta et à tous les souvenirs qui y étaient liés. En outre, et ce qui ne gâchait rien, Dana Sue avait réussi à apporter un vent nouveau dans une communauté qui avait beaucoup souffert sur le plan économique. Ce qu'elle avait créé était original. Le Sullivan était un véritable trésor culinaire, selon les termes employés par des critiques élogieuses dans la presse locale. Il était fier d'en faire partie.

Quant à Dana Sue, elle n'était rien de moins que spéciale elle-même. Il avait pensé à un moment que leur relation avait peut-être des chances d'évoluer, de passer du plan professionnel au plan personnel, mais il s'était bien vite aperçu que la belle était encore amoureuse de son ex-mari.

Il s'était pourtant très vite senti un membre à part entière de cette famille chaleureuse, formée de Dana Sue, de sa fille Annie et de Karen, sur laquelle, hélas, on ne pouvait guère compter, ce qui la rendait excessivement agaçante. Tant pis si Helen l'avait trouvé dur et sans cœur ; à choisir entre Karen et Dana Sue, il n'hésiterait pas une seule seconde. Bien sûr, Karen avait toute sa sympathie, mais Dana Sue avait bien assez de problèmes, de stress continuel, sans avoir à s'encombrer de ceux de Karen par-dessus le marché.

Helen, contrairement à Dana Sue, n'avait besoin de personne

pour la protéger, ce qui était une raison supplémentaire pour ne pas comprendre ce qui lui avait pris de l'embrasser de la sorte quelques minutes plus tôt ! Il aimait, par nature, jouer le rôle du chevalier servant, du sauveur, du redresseur de torts. L'idée qu'Helen, la dure à cuire, puisse avoir besoin qu'on la défende, était parfaitement ridicule !

A bien y réfléchir, il était peut-être inévitable qu'ils en passent par là. Helen était une femme extrêmement séduisante. Elle n'était pas assez détendue à son goût et pouvait se montrer assez péremptoire. Parfois, ce mélange pouvait se révéler très explosif. Maintenant qu'à travers ce baiser la tension s'était relâchée, il n'y avait aucune raison que cela se reproduise.

Satisfait d'être parvenu à une conclusion aussi raisonnable, il se mit à récurer des casseroles qui trempaient dans l'évier. C'est alors que Dana Sue vint le rejoindre. D'une main, elle en prit une et la plongea dans l'eau tout en lui donnant un petit coup de hanche, afin d'attirer son attention.

— Alors, raconte ! C'était quoi, ce baiser ?

— Une pure impulsion, sans conséquence.

— J'ai l'impression que cela fait un moment que cette impulsion se prépare. Chaque fois que vous vous retrouvez dans la même pièce tous les deux, l'air est comme chargé d'électricité.

— Ça doit être la tension.

— Oui, la tension *sexuelle*, je pense, rétorqua-t-elle, le regard pétillant. Pourquoi n'as-tu pas décidé de prendre l'affaire en main plus tôt ?

— Helen et moi ? s'exclama-t-il en levant les yeux au ciel. Tu es folle !

— Je ne crois pas. Tu es un homme étonnant. Elle est une femme étonnante. Vous méritez tous les deux quelqu'un qui sorte de l'ordinaire.

— Je ne peux pas parler pour Helen mais, en ce qui me concerne, je ne suis pas sur le marché.

— J'ai le souvenir que je t'intéressais à un moment donné, il me semble.

Il sourit.

— Parce que je savais que je n'avais aucune chance.

— Tu m'aurais fait des avances, uniquement parce que tu savais que je les refuserais ?

— Exactement.

— Je ne te crois pas. Si tu aimes les complications et les femmes difficiles à avoir, alors Helen est un sujet idéal. Imagine combien cela pourrait être excitant d'essayer de la faire changer d'avis !

— Et puis quoi, après ? Je lui dis que c'était juste un jeu ?

— Mais non, idiot ! Tu tombes amoureux fou et vous vous mariez.

Erik éclata de rire.

— Dans tes rêves ! Ça ne me paraît pas très réaliste comme scénario. J'ai du mal à visualiser la garde-robe designer de madame, accrochée à côté de mes jeans dans la penderie.

— Après le baiser de ce soir, moi, je le vois très bien. D'ailleurs, à en juger par la façon dont elle a déguerpi, je pense qu'elle le voit très bien, elle aussi.

— Arrête de te raconter des histoires. Occupe-toi plutôt de tes oignons, Dana Sue. Le fait qu'elle soit ton amie est une raison suffisante en soi pour que je garde mes distances.

— Pourquoi ? Je te donne le feu vert. Mieux encore, je te donne ma bénédiction !

— Et que se passe-t-il si l'un de nous a le cœur brisé ? De qui prendras-tu le parti ?

La question la laissa perplexe.

— Ce n'est même pas envisageable, cela n'arrivera pas.

— Vraiment ? Tu sais lire l'avenir ?

— Non, c'est inutile. Je crois que ce qui existe entre vous est très fort. Ce soir, il s'est passé quelque chose, vous l'avez ressenti tous les deux. Une étincelle. Elle a un nom, ça s'appelle la passion. La véritable passion, celle qui conduit à l'amour, est très rare. Je suis venue te dire qu'il ne faut pas négliger cette étincelle.

— Eh bien moi, je l'ignore !

— Nous verrons. Je trouverai bien le moyen de te faire changer d'avis. Ou à Helen, ajouta-t-elle en haussant les épaules.

Il suffit que j'arrive à convaincre l'un de vous deux, pour lancer la machine.

— Tu n'y pourras rien, déclara-t-il tout en sachant pertinemment qu'il perdait son temps.

A partir de ce jour, il allait devoir être sur ses gardes.

Bon sang ! La réunion du lendemain ! Il avait complètement oublié ! Il allait se retrouver dans la même pièce que Dana Sue et Helen, un peu trop tôt à son goût après ce baiser torride.

3

Pendant toute la matinée précédant la discussion orchestrée par Helen pour 14 heures, Karen, rongée d'angoisse, se consacrait à ses tâches de son mieux, tout en essayant de fuir les regards assassins que lui lançait Erik. Il avait l'air de lui en vouloir de quelque chose, sans doute n'approuvait-il pas cette réunion, se disait-elle. Plus l'heure avançait, plus son appréhension croissait. Malgré les efforts évidents de Dana Sue, qui faisait tout pour arrondir les angles, la tension ne cessait de monter dans la cuisine, mettant la pauvre Karen au supplice.

Pour ne rien arranger, il fallait que, ce jour-là précisément, une cliente récalcitrante pousse leur patience à bout. Elle avait déjà renvoyé son plat trois fois dans la cuisine, prétextant toutes sortes de raisons plus ou moins fallacieuses pour se plaindre. Exaspérés, Dana Sue et Erik avaient décidé de tirer à la courte paille pour décider qui d'entre eux deux se chargerait d'aller lui parler, afin de déterminer la meilleure façon de l'apaiser. Le sort avait désigné Dana Sue, qui parvint enfin à la satisfaire en lui offrant desserts et champagne gratuits pour elle et ses invités, ce qui ne s'était pas fait sans peine. Dana Sue était sortie de ce combat sérieusement éprouvée et d'humeur massacrante.

A 14 heures tapantes, Helen fit son apparition, l'image même de l'élégance et de l'autorité, vêtue d'un de ses tailleurs préférés, les pieds chaussés de souliers qui avaient dû coûter à eux seuls l'équivalent d'une semaine ou, pis, d'un mois de salaire pour Karen, les yeux dissimulés derrière ses lunettes de soleil de marque.

Elle sourit à Karen.

— Où allons-nous nous réunir ? fit-elle à l'intention de Dana Sue, ignorant délibérément Erik. Ton bureau risque d'être un peu petit, sauf bien sûr si Erik a décidé de ne pas venir.

Karen ne lui connaissait pas ce ton belliqueux. Cela n'augurait rien de bon pour la discussion, songea-t-elle, emplie d'inquiétude.

— Détrompez-vous, rétorqua-t-il sèchement.

La tension était palpable.

— Les derniers clients viennent de partir, s'empressa d'ajouter Dana Sue. Allons dans la salle. Karen, veux-tu boire quelque chose ? Et toi, Helen ?

— Non, merci, rien pour moi, articula Karen d'une voix mal assurée.

Comment aurait-elle pu avaler quoi que ce soit, alors que son avenir était en train de se jouer ?

— Moi non plus, dit Helen.

— Alors, puisque plus rien ne nous retient, allons-y, déclara Dana Sue avec un enthousiasme feint.

Erik pivota vers Helen, l'air grave.

— Est-ce que je pourrais vous parler une seconde ?

Glissant son bras sous celui de Karen, Dana Sue se dirigea vers la salle.

— On vous accorde une minute, tous les deux !

— Que se passe-t-il ? chuchota Karen lorsque la porte se fut refermée sur elles.

— Ils ont eu un petit différend, hier, expliqua Dana Sue avec un sourire. Crois-moi, il vaut mieux que ce soit réglé avant la réunion.

A peine eut-elle prononcé ces paroles qu'Helen apparut, l'air aussi grave qu'Erik.

— Ce n'est pas bon signe, chuchota Karen en se penchant vers Dana Sue.

— Pas vraiment, soupira Dana Sue.

Voyant Erik entrer derrière Helen, arborant une expression plus sombre encore que précédemment, elle fronça les sourcils.

— Bon, déclara Helen une fois qu'ils furent tous assis. Avant de commencer, je tiens à vous rappeler qu'il s'agit ici d'une discussion à bâtons rompus, entre amis. Le but est de trouver une solution satisfaisante pour tout le monde. Karen est tout à fait consciente que ses absences répétées vous ont mis tous les deux sous pression et que la situation est devenue intolérable. Karen, pouvez-vous leur expliquer ce qui s'est passé et pourquoi vous n'avez rien dit jusque-là ?

Karen déglutit avec difficulté. Evitant délibérément de regarder Erik, qui la toisait sans aménité, elle se tourna vers Dana Sue et lui raconta d'une traite la rougeole des enfants, le départ imprévu de la nounou, ses problèmes financiers causés par Ray, qui ne lui avait pas versé de pension depuis belle lurette.

— Je ne vous en ai pas parlé plus tôt, parce que je ne voulais pas vous importuner avec mes problèmes financiers. Je sais que je n'ai pas été à la hauteur et je conçois que vous trouviez cela tout à fait inacceptable. Je vous jure que si vous m'accordez un peu de temps, juste le temps que je trouve une personne responsable pour s'occuper des enfants, je ne serai plus jamais absente quand vous aurez besoin de moi.

Helen l'interrompit d'un geste.

— Ne faites pas de promesses que vous ne pouvez pas tenir, Karen. Il faut regarder les choses en face. Elever des enfants seule n'a jamais été chose facile, il y a toujours des imprévus. Dana Sue, tu le sais mieux que personne. Ecoute, il m'est venu une idée, surtout après avoir été là hier soir. Le temps ne serait-il pas venu d'engager un autre chef ou, au moins, du personnel pour aider à la préparation ? Tu pourrais les former comme tu as formé Karen. Comme ça, si elle se trouvait confrontée à un de ces moments incontournables de crise, tu pourrais les appeler à l'aide.

— Je ne vois pas pourquoi les problèmes de Karen devraient obliger Dana Sue à engager plus de personnel, intervint Erik.

— Parce que cette aide n'a rien de superflu dans tous les cas, rétorqua Helen sans attendre la réponse de Dana Sue. Karen ne travaillait pas hier soir et c'était la folie. Si je n'étais pas passée…

— Nous nous en serions très bien sortis, interrompit Erik. Comme nous le faisons toujours !

— Erik, tu exagères. Helen n'a pas tort, coupa Dana Sue. Avec le nombre de couverts auxquels nous devons faire face depuis quelque temps, nous manquons de personnel, c'est évident. J'y ai pensé, puisque j'ai déjà vu une demi-douzaine de postulants pour la préparation. Deux ont fait un essai, aucun n'a été concluant. Il faut que je m'y remette. Je n'ai pas insisté parce que je pensais que l'engouement serait de courte durée. Ça arrive souvent, après une très bonne critique comme nous avons eue, les gens se bousculent pendant quelques semaines et puis, très vite, ça se calme de nouveau. On peut se trouver obligé de licencier du personnel, faute de travail.

— Je ne suis pas contre l'idée d'engager quelqu'un pour faire la préparation, déclara Erik. Seulement, je ne vois pas en quoi cela va résoudre le problème des absences de Karen.

— Quelqu'un de formé pourrait venir la remplacer en cas d'urgence, suggéra Helen.

— C'est ça ! Et être payé en heures supplémentaires ? En quoi cela va-t-il aider Dana Sue ? Elle doit considérer le côté financier. En outre, s'occuper de la préparation n'a rien à voir avec le poste d'assistante ou de sous-chef. Maintenant que je suis directeur adjoint, quelqu'un va devoir assumer cette position.

Pourquoi donc Erik et Helen se tiraient-ils ainsi dans les pattes ? se demandait Karen tout en les observant. C'était quelque chose qui n'avait rien à voir avec ce face-à-face. Il devenait de plus en plus évident que cette discussion allait se retourner contre elle, si elle ne proposait pas une solution rapidement. Heureusement, elle avait eu une idée au milieu de la nuit. Jusque-là, elle avait hésité à en parler, mais il semblait clair qu'elle n'avait plus rien à perdre.

— J'ai pensé à quelque chose, avança-t-elle timidement.

Tous les regards convergèrent vers elle, étonnés, comme s'ils avaient tous oublié qu'elle se trouvait là.

— Dites-nous, l'encouragea Helen.

— Quand je travaillais au bistrot, j'ai fait la connaissance d'une cuisinière, Tess, qui était excellente. Malheureusement, elle élève aussi ses enfants seule et rencontrait les mêmes problèmes que je rencontre, moi, maintenant. Elle aussi était bien obligée de faire passer ses enfants avant tout le reste. Résultat, Doug l'a licenciée précisément pour les raisons qui vous font envisager mon licenciement. Elle a pris un job dans le télémarketing pour pouvoir travailler chez elle. Je sais qu'elle déteste ce travail, son rêve serait de retrouver un poste dans un restaurant.

Le regard d'Erik s'assombrit davantage.

— Si elle a perdu son boulot parce qu'on ne pouvait pas compter sur elle, je ne vois pas l'intérêt de l'engager, grommela-t-il en fronçant les sourcils. Pourquoi nous créer encore plus de soucis ?

Karen n'avait pas l'intention de se laisser impressionner par son scepticisme. Elle allait se battre, faire tout en son pouvoir pour qu'ils acceptent, au moins, de prendre Tess à l'essai.

— Parce que c'est exactement la personne que vous recherchez. Elle est rapide, elle apprend vite, elle est créative. Elle ne perd pas ses moyens quand il y a un coup de feu et elle connaît le fonctionnement d'une cuisine comme sa poche.

— Nous nous éloignons du sujet, coupa Erik.

— Laissez-la finir, enfin ! lança Helen, exaspérée.

— Je vous prie de m'excuser si je me demande comment cela va résoudre le problème, rétorqua Erik, les yeux rivés sur Helen.

Soudain, pour Karen, tout s'éclaircit ! Il se passait quelque chose entre ces deux-là, ce qui tendrait à expliquer les étincelles qui semblaient jaillir de toutes parts dès qu'ils se parlaient. L'atmosphère était si tendue qu'on aurait pu la couper au couteau.

Amusée par sa découverte, elle agita la main pour attirer leur attention, tout en se retenant de sourire. Dana Sue avait l'air de trouver la scène fort divertissante, elle aussi.

— Voici mon idée : Tess et moi pourrions partager le poste de sous-chef.

Helen sursauta, surprise. Quant à Dana Sue, au grand soulagement de Karen, elle leva un sourcil inquisiteur, l'air intrigué.

— Comment envisages-tu cette solution ? demanda-t-elle. Ne recherchez-vous pas chacune un travail à plein temps ?

Karen acquiesça d'un hochement de tête.

— Bien sûr, seulement le restaurant est ouvert six jours par semaine, plus de huit heures par jour. Tess et moi pourrions travailler l'une trois jours, l'autre quatre, en faisant chevaucher nos horaires. Le week-end en particulier, vous avez besoin d'aide supplémentaire. Là où nous partagerions, c'est au cas où l'une d'entre nous aurait une urgence, l'autre viendrait à sa place. Comme ça, vous ne seriez jamais sans un sous-chef. Vous auriez deux personnes formées pour occuper le poste à tout instant. Il y a peu de risques que nous ayons une urgence au même moment.

— Ça me plaît ! lança Helen avec enthousiasme. Qu'en penses-tu, Dana Sue ?

Karen retenait sa respiration.

— Ça pourrait marcher en effet, articula lentement Dana Sue. Nous avons vraiment besoin d'un coup de main supplémentaire. Avant de me prononcer, il faudrait que je rencontre Tess et que je voie si elle correspond au poste et, bien sûr, si ça l'intéresse. Erik, qu'est-ce que tu en dis ?

Sans se départir de son air sombre, il hocha la tête lentement.

— C'est vrai, ça a du potentiel, concéda-t-il. Du moment que l'une de vous deux est là, quoi qu'il arrive.

Il laissa s'écouler quelques secondes puis, pour la première fois, regarda Karen dans les yeux.

— C'est un côté que j'aime bien chez toi, je dois le reconnaître. S'il y a un problème, tu t'y attelles et tu réfléchis. En somme, tu es assez pionnière dans ton genre, tu n'as pas peur d'expérimenter.

Karen lui décocha un sourire.

— Merci. Cette fois-ci, je n'avais pas le choix, c'était ma dernière chance. En tout cas, je suis certaine que vous allez tous les deux adorer Tess. Elle est très ouverte et pleine d'énergie. Vous verrez, elle s'intégrera parfaitement ici. Vous pouvez être sûrs qu'elle se donnera à fond. En plus, nous nous entendons très bien, elle et moi, et je suis sûre que nous saurons faire en sorte que vous ne soyez jamais à court de personnel.

— D'accord, demande-lui de m'appeler, suggéra Dana Sue. Il faut qu'elle vienne ici pour un essai.

— Une solution gagnant-gagnant, déclara Helen en se laissant aller contre le dossier de sa chaise, un sourire satisfait sur le visage. Bravo, Karen ! Et merci, Dana Sue.

Sur ces mots, elle se leva, avant d'ajouter.

— Il faut que je rentre, on m'attend au bureau.

Elle avait délibérément ignoré Erik, ce qui n'était pas passé inaperçu aux yeux de Karen. Toutefois, il ne l'entendait pas de cette oreille.

— Je vous accompagne, déclara-t-il d'un ton sans réplique. Je serai là dans dix minutes, ajouta-t-il à l'intention de Dana Sue.

— Prends tout le temps qu'il te faut !

Quand ils furent sortis, Karen échangea avec Dana Sue un regard amusé.

— Est-ce qu'ils…

— Pas encore, répliqua Dana Sue, mais ça ne saurait tarder.

— Eh bien…, murmura Karen en prenant l'accent traînant du Sud. Je crois que j'ai besoin d'une bonne lampée de thé glacé. Il fait plutôt chaud et je meurs de soif.

Dana Sue éclata de rire.

— Tu peux le dire ! Allez, je vais te tenir compagnie. J'ai comme l'impression que nous allons nous retrouver toutes seules dans la cuisine pendant un bon moment.

Décidément, elle regrettait d'être venue au Sullivan à pied depuis son bureau, se tançait Helen. Si elle avait pris sa voiture, elle aurait pu sauter dedans et claquer la portière au nez d'Erik. Elle serait déjà loin, au lieu de quoi, il marchait à côté d'elle, sans dire un mot. Le silence devenait de plus en plus embarrassant. Au bout d'un moment, elle n'y tint plus.

— Si vous avez quelque chose à dire, dites-le, qu'on en finisse ! Sinon, laissez-moi tranquille !

— Je ne sais pas par où commencer, admit-il.

— « Je suis désolé », ça ne sonne pas mal. Ou bien, « j'ai fait une erreur », ça non plus, ce n'est pas mal.

— D'accord. Les deux, fit-il en se mordant les lèvres.

Elle s'arrêta brusquement et pivota pour le regarder droit dans les yeux.

— C'est tout ? Vous ne croyez pas que vous allez vous en tirer à si bon compte ? Qu'il vous suffit de répéter ce que je vous suggère sans même essayer d'y ajouter une petite touche personnelle ?

— Mais c'est vous qui savez si bien manier les mots. Je me suis dit que ça devait être exactement ce que vous vouliez entendre.

— Quoi ? lâcha-t-elle en levant les yeux au ciel. Il vaut mieux entendre ça que d'être sourd ! Pour l'amour du ciel, savez-vous seulement pour quoi vous vous excusez ?

— Le baiser ? avança-t-il avec hésitation.

Qu'un homme, à ses yeux toujours sûr de lui, fasse preuve de vulnérabilité lui fit perdre ses moyens.

— On pourrait commencer par là, reconnut-elle.

— Il y a plus ?

Bien qu'il ait parlé avec le plus grand sérieux, Helen crut avoir détecté un soupçon d'ironie.

— Et comment ! Vous vous êtes conduit comme un chameau vis-à-vis de Karen. Cela ne vous a même pas effleuré ?

— Je voyais surtout l'intérêt du restaurant. Je suis étonné d'ailleurs que vous n'ayez pas appréhendé le problème sous cet angle, vu que vous êtes avant tout l'amie de Dana Sue. Comme si cela ne vous préoccupait pas.

— Bien sûr que cela me préoccupe ! Justement, ne pensez-vous pas que la solution que nous avons choisie soit la meilleure pour tout le monde ?

— C'est possible. Il y a quand même un os : Karen a reconnu elle-même que son amie avait été licenciée parce qu'on ne pouvait pas compter sur elle. Ce n'est pas franchement la meilleure des recommandations, même si elle travaille bien.

— Ça ne lui suffit pas de se conduire comme un chameau, grommela Helen entre ses dents, il faut aussi qu'il soit têtu comme une mule.

— J'ai entendu.

— C'est ce que je voulais.

Elle le scruta intensément.

— Je croyais que vous aimiez bien Karen, ajouta-t-elle.

— Il y a beaucoup de gens que j'aime bien, ce n'est pas pour autant que je veux travailler avec eux dans ma cuisine. Surtout s'ils ont l'habitude de me faire faux bond.

Helen reprit sa marche. Un petit sourire s'étira sur ses lèvres.

— Dois-je comprendre que cela ne vous dérange pas de travailler avec quelqu'un que vous n'aimez pas ?

— Du moment qu'ils font bien leur boulot, fit-il en plissant les yeux. Où voulez-vous en venir ?

— Vous n'avez pas l'air de m'apprécier particulièrement en ce moment.

— C'est parce que vous m'énervez au plus haut point.

— Hier soir aussi ? le taquina-t-elle.

— Hier soir aussi.

— Pourtant, nous faisions une bonne équipe.

Elle marqua une pause.

— Intéressant, ajouta-t-elle d'un ton pensif.

— Qu'est-ce qu'il y a de si intéressant ?

— La façon dont votre cerveau fonctionne. Je peux vous poser une autre question ?

— Je ne vois pas comment je pourrais vous en empêcher. Interroger les gens, c'est ce que vous faites de mieux.

— Et le baiser, que vient-il faire dans tout ça ?

A l'évidence, elle l'avait pris par surprise.

— Je me suis excusé, fit-il en rougissant.

— Je sais. En revanche, ce que je ne sais pas, c'est d'où il sortait. Un désir aussi soudain qu'incontrôlable ? La passion de la dispute ? Ou bien le besoin tout simple de vous venger parce que je vous avais entarté ?

— Je n'en sais fichtrement rien et j'aimerais bien le savoir !

Elle s'arrêta et pivota pour lui faire face.

— Allez, réfléchissez. Je tiens à le savoir pour éviter de provoquer cette situation de nouveau.

— On était dedans tous les deux, répliqua-t-il en plongeant son regard dans le sien. Vous aviez l'air parfaitement d'accord.

— Pas du tout ! répliqua-t-elle, bouillant d'indignation.

— Je parie que je peux vous prouver quelle menteuse vous êtes !

Helen n'avait pas du tout l'intention de discuter sur ce point. Il était temps de renverser la vapeur, surtout que la présence d'Erik la troublait de plus en plus. Décidément, plus il perdait pied, plus elle le trouvait séduisant. Tentant le tout pour le tout, elle lui posa un baiser sur la joue, dans l'espoir de lui faire perdre tout à fait ses moyens.

— Vous m'expliquerez comment nous avons fait pour nous retrouver bouche contre bouche, dit-elle. Au fait, cela doit bien faire cinq minutes que nous avons dépassé mon bureau. Il faut vraiment que j'y aille. Salut !

— Attendez ! lança-t-il aussitôt. Vous aussi, vous me devez une excuse.

Helen fronça les sourcils.

— Pardon ?

— Cette tarte que vous m'avez envoyée en plein visage ? lui rappela-t-il.

— Vous la méritiez.

— Peut-être méritiez-vous ce baiser ? Je crois que je vais retirer mon excuse. Après tout, cela pourrait se reproduire…

Helen le gratifia d'un regard noir.

— N'y pensez même pas !

Erik fit un pas vers elle, les yeux pétillants. En voulant l'éviter, elle recula brusquement et faillit trébucher.

— D'accord, d'accord ! Je suis sincèrement désolée pour la tarte, lâcha-t-elle. Maintenant, il faut vraiment que je file.

Elle pivota sur elle-même et partit dans la direction opposée aussi vite que ses hauts talons le lui permirent. Sa fuite mal assurée ne devait pas paraître très élégante, mais elle n'en avait cure. Sur sa liste des priorités du jour, impressionner Erik ne tenait pas la première place.

— Ah ! les femmes ! grommela Erik tout en observant Helen traverser la pelouse d'une démarche claudicante et monter quatre à quatre les marches menant à son bureau.

Bien sûr, ce n'était pas les femmes en général qui le rendaient fou, il le savait pertinemment. C'était cette femme-là. Il lui fallait rester le plus loin d'elle qu'il lui serait humainement possible. Déjà, il pourrait faire en sorte que Dana Sue la bannisse de la cuisine. Non, c'était impossible ! Elle avait dû orchestrer leur rencontre depuis des mois, sans aucun doute depuis le moment où elle avait mis le nom d'Helen sur le planning. Il lui suffirait de suggérer que sa place n'était pas dans la cuisine du restaurant, pour que Dana Sue s'empresse de l'y inviter. Il ferait mieux de ne rien dire.

Lorsqu'il fut de retour au Sullivan, les deux femmes continuèrent de vaquer à leurs occupations sans lui prêter la moindre attention. Cela ne durerait pas. Il s'en doutait bien, connaissant la curiosité légendaire de Dana Sue. Après son amie avocate, elle était de première pour mettre les gens sur la sellette.

Heureusement pour lui, il devait finir les préparations pour le dessert du soir, un genre de pain perdu aux pommes, tellement apprécié des clients qu'il était au menu chaque vendredi. Il assembla tous les ingrédients en un clin d'œil, remplit deux grands plats du mélange pommes-pain, versa dessus le liquide crémeux et les glissa dans le four. Une fois cuit, il serait coupé en morceaux et servi tiède avec une sauce caramel, de la crème Chantilly ou de la glace à la cannelle, au choix du client.

Au moment où il enfournait les plats, il surprit Dana Sue, qui le dévorait des yeux. Elle allait ouvrir la bouche pour l'assaillir de questions indiscrètes, lorsque son mari entra. Aussitôt, elle tourna son attention sur lui. Il lui faudrait payer une bière à ce cher homme, se dit Erik, soulagé, il avait parfaitement choisi son moment pour arriver.

— Salut, Erik, salut, Karen ! lança Ronnie en fonçant vers sa femme.

Il la serra dans ses bras.

— Comment va mon chef préféré ?

— Justement, j'étais sur le point de proposer à Erik de faire un petit break avant le coup de feu du dîner.

— Je n'ai pas le temps, rétorqua Erik en se dirigeant vers la réserve.

Il pourrait toujours faire une fournée de brownies pour plus tard.

— Qu'y a-t-il de si pressé ? s'enquit Dana Sue en lui lançant un regard soupçonneux.

— Je préfère prendre de l'avance sur la semaine prochaine. Je vais faire des brownies que je mettrai dans le congélateur.

Elle lui décocha un sourire épanoui.

— Cela m'a tout l'air d'une excuse pour éviter de me parler, fit-elle en glissant un bras sous le sien. On se fait une petite coupure. Ronnie, s'il te plaît, tu veux bien apporter du thé glacé pour tout le monde ?

Ronnie jeta sur Erik un regard chargé de sympathie.

— Désolé, mon vieux. C'est elle la patronne.

— Chez vous aussi ?

— A la maison, nous parvenons à conserver un équilibre délicat et sans cesse renouvelé. Malheureusement pour toi, ici c'est son restaurant. Je n'ai aucun pouvoir.

— Lamentable ! Je croyais que les hommes étaient supposés se tenir les coudes.

— Normalement oui. Seulement je dois t'avouer que je suis assez curieux de savoir pourquoi tu sembles tellement appréhender de parler avec ma femme.

— Vous arrivez, vous deux, à la fin ? lança Dana Sue. A ce rythme, nous n'aurons pas le temps d'avoir une discussion sérieuse.

— C'est ça, réjouissons-nous, grommela Erik entre ses dents.

De l'autre côté de la cuisine, Karen avait du mal à contenir son sérieux. Elle pouffa de rire, tentant en vain de se cacher derrière une serviette en papier.

— Je vois, je suis entouré de traîtres. Très bien, puisqu'il le faut, allons-y pour l'inquisition.

Dana Sue lui lança un regard chargé de reproche.

— Il ne faut pas exagérer ! On peut difficilement parler d'inquisition. Juste des amis qui rattrapent leur retard.

Erik, dont l'humeur s'assombrissait de minute en minute, parvint néanmoins à sourire.

— Je me demande quel retard nous pouvons avoir à rattraper.

— Tu es parti pendant une demi-heure. Il peut se passer beaucoup de choses en une demi-heure. Viens t'asseoir ici, fit-elle en tapotant le siège juste à côté d'elle.

— Tu devrais garder cette place pour ton mari. Je vais m'asseoir là.

Il se plaça tout au bord de la banquette, de l'autre côté, le plus loin possible de Dana Sue tout en restant à la même table.

Dana Sue porta sur lui un regard amusé.

— Comment s'est passée ta discussion avec Helen ? Vous êtes-vous embrassés et réconciliés ?

Ronnie, qui venait d'arriver, écarquilla les yeux.

— Helen et toi ? Ça alors ! Je n'aurais jamais cru ça possible !

— Tais-toi ! ordonna Dana Sue.

— Il n'y a pas d'*Helen et moi*, le rassura Erik. Tout cela, c'est dans l'imagination de ta femme.

— Je n'ai pas imaginé ce baiser, hier soir. Il était assez brûlant pour souder du fer !

— Que connais-tu à la soudure du fer ? demanda Erik.

— Laisse tomber, c'est sans importance. Tu vois très bien ce que je veux dire. Maintenant, réponds-moi. Oui ou non, vous êtes-vous embrassés et réconciliés lorsque tu l'as raccompagnée à son bureau ?

— Nous avons marché. Nous avons parlé. Un point, c'est tout. C'est bon, je peux y aller ? Mon pain perdu est probablement totalement carbonisé.

— Il peut rester encore dix bonnes minutes dans le four et tu le sais très bien, rétorqua Dana Sue sans hésitation. Je veux tous les détails sur ce qui s'est passé entre Helen et toi.

Erik se leva.

— Tu n'as qu'à appeler Helen. Je n'ai pas de temps à perdre avec ce genre de discussion oiseuse. Nous ouvrons dans moins d'une heure et j'ai du travail qui m'attend. Il me semble qu'en tant que propriétaire, tu devrais en être consciente.

Sur ces mots, il sortit sans un regard.

— Ne t'en fais pas, je n'oublierai pas ! lui lança Dana Sue tandis que les portes se refermaient derrière lui.

Hélas, c'était la vérité et il le savait. Comme la plupart des femmes, Dana Sue avait une mémoire d'éléphant. Pis, elle n'était pas prête à lâcher le morceau. Quand elle avait une idée dans la tête… Quelque chose lui dit que son plan de bataille pour les réunir, lui et Helen, venait à peine de s'ébaucher.

4

Helen repensait sans cesse à la façon dont la soirée s'était terminée quelques jours auparavant au Sullivan, ainsi qu'aux regards pleins de sous-entendus que Dana Sue leur avait décochés, à elle et à Erik, pendant leur réunion avec Karen. Des regards qui en disaient long. Son amie était persuadée qu'il se passait quelque chose entre elle et Erik. Ou, plutôt, elle aurait bien aimé qu'il se passe quelque chose, ainsi elle aurait pu se féliciter de ses talents d'entremetteuse. Quoi qu'il en soit, Helen n'avait guère envie de la voir ni de faire face aux inévitables questions dont elle ne manquerait pas de l'assaillir.

Malheureusement, elle ne pouvait pas repousser indéfiniment ce moment. Dana Sue, elle et Maddie avaient rendez-vous comme chaque semaine au Club du Coin, pour discuter affaires. Ces réunions, Helen les avait toujours encouragées, c'était de loin la meilleure façon de parler de la gestion du Club et des problèmes quotidiens. Elle ne pouvait décemment pas être absente. Sans compter que cela ne ferait qu'exciter encore plus la curiosité de Dana Sue !

En outre, depuis quelque temps, Maddie et Dana Sue avaient été très prises — Maddie devait se faire à sa nouvelle vie de jeune épouse et de maman d'un petit bébé ; quant à Dana Sue, entre ses responsabilités chez Sullivan et son remariage avec Ronnie, elle n'avait plus une minute à elle. Ce qui ne laissait guère de temps aux trois amies pour se retrouver comme dans le passé. Helen regrettait ces moments de détente où elles bavardaient toutes les trois. Elle commençait aussi à se sentir un peu à l'écart, elle dont la vie était presque exclusivement remplie par son travail. Bien sûr, elles auraient été horrifiées d'apprendre qu'elle ressentait cela.

L'estomac noué, elle rassembla son énergie et poussa la porte qui donnait sur la salle de sport. L'instructeur, Elliott Cruz, la salua d'un signe de la main, ainsi que plusieurs des femmes qui pédalaient énergiquement sous ses directives. Il ne les faisait pas chômer, songea-t-elle en les voyant transpirer à grosses gouttes.

En chemin, elle s'arrêta dans la section Spa, pour dire bonjour à Jeanette. L'air était empli des senteurs relaxantes d'huiles essentielles, tandis que la jeune femme donnait un soin complet du visage à une cliente ravie et détendue. D'être plongée dans cette atmosphère de relaxation rappela à Helen qu'elle s'était promis de se faire masser, en espérant que cela chasserait le stress qui semblait prendre un malin plaisir à se loger dans sa nuque et ses épaules.

— Tout va bien ? fit-elle à Jeanette, une petite brune aux cheveux courts avec de grands yeux marron.

A première vue, on aurait pu croire qu'elle était européenne mais, dès qu'elle ouvrait la bouche, son accent traînant et suave de la Caroline du Sud ne laissait aucun doute quant à son origine. Elles l'avaient découverte dans un Spa de grand standing à Charleston, et lui avaient proposé de venir travailler au Club du Coin, ce qu'elle avait accepté sans hésitation.

— Tout va parfaitement. N'oubliez pas de parler à Maddie de l'idée que j'ai eue l'autre jour !

— Je n'y manquerai pas, promit Helen.

Jeanette à elle seule avait plus d'idées, la plupart du temps excellentes, que tous les autres réunis. Elle avait apporté, outre son expérience, une créativité qui avait beaucoup bénéficié au Spa.

Au départ, Helen n'avait investi dans l'entreprise que dans un dessein de défiscalisation, sans compter nécessairement faire de profit. Qu'elle le veuille ou non, depuis longtemps déjà elle avait non seulement récupéré son placement, mais les bénéfices ne cessaient de croître. Il n'existait rien de comparable à des kilomètres à la ronde et le Club du Coin avait exploité cette niche de marché au-delà de toute espérance. Les dépenses engendrées en engageant, sur la suggestion de Jeanette, une esthéticienne supplémentaire, avaient porté leurs fruits en un temps record. Jusqu'aux femmes de Serenity, pour lesquelles massages et soins de relaxation auraient pu paraître totalement extravagants, qui accouraient en foule se faire dorloter. Il n'avait même pas été nécessaire de faire de publicité. A elle seule, Jeanette, grâce au bouche-à-oreille, avait réussi à faire s'envoler les revenus du centre de remise en forme et de soins esthétiques. Il arrivait même à dépasser en chiffre d'affaires celui de la salle de sport. Le Club du Coin, qui jusque-là s'était contenté d'être un secret bien gardé, était sur le point de devenir rapidement l'attraction principale de la petite ville endormie de Serenity, la transformant en destination touristique privilégiée.

Helen, qui ne pouvait décemment pas remettre indéfiniment le moment où elle rencontrerait ses amies, pénétra dans le patio. Maggie était assise à l'ombre, le dos appuyé contre le dossier de sa chaise et les yeux clos. Elle avait dû profiter d'un rare instant de détente pour récupérer quelques forces. Helen hésita à la déranger.

Maddie leur avait annoncé quelque temps auparavant qu'elle attendait un bébé, le deuxième depuis son mariage avec Cal. Ils avaient tous deux, selon ses dires, été pris par surprise. Rien d'affolant, puisque sa première grossesse s'était déroulée dans les meilleures conditions et que leur fille était un véritable enchantement. Elle avait toutefois préféré attendre la fin des trois premiers mois pour leur apprendre la nouvelle, au cas où il y aurait eu des complications.

Malgré sa joie évidente pour les heureux parents, Helen avait ressenti un petit pincement au cœur. Pourquoi Maddie semblait-elle trouver si simple d'avoir des enfants, alors qu'elle-même ne parvenait pas à décider si, oui ou non, elle devait prendre les mesures nécessaires ?

Cet intense désir d'être maman l'avait prise par surprise. Elle avait été présente lors de la grossesse idyllique de Maddie, future mère entourée d'un mari aimant et dévoué. Lorsque la petite Jessica Lynn était née, elle l'avait contemplée, l'avait tenue dans ses bras, humant la peau douce et délicatement parfumée du bébé. Peu à peu avait grandi en elle, remontant du plus profond de ses entrailles, ce désir aussi primaire que violent d'avoir, elle aussi, un enfant. Jusque-là, elle s'était parfaitement contentée de son état de femme célibataire et libre, jouant à la perfection le rôle de tante gâteau auprès des enfants de ses amies.

Que lui arrivait-il ?

Dès l'instant où elle avait pris conscience de ce désir, il était devenu quasiment obsessionnel, occupant son esprit à tout instant sauf, bien sûr, lorsqu'elle était écrasée sous une montagne de documents juridiques.

Après avoir consulté deux obstétriciens spécialisés dans les grossesses à hauts risques, elle avait suivi leurs conseils et fait tout en son pouvoir pour faire baisser sa tension. Elle avait étudié la question sous tous les angles, faisant une liste des avantages et des inconvénients liés aux différentes méthodes qui lui permettraient de réaliser son rêve et, pourtant, elle n'arrivait pas à se décider. Pourquoi tous ces atermoiements, pourquoi toutes ces hésitations ? Elle n'en savait rien elle-même. Quelque chose la retenait de faire le pas. Oui, mais quoi ?

Laissant de côté ses doutes et ses questionnements autant que le sentiment, peu louable, d'envie que la grossesse de Maddie faisait naître chez elle, elle s'approcha de son amie en lui adressant un sourire bienveillant.

— Tu es sûre de n'être enceinte que de quelques mois ? lui demanda-t-elle en tapotant doucement son ventre rebondi. Il me semble que tu n'étais pas aussi avancée avec les autres. Ce sera peut-être des jumeaux cette fois-ci ?

— Ne parle pas de malheur ! répliqua Maddie, qui émergeait tout juste de son somme. Un bébé à la fois, ça suffit largement. Je n'ose pas imaginer mon état de fatigue s'il y en avait deux !

Helen la couva d'un regard soucieux.

— Si tu es si fatiguée que ça, ne devrais-tu pas être chez toi à te reposer ?

Maddie sourit.

— Je travaille pour ces esclavagistes, tu sais ? Il y a de plus en plus de monde ici, ça devient impossible de trouver une minute pour faire une pose. Et puis j'en ai encore pour des mois avant la naissance.

Helen s'assit et contempla le visage radieux de Maddie. Elle était resplendissante. A quarante-deux ans, Maddie avait déjà quatre enfants, dont trois de son précédent mariage avec Bill Townsend, qui était pédiatre de son état. Au départ, l'arrivée d'un nouveau bébé ne l'avait pas fait sauter de joie, contrairement à Cal. Pourtant, à la voir ainsi, Helen sut qu'elle s'était non seulement faite à l'idée, mais qu'elle en était tout aussi excitée que son mari.

Ce fut au tour de Maddie de scruter Helen.

— Ça fait un moment que tu n'en parles plus. Tu veux toujours avoir un bébé, n'est-ce pas ?

Helen fit oui de la tête.

— Je ne m'attendais pas à ressentir un tel désir d'être maman. C'est Jessica Lynn qui l'a fait naître en moi. Chaque fois que je la tiens dans mes bras et qu'elle me regarde avec ses grands yeux bleus, remplis d'innocence, chaque fois qu'elle me sourit ou fait des bulles avec sa petite bouche adorable, je me dis qu'il me manque l'essentiel dans ma vie.

— Alors, dis-moi, insista Maddie. Tu es allée voir un médecin pour savoir si ton hypertension risque de poser problème ? Comme tu n'en parlais pas, Dana Sue et moi nous nous sommes dit que tu avais sans doute abandonné l'idée.

— C'est vrai que je suis un tantinet étonnée que vous ne m'ayez pas cuisinée à ce sujet, toutes les deux. En général, vous ne prenez pas exactement des gants quand il s'agit de mettre le nez dans mes affraires.

— C'est une décision trop importante et trop personnelle, tu es la seule à pouvoir la prendre. Nous ne voulions surtout pas t'influencer, même un tant soit peu, d'un côté ou de l'autre. Alors, tu as donné suite ou pas ?

Pourquoi n'avait-elle rien dit à ses amies de ses consultations médicales ? se demanda Helen, sans pouvoir répondre à cette question. Il n'y avait d'ailleurs aucune raison de mentir.

— J'ai vu deux spécialistes des grossesses à hauts risques. Ils ont été formels, du moment que je fais très attention et qu'au moindre signe d'hypertension, je reste couchée à me reposer, je peux parfaitement envisager la maternité.

Maddie plissa le front.

— Alors, pourquoi as-tu l'air si triste ? N'est-ce pas exactement ce que tu voulais entendre ?

Helen hocha la tête.

— C'est très joli en théorie, mais la réalité est beaucoup plus complexe. Certaines femmes se trouvent enceintes en couchant une fois avec un homme, comme ça, sans se poser de questions. En revanche, je me vois mal aller draguer un type et l'entraîner dans mon lit dans l'unique espoir qu'il me fasse un bébé.

Maddie sourit.

— En effet. Tu voudrais sans doute connaître son pedigree complet, son passé médical et tout ce qui s'ensuit. Ça risque d'être assez difficile avec une rencontre sans lendemain.

Helen ne put s'empêcher de froncer les sourcils. La remarque de Maddie était un peu trop près de la réalité.

— Ça veut dire quelque chose, tu ne crois pas ? Tu imagines ? Le jour où mon fils ou ma fille me demandera où est son papa, tu me vois lui annoncer que je l'ai rencontré dans un bar et que je ne l'ai jamais revu ? Moi, j'ai du mal.

— Je comprends. Et l'insémination artificielle, tu y as pensé ?

— Je l'ai envisagée. J'ai même été jusqu'à faire des recherches sur les cliniques qui la pratiquent. Il en existe de très réputées. J'ai le choix de venir avec un donneur ou d'utiliser les leurs, qui sont anonymes.

Elle laissa s'installer un silence que Maddie ne voulut pas rompre, comprenant combien il était difficile pour son amie de trouver les mots justes pour exprimer de telles émotions.

— Pour tout t'avouer, reprit Helen avec hésitation, ça paraît tellement, je ne sais pas… artificiel, précisément. Je m'étonne moi-même de mes réactions. En temps normal, je suis tout à fait capable de prendre ma vie en main. Tu me connais, je n'ai besoin de personne — et là, je ne sais pas pourquoi, l'idée d'avoir un bébé de cette façon me semble beaucoup trop froide et impersonnelle.

— Alors, tu as laissé tomber ?

— Non ! protesta Helen. J'ai juste décidé de prendre un peu de recul. J'ai besoin de réfléchir.

— Tu as fait la liste des « plus » et des « moins » ?

— Oui, je l'ai faite. C'est la meilleure façon d'éviter les erreurs.

— Aïe, aïe, aïe ! Considères-tu, sur un plan quelconque, le fait d'avoir un enfant à toi comme une erreur ? s'insurgea Maddie.

— Ne le dis pas comme ça ! s'exclama Helen, piquée au vif. Je t'ai expliqué que la façon que j'emploie pour être enceinte n'était que la partie émergée de l'iceberg. Ce qui m'inquiète davantage, c'est d'être trop égoïste, trop prise par mes propres problèmes, trop occupée pour faire une bonne mère.

— Ah, nous y voilà ! Rassure-toi, toutes les femmes qui contemplent la maternité pour la première fois sont traversées des mêmes doutes quant à leurs capacités. Tu n'es pas unique en ton genre !

— J'essaye simplement d'être responsable, répondit Helen, sur la défensive. Je ne suis plus si jeune. Je vis seule. Ce ne sont pas, loin de là, les meilleures conditions pour avoir un enfant. Quand il sera en maternelle, les autres auront des grand-mères de mon âge.

— Tu exagères !

— A peine.

— Veux-tu que je te dise ce que je pense ?

Puis, sans donner le temps à Helen de répondre, elle enchaîna aussitôt :

— Je pense que tu crèves de peur, tout simplement. Ce serait un changement gigantesque dans ta vie. Tu as beau clamer à tous vents que tu es une femme moderne, indépendante, affranchie, tu es terrifiée à l'idée de te trouver confrontée à une situation dans laquelle tu n'excellerais pas nécessairement.

Elle avait tapé dans le mille, ce qui surprit Helen et la laissa pour le moins dépitée.

— Tu dois avouer que ce n'est pas le genre de chose à prendre à la légère, protesta-t-elle.

Maddie étudia Helen attentivement.

— Bon, écoute. Reprenons à zéro, suggéra-t-elle. Es-tu absolument certaine de vouloir un bébé ? Est-ce que ce ne serait pas plutôt *l'idée* d'avoir un bébé qui te plaît ?

— Si seulement je le savais..., soupira Helen en lui jetant un regard désespéré.

— Est-ce qu'il t'est déjà arrivé de ne pas tout faire pour obtenir quelque chose que tu désires vraiment ?

Helen sursauta, comme si Maddie venait de mettre le doigt sur un point sensible.

— Es-tu en train de me dire que tu ne crois pas que j'aie vraiment envie d'avoir un bébé ?

— J'imagine que ton horloge biologique s'est, comme qui dirait, emballée, lorsque je me suis retrouvée enceinte de Jessica Lynn. Tu t'es sentie un peu au pied du mur et tu t'es dit alors que c'était maintenant ou jamais. Tu sais, ma chérie, ajouta-t-elle en prenant la main de son amie dans la sienne, c'est peut-être jamais. Toutes les femmes n'ont pas forcément besoin d'être mères pour se réaliser en tant que femmes. Ce que tu recherches, c'est peut-être une relation forte avec un autre être humain ?

Helen la couva d'un regard incrédule.

— Un homme ? Es-tu en train de me dire que je ferais mieux d'oublier le bébé et de chercher à me caser ? Alors là, bravo ! On peut dire que tu es inspirée ! Franchement, Maddie ! Je me connais assez pour savoir que c'est absurde. En outre, je suis bien placée pour savoir que les relations sont le plus souvent éphémères. Je ne suis pas maso, pourquoi veux-tu que je cherche à souffrir à tout prix ?

— J'essaye simplement de comprendre. Je me demande si tu ne ressens pas un vide dans ta vie que tu aimerais bien combler et je me dis qu'il y a aussi d'autres façons. Si tu n'as pas encore fait le nécessaire pour avoir un bébé, c'est que peut-être, quelque part dans ton subconscient, tu sais que ce n'est pas exactement ce que tu recherches.

Irritée, Helen fronça les sourcils. De quel droit Maddie mettait-elle en doute sa détermination, même si ces questions, elle se les était posées un million de fois elle-même ?

— Une autre possibilité, c'est que je voudrais bien un bébé, mais que j'aimerais le faire de la manière traditionnelle. Ça ne t'a jamais effleurée, ajouta-t-elle en voyant Maddie ouvrir de grands yeux incrédules, que je puisse avoir envie d'un homme et d'un bébé, avec une famille et tout ce qui s'ensuit, comme vous avez, toi et Dana Sue ?

— Mais tu viens de dire…

Comment Helen pouvait-elle lui en vouloir ? Elle-même ne savait plus où elle en était. Avant qu'elle ne comprenne ce qui lui arrivait, de grosses larmes jaillirent sous ses paupières et roulèrent sur ses joues.

— Excuse-moi, il faut que je sorte d'ici, balbutia-t-elle en les essuyant d'un geste impatient.

— Helen ! la rappela Maddie. Reviens, tu ne peux pas partir comme ça ! Il faut que nous parlions !

Oh, si ! Elle pouvait partir ! Tant pis si elle savait qu'elle ne s'en tirerait pas comme ça. Elle avait de grandes chances de trouver Maddie et Dana Sue sur le pas de sa porte avant le coucher du soleil. Heureusement, d'ici là, elle aurait sans doute réussi à comprendre ce qui lui arrivait et pourquoi elle ne parvenait pas à prendre cette décision concernant le bébé.

Erik était venu travailler très tôt, espérant qu'il en aurait fait assez afin de s'esquiver au moment où Dana Sue pointerait son nez dans la cuisine. Il n'avait pas la moindre envie de se trouver confronté à une autre conversation sur sa vie amoureuse ou, plus exactement, sur le néant dont elle consistait.

Lorsque la porte de derrière s'entrebâilla, il ne s'attendait pas à voir la tête d'Annie Sullivan, la fille de Dana Sue âgée de dix-sept ans, s'y glisser.

— Je peux entrer? s'enquit timidement la jeune fille. Je te dérange?

Il lui fit signe d'entrer.

— J'essaye de prendre de l'avance pour la journée. Dis-moi, ne devrais-tu pas être en classe?

— J'ai un cours dans une heure, répondit-elle en laissant tomber son cartable près de la porte avant de grimper sur un tabouret haut à côté de lui. Maman n'est pas là?

— Non, pourquoi? Tu voulais la voir?

— Non. En fait, je voulais te parler à toi.

Erik coula vers elle un regard soupçonneux.

— Pourquoi?

— Parce que tu es un homme et que tu n'es pas mon père.

— Ah, ah! Je vois, tu es à la recherche d'un avis masculin et objectif de surcroît. Je ne suis pas certain que tu aies choisi la bonne personne. On ne peut pas dire que je sois un expert en relations amoureuses. J'en déduis que c'est à propos de Ty...

Elle acquiesça d'un sourire.

— Bien sûr.

Annie et Ty, le fils de Maddie, se connaissaient depuis toujours en tant qu'amis. Au fil des années, les sentiments d'Annie avaient évolué et, depuis qu'elle avait été hospitalisée à la suite de complications dues à son anorexie, les deux jeunes gens s'étaient rapprochés. Ty, enfin, semblait s'intéresser à elle. Avant le départ du jeune homme pour l'université, ils étaient sortis ensemble « sérieusement », comme le disait Annie, une demi-douzaine de fois. Toutefois, ils n'étaient pas encore officiellement ensemble.

Serait-elle retombée dans son comportement alimentaire destructeur? se demanda Erik en l'étudiant attentivement. C'était devenu une habitude dont il ne parvenait pas à se défaire. Chaque fois qu'il la voyait, il ne pouvait pas s'en empêcher. Heureusement, une fois de plus, ses inquiétudes ne furent pas justifiées. Elle avait le teint frais, les joues roses, les cheveux brillants. Ce qui en disait plus long encore, c'était les vêtements qu'elle portait. Elle ne cherchait pas à dissimuler ses formes et, même si elle était toujours plutôt mince, on était loin de l'allure rachitique de l'année passée.

— Tu sais qu'il est parti à l'université de Duke ?

— En effet, tu l'as mentionné une bonne dizaine de fois, il me semble, depuis la fin de l'année scolaire, se moqua Erik en se retenant de sourire.

— Si j'en parle tant, rétorqua Annie, c'est parce que je trouve incroyable de connaître un garçon qui est à Duke et qui est devenu le meilleur joueur de leur équipe de base-ball, dès sa première année. Ce qui est encore plus incroyable, c'est qu'il m'a emmenée plusieurs fois au cinéma ou à des soirées. Il m'a même...

Elle ne put terminer sa phrase et son visage s'empourpra.

— Il t'a même, quoi ? l'encouragea Erik.

— Embrassée, articula-t-elle timidement. C'était tout simplement merveilleux.

Erik avait beau ne pas être le père d'Annie, il se sentait si près de la famille que c'était tout comme. Et, comme tout père devant un tel aveu, il n'était pas franchement ravi d'apprendre qu'un garçon, aussi bien élevé et responsable fût-il, se permette d'embrasser Annie ! Si Ronnie l'apprenait, il ne serait sûrement pas enchanté non plus, même s'il ne fallait pas perdre de vue que les jeunes gens de leur âge ne se contentaient généralement pas de s'embrasser. En tout état de cause, le fait qu'Annie en parle était bon signe. S'ils avaient dépassé le stade du baiser, elle l'aurait sans doute gardé pour elle. Comment devait-il réagir ? se demanda Erik, qui se sentait dépassé par tout cela.

Il décida de jouer la carte de la gratification. En lui envoyant des messages positifs, il ne pouvait que l'aider à se réconcilier avec elle-même, lui permettant ainsi d'accéder au meilleur d'elle-même. Les adolescents en ont grand besoin, se dit-il.

— Tu sais, cela n'a rien d'extraordinaire que Ty te trouve à son goût. Tu es une jeune femme du tonnerre. Si tu le voulais, tu n'aurais qu'à lever le petit doigt pour avoir une douzaine de petits copains à tes pieds.

— Tu es comme mon père, tu n'es pas objectif. De toute façon, je voulais juste te demander si tu penses que je devrais demander à Ty de revenir pour le week-end du bal de fin d'année ou si c'est une idée complètement absurde.

— C'est bientôt, non ? Il me semble avoir entendu ta maman parler de t'emmener à Charleston pour choisir ta robe.

— C'est dans trois semaines ! C'est un peu de dernière minute, si je le lui demande maintenant.

— Pourquoi as-tu tant attendu pour l'inviter ?

— Ça me faisait tout drôle. Ce n'est pas comme si on sortait ensemble. Normalement, c'est plutôt les garçons qui font le premier pas, non ?

— En règle générale, oui. Ici, c'est ton bal à toi, pas le sien. En plus, ce n'est pas n'importe quel bal. Toutes tes amies vont venir avec leur cavalier. A mon avis, Ty doit probablement se demander pourquoi tu ne lui en as pas parlé plus tôt. Tu viens de me dire que vous n'êtes pas officiellement ensemble. Peut-être pense-t-il que tu sors avec un autre garçon.

— Mais je ne ferais jamais ça ! s'exclama Annie, choquée. Je n'ai même pas envie de voir d'autres garçons !

— Alors, si tu tiens à ce qu'il vienne, demande-le-lui. Les hommes aiment bien que les femmes soient directes avec eux. Tu sais, contrairement aux femmes, nous sommes des êtres simples, ajouta-t-il en lui faisant un clin d'œil. Il suffit que vous soyez honnêtes et franches avec nous et le tour est joué. Ce sont les femmes qui sont mystérieuses et compliquées.

L'idée parut intriguer Annie.

— Je me demande s'il me trouve mystérieuse et compliquée.

— Tu peux être tranquille ! Il n'a que dix-neuf ans. Ça m'étonnerait qu'il comprenne grand-chose aux femmes. Regarde, moi, j'ai deux fois son âge et je n'ai toujours rien pigé.

Annie sauta du tabouret et l'embrassa affectueusement.

— Merci !

— Pourquoi n'en as-tu pas parlé à ton père ou à ta mère ?

Elle haussa les épaules.

— Ce sont mes parents. Dès que je parle de Ty, ils montent sur leurs grands chevaux. Ils crèvent de peur que je sois déçue, du coup j'ai droit à un discours d'une demi-heure sur les déceptions qui entraînent la dépression, les mauvaises décisions et les troubles du comportement alimentaire et bla, bla, bla. Tu vois ce que je veux dire ?

— Tu veux dire que j'ai tout gâché parce que je ne t'ai pas tenu un grand discours ?

Il plaisantait, bien sûr, même s'il trouvait ardu d'être confronté à ces tracas de parent, lui, qui n'avait aucune expérience en la matière.

— Il ne manquerait plus que ça ! Je t'en remercie d'ailleurs, le rassura-t-elle.

Et comme pour montrer qu'elle avait raison, elle s'empara d'un des brownies qu'il venait de sortir du four.

— Bonne journée ! lança-t-elle en mordant dedans à pleines dents, avant de pivoter vers la porte.

— Toi aussi, ma puce. Tiens-moi au courant de ta conversation avec Ty.

Elle lui répondit par un sourire radieux.

— Je t'appelle ce soir après lui avoir parlé, lança-t-elle avant de disparaître.

Elle avait l'air beaucoup plus détendue qu'à son arrivée, se dit-il, enchanté.

A peine avait-elle passé la porte de derrière que Dana Sue entra par celle qui donnait sur la salle à manger.

— Dis donc, n'est-ce pas ma fille que je viens de voir se faufiler par là ?

— Ah, vraiment ? Tu crois ? fit Erik le plus innocemment du monde.

Dana Sue leva les yeux au ciel. Elle n'était pas dupe !

— Que voulait-elle ?

— Me parler.

— A quel sujet ?

— Désolé. C'est entre nous.

Dana Sue fronça les sourcils.

— Ma fille vient tenir des conversations confidentielles avec toi. Je ne sais trop quoi en penser. Déjà, ce n'était pas facile quand elle en avait avec Maddie.

— Ce n'était pas quelque chose dont elle pouvait parler avec Maddie, je crois.

— Alors, c'était au sujet de Ty, affirma Dana Sue, qui avait deviné aussitôt.

— Je n'ai jamais dit cela.

— L'invite-t-elle au bal ou non ?

— Je suis muet comme une tombe.

— Si tu préfères, nous pouvons parler d'Helen…

— Désolé, il faut que je file !

— Où ?

— Quelque part, n'importe où de préférence, du moment que tu n'y es pas. Ne le prends pas personnellement, ajouta-t-il, tu sais bien que je t'atore.

— Je pense, moi, que tu aimes Helen, rétorqua-t-elle. En tout cas, elle ne te déplaît pas.

— Pardon ? Je n'ai rien entendu, fit-il en s'échappant par la porte, qui se referma derrière lui avec un claquement sec.

Dana Sue bondit après lui et la rouvrit brusquement.

— Je disais que je suis persuadée que tu es fou d'Helen ! cria-t-elle. Et pendant que j'y suis, je suis aussi persuadée que c'est réciproque ! Tu m'as entendue, cette fois-ci ?

Hélas, il l'avait bien entendue et, avec lui, la moitié de la population de Serenity ! Si c'était le cas, il allait le payer cher. Lui, qui aimait une vie calme et sans complications, allait se retrouver en plein milieu du jeu favori en ville, celui du chat et de la souris. Il n'y avait rien que les habitants de Serenity n'aimaient tant que de surveiller et discuter de ce qui se passait ou ne se passait pas entre un homme et une femme.

Les paris iraient bon train !

*
* *

Erik n'était pas encore tout à fait arrivé dans le centre de Serenity qu'il faillit entrer en collision avec la femme même qui lui empoisonnait littéralement l'existence. Elle fonçait tête baissée, apparemment perdue dans ses pensées, ignorant tout autour d'elle.

— Holà ! Où allez-vous comme ça ? s'écria-t-il en l'empoignant.

L'air hagard, elle le dévisagea comme s'il tombait du ciel. C'est alors qu'il remarqua, à son grand désarroi, qu'elle avait les joues striées de mascara et les yeux baignés de larmes.

— Helen ! Qu'est-ce qui ne va pas ?

Il plongea la main dans sa poche et en ressortit une poignée de mouchoirs de papier propres qu'il lui tendit.

Confuse, elle s'en empara et s'essuya les yeux.

— Tout va bien, marmonna-t-elle, les joues empourprées, tout en faisant mine de le dépasser et de continuer sa course.

— Vous m'avez l'air de bien aller, en effet, la gronda-t-il. La femme la plus sûre d'elle, celle qui sait dominer les situations les plus cornéliennes, descend la rue en pleurant toutes les larmes de son corps et m'assure que tout va bien. A d'autres ! Racontez-moi tout.

— Erik, s'il vous plaît, le supplia-t-elle. Laissez-moi tranquille.

— Désolé. Ce n'est pas mon genre d'abandonner une damoiselle en détresse.

— Je ne suis pas en détresse. Je ne sais pas où j'en suis. Ne me demandez pas pourquoi, vous perdriez votre temps. Je ne tiens pas à en parler.

— Très bien. Dans ce cas, allons chez Wharton manger un de ces *hot fudge sundaes*, si prisés par les Sweet Magnolias chaque fois qu'elles sont contrariées, d'accord ?

— Vous êtes au courant ? s'exclama-t-elle, éberluée.

— Je travaille avec Dana Sue depuis assez longtemps pour connaître certains faits.

— Elle a vendu la mèche ?

Il ne put s'empêcher de rire, tant son indignation lui parut disproportionnée.

— Mais non ! En revanche, j'ai un sens de l'observation très développé pour un homme. Et puis j'entends des choses.

— Vous écoutez aux portes ?

— Je suis en bonne intelligence avec mon environnement, la corrigea-t-il.

— C'est une façon élégante de dire que vous écoutez aux portes !

— Venez avec moi et je vous expliquerai.

— Je ne veux pas, murmura-t-elle.

— Faites-le quand même, insista-t-il en réprimant un sourire. Réfléchissez, vous avez tout à y gagner : un sundae et quelqu'un assis sagement à côté de vous prêt à écouter tous vos malheurs. Savez-vous combien de femmes donneraient cher pour être à votre place ?

— Ça m'est totalement égal ! Je veux qu'on me laisse tranquille.

— C'est, je n'en doute pas, la méthode que vous employez d'ordinaire. Toutefois, ça n'a pas l'air de très bien marcher aujourd'hui. Vous devriez envisager une autre approche, vous ne croyez pas ?

— Vous tenez absolument à ce que je vous raconte ma vie ?

Il fit oui de la tête.

Elle semblait hésiter, peser le pour et le contre. Enfin, elle hocha la tête en signe d'approbation. Il ressentit alors un soulagement bien plus grand qu'il n'aurait dû. Probablement parce que cela lui évitait d'avoir à la jeter par-dessus son épaule et à la porter *manu militari* chez Wharton, se raisonna-t-il.

— Alors, allons-y. Je ferai de mon mieux pour vous faciliter la tâche.

Sur ces mots, il la prit par le bras.

— Comme vous voudrez, grommela-t-elle, un peu comme une enfant boudeuse.

— Regardez la situation comme ça : si vous deviez aller

raconter votre vie à un psy, cela vous reviendrait à cent dollars ou plus l'heure. Je suis une affaire en or !

— Et en plus, vous m'offrez un *hot fudge sundae*. Que demande le peuple ? Ça doit être mon jour de chance.

— Je vous l'avais bien dit.

Il restait toutefois à déterminer si c'était aussi son jour de chance à lui ou si, au contraire, il n'était pas en train de faire un pas de plus sur une pente savonneuse.

5

Erik avait vu juste, même s'il n'était que 9 heures du matin, le savant mélange de riche glace à la vanille garnie de sauce caramel chaude et de crème Chantilly était exactement ce qu'il fallait pour revigorer Helen. Tout en se gardant bien de croiser le regard d'Erik, elle dévorait son *sundae* comme si c'était son premier repas depuis une éternité. L'effet fut si instantané qu'elle en oubliait presque ce qui l'avait mise dans un tel état. Qu'avait bien pu dire Maddie pour qu'elle réagisse aussi violemment, au point de s'enfuir du Club comme une voleuse sans demander son reste ? se demandait-elle, perplexe.

Erik surtout la laissait médusée. Quel homme étonnant ! En règle générale, lorsqu'un homme se trouvait confronté à une femme en pleurs, sa première réaction était la fuite. Qu'il ne soit pas parti en courant en la voyant ainsi, soit, mais de là à comprendre qu'il lui fallait le réconfort d'un *hot fudge sundae*, c'était pour le moins déconcertant !

— Alors, fit-il au bout d'un long moment de silence, vous allez me dire ce qui se passe ?

Elle n'en avait pas du tout l'intention. Alors, pour que ce soit bien clair, elle porta à sa bouche une énorme cuillerée de *sundae* et secoua la tête.

— A un moment ou à un autre, vous allez finir cette glace et vous n'aurez alors plus aucune excuse pour ne pas parler, la raisonna-t-il.

Puis il se laissa aller contre le dossier de son siège, content de siroter son café tandis qu'elle s'empiffrait.

— Il va falloir que je file dès que j'aurai fini, déclara-t-elle. Je suis déjà en retard pour mon travail. Barb va lancer tout le monde à ma recherche, si je n'arrive pas bientôt.

Les lèvres d'Erik s'étirèrent en un lent sourire.

— D'accord. Dans ce cas, il n'y a pas de temps à perdre, vous feriez bien de commencer tout de suite.

— Ecoutez, si vous avez réussi à m'entraîner ici, c'est juste parce que je n'avais pas pris de petit déjeuner, j'ai dû avoir une crise d'hypoglycémie.

— C'est pour ça que vous n'avez pas pu vous empêcher de pleurer en public ?

Elle haussa les épaules.

— Ça peut avoir des effets bizarres.

— Vous pouvez me faire confiance, ce n'est pas un des effets reconnus, affirma-t-il.

Etonnée, elle l'étudia attentivement.

— Qu'est-ce que vous y connaissez ?

— Vous ne pouvez pas vous imaginer la quantité d'informations que j'ai stockées ici, fit-il en se tapant la tête.

— C'est que vous avez parlé avec une certaine autorité, le reprit Helen. Est-ce parce que vous vous êtes renseigné sur le diabète, de façon à pouvoir surveiller Dana Sue ?

— Oui, oui, c'est ça.

Il avait répondu trop vite, comme s'il voulait changer de sujet. Il lui cachait quelque chose, se dit Helen, intriguée, bien décidée à tirer partie de la situation. En lui adressant quelques questions pertinentes, elle éviterait ainsi celles dont il avait l'intention de la bombarder. Elle repoussa la coupe et se pencha sur la table, afin de se rapprocher de lui.

— Je me rends compte que je ne sais pas grand-chose sur vous. Qui êtes-vous, Erik Whitney ? Et que faisiez-vous avant d'être chef ?

— Qu'est-ce qui vous fait penser que j'étais autre chose avant ?

— C'est très simple, lorsque Dana Sue vous a engagé, vous veniez tout juste d'obtenir votre diplôme de l'Institut culinaire d'Atlanta. Alors, à moins que vous ne soyez très, très lent dans vos études — ce qui m'étonnerait —, vous avez forcément fait quelque chose avant.

Il avait l'air de plus en plus mal à l'aise. Visiblement, Erik n'aimait pas la direction que prenait la conversation.

— Ecoutez, la seule et unique raison pour laquelle nous nous trouvons ici chez Wharton, c'est pour que vous puissiez vous délester de vos soucis. Il ne s'agit pas de moi.

— Mais vous êtes tellement plus intéressant. Votre réaction, surtout, m'intrigue. Que cachez-vous, Erik ?

Il lui jeta un regard incrédule.

— Pourquoi vous êtes-vous mis dans la tête que je cache quelque chose ? A votre avis, qu'est-ce que je peux bien cacher ? Un passé sinistre de bandit des grands chemins ? A moins que je ne sois un déserteur des marines ?

— Je suis avocate. Ce qui m'intéresse, ce sont les faits. Je m'efforce de ne pas avoir d'idées préconçues, c'est pour ça que je vous pose la question.

Penchant la tête, elle observa son visage fermé quelques instants.

— Vous voulez savoir ce que je trouve absolument fascinant ? ajouta-t-elle.

— Aucune idée.

— Tout à coup, vous êtes devenu tout silencieux, le genre grand ténébreux empli de mystère. Vous pouvez m'expliquer pourquoi, si vous n'avez rien à cacher.

— Aucune raison particulière, si ce n'est que je n'aime pas remuer le passé.

Il avait prononcé ces mots d'une voix neutre, pourtant, sa mâchoire se crispait nerveusement, racontant une tout autre histoire.

— C'est sans doute de la déformation professionnelle, mais je ne peux pas m'empêcher, en tant qu'avocate, d'être particulièrement intriguée. Voyez-vous, l'art de savoir déchiffrer le langage du corps est la clé d'un bon interrogatoire.

Elle l'examina longuement, avant d'ajouter :

— Il paraît que je suis très, très bonne à cela.

— Ce n'est pas la peine d'en faire une montagne.

Comme elle ne semblait pas décidée à abandonner la partie et continuait à le fixer de son regard scrutateur, il finit par hausser les épaules.

— Très bien, je vous donne la version condensée. Je travaillais comme ambulancier paramédical, jusqu'au jour où j'ai décidé de changer de voie. Voilà, il n'y a pas de quoi en faire une montagne.

Cette révélation ne surprit pas Helen autant qu'elle s'y attendait. En quelque sorte, elle comprenait mieux maintenant pourquoi Erik s'était toujours montré si attentif à la façon dont Dana Sue surveillait son diabète et aussi pourquoi il semblait tellement concerné par Annie et ses troubles du comportement alimentaire. Mais cacher ça ? A quoi cela rimait-il ? se demandait-elle, perplexe. Pourtant, il n'y avait aucun doute, il n'avait pas du tout envie d'en parler. Bizarre.

— Ça vous plaisait, comme travail ?

Il semblait toujours sur ses gardes.

— Beaucoup, oui, pendant longtemps. Ecoutez, si vous vous sentez mieux, je crois que je vais retourner au restaurant.

— Vous cherchez à me fausser compagnie au moment où ça commençait à devenir intéressant ? fit-elle en secouant la tête. C'est curieux, ne trouvez-vous pas, qu'un homme prêt à sonder mon mental il y a tout juste quelques instants ne puisse pas supporter que je lui pose quelques questions personnelles ?

— Ce n'est pas moi qui me suis effondré. Si cela m'arrive, n'hésitez pas à me poser toutes les questions que vous voulez.

Avant que Helen n'ait pu réagir, il avait jeté quelques billets sur la table et s'était enfui, la laissant interloquée.

Elle resta quelques instants le regard fixé dans la direction où il avait disparu, puis, l'air absent, elle prit sa petite cuillère et finit les dernières bouchées de son *sundae*, désormais fondu.

— Voilà qu'est parti un homme très séduisant, intervint Grace Wharton en venant rejoindre Helen. Qu'as-tu fait pour le faire fuir ?

— Je crois que je lui ai fait peur, reconnut Helen.

Cette constatation la laissait quelque peu mal à l'aise, vaguement coupable. Il s'était montré si gentil, si généreux, trouvant une excuse pour lui accorder le temps de se remettre de ses émotions ; et elle, pour le remercier, elle n'avait trouvé rien de mieux que de le soumettre à un interrogatoire en règle, comme le premier criminel venu !

— Ce n'est pas le genre d'homme à prendre peur facilement, avança Grace. Tu ne lui aurais pas parlé de mariage ou de quelque chose comme ça ? C'est à peu près le seul propos qui puisse faire fuir un célibataire endurci comme lui.

— Nous n'avons pas abordé, même de loin, le sujet du mariage, la rassura Helen. Qu'est-ce qui te fait croire que c'est un célibataire endurci ?

— Toutes les femmes non mariées ont jeté leur dévolu sur lui à un moment ou à un autre, il fallait voir ça ! Il était parfaitement d'accord pour flirter, mais ça n'allait jamais plus loin. J'ai cru un instant qu'il s'intéressait à Dana Sue ; seulement lorsque Ronnie est revenu, ça s'est arrêté là.

— Tiens, c'est intéressant, murmura Helen.

Qu'est-ce que Grace aurait bien pu penser, si elle avait appris qu'il l'avait embrassée, il n'y avait de cela pas si longtemps ? se demanda-t-elle. Quant à elle, il lui suffisait de revivre la scène pour que ses lèvres s'enflamment. Attachait-il à ce baiser autant d'importance qu'elle ? Si c'était le cas et qu'il était, comme l'affirmait Grace, un célibataire endurci, cela suffirait à expliquer pourquoi il se comportait avec autant de réserve avec elle, surtout lorsque la conversation devenait un peu trop personnelle.

Perdue dans ses pensées, elle sursauta lorsque son portable se mit à sonner, la ramenant à la réalité.

— Avez-vous l'intention de venir travailler, aujourd'hui ? s'enquit Barb avec une touche de reproche dans la voix. Il est presque 10 heures, la salle d'attente est pleine à craquer et vos clients commencent à s'impatienter.

— Mon Dieu ! s'exclama Helen en regardant sa montre. Excusez-moi, j'ai été retenue !

— Par Erik Whitney, si j'en crois les rumeurs !

Une fois de plus, Helen ne put que constater l'efficacité incontestable du téléphone arabe à Serenity… Elle choisit de faire comme si elle n'avait pas entendu.

— Je serai là dans cinq minutes.

— Quatre, ça vaudrait mieux ! Votre rendez-vous de 9 heures est prêt à tout casser !

— J'arrive !

Elle ferma son téléphone et le remit dans son sac sous l'œil ébaubi de Grace.

— A ma connaissance, tu n'es jamais arrivée en retard au travail, commenta-t-elle. C'est sans doute à cause de ton interlocuteur…, ajouta-t-elle avec un clin d'œil suggestif.

Helen lui jeta un regard courroucé.

— Tu te fourvoies, ne pars surtout pas dans cette direction !

— Entre nous, je ne vois pas d'autres raisons pour te faire oublier l'heure à ce point, la taquina Grace.

— J'ai la tête pleine de problèmes, c'est tout. Rien à voir avec Erik.

— Si tu le dis, acquiesça Grace d'un ton sceptique. Est-ce que, par hasard, tu n'espérais pas qu'il t'embrasse de nouveau, comme il l'a fait au Sullivan, l'autre jour ?

Que répondre à cela ? se demanda Helen, lassée. Elle n'avait ni le temps ni l'énergie de se lancer dans une discussion qui ne servirait à rien d'autre qu'attiser la curiosité déjà suffisamment aiguisée de Grace et lui fournir des arguments supplémentaires pour alimenter ses commérages à l'heure du déjeuner.

— Maman, j'ai mal au ventre, se plaignit Daisy quand Karen gara la voiture devant la crèche.

Cinq minutes plus tôt, au jardin d'enfants, elle l'avait vue grimper sur l'échelle d'un portique et faire toutes sortes d'acrobaties.

— Tu n'avais pas l'air malade, tout à l'heure, quand tu jouais avec tes amis.

— Je n'étais pas malade *à ce moment-là*, dit-elle, clairement exaspérée. Je veux rentrer à la maison.

— Tu sais bien que tu ne peux pas, ma chérie. Il n'y a personne pour te garder et je dois aller travailler. Aujourd'hui, je suis de l'équipe du soir.

Les lèvres de la fillette se mirent à trembler.

— Mais je suis malade ! sanglota-t-elle. Je peux rester avec Frances.

— Frances ne peut pas s'occuper de toi tout l'après-midi et toute la soirée, Daisy.

— S'il te plaît !...

Karen sentit son estomac se nouer. Depuis une semaine, tout marchait si bien ! Trop bien sans doute... Elle avait trouvé une garderie où les enfants pouvaient rester jusqu'à 17 heures et, grâce à Helen et Dana Sue, une nounou responsable et sur laquelle elle pouvait compter, qui allait les chercher et s'occupait d'eux jusqu'à son retour.

En outre, Dana Sue avait reçu Tess pour un entretien d'embauche. Dès le lendemain, elle irait faire un essai au restaurant. Un essai qui serait, Karen n'en doutait pas, certainement concluant. Et alors, ses problèmes seraient enfin résolus.

Elle se pencha vers l'enfant toujours amarrée dans son siège et posa une main sur son front. Pas de fièvre, heureusement !

— Ma chérie, tu as mal dans ton ventre ou tu as juste mal au cœur ?

— J'ai mal au cœur, gémit-elle.

Et, comme pour apporter plus de poids à son affirmation, elle s'empressa de vomir.

Karen en aurait pleuré. Ce n'était pas la faute de Daisy, elle ne devait pas l'oublier. Les enfants se passaient des tas de microbes, surtout à l'âge de Daisy. Elle attrapa une boîte de mouchoirs de papiers et une bouteille d'eau, sortit de la voiture et ouvrit la porte de derrière pour nettoyer sa fille.

— Excuse-moi, maman, dit-elle en reniflant.

— Ne t'inquiète pas, ma puce. Tu n'y peux rien.

A l'idée de devoir appeler le restaurant et de parler à Dana Sue et à Erik, Karen aussi eut la nausée.

— Est-ce que je dois quand même aller à la garderie ? demanda Daisy d'une petite voix misérable.

— Non, ma chérie. Je vais te ramener à la maison.

— Tu vas rester avec moi ?

— Oui, je vais rester avec toi.

Elle tâcherait d'aller travailler une fois que la nounou serait là. Cela, bien sûr, en supposant qu'elle ait encore un travail.

Une demi-heure plus tard, Daisy était installée sur le canapé devant la télévision, avec un verre de jus de pomme. Karen était sur le point de rassembler son courage pour faire face à Erik quand elle eut soudain une meilleure idée. Elle appela Tess.

— Tess, je sais que tu ne dois pas normalement faire ton essai avant demain, mais j'ai un problème. Daisy vient de vomir dans la voiture et la nounou n'arrive pas avant 15 heures. J'avais pensé, est-ce qu'il y aurait la moindre chance que tu puisses y aller aujourd'hui, si Dana Sue était d'accord ?

— Ne quitte pas, je vais aller demander à ma mère. Elle est rentrée plus tôt de la cueillette des fruits parce qu'elle ne supportait pas la chaleur. Si elle veut bien s'occuper des enfants, je le ferai.

Au bout de quelques minutes à peine, elle était revenue.

— C'est bon de mon côté, déclara Tess. Appelle-moi dès que tu auras parlé à Dana Sue. En attendant, je vais me préparer, au cas où. Dis-lui que je pourrai y être dans une demi-heure.

— Merci ! Tu me sauves la vie !

Dès qu'elle eut raccroché, elle appela le restaurant. Malheureusement, ce fut Erik qui répondit.

— Allô ! C'est Karen à l'appareil.

— Tu es en retard, déclara-t-il sans cacher son exaspération.

— Je sais. J'étais à l'heure et puis Daisy a été malade. J'ai dû la ramener à la maison.

— Si je comprends bien, tu es en route ?

— En fait, je dois rester ici avec elle, avoua-t-elle.

— Voilà que ça recommence ! s'écria-t-il, exaspéré. Karen, ça ne peut pas continuer comme ça. Je croyais qu'on avait mis un terme à ces absences de dernière minute.

— Je sais. Je le croyais aussi. Ça devrait peut-être s'arranger. Je viens de parler avec Tess. Elle est d'accord pour venir faire son essai aujourd'hui au lieu de demain. Comme ça, elle me remplacerait. Elle peut être là dans une demi-heure, si ça vous convient.

— D'accord, fit Erik sèchement.

— Je suis désolée, s'excusa-t-elle. Vraiment désolée. En tout cas, une chose est certaine, c'est que mon idée de nous avoir toutes les deux pour le poste va fonctionner. J'en suis persuadée.

— Nous verrons ça avec le temps.

Il soupira.

— Embrasse Daisy pour moi, reprit-il. Dis-lui que j'espère qu'elle ira mieux bientôt. Ça n'a pas été facile pour elle, ces derniers temps.

— Merci. Si vous voulez, vous pourriez passer une autre fois à la maison faire la dînette avec elle, elle avait adoré ça.

Karen, elle, avait trouvé merveilleux de voir Erik tenir dans ses grandes mains viriles les minuscules tasses, en faisant semblant de boire du thé.

— Entendu. On tâchera d'organiser ça.

Elle raccrocha et appela Tess aussitôt, puis la nounou pour la décommander. Pour si peu de temps, elle pourrait laisser Daisy avec Frances pendant qu'elle irait chercher Mack à la garderie. Au pire, elle pourrait l'emmener avec elle.

Epuisée par toutes ces émotions, elle se laissa tomber sur le canapé près de Daisy, désormais endormie, et ferma les yeux, remerciant le ciel de lui avoir envoyé Tess. Sans elle, à l'heure qu'il était, son job serait du passé et rien ni personne, pas même Helen, n'aurait pu le sauver. Erik était véritablement à bout de patience et, même si Dana Sue était propriétaire du restaurant, Erik avait son mot à dire et non le moindre, quand il s'agissait de prendre des décisions concernant la gestion de la cuisine.

Une fois encore, Karen fut horrifiée de voir à quel point elle vivait sur le fil du rasoir. Elle n'avait presque pas d'économies et très peu de réserves d'énergie pour faire face à ce genre de situation de crise récurrente. Il y avait des moments où elle n'en pouvait plus. Il lui arrivait, lorsque les enfants se chamaillaient et qu'elle se demandait d'où l'argent allait venir pour payer les factures, de se sentir au bord du gouffre. Combien de temps pourrait-elle tenir ainsi sans craquer ?

Elle caressa du regard sa fille endormie, son petit visage paisible, ses grands cils noirs faisant une ombre sur sa peau délicate de petite fille, et une immense bouffée d'amour maternel s'engouffra en elle. Elle ferait n'importe quoi, *absolument n'importe quoi*, pour protéger ses bébés et leur assurer la sécurité et le foyer chaleureux qu'elle-même n'avait jamais connus.

Helen ne fut pas étonnée le moins du monde lorsque, à 20 heures, elle trouva Maddie et Dana Sue sur le pas de sa porte. Ce qui l'étonna en revanche, c'était qu'elles ne soient pas venues plus tôt.

Elle posa sur Maddie un regard réprobateur.

— Ne devrais-tu pas être chez toi ?

Puis elle tourna son attention sur Dana Sue.

— Et toi, au restaurant ?

— Nous serions où nous devrions être si tu ne t'étais pas enfuie du Club en pleurs ce matin, commenta Maddie.

— Pour te retrouver ensuite chez Wharton avec Erik, qui était si inquiet pour toi qu'il t'y a emmenée pour t'offrir un *hot fudge sundae*, ajouta Dana Sue.

— Je vois qu'il n'a pas fallu longtemps pour que cette nouvelle se propage comme une traînée de poudre, rétorqua Helen d'un ton narquois.

— Elle n'a pas eu à voyager très loin, objecta Dana Sue, c'est Erik qui me l'a dit.

— Vraiment ? J'ai du mal à te croire. Il ne m'a pas paru très enclin à parler de lui.

— En l'occurrence, il parlait de toi. Il a trouvé normal de m'informer que mon amie était contrariée. Quand Maddie m'a appelée et m'a raconté ce qui s'était passé, nous avons décidé que tu avais besoin de nous et que nous ferions mieux de passer voir comment tu allais.

— Voilà, vous m'avez vue. Je vais très bien, vous pouvez rentrer tranquilles maintenant.

— Je ne crois pas, déclara Maddie en entrant sans attendre d'y être invitée. J'ai besoin de me reposer cinq minutes, Dana Sue aussi, la journée a été chaude au restaurant.

Sur ces mots, elle fonça vers le canapé et se laissa choir avec délice dans ses coussins moelleux.

— J'espère que vous allez pouvoir me tirer de là au moment de partir. En attendant, je ne bouge pas, c'est le paradis !

— Ne t'inquiète pas, nous y arriverons, la rassura Helen tout en examinant Dana Sue attentivement.

En effet, elle paraissait plus fatiguée que d'habitude.

— Que s'est-il passé au restaurant ?

— Karen nous a lâchés une fois de plus. Heureusement, elle a pu faire venir son amie. D'un côté, c'était bien, de l'autre, ça nous a sérieusement compliqué la vie.

« Oh, non ! songea Helen, alarmée. Quoi, encore ? »

— Pourquoi ? Elle n'a pas fait l'affaire ?

— Si, elle est formidable. Pour tout t'avouer, je pense qu'elle est parfaite pour le poste. C'est juste que le coup de feu du soir n'était pas exactement le meilleur moment pour la former. Ça nous a pris deux fois plus de temps de lui expliquer comment on travaillait ! Nous aurions mieux fait de faire tout nous-mêmes, Erik et moi. Tu vois le tableau…

Helen la scruta d'un œil empreint d'inquiétude.

— Tu vas quand même voir si l'idée de Karen peut marcher, non ?

Dana Sue fit oui de la tête.

— J'ai promis que nous le ferions, n'est-ce pas ?

— Je ferais mieux d'appeler Karen pour la rassurer. Je suis

sûre qu'elle a une peur bleue que vous soyez arrivés au bout de votre patience, avec elle et ses problèmes.

— Je lui ai parlé tout à l'heure pour lui confirmer que nous engagions Tess et que tout allait bien. Elle était soulagée.

— Si nous revenions à nos moutons, intervint Maddie en se tournant vers Helen.

Elle aussi savait ne pas se laisser distraire de son but et tenait à le rappeler à Helen.

— Vous voulez boire quelque chose ? demanda Helen. De l'eau minérale ? Du jus de fruits ? Un déca ?

— Ne crois pas que tu vas pouvoir t'en tirer comme ça, intervint Dana Sue, l'air amusé. Maddie m'a parlé des questions que tu te posais à propos du bébé. Et si tu nous montrais une des listes que tu as écrites, je sais que tu en as des dizaines. Nous pourrions l'étudier ensemble, qu'en penses-tu ? Cela t'aiderait peut-être à y voir un peu plus clair.

Helen refusa catégoriquement.

— Non. Maddie avait raison, ce matin, quand elle a dit que je devais résoudre ça moi-même. Il n'y a que moi qui puisse répondre à ces questions.

Les deux femmes la regardèrent en fronçant les sourcils.

— C'était ce matin, dit Maddie. C'est différent maintenant.

— Tu as fondu en larmes devant tout le monde, insista Dana Sue. Ce n'est pas du tout ton genre. C'est évident que tu n'y arriveras pas toute seule.

— Je suis plus forte que vous ne croyez, soupira Helen.

— Jusqu'à ce matin, j'aurais été d'accord avec toi, répliqua Maddie.

— Bon, d'accord, commença Dana Sue. Maddie m'a expliqué que tu n'étais plus très sûre de vouloir juste un bébé. Elle m'a dit que tu remettais tout en question et que tu envisageais même l'idée d'avoir une famille et tout ce qui s'ensuit.

— Et alors ? Vous allez me l'obtenir d'un coup de baguette magique, c'est ça ? rétorqua Helen, qui regretta aussitôt ses paroles.

— Mais bien sûr ! fit Dana Sue. En fait, ça te crève les yeux, il te suffit de les ouvrir. Tu peux avoir la totale !

Helen soupira. C'était gros comme une montagne.

— Tu veux parler d'Erik, c'est ça ?

— Bien sûr, Erik. Il est intelligent, beau comme un dieu. Et tu lui as tapé dans l'œil.

Maddie lui jeta un regard étonné.

— Vraiment ? Comment ai-je pu rater cela ?

— Tu avais d'autres préoccupations, tu as raté le baiser, expliqua Dana Sue.

— Le baiser ? Quel baiser ? s'exclama Maddie, tout à fait captivée.

— C'est une longue histoire, continua Dana Sue. Crois-moi si tu veux, c'était si chaud que je suis rentrée en vitesse à la maison me jeter sur Ronnie !

Helen laissa s'échapper un long gémissement.

— Arrêtez de dire des bêtises, j'en ai assez entendu. Et arrêtez aussi de jouer aux entremetteuses. Erik et moi sommes amis, un point c'est tout. Non, en fait, nous sommes des connaissances.

— Ma chérie, quand un homme t'embrasse de la sorte, vous êtes plus que des connaissances, répliqua Dana Sue. Vous êtes à deux pas de vous retrouver dans le même lit.

— D'après Grace Wharton, Erik est un célibataire endurci.

— Balivernes, objecta Dana Sue. Ce n'est pas parce qu'elle ne sait rien de sa vie sociale, qu'il n'en a pas.

— Si c'est le cas, qu'est-ce qui te fait croire qu'il ait envie de l'élargir ? Arrête d'essayer de nous caser ensemble, Erik et moi. Ote-toi cette idée de l'esprit une bonne fois pour toutes. C'est pour ça que tu as fait tout pour que je vienne vous aider dans la cuisine ?

— Nous étions absolument débordés chaque fois que tu es venue nous donner un coup de main, je ne sais pas ce que nous aurions fait sans toi ! répliqua Dana Sue de l'air le plus innocent du monde.

— Alors, explique-moi pourquoi tu n'as jamais demandé à

Maddie de venir. Elle sait très bien faire la cuisine. Ou à Ronnie, tiens ! Tu le lui demandais, d'habitude.

— C'est vrai ça, pourquoi ne me l'as-tu jamais demandé ?

— Parce que depuis deux ans, Maddie, tu es plus ou moins toujours enceinte. Ce n'est pas bon pour toi de rester debout pendant des heures. Quant à Ronnie, c'est vrai, j'aurais pu lui demander ; seulement, maintenant que sa quincaillerie démarre, il lui reste très peu de temps libre. Autant qu'il le garde pour Annie.

— C'est ça, rétorqua Helen sans dissimuler son scepticisme. Avoue-le, Dana Sue. Je sais très bien ce que tu mijotes et, je te le dis en face, tu ferais mieux de laisser tomber.

— Mais, je pense…

— Ne pense pas. Rentre chez toi et va faire des folies avec ton mari. Peut-être que si tu es comblée, tu t'occuperas moins de ma vie sentimentale.

— Tu sais, ce n'est pas un problème, répondit Dana Sue en rougissant. Tu es mon amie, c'est naturel que je veuille que tu sois aussi heureuse que moi.

— Moi aussi, intervint Maddie.

— Alors, s'il vous plaît, arrêtez de vous imaginer qu'Erik et moi, nous allons avoir un bébé ensemble. Je m'en occuperai le moment venu.

— Le temps passe tellement vite. Nous ne voudrions pas que tu te réveilles à cinquante ans, pleine de regrets, dit Maddie. Le plus triste, c'est quand on se dit : si seulement…

— Tu veux dire : si seulement je n'avais pas mentionné à ces deux-là que je voulais un bébé ?

Maddie fronça les sourcils.

— Ne fais pas l'idiote, tu sais très bien ce que je veux dire. « Si seulement j'avais réalisé à quel point j'en voulais un avant qu'il ne soit trop tard. » On ne peut pas revenir en arrière, Helen.

Cette souffrance indicible, cette souffrance qu'elle avait tenté de nier si longtemps, faisant comme si elle n'existait pas, la déchira de nouveau.

— Croyez-moi, je le sais. Je ne suis pas près de l'oublier. C'est pour ça que je suis tellement stressée, je sais très bien que je ne peux pas reporter cette décision à l'infini.

— Alors justement, va chercher tes listes et discutons ensemble du pour et du contre, l'encouragea Dana Sue.

— Mais…, commença Helen.

Devant les expressions déterminées de ses deux amies, elle soupira, vaincue.

— D'accord, je vais les chercher.

Elle s'empara de son attaché-case et fouilla dedans jusqu'à ce qu'elle trouve le carnet du tribunal qu'elle avait réservé à cet usage. Les pages étaient noircies de son écriture. Elle avait tout noté, y compris les remarques des obstétriciens qu'elle était allée voir. Malgré les doutes que cette conversation éveillait en elle, elle tendit ses notes à Maddie. Plus son amie tournait les pages, plus ses yeux s'écarquillaient.

— Tu pourrais écrire une thèse avec toute cette recherche ! commenta-t-elle.

— Je tenais à être bien informée, rétorqua Helen, sur la défensive.

Dana Sue regarda par-dessus l'épaule de Maddie.

— Tu as consulté des manuels de médecine ? fit-elle, incrédule.

— Evidemment que j'en ai consulté. Vous ne croyez tout de même que j'allais me fonder sur l'avis de deux médecins pour une décision aussi importante !

— Tu sais, je crois que tu réfléchis trop à cette affaire, dit Dana Sue en se rasseyant. C'est ça le problème. La question est très simple : veux-tu, oui un non, un enfant, Helen ?

— Ce n'est pas si simple que ça, protesta Helen. Je ne peux quand même pas agiter une baguette magique et me retrouver enceinte !

— Toi, non, répliqua Dana Sue en lui décochant un sourire mutin. En revanche, si tu trouves le bon gars, lui, il pourra.

Maddie pouffa de rire.

— Oh ! Dana Sue !

— Enfin, c'est bien de ça qu'il s'agit, non? répliqua Dana Sue.

— Non! s'écria Helen. Je veux être certaine de ma décision. Je veux sentir dans chaque fibre de mon corps que je suis prête à affronter les changements de vie qu'entraîne inévitablement l'arrivée d'un bébé. Pour vous deux, c'était beaucoup plus simple. D'une, vous étiez plus jeunes; et de deux, vous étiez mariées. C'était dans l'ordre naturel d'avoir des enfants et c'était le bon moment dans votre vie. Pour quelqu'un qui s'est consacré à sa carrière, c'est une tout autre histoire. Tu devrais pouvoir comprendre ça, Maddie, toi qui n'étais pas sûre de vouloir un autre enfant lorsque tu t'es mariée avec Cal. Et tu n'étais pas seule pour décider, il était à tes côtés.

— C'est vrai, concéda Maddie. J'essaye seulement de comprendre ce qui te tourmente tant. Est-ce que tu as peur de ne pas avoir assez de temps pour élever un enfant? Est-ce que c'est la conception elle-même qui t'inquiète — comme de décider si tu le fais naturellement ou par insémination artificielle? Est-ce que tu te demandes ce qui arrivera à ton enfant, si tu meurs? Ou bien, est-ce que tu n'es pas sûre de le désirer suffisamment pour accepter que ta vie en soit tourneboulée? Si c'est cette dernière considération, alors tu as raison de t'inquiéter. Tu ne peux pas te lancer dans une telle aventure à moins de t'engager à fond et sans réserves.

Dana Sue se pencha vers elle et lui prit la main.

— Tu sais que nous serons là pour toi, tout au long du chemin, tu le sais, n'est-ce pas? Toi et ton bébé, vous ne serez pas seuls, vous aurez une famille étendue. Si tu as le moindre problème, le moindre souci, nous serons là pour te soutenir. Tu ferais une maman formidable. Annie est d'accord avec moi.

— C'est aussi ce que disent mes enfants, intervint Maddie. Ils t'adorent.

Pour la seconde fois ce jour-là, Helen sentit les larmes affluer. Elle les essuya d'un geste impatient, ne supportant pas de révéler ainsi ce qu'elle considérait comme une faiblesse.

— Je sais, murmura-t-elle. Je crois que j'ai été un peu prise de court. Je n'étais pas préparée à me trouver dans cette position, j'ai longtemps cru que tout se passerait normalement et puis voilà… Ce n'est pas si simple que ça…

— Ce n'est pas encore trop tard, affirma Dana Sue avec certitude.

— Du point de vue médical, c'est vrai. Ce qui m'inquiète le plus, c'est le problème que vous avez soulevé. Et s'il m'arrivait quelque chose ? De n'avoir qu'un parent risque de déstabiliser un enfant.

— C'est précisément la raison pour laquelle ton enfant saura qu'il pourra toujours compter sur l'une de nous, insista Dana Sue. Si cela peut t'aider, nous pouvons rester ici toute la nuit et éplucher ta liste de « plus » et de « moins », point par point.

Déjà apaisée par leur engagement et l'assurance de leur soutien, Helen secoua la tête.

— Merci, mais non. Je vais résoudre cela toute seule.

— Bientôt ? fit Maddie.

— Bientôt, promit Helen.

A peine eut-elle répondu qu'elle sentit la pression monter de nouveau. Bien sûr, elle ne pouvait pas reporter ce choix à l'infini ! Pourtant, c'était si important… Parviendrait-elle jamais à prendre une décision ?

Maddie réussit à s'extirper du canapé avec l'aide de Dana Sue. Dire qu'elle n'était enceinte que de quatre mois ! Qu'est-ce que ça serait quand elle le serait de neuf ? songea Helen, sur le point de fondre de nouveau en larmes. Elle avait tellement envie de connaître toutes ces sensations elle-même — l'énorme ventre, les coups de pieds du bébé qui l'empêcheraient de dormir la nuit… Ce qui l'emplissait d'angoisse, c'était la suite. Les tétées au milieu de la nuit, le bébé inconsolable, qu'il fallait bercer des heures entières pour qu'il se calme, le premier jour d'école, lorsqu'il fallait lâcher la petite main pour la première fois…

Et puis plus tard, lorsque son enfant aurait la varicelle et qu'elle ne pourrait pas aller au tribunal. Lorsqu'il faudrait s'assurer qu'il avait fait ses devoirs…

Saurait-elle lui enseigner les dangers de l'alcool, du tabac, des drogues… ? Son enfant serait-il heureux, équilibré, capable de s'intégrer à la société tout en développant sa propre personnalité — ou bien serait-il destiné à une vie d'échecs et de déboires ? En dépit de l'assurance de Dana Sue, de Maddie et de ses enfants, que se passerait-il, si elle se révélait incompétente et dépassée ? C'était une vraie torture que d'y penser !

— Arrête de te faire des nœuds dans la tête, et écoute ton cœur, s'exclama Maddie. Ton cœur te guidera toujours dans la bonne direction.

Helen les serra toutes deux fort contre elle.

— Merci de m'avoir écoutée, alors que je vous demandais de partir.

— Pas de problème, répondit Dana Sue avec un grand sourire. Nous avons l'habitude de ne pas faire attention à ce que tu nous dis. En fait, nous adorons ça.

— C'est vrai, acquiesça Maddie. Maintenant, repose-toi. La nuit porte conseil, tu y verras plus clair demain.

Il n'y avait rien de moins sûr, se dit Helen, sceptique. En revanche, savoir que ses deux chères et dévouées amies de longue date lui apportaient tout leur soutien la soulageait quelque peu. Elle aurait dû y penser et s'en douter depuis longtemps.

6

A priori, Erik avait plutôt une dent contre Tess. Principalement, à cause de la façon dont Helen avait manipulé la situation afin de convaincre Dana Sue d'engager une personne supplémentaire pour la cuisine. En outre, pourquoi aller se compliquer la vie davantage en choisissant une autre mère célibataire, après les problèmes qu'ils avaient rencontrés avec Karen ?

Pourtant, il découvrit vite qu'il était impossible de ne pas aimer ce petit bout de bonne femme haute comme trois pommes et légère comme une plume, dont la bonne humeur, l'énergie et l'inclination au travail ne pouvaient que commander son respect et son approbation. Après quelques jours seulement, il fut bien obligé de reconnaître, à son corps défendant, que Tess était une véritable trouvaille. Ce qu'il n'aurait jamais admis, même sous la torture, à Dana Sue et encore moins à Helen.

A ce moment précis, Tess suivait attentivement le moindre de ses gestes, tandis qu'il apportait les dernières touches à la décoration d'un gâteau de mariage dont la réception devait se tenir au Sullivan le samedi suivant.

— Toutes ces fleurs, murmura-t-elle, emplie d'admiration. On dirait un tableau.

— Et vous, votre gâteau de mariage, il était comment ? demanda Erik.

— Pas aussi beau que celui-là, fit-elle tristement. Nous n'avions pas d'argent pour ça.

Tess était née aux Etats-Unis de parents mexicains immigrés clandestins, venus travailler en Floride dans les plantations de canne à sucre. Elle parlait avec un délicieux mélange d'accent espagnol et de la Caroline du Sud. Ses parents avaient travaillé dur et, au prix d'années d'efforts et d'économies, avaient réussi à acheter une petite exploitation maraîchère à quelques kilomètres au sud de Serenity. Ils vendaient leurs produits aux épiceries locales, aux restaurants et sur les marchés le samedi et le dimanche, y compris celui qui venait de démarrer à Serenity l'été précédent sur la place. Dana Sue n'avait pas été longue à réaliser que la plus grande partie des légumes qu'ils achetaient pour le restaurant venaient de la ferme des parents de Tess. Pour Erik, il n'avait alors plus fait aucun doute que Dana Sue engagerait la jeune femme, même si elle savait à peine faire cuire un œuf!

Comme si cela ne suffisait pas, Tess leur avait avoué que son mari, Diego Martinez, avait été renvoyé au Mexique lorsqu'il n'avait pas pu présenter une carte verte valide lors d'un contrôle à son travail. Le tribunal ne s'était même pas donné la peine de vérifier s'il était clandestin ou pas, et l'avait extradé sans autre forme de procès. En vérité, il n'était pas là illégalement et, en supposant que ce soit le cas, le simple fait qu'il ait été marié trois ans avec Tess lui donnait le droit de rester.

Dès qu'Helen apprendrait cela, elle n'hésiterait pas à s'emparer de ce cas et à tout faire pour le faire revenir, avait songé Erik. Combattre le système pour réunir deux êtres qui s'aimaient la changerait des divorces qui faisaient son quotidien. D'autant plus qu'elle semblait particulièrement décidée ces derniers temps à se mêler de ce qui ne la regardait pas, alors, pourquoi ne s'occuperait-elle pas de ce cas?

En attendant, Tess avait un mal fou à boucler ses fins de mois, avec deux enfants de moins de trois ans. Elle avait essayé de se débrouiller toute seule, mais quand elle avait été licenciée du bistrot, elle était retournée vivre chez ses parents. Ils aidaient bien quelquefois pour garder les petits, seulement la ferme exigeait beaucoup de leur temps et de leur énergie. Tess travaillait pour les aider et pour mettre de l'argent de côté. Elle allait en avoir besoin si elle voulait faire rentrer son mari en Caroline du Sud, les avocats coûtaient cher. Erik, tout en étant sensible à ses problèmes, était particulièrement impressionné par l'incroyable rapidité avec laquelle Tess assimilait les tâches qu'on lui assignait dans la cuisine. En moins d'une semaine, elle avait appris de nombreuses recettes et les exécutait à la perfection.

— Ça vous dirait de faire ça ?

Elle écarquilla de grands yeux.

— Vraiment ? Vous m'apprendriez à faire un gâteau aussi beau ?

— Bien sûr. Nous avons beaucoup de demandes pour des réceptions de mariage, ce serait formidable si quelqu'un d'autre pouvait nous donner un coup de main. Dana Sue a été obligée d'en refuser une cette semaine tellement nous étions débordés.

— Je peux venir plus tôt, suggéra Tess. Ce n'est pas normal de me payer pendant que j'apprends.

Erik répondit par un sourire.

— Je pense que nous y arriverons pendant vos heures normales de travail, Tess. J'en parlerai à Dana Sue et nous trouverons une solution.

— Vous savez, je veux bien venir plus tôt. Dites-le-lui, je ne veux pas qu'elle pense que je profite d'elle.

— Jamais personne n'irait s'imaginer une chose pareille. Vous travaillez autant que n'importe qui, ici. Nous avons beaucoup de chance de vous avoir trouvée.

Son petit visage émacié où brillaient deux grands yeux noirs, pétillant de bonne humeur, s'illumina d'un large sourire.

— Non ! C'est moi qui ai de la chance de pouvoir faire un job que j'adore. Je suis tellement reconnaissante à Karen de m'avoir recommandée, et à vous et Dana Sue de m'avoir engagée. Vous pourrez compter sur moi !

Il était temps, songea Erik, d'aborder le sujet qui la tourmentait tant.

— Vous savez, Tess, Dana Sue a une amie avocate. Elle pourra peut-être vous aider pour Diego.

Loin du soulagement qu'il s'attendait à lire dans son regard, il n'y vit que des regrets.

— Je n'ai pas encore économisé assez pour payer un autre

avocat. Le premier m'a pris tout mon argent, mais il n'a rien pu faire.

Comment était-il possible de tirer avantage d'une telle situation ? se demanda Erik, ulcéré.

— Il ne faut pas que l'argent soit un obstacle. Je suis certain que vous pourrez vous arranger avec Helen d'une manière ou d'une autre. D'ailleurs, telle que je la connais, je suis sûr qu'elle est bien capable de faire des pieds et des mains pour obliger cet avocat véreux à vous rembourser ce que vous avez dépensé pour rien.

Helen, il n'en doutait pas, s'en ferait une joie.

— Vraiment, vous croyez ? fit-elle le plus sérieusement du monde.

Elle regarda sa montre.

— Je suis en retard, mes parents vont commencer à s'inquiéter. Vous voulez que je fasse autre chose avant de partir ?

— Rien du tout. A demain !

— Et vous parlerez à Dana Sue pour les décorations des gâteaux ?

— Tout à fait.

— *Muchas gracias*, dit-elle. *Adios.*

Elle n'était pas partie depuis plus de quelques minutes que Dana Sue entra. Erik leva sur elle un regard désapprobateur.

— Je croyais que tu étais rentrée chez toi depuis longtemps.

— Il y a encore de la paperasse à régler, soupira-t-elle en tirant un tabouret.

Elle s'assit près de lui.

— Le gâteau est superbe. Les Lambert vont être enchantés.

— C'est aussi ce que pensait Tess. Elle aimerait apprendre à faire ça.

— Elle veut tout apprendre, c'est formidable, tu ne trouves pas ? sourit Dana Sue. Je l'aime bien, et toi ?

— Je dois avouer que ça se passe beaucoup mieux que je l'avais craint, admit-il. Ça améliore d'autant la situation avec Karen. Depuis quelques jours, elle n'est plus du tout aussi stressée.

— Donc tu es prêt à admettre que Karen et Helen se sont

bien débrouillées, n'est-ce pas ? suggéra-t-elle avec un clin d'œil malicieux.

— Oui, Dana Sue, ton amie nous a rendu un fier service. Veux-tu que je lui décerne une médaille ?

— Non. Tout ce que je te demande, c'est de ne pas l'éviter comme tu le fais.

— Moi ? Je ne fais rien de la sorte, se défendit-il.

Dana Sue avait raison et il le savait bien, même s'il refusait de l'admettre. Depuis qu'il l'avait trouvée en pleurs, il avait tout fait pour ne pas croiser son chemin. Découvrir que cette femme, en apparence si forte, puisse se montrer aussi vulnérable, lui avait fait perdre tous ses moyens. Sans oublier, bien sûr, l'image difficile à effacer du baiser torride qu'ils avaient partagé.

— As-tu passé plus de deux secondes avec elle depuis *le* baiser ?

— Je l'ai emmenée chez Wharton pour un *hot fudge sundae*, tu te rappelles ? C'était la semaine dernière, à peine.

— Ah, oui ! C'est vrai. C'était quand tu es parti en courant à la seconde où elle a commencé à te poser des questions un peu personnelles, c'est ça ? Et depuis, tu l'as revue ? Tu lui as demandé de sortir avec toi ?

Erik fronça les sourcils.

— L'occasion ne s'est pas présentée. Au fait, j'y pense, as-tu parlé à Helen de ce qui se passe avec le mari de Tess ? demanda-t-il, ravi de trouver une diversion.

Dana Sue secoua la tête.

— Je n'ai pas osé m'en mêler. Je ne suis pas sûre que Tess veuille qu'on mette le nez dans sa vie privée.

— Je crois que tu devrais. A mon avis, c'est exactement le genre d'affaire qui pourrait intéresser Helen. Surtout si un autre avocat lui a soutiré de l'argent d'une manière peu recommandable.

— Ça alors ! s'écria Dana Sue, médusée. Je n'étais pas au courant de ce côté de l'affaire. C'est écœurant !

— C'est aussi mon avis. Je crois que c'est le genre de situation qui mettrait Helen hors d'elle.

— Tu peux en être sûr ! acquiesça Dana Sue. N'hésite pas à lui en parler.

Erik haussa les épaules.

— Tu la vois plus que moi.

— Il ne tient qu'à toi. Prends le téléphone et appelle-la. Invite-la à prendre un café pour discuter d'affaires légales, puisque tu es trop lâche pour lui demander de sortir avec toi.

Erik lui lança un regard noir.

— Je ne suis pas lâche. Je n'ai pas envie de sortir avec elle.

— Arrête de me raconter des bobards ! Elle te plaît énormément et ça te fiche une trouille bleue ! Ce que je ne comprends pas, et que je voudrais que tu m'expliques, c'est pourquoi.

Erik avait suffisamment réfléchi à cette question pour avoir une réponse toute prête.

— Nous sommes totalement opposés. Les avocates carnassières me donnent des boutons.

— Les opposés s'attirent, tu ne le savais pas ? Quant à être carnassière, Helen ne l'est que dans le contexte du tribunal.

— C'est ça ! Je l'ai remarqué quand j'ai reçu une tarte en pleine figure, parce qu'elle était « un peu » en colère contre moi.

Dana Sue réprima un sourire.

— Reconnais que c'était tout à fait inattendu et très drôle ! Surtout venant d'Helen, elle qui est si bien élevée d'habitude !

— Tu m'as vu rire ?

— Non, je t'ai vu l'embrasser, ce qui était tout aussi inattendu — et beaucoup trop torride pour être drôle.

— Peu importe.

De toute évidence, Dana Sue ne croyait pas un instant à son indifférence.

— Comme tu voudras ! Je pense que tu as raison en ce qui concerne Diego : Helen est la personne idéale pour prendre ça en main. Je te laisse t'en occuper.

Erik ne fut pas dupe de son stratagème.

— Allez, sois sympa, Dana Sue. Parle-lui, toi.

— Pas question. Je ne lui parlerai pas de ça, en tout cas.

— Tu préfère laisser Tess dans la mouise, simplement parce que tu t'es mis en tête de nous coller cette affaire, à Helen et moi ?

— Disons que je le vois comme une excellente opportunité de vous rapprocher l'un de l'autre. Je connais ta générosité et ton grand cœur. Tu n'abandonneras pas longtemps Tess à son sort. Au bout du compte, tout le monde y trouvera sa part.

— Tu es aussi casse-pieds qu'Helen, marmonna-t-il entre ses dents. Tu le sais, n'est-ce pas ?

Elle le gratifia d'un sourire radieux.

— Bien sûr, je le sais. Seulement, ne t'avise pas de me clouer le bec en m'embrassant comme tu as embrassé Helen : je ne crois pas que Ronnie apprécierait particulièrement, et tu risquerais d'avoir de ses nouvelles !

Erik s'esclaffa.

— Je vois ça d'ici ! Allez, Dana Sue, rentre chez toi, il est tard. Prends tes affaires, je te raccompagne jusqu'à ta voiture.

— Je crois que je peux faire les vingt mètres qui me séparent de ma voiture sans protection rapprochée.

— Certainement pas ! On ne sait jamais, même à Serenity, où c'est plutôt tranquille. Va chercher ton sac et tout ce que tu veux, je t'attends dehors.

Lorsqu'elle eut enfin rejoint son véhicule et qu'elle fut installée, prête à démarrer, elle baissa la vitre.

— Helen a besoin de quelqu'un comme toi, lui confia-t-elle. Comme toute femme, d'ailleurs.

— De quelqu'un comme moi ? Qu'est-ce que tu entends par là ?

— Un prince charmant en armure scintillante, prêt à accourir à son secours sur son destrier.

— Je crains que tu ne te trompes de personne. Mon armure est ternie depuis bien longtemps.

— Je tâcherai de t'apporter de quoi l'astiquer demain matin. Bonne nuit, Erik.

Sur ces mots, elle démarra, laissant Erik médusé. Comme elle se trompait à son sujet ! songea-t-il en la regardant disparaître. Il resta longtemps ainsi perdu dans ses pensées, debout dans l'obscurité, sous un ciel d'encre où seules quelques étoiles éparses brillaient faiblement.

Depuis cette nuit tragique où sa femme avait trouvé la mort, il savait bien, lui, qu'il n'était plus un blanc chevalier. Dana Sue n'y pourrait rien changer : il avait déposé les armes, et son armure.

Helen prit place dans la salle du tribunal, face à Jimmy Bob et à Brad Holliday, qu'elle examina attentivement.

— A votre avis, lui demanda Caroline Holliday en se penchant vers elle, quelle excuse vont-ils trouver pour faire reporter la séance une fois de plus ?

Elle parlait d'un ton résigné, comme si elle n'avait plus l'énergie de se battre.

— En fait, j'ai bien envie de leur rendre la monnaie de leur pièce, répondit Helen, si vous êtes d'accord, bien sûr.

Caroline se redressa, intriguée.

— Qu'avez-vous l'intention de faire ?

— Eh bien, voilà, j'utilise de temps en temps les services d'un détective privé à qui j'ai demandé de fouiller un peu dans les affaires financières de Brad. Je crois avoir accumulé assez de preuves pour démontrer au juge qu'il nous a caché une bonne partie de son capital. Je vais demander à mon tour une prorogation, afin de pouvoir exposer au grand jour chaque centime que votre ex-mari recèle.

— Mais ils nous ont communiqué tous les documents financiers requis et cela correspondait à ce que nous avions, s'étonna Caroline.

— Evidemment. Ils ont fourni ce qu'ils ne pouvaient pas cacher. Malheureusement pour eux, nous avons découvert l'existence d'un certain petit papier qu'ils n'avaient pas réussi à escamoter. Il s'avère que Brad est associé dans une entreprise immobilière à l'extérieur de l'Etat et que cela représente une coquette somme.

— Ce n'est pas vrai ? s'écria Caroline d'un ton enjoué. J'aurais donc droit à une part de cette propriété ?

— Ou à sa valeur capitale, une fois vendue. En outre, je peux affirmer, par expérience, que si un homme se donne tant de mal pour dissimuler une partie de ce qu'il possède, c'est qu'il ne s'agit probablement que de la partie cachée de l'iceberg.

Elle étudia la jeune femme assise à son côté, dont les joues avaient enfin retrouvé un peu de leur couleur et les yeux un peu de leur détermination, avant d'ajouter :

— Alors, on y va ?

— Tout à fait ! confirma Caroline. Même si je n'en tire que le plaisir de voir la tête de Brad quand il va comprendre que nous ne sommes pas prêtes à nous laisser faire, ce sera toujours ça de pris !

— Je dois avouer que j'attends ça avec impatience, confia Helen en riant.

Quelques minutes plus tard, lorsque le juge fit son entrée, Helen était debout avant que Jimmy Bob n'ait eu le temps de reculer sa chaise pour s'asseoir.

— Votre Honneur, lança-t-elle sans perdre un instant, nous souhaitons requérir un report de séance.

Tout en formulant sa requête, elle coula vers Jimmy Bob un regard qui en disait long. Il se laissa choir sur sa chaise sans un mot tout en l'étudiant d'un œil empli de soupçon. Contrairement à Brad, qui parut savourer cet instant pendant quelques courtes secondes, il se doutait fort qu'Helen était en train de leur préparer un coup à sa façon, qui ne serait pas du goût de son client.

— Vous aimeriez, je n'en doute pas, nous expliquer les raisons de votre requête, dit le juge, d'autant plus que vous avez objecté jusqu'à aujourd'hui tout délai pouvant retarder un accord entre les deux parties.

— Je vais bien sûr vous expliquer, Votre Honneur. Puis-je m'approcher ? J'ai ici en ma possession quelques documents pour appuyer ma demande.

Elle lui tendit un ensemble de feuillets et fit de même à Jimmy

Bob, qui, dès qu'il eut jeté un simple coup d'œil à la première page, foudroya son client d'un regard noir.

— Qu'est-ce que c'est ? demanda Brad.

Helen réprima un sourire triomphant.

— Je puis vous expliquer, si vous le permettez, Votre Honneur.

— Faites, je vous en prie.

Helen se mit à exposer en détail ce que le détective avait trouvé.

— Ces documents me laissent à penser que M. Holliday a essayé de duper sa femme et la Cour sur l'importance de ses moyens financiers. Nous voudrions effectuer quelques recherches plus approfondies de manière à nous assurer que tout règlement décidé par cette Cour sera fondé sur la totalité des possessions de M. Holliday et non pas sur la sélection que M. Holliday aura décidé de nous révéler.

Le juge ajusta ses lunettes et examina les documents en question. Fronçant les sourcils, il posa sur Brad Holliday et Jimmy Bob un regard courroucé, apparemment pour le moins agacé de se trouver, par leur faute, dans cette position.

— Avez-vous une objection ? demanda-t-il à Jimmy Bob.

— Aucune, soupira celui-ci, résigné.

Brad ne l'entendait pas de cette oreille. Il se leva vivement. Ses yeux lançaient des éclairs.

— Eh bien, moi, j'en ai ! J'ai des objections ! De quel droit se permettent-elles de fouiner ainsi dans mes affaires ?

Le juge Rockingham frappa la table de son marteau, puis il darda sur Brad un regard qui l'obligea à se rasseoir sans demander son reste.

— Du droit le plus strict, accordé par la Cour.

— Merci, fit Helen d'une voix onctueuse, enchantée de voir Brad se faire tancer de la sorte. Puis-je me permettre d'adresser une demande supplémentaire ?

Le juge le lui accorda d'un geste de la main.

— Pourriez-vous ordonner à M. Holliday et à son conseil de nous fournir un détail du capital — complet, cette fois-ci.

Toutefois, au vu de ce qui s'est passé, je ne saurais l'accepter comme document final, mais il sera intéressant de le comparer avec ce que nous avons découvert.

— Accordé, déclara le juge. La séance est ajournée. Nous nous retrouverons ici même dans deux semaines. Monsieur West, assurez-vous que Me Decatur obtienne cette déclaration financière revue et corrigée d'ici à vendredi, fin de journée.

— Mais…, tenta Jimmy Bob.

— Je ne vous laisse pas le choix ! coupa le juge, à bout de patience.

Brad, hors de lui devant ce qu'il considérait comme une injustice à son égard, sortit en trombe de la salle d'audience avant même que la porte menant au cabinet du juge se soit refermée sur lui. Jimmy Bob coula vers Helen un regard empreint d'admiration.

— Je crois que tu as gagné cette manche, déclara-t-il.

Il ne s'agissait pas d'un jeu ! songea Helen, piquée au vif. Souvent, les divorces donnaient lieu, hélas, à des concours de stratégie et de sagacité.

— Si, pour changer, toi et ton dissimulateur de client décidaient d'être francs, cela nous éviterait de perdre un temps précieux et nous pourrions régler cette affaire rapidement. Evidemment, ajouta-t-elle avec un haussement d'épaules, tu dois sans doute apprécier de voir tes honoraires grimper. Crois-tu gagner assez avec cette affaire pour t'offrir une villa en bord de mer, si on arrive à faire traîner les choses encore un peu ?

Sur ce, elle referma son attaché-case d'un coup sec et sortit sans demander son reste, Caroline sur les talons. Bob, lui, resta pantois, trop ahuri pour pouvoir prononcer une parole.

Dans le hall, Caroline pivota vers Helen et lui lança un regard ravi.

— J'ai trouvé cela presque drôle. J'aurais préféré que tout soit réglé, mais je dois avouer que de voir Brad perdre ainsi ses moyens était assez réjouissant.

— Je suis confiante sur le fait que nous arriverons à un arrangement la prochaine fois, déclara Helen. Ils espéraient bien nous clouer le bec et ne sont pas enchantés que nous ayons remis en question leurs déclarations. Je suppose que Brad va vouloir régler ça dans les plus brefs délais, de crainte que nous ne découvrions d'autres petits secrets.

— Il était vraiment furieux, dit Caroline l'air inquiet. Je ne l'avais jamais vu comme ça.

Helen fronça les sourcils.

— Avez-vous peur qu'il ne cherche à se venger ?

Le visage de Caroline se détendit aussitôt.

— Non, bien sûr que non. Je le connais bien, nous avons été mariés des années.

Malgré son ton convaincu, Helen crut détecter un soupçon d'incertitude.

— Vous êtes sûre ?

— Oui, j'en suis sûre, la rassura Caroline. Il est presque midi, ajouta-t-elle en consultant sa montre. Avez-vous le temps de déjeuner avec moi ? Je vous invite. Nous pourrions aller au Sullivan.

— C'est très gentil, malheureusement je dois filer. J'ai une journée terriblement chargée. Une autre fois, ce sera avec plaisir.

Elle fouilla dans son attaché-case et en tira une invitation pour le Club du Coin. Dana Sue, Maddie et elle en avaient pris chacune une demi-douzaine qu'elles distribuaient avec discernement aux bonnes personnes. C'était une excellente façon de faire de la publicité. Rien de tel que le bouche-à-oreille.

— J'ai une idée, dit-elle en lui tendant le billet. Si vous alliez au Club du Coin pour vous faire pomponner ? Un bon massage ou un soin de beauté pour célébrer la victoire d'aujourd'hui ne vous ferait pas de mal. Je vais appeler Jeanette pour voir si elle peut vous prendre.

Le visage de Caroline s'illumina.

— J'adorerais ça ! Toutes mes amies m'en ont parlé et je meurs d'envie de l'essayer, mais depuis que ces procédures de divorce ont commencé, je suis obligée de me serrer la ceinture. Je dois me contenter de l'essentiel.

— Tout cela va changer quand le divorce aura été prononcé,

promit Helen. Les enfants et vous aurez de quoi vivre confortablement.

— Après ce que nous venons d'apprendre, je commence en effet à y croire, déclara Caroline. Merci à vous !

— Je ne fais que mon travail, dit Helen.

Malgré son intense fatigue, Karen était quand même venue travailler. Elle pouvait à peine mettre un pied devant l'autre et, au prix d'un effort extrême, elle remua une dernière fois le gaspacho qu'elle avait préparé comme entrée pour le déjeuner et le mit dans le réfrigérateur pour qu'il refroidisse. Sans savoir si Tess pouvait la remplacer, elle n'avait pas osé demander sa journée, une fois de plus.

— Ça va ? s'enquit Erik, qui venait d'entrer dans la cuisine.

Il avait dû remarquer qu'elle n'avait pas sa forme habituelle.

— Juste fatiguée. Daisy est encore malade, heureusement la nounou a pu rester avec elle toute la journée.

— Elle t'empêche de dormir ?

Karen fit oui de la tête.

— Mais tout va bien. Le gaspacho et les salades sont prêts. Je les ai mis au frais.

— Dans ce cas, repose-toi cinq minutes. Prends un bol de ce gaspacho. La dernière fois que tu l'as fait, il était tellement succulent que les clients n'arrêtent pas de le réclamer à grands cris, surtout quand il fait très chaud.

— C'est une bonne idée, dit-elle en versant dans un bol une louchée de la soupe froide, faite d'un mélange épicé de tomates, poivrons et oignons.

Tirant un tabouret, elle s'assit au comptoir et commença à manger. A peine eut-elle porté la première cuillerée à sa bouche qu'elle la recracha en poussant un cri d'horreur.

— Mon Dieu ! s'écria-t-elle. C'est immangeable !

— Pourquoi ? s'étonna Erik.

— J'ai dû mettre trop de Tabasco ! Ça arrache le palais ! Je ne sais pas ce qui m'a pris, je devais avoir la tête ailleurs. Je suis vraiment désolée.

— C'est le manque de sommeil, ça peut arriver. Heureusement, nous avons le temps d'en faire un autre. Je vais t'aider à éplucher les légumes.

— Ce sera sans doute plus sûr si vous vous occupez de l'assaisonnement. Visiblement, on ne peut guère me faire confiance.

Erik l'examina attentivement.

— Tu es sûre de ne rien me cacher ? Tu ne serais pas en train de tomber malade, toi aussi ?

— Non ! déclara-t-elle avec fermeté.

Il ne fallait surtout pas qu'il lui dise de rentrer chez elle ! paniqua-t-elle. Cela ne ferait qu'endommager sa réputation, déjà fortement ternie, et puis que deviendrait-elle ? Elle avait tant besoin de son salaire ! Avec ce qui avait été déduit ces derniers temps à cause de ses absences répétées, elle avait un mal fou à boucler son budget.

— Je vais prendre une autre tasse de café, ça ira mieux tout à l'heure. Je serai en forme pour le déjeuner.

— Comme tu veux, fit Erik sans cacher son scepticisme.

— Ecoutez, je sais que vous n'êtes pas satisfait de moi en ce moment, ni de mon travail. Pourtant je fais tout ce que je peux. Je vous en prie, soyez encore un peu patients.

— Nous essayons. Quand même, il y a des limites. Nous ne pourrons pas tolérer que la qualité de nos repas souffre parce que tu dors à moitié.

— Je le sais bien, répondit-elle, les yeux gonflés de larmes. Mais il y a des jours où je n'en peux plus. C'est une accumulation de choses. Je n'ai pas eu une vraie nuit de sommeil depuis des semaines à cause des enfants. Si ce n'est pas l'un, c'est l'autre. Je ne vois pas comment je vais y arriver. Ce qui n'arrange rien, c'est que je ne sais pas comment je vais faire pour payer mes factures, ça me donne des angoisses.

Elle s'arrêta brusquement.

— Excusez-moi, je ne sais pas ce qui me prend. Ce ne sont pas vos problèmes, je ne devrais pas vous raconter tout ça.

Contrairement à la réprimande à laquelle elle s'attendait, il lui jeta un regard empreint de compassion.

— N'oublie pas que tu fais partie de cette équipe, dit-il d'une voix rassurante. Je sais que je suis parfois dur avec toi, mais ça ne m'empêche pas de m'inquiéter pour toi. Si nous pouvons t'aider de quelque manière que ce soit, Dana Sue et moi, nous n'hésiterons pas.

— La seule chose que vous puissiez faire, à part vous occuper de mes enfants pendant une semaine pour que je récupère mon sommeil, c'est d'être patients avec moi. Je fais tout pour tenir le coup.

— Je le sais bien.

C'était peut-être la gentillesse dans la voix d'Erik ou le sentiment qu'elle était au bout du rouleau… Quoi qu'il en soit, Karen éclata en sanglots et s'enfuit de la cuisine, laissant derrière elle Erik, totalement médusé.

Elle courut se réfugier dans les toilettes, où elle s'aspergea le visage d'eau froide. Puis, les deux mains appuyées sur le rebord du lavabo, elle respira profondément pour essayer de recouvrer son calme. Ce sentiment d'être sur le fil du rasoir, si près de craquer, la terrifiait. L'irresponsabilité de sa mère lui avait appris très tôt qu'elle ne pouvait compter que sur elle-même. La plupart du temps, elle était bien trop prise par ses petits amis pour s'apercevoir seulement que Karen existait. Plus tard, lorsque Karen s'était séparée de son mari, elle avait plutôt bien tenu le coup au début, jusqu'à ces derniers temps, où la moindre contrariété lui faisait perdre tous ses moyens.

— Allez ! Ressaisis-toi, marmonna-t-elle en scrutant son visage pâle et émacié dans le miroir. Il ne faut surtout pas que tu perdes ce boulot !

Elle prit une respiration profonde, puis une autre, une autre encore. Petit à petit, elle se sentit plus en possession de ses moyens. Tirant un tube de rouge à lèvre de sa poche, elle en appliqua un peu. Là, ça allait mieux avec un peu de couleur, songea-t-elle.

Elle était sur le point de retourner dans la cuisine pour

s'excuser, lorsque Dana Sue entra. L'inquiétude se lisait sur son visage.

— Tout va bien, Karen ? Erik s'en veut terriblement de t'avoir fait pleurer.

— Tout est ma faute, il n'est pas responsable, la rassura Karen. Je suis prête à m'occuper du déjeuner, ajouta-t-elle avec un petit sourire forcé. Promis.

Elle tenta de passer devant Dana Sue, avant de s'effondrer de nouveau, mais celle-ci la retint.

— As-tu besoin de prendre quelques vacances ? Nous pourrons toujours nous débrouiller pour te payer pendant une semaine ou deux, si ça peut tout arranger.

Karen secoua la tête.

— Il faut bien que j'arrive à faire face aux difficultés de ma vie. Sinon, ce ne sont pas une ou deux semaines de vacances qui vont faire la différence.

— Ça te permettrait de te reposer un peu. C'est toujours pire, quand on est épuisé.

— C'est gentil, très gentil. J'apprécie vraiment, mais non, je ne préfère pas.

— Karen, insista Dana Sue, ne repousse pas l'aide qui t'est offerte. Tu ne seras bonne à rien, ni pour nous ni pour tes enfants, si tu tombes en loques.

— Je ne suis pas à plaindre, il y a des tas de mères célibataires qui ont beaucoup plus de problèmes que moi. Vous avez déjà fait tant pour moi, beaucoup trop !

— Parce que quand tu es en possession de tous tes moyens, tu es une excellente candidate pour le poste de sous-chef.

— Et je vais vous prouver que vous avez raison de croire en moi et de me faire confiance, dit Karen. Je vais reprendre la situation en main, je vous le jure.

Dana Sue soupira.

— Dis-moi juste si tu changes d'avis et que tu décides de prendre un peu de vacances.

Karen hocha la tête.

— Je ferais mieux de retourner travailler. Je dois préparer un autre gaspacho.

Elle devait aussi prouver sa valeur à ces deux personnes qui se donnaient tant de peine pour l'aider. Il était hors de question de les décevoir.

7

— Qu'est-ce qui t'a pris ? lança sans préambule Dana Sue à Helen, qui venait d'arriver dans le patio du Club du Coin.

Quelques jours à peine auparavant, elle avait essayé de convaincre Erik de l'appeler.

Si les situations de conflit ne faisaient pas peur à Helen, si elle les appréciait tout particulièrement dans le cadre d'une salle de tribunal, elle n'avait pas du tout envie en revanche de se frotter à ses amies.

— Je te demande pardon ? Qu'est-ce que je t'ai fait ?

— A moi, rien. A Erik ! L'homme le plus gentil, le plus sexy qui soit, se trouve sur ton chemin et t'embrasse à te couper le souffle et toi, qu'est-ce que tu fais ? Rien, absolument rien ! l'accusa Dana Sue. Je croyais que tu voulais une relation sérieuse dans ta vie. Il m'avait semblé voir ça sur l'une de tes listes interminables. Il y avait ça, et aussi avoir un bébé. N'y avait-il pas également « apprendre à se relaxer ». Tu m'as l'air aussi relaxé et détendu qu'un cobra sur le point de mordre sa proie. Je ne peux pas m'empêcher de me demander ce que ton Dr Marshall et tous ces spécialistes obstétriciens qui t'ont coûté les yeux de la tête diraient, s'ils te voyaient ?

Helen pivota vers Maddie.

— Je suppose que tu es d'accord avec elle ?

Maddie haussa les épaules.

— Assez, je dois dire.

— Nous avons déjà eu cette conversation, non ?

Son visage s'assombrit. Elle fit face à Dana Sue en fronçant les sourcils.

— Je ne tiens pas à revenir là-dessus, reprit-elle.

— Tu es tellement têtue que tu es en train de tourner le dos à ta meilleure chance d'obtenir tout ce que tu veux ! Après tout, ça m'est totalement égal !

— Je ne suis pas…

Elle s'arrêta net devant le sourire de Maddie et le regard incrédule de Dana Sue.

— Bon, c'est vrai que je suis têtue, concéda-t-elle. Mais là n'est pas la question. C'est ma vie, je fais ce que je veux et je prends les décisions que je choisis.

— Justement ! Arrête de tergiverser et prends une décision une bonne fois pour toutes, lâcha Dana Sue, exaspérée.

— Avoir un bébé n'est pas une décision à prendre à la légère, il y a beaucoup trop d'implications.

— Alors, accepte simplement de sortir une fois avec Erik, supplia Dana Sue. Ça, au moins, ça ne devrait pas être si difficile que ça à décider.

Helen haussa les épaules.

— Il ne m'a pas demandé de sortir avec lui.

— Alors, invite-le, toi ! Je ne te reconnais plus. Qu'est-ce que c'est que cette fille timide qui attend qu'un garçon l'invite et n'ose pas faire le premier pas ? Je te croyais au contraire une femme indépendante, directe et fière de l'être, une femme qui fonce quand elle veut quelque chose et qui définit sa vie.

— Je suis tout à fait d'accord, intervint Maddie. Je dois reconnaître que c'est tout à fait fascinant de suivre les péripéties de ce feuilleton : Helen va-t-elle ou non parvenir à s'extirper des filets tendus par Dana Sue, l'entremetteuse machiavélique ? Cela dit, ajouta-t-elle un posant une main sur son ventre rebondi, je crois que nous ferions bien de remettre la suite à plus tard. J'aimerais bien que nous commencions à réfléchir à notre plan d'action pour la gestion du Club pendant que je serai en congé de maternité.

Ravie de s'en tirer à si bon compte, Helen poussa un soupir de soulagement. Elle gratifia Maddie d'un grand sourire, la remerciant intérieurement d'avoir dévié la conversation.

— On peut dire que tu t'y prends en temps et en heure. D'après mes calculs, il y a encore de la marge, non ?

— Je serais plus tranquille, si tout était écrit noir sur blanc, expliqua Maddie. Je pourrais rayer ça de ma liste. Comme si je n'avais pas assez de pain sur la planche, Cal est en train de me concocter sa liste à lui et je dois y mettre mon grain de sel.

— Qu'est-ce qu'il prépare ? demanda Helen, curieuse.

— Il s'est mis dans la tête de transformer le grenier en salle de jeux. Ça m'a tout l'air de quelque chose tiré d'un roman de Jane Austen, tu vois le genre : on envoie les enfants à l'étage avec la nounou, fit-elle en secouant la tête d'un air dubitatif. En tout cas, il est très décidé. Il pense que Jessica Lynn et le bébé devraient avoir un espace bien à eux. Il est rentré hier avec assez d'échantillons de papier peint et de peinture pour décorer la ville tout entière. Il va me falloir des journées pour faire le tri !

— Si tu veux, je peux te donner un coup de main, ça me plairait assez.

— Surtout, ne te gêne pas. En attendant, les filles, au boulot. Nous avons besoin d'un plan d'action.

Dana Sue haussa les épaules.

— Tu pourrais diriger le Club depuis chez toi, plaisanta-t-elle. C'est bien ce que tu as fait la dernière fois, alors que Jeanette était officiellement en charge ?

— C'est vrai, je m'en souviens, confirma Helen.

Maddie leur jeta un regard noir.

— Bon, d'accord, je reconnais que je tiens à tout contrôler. C'était sans doute possible avec un bébé à la maison. Avec deux, je crois que nous entrons dans une ère nouvelle. Kyle prétend qu'il a changé sa couche tout seul la dernière fois. Katie, elle, souffre de ne plus être le bébé de la famille depuis la naissance de Jessica Lynn. Je ne crois pas qu'elle soit enchantée à l'idée de l'arrivée d'un autre bébé, je ne peux pas trop compter sur elle pour m'aider. Avec le printemps, Cal a des entraînements de base-ball presque tous les jours de la semaine. Quant à Tyler, il est encore à Duke pour deux semaines. De toute façon, il a l'intention de trouver un job d'été.

Helen glissa un regard vers Dana Sue, qui hocha la tête.

— C'est encore un petit peu tôt pour ça, dit-elle en fouillant dans son attaché-case pour en tirer un grand paquet plat et rectangulaire. Comme tu as refusé catégoriquement une autre *baby shower*,[1] on s'est bien demandé ce qu'on pourrait t'offrir. On a pensé que tu risquais d'être assez débordée, alors on a décidé de te faire ce petit cadeau.

Maddie prit le paquet et le scruta d'un œil plein de suspicion.

— Qu'est-ce que c'est ?

— Ouvre, tu verras, conseilla Dana Sue.

Maddie s'exécuta, sous l'œil attentif de Dana Sue et d'Helen. Elle dénoua délicatement le ruban, ôta le papier-cadeau, qu'elle plia consciencieusement.

— Allez, dépêche-toi ! s'impatienta Helen.

Maddie lui adressa un sourire pétillant.

— J'adore faire durer le suspense, déclara-t-elle en sortant du papier de soie une feuille couverte d'une écriture élégante, ressemblant à un diplôme.

Elle l'étudia attentivement quelques secondes, puis leva sur ses deux amies des yeux comme des soucoupes.

— Vous vous êtes cotisées pour m'offrir les services d'une nounou à domicile ? Pendant un an ?

Enchantées du succès de leur cadeau, Helen et Dana Sue échangèrent des regards de connivence.

— Tu t'occupes de choisir celle qui te convient et de l'engager,

1. Fête organisée par les amies de la future maman vers la fin de sa grossesse, pour admirer ses jolies rondeurs, l'entourer et la gâter, l'arrosant littéralement de cadeaux.

mais tout est payé. Nous avons besoin que tu sois heureuse et détendue, l'aide d'une nounou devrait t'aider à aller dans ce sens. D'ailleurs, Cal approuve notre choix de cadeau à cent pour cent.

— A cent pour cent ? Tu veux dire à deux cents pour cent ! C'est incroyablement généreux de votre part. Trop ! Beaucoup trop !

— Ne sois pas ridicule, protesta Dana Sue. Depuis que tu es là, le Club s'est transformé en mine d'or. Considère cela comme une prime ou comme un privilège attaché à ton poste. En outre, n'oublie pas que tu es notre amie et que nous t'aimons. Et voilà, c'est aussi simple que ça !

Maddie se laissa aller contre le dossier de sa chaise, les mains toujours crispées sur le document.

— Je… je n'en reviens pas. J'en suis tout émue…

— Ressaisis-toi, ce n'est pas fini, et écoute-moi bien : il n'est pas question que tu remettes les pieds ici avant que le bébé ait six semaines au minimum, plus si tu peux le supporter, déclara Helen. Tu as formé Jeanette, elle est parfaitement capable de s'occuper de tout. Laisse-la faire.

— Nous la surveillerons, la rassura Dana Sue. S'il y a le moindre problème, elle peut s'en référer à l'une de nous. Toi, tu t'occupes de ta petite famille, tu te reposes et tu profites des services d'Elliott qui est prêt à venir chez toi dès que tu le voudras, pour t'aider à retrouver ta silhouette de jeune fille.

— Je n'ai plus ma silhouette de jeune fille depuis vingt ans, soupira Maddie. Mais, cette fois-ci, je vais peut-être quand même vous écouter et ne rien faire pendant quelques semaines au moins.

— Avec deux petits bouts de chou de moins de deux ans, tu crois vraiment que tu pourras ne rien faire ? s'étonna Dana Sue. Tu rêves !

— La nounou t'aidera, intervint Helen. Et puis nous ne sommes pas loin, tu n'auras qu'à nous passer un coup de fil en cas de panique. Tu sais que tu peux toujours compter sur nous.

Maddie se tourna vers Helen et l'examina attentivement.

— Tu n'aurais pas envie de te faire la main, par hasard ?

— Laisse tomber. Pour le moment, je n'ai encore pris aucune décision. Et non, je ne veux pas en parler et je n'ai pas changé d'avis dans les trois dernières minutes, au cas où vous vous poseriez des questions.

— Bon, dans ce cas, je vais rentrer au restaurant, puisqu'il n'y a rien d'intéressant à glaner. Karen n'est pas au top ces derniers temps, il vaut mieux que je la surveille un peu.

Helen lui glissa un regard contrarié.

— Tu as encore des problèmes avec elle ? Je croyais que tout s'était arrangé depuis l'arrivée de Tess.

— Ça va beaucoup mieux, la rassura Dana Sue. Le problème, c'est Karen elle-même. A mon avis, elle a beaucoup de sommeil à rattraper. Elle est présente physiquement, mais je vois bien que ça ne tourne pas rond. Ne t'inquiète pas, c'est sûrement une question d'organisation. Ce n'est pas facile, dans le meilleur des cas, de tout mener de front quand on est seule pour élever ses enfants.

— Alors là, je suis de tout cœur avec elle ! J'ai bien vu ce que c'était quand je me suis retrouvée avec Ty, qui ne mettait pratiquement plus les pieds à la maison, Kyle, qui n'ouvrait pas la bouche, et Katie, qui pleurait toutes les nuits en réclamant son papa. Ç'a été la pire période de ma vie — et encore, ce n'était pas comme si leur père n'avait pas été joignable par téléphone. J'avais aussi ma mère et Cal pour me soutenir ! Sans oublier de mentionner mes deux grandes amies. Heureusement que vous étiez là, les filles, pour écouter mes jérémiades ! Je crois que je serais devenue folle sans tout ce soutien !

— Je pourrais peut-être parler de nouveau à Karen, proposa Helen.

Elle se sentait en partie responsable de la jeune femme. Peut-être aussi que, au fond d'elle-même, elle interprétait les difficultés rencontrées par Karen à gérer sa vie familiale et sa vie professionnelle comme un signe de ce qui l'attendait, elle, au cas où elle déciderait d'avoir un bébé seule.

— Mais non, protesta Dana Sue. Ce n'est pas à toi de régler ce problème.

— Sans doute. Pourtant, je ne peux pas m'empêcher de penser quand même que Karen n'a pas la chance d'avoir le réseau de soutien dont nous avons toujours bénéficié, les unes et les autres, en cas de coup dur. Tu ne crois pas que nous pourrions essayer d'organiser quelque chose pour elle ?

— Non, fit Dana Sue en secouant la tête. Je crois franchement qu'il vaut mieux éviter de mettre notre nez dans ses affaires. J'ai peur que nous ne fassions plus de mal que de bien et que nous ajoutions à la pression qu'elle ressent déjà.

Helen réfléchit à la remarque de Dana Sue.

— Tu as peut-être raison, dit-elle enfin. Ecoute, si tu penses que je peux aider d'une façon ou d'une autre, n'hésite pas à faire appel à moi.

— Bien sûr, acquiesça Dana Sue. Ecoute, il y a une autre situation dont j'aimerais te parler. Seulement, Erik a promis qu'il t'en toucherait un mot.

— Une idée à lui ou à toi ? s'enquit Helen en l'étudiant d'un air circonspect.

— Est-ce important ?

— Et comment…, grommela Helen.

Un frisson la parcourut à l'idée de rencontrer de nouveau Erik sur son chemin. Excitation ? Joie ?

Hum, ce n'était sûrement pas bon signe, songea-t-elle, perplexe.

Entre la fin du coup de feu de midi et la préparation du dîner, Erik allait toujours faire une bonne marche pour se détendre et se vider la tête. A une époque, il aurait couru ; seulement, depuis quelque temps, son genou le faisait souffrir chaque fois qu'il l'avait fait. Si la marche était beaucoup moins cathartique que le jogging, elle lui permettait néanmoins de mettre un peu d'ordre dans ses idées, qui, récemment, étaient assez chaotiques. Quoi qu'il fasse, ses pensées convergeaient vers Helen Decatur avec une obstination tout à fait déconcertante.

Il marcha d'un bon pas et traversa le centre-ville de Serenity dans la chaleur étouffante de l'après-midi. « Centre-ville » était un bien grand mot, les seuls magasins ouverts étant la pharmacie Wharton, avec sa fontaine de soda, et la quincaillerie de Ronnie. Celui-ci avait eu l'idée géniale de contacter toutes les entreprises de construction de la région et leur fournissait désormais les matériaux dont elles avaient besoin, ce qui avait permis à son commerce d'être économiquement viable.

Beaucoup d'autres commerces avaient périclité au cours des dernières années, témoins les nombreuses façades endormies, qui attendaient que l'on vienne leur redonner vie avec le courage et la ténacité dont Ronnie avait su faire preuve.

Erik arriva au parc municipal, soulagé de trouver enfin un peu d'ombre sous les grands chênes qui bordaient le petit lac chatoyant, sur lequel des cygnes glissaient langoureusement.

Il était tellement concentré qu'il ne vit Helen qu'au dernier moment. Assise sur un banc, elle semblait perdue dans ses pensées, l'air lointain, le regard vague.

Il s'arrêta pile devant elle et l'interpella.

— Hé ! Vous faites encore l'école buissonnière, à ce que je vois !

Elle sursauta au son de sa voix, leva les yeux vers lui et rougit aussitôt.

— On peut dire ça.

— Qu'est-ce qui ne va pas ? Vous continuez à ruminer le même problème que l'autre jour ?

— Je suppose, fit-elle d'une voix terne. Que faites-vous là à une heure pareille ? J'imagine que normalement vous devriez être en train de couper, hacher, mariner et je ne sais quoi encore, en vue du dîner…

Il s'assit à côté d'elle.

— Si on se tutoyait, Helen ? Ça serait mieux, tu ne crois pas ?

— D'accord. Je n'ai pas d'objection.

— Pour en revenir à ta question, je ne vais pas tarder à y aller, en effet. En fait, j'espérais te voir.

— Ah bon ? Pourquoi ? lança-t-elle d'une voix empreinte de soupçon.

Erik sourit.

— Tu es toujours aussi méfiante ?

Elle haussa les épaules, ébaucha un petit sourire contrit.

— La plupart du temps.

— Tu n'as rien à craindre, je n'ai aucune arrière-pensée. Je voulais te parler de Tess, l'amie de Karen.

— Ah ! alors, comment ça se passe ?

— Dana Sue ne t'a rien dit ?

— Si, bien sûr. Je voulais avoir ton point de vue.

— Elle est formidable. Dana Sue m'a dit que c'est grâce à toi…, ajouta-t-il en la surveillant du coin de l'œil.

— Ce n'est pas moi qui l'ai dénichée, c'est Karen.

— Mais c'est toi qui as proposé de trouver une autre solution que de licencier Karen et de la remplacer.

— Si ça marche si bien avec Tess, pourquoi éprouves-tu le besoin de me parler d'elle ?

Erik marqua une pause. Puis il prit une inspiration profonde.

— Elle a des problèmes. Il lui faudrait un avocat. Malheureusement, sa situation financière ne lui permet pas d'en prendre un bon, d'autant plus qu'elle a déjà dépensé toutes ses économies et que ça n'a servi à rien.

A ces mots, Helen tendit l'oreille.

— Explique !

Il lui résuma ce qu'il savait de la situation de Diego Martinez et ce qui s'était passé avec l'avocat précédent de Tess.

— Penses-tu pouvoir faire quelque chose ?

— Ce qui est certain, c'est que je devrais pouvoir remonter les bretelles à cette crapule et l'obliger à restituer l'argent. Quant à son mari, je peux jeter un coup d'œil sur son cas, même si les lois d'immigration ne sont pas mon terrain de jeu habituel. Est-ce que Tess sait que tu m'as parlé de ça ?

— Je lui ai dit qu'une amie de Dana Sue allait peut-être pouvoir l'aider, mais elle avait peur de se lancer à cause de l'argent, bien sûr.

— Rassure-la sur ce front, il ne faut surtout pas qu'elle s'inquiète. Dis-lui de m'appeler sans faute. Elle travaille, en ce moment ? demanda-t-elle en jetant un coup d'œil sur sa montre. Parce que si elle est là, je fais un détour par le Sullivan avec toi, pour lui parler.

— Non, c'est son jour de congé. Elle sera là demain. Tu pourras y faire un saut ?

— Je tâcherai. Et, rassure-toi, je ne viendrai pas pendant les coups de feu !

— Tu en as assez de travailler dans la cuisine ? se moqua-t-il.

— Non, pas du tout. Pour tout t'avouer, c'est la seule chose qui me permette de me détendre tout à fait en ce moment.

Il la dévisagea sans cacher sa surprise.

— Vraiment ? Qu'est-ce qui peut te tourmenter ainsi ? Tu es intelligente. Tu es très brillante. Tu es belle.

— Merci. Vois-tu, il paraît que la vie ne se résume pas à ça et je viens de m'en rendre compte récemment.

Erik éclata de rire tout en la couvant d'un œil empreint de commisération.

— Dana Sue a essayé de te bourrer le crâne, Helen ?

— Elle et Maddie. Je suppose que tu es une de leurs victimes également ?

— Hé, oui !

— Tu as des conseils à me donner ?

— Tu connais Dana Sue depuis bien plus longtemps que moi. Tu dois bien avoir une idée.

— Je suis à bout d'arguments avec elle, surtout depuis qu'elle s'est remise avec Ronnie. Désormais, le monde entier doit fonctionner selon les principes de l'Arche de Noé, tu sais ? En paires.

Leurs regards se croisèrent. Erik, fasciné, la dévisagea un long moment sans pouvoir détourner les yeux. Une fois encore, sous ses airs de femme d'action apparemment invincible, il perçut une faille, une fragilité qui l'étonnèrent. Oui, décidément, il y avait chez elle une vulnérabilité touchante, qui faisait vibrer en lui une corde sensible.

— C'est très simple, articula-t-il, troublé, il nous suffit de rester campés sur nos positions.

— Oui, je suppose que tu as raison.

Bizarrement, cette idée ne la tentait guère.

— Et si nous allions prendre un café ensemble un jour, histoire de mettre au point une stratégie capable d'empêcher Dana Sue de s'immiscer dans notre vie personnelle ? proposa-t-il. Si nous nous mettons d'accord, elle finira bien par lâcher prise, tu ne crois pas ?

Une émotion rapide, fugace, traversa le regard d'Helen. De la déception ? s'étonna Erik, perplexe. Non, impossible, C'était passé si vite, il avait dû se tromper.

— C'est un bon plan, finit-elle par acquiescer en s'efforçant d'apparaître gaie. En fin de compte, Grace avait raison, à ton sujet !

— Grace ? Que vient faire Grace là-dedans ?

— Elle m'a affirmé que tu étais un célibataire endurci.

— Je ne l'ai pas toujours été.

Helen tressaillit. Elle le fixa, interloquée.

— Tu as déjà été marié ?

Il acquiesça.

— Divorcé ?

Il fit non de la tête.

— Elle est morte.

Puis, sans donner le temps à Helen de le harceler de questions auxquelles il n'avait aucune intention de répondre, il se leva.

— Merci, Helen, d'avoir accepté de t'occuper de la situation de Tess.

— Ce n'est pas un problème. Tu vois, comme quoi les avocats belliqueux ont aussi leurs bons côtés !

Erik cilla.

— Je suis désolé de t'avoir appelée comme ça.

— Tu as le droit de penser ce que tu veux. Entre nous, ça ne me déplaît pas du tout qu'on me décrive comme ça. J'irais même jusqu'à dire que j'en suis fière. Quand on a un procès sur le dos, on est plutôt content d'avoir un avocat belliqueux pour défendre sa cause, tu ne crois pas ?

— Alors, nous sommes toujours amis ?

Elle lui sourit.

— Bien sûr que nous sommes amis. Néanmoins, je trouve dommage que tu fasses un barrage systématique quand je te pose des questions sur toi. Ça serait sympa si tu y répondais. L'amitié, ça marche dans les deux sens, c'est du donnant-donnant.

— C'est ce qu'on dit, acquiesça Erik.

— Alors, tu vas enfin me révéler tous tes secrets ? Tes secrets les plus sombres, les plus inavouables ?

— Non ! Ça ne serait pas drôle. Ça me plaît au contraire de te tenir en haleine. C'est ça qui est bien, quand tu en veux toujours plus !

— C'est un problème d'ego ?

— Non, c'est un problème de mec ! Salut, à bientôt ! Passe donc au Sullivan nous donner un coup de main. Tu nous manques dans la cuisine. Et puis nous irons prendre un café tous les deux, un de ces jours.

Il n'avait pas menti, songea Erik tout en s'éloignant. Elle lui manquait vraiment… Cette constatation le laissait profondément perplexe. C'était vrai, il avait adoré avoir Helen sous ses ordres dans la cuisine. Quand elle se trouvait sur son terrain à lui, elle perdait son côté agressif. Il disparaissait tout à fait. Il ne restait plus qu'une femme belle et intelligente, qui l'excitait et l'interpellait. Cela faisait bien longtemps qu'une femme n'avait pas eu un tel effet sur lui.

Pourvu, Seigneur, pourvu que Dana Sue ne s'en aperçoive pas ! se dit-il, sinon elle risquait de faire de leur vie un véritable enfer avec ses velléités d'entremetteuse.

*
* *

Karen, après avoir couché Mack, son petit garçon de trois ans, venait de s'endormir devant la télévision, quand elle fut réveillée en sursaut par un vagissement soudain. Elle se précipita dans la chambre. Il était en train d'essayer d'escalader les barreaux de son lit pour en sortir, tandis que Daisy faisait de son mieux pour l'en empêcher, ce qui le faisait vagir de plus belle.

— C'est bon, lui dit Karen, je le tiens.

Elle le prit dans ses bras, faisant de son mieux pour le calmer.

— S'il a le droit de se lever, moi aussi je me lève ! déclara Daisy avec une moue d'enfant têtue.

— Non, dit Karen fermement. Toi, tu vas à l'école demain.

Karen était épuisée, exaspérée. Elle se sentait prête à craquer.

— Ce n'est pas juste ! hurla la fillette.

— Ça m'est égal, c'est comme ça ! fit Karen tout en maintenant Mack serré contre elle.

Chaque fois qu'elle faisait mine de le remettre dans son lit, il se débattait comme un beau diable.

— Je t'en prie, ma chérie, laisse-moi essayer de le rendormir. Retourne te coucher.

— Il fait trop de bruit, protesta Daisy.

— C'est pour cette raison que je l'emmène dans l'autre pièce, expliqua Karen le plus calmement possible. Allez, glisse-toi dans ton lit et ferme les yeux. Dors vite !

Après un dernier regard buté sur sa mère, Daisy finit par obéir, de fort mauvaise grâce. Karen lui déposa un baiser sur le front avant d'emmener Mack dans la salle de séjour.

— Allons, mon chéri, qu'est-ce qu'il t'arrive ? demanda-t-elle en caressant de sa main la petite joue douce et humide de l'enfant. Tu te sens fiévreux ou bien c'est juste un mauvais rêve ? Raconte à maman.

Pour toute réponse, Mack pleurnicha et la contempla de ses grands yeux bleus, emplis de larmes. Il se cramponna au cou de Karen de toutes ses forces. Lorsqu'elle essaya de lui faire lâcher son étreinte, il se remit à sangloter de plus belle.

— Oh ! Mon petit chou, qu'y a-t-il ? Je t'en supplie, calme-toi. Maman est là, tout va bien.

Elle s'installa dans un vieux rocking-chair acheté dans un vide-grenier avant la naissance de Daisy et entreprit de le bercer pour l'aider à se rendormir. Ce qui fonctionnait autrefois n'eut aucun effet ce soir-là. Chaque fois que les paupières de Mack se refermaient, il se redressait brusquement et se mettait à crier de plus belle. Tous les efforts de Karen se révélèrent infructueux. Plus il criait, plus les nerfs de Karen s'effritaient, jusqu'au moment où Daisy apparut de nouveau, quémandant à boire. Ce fut la goutte d'eau qui fit déborder le vase.

— Non et non ! Tu retournes dans ton lit tout de suite, je ne veux plus te voir !

Daisy, qui, visiblement, ne s'attendait pas à une telle réaction, contempla sa mère quelques secondes, ébaubie, avant de fondre en larmes à son tour. Ce fut alors à celui qui crierait le plus fort, chacun voulant surpasser l'autre pour s'assurer d'attirer l'attention. Karen était à bout, il ne lui restait que la fuite ! Sans réfléchir, elle sortit en courant de l'appartement, tenant toujours Mack dans ses bras, Daisy sur les talons et, sans se préoccuper de l'heure tardive, traversa le palier et tambourina à la porte de Frances. Au bout de quelques instants, sa voisine apparut, vêtue de son peignoir, les cheveux enroulés dans des bigoudis.

— Que se passe-t-il, Seigneur ? s'écria-t-elle.

Il ne lui fallut guère de temps pour saisir la situation. Ouvrant grand la porte, elle fit entrer tout ce petit monde et les conduisit dans la salle de séjour, où la télévision était encore allumée. Prenant Mack dans ses bras, elle entreprit de lui tapoter le dos en le berçant, puis envoya Daisy dans la cuisine chercher un verre d'eau.

Elle était si sereine, si posée, si naturelle, comme si tout cela coulait de source, que les deux enfants se calmèrent presque aussitôt.

— Je n'en peux plus, gémit Karen en essuyant ses larmes d'un geste machinal. Je suis au bout du rouleau, j'ai peur de mes réactions. J'ai peur de ne pas me contrôler, de faire quelque chose que je regrette...

Comment en était-elle arrivée là ? se demandait-elle, atterrée. Jamais elle n'aurait cru être le genre de mère capable de craquer au point de frapper ses enfants !

— Allons, allons, calme-toi, murmurait Frances, la réconfortant de son mieux. Tu es une bonne mère, tu le sais.

Elle s'était sentie soudain si maternelle vis-à-vis de cette jeune femme éplorée qu'elle connaissait bien et considérait comme sa fille, qu'elle était passée tout naturellement au tutoiement.

— La preuve, reprit-elle, tu les as amenés ici, tu vois bien. Tu serais incapable de faire du mal à ces petits chéris.

— Oh, mon Dieu ! gémit Karen. Rien que d'y penser, ça me rend malade !

— Alors, voyons voir comment nous allons arranger ça.

Elle réfléchit tout en tapotant la main de Karen.

— Ecoute-moi bien, tu vas me laisser ces deux petits, d'accord ? Tu vas rentrer chez toi et tu vas dormir. Tu en as grand besoin.

Sa voix était calme, rassurante, et ses propos pleins de bon sens.

— Je ne peux pas les laisser ici, c'est trop !

— Il n'y a aucun problème. Tout ira bien. Tu manques surtout de sommeil. Je ne veux pas te voir avant demain après-midi. Je vais parler à Dana Sue et lui expliquer ce qui s'est passé.

— Non ! protesta Karen. Elle va trouver que je passe les bornes et me jeter dehors !

— Ne sois pas ridicule ! Elle comprendra très bien, tu peux me faire confiance. Allez, va-t'en. Les enfants et moi, nous nous débrouillerons très bien ce soir et, demain matin, je déposerai Daisy à l'école et Mack à la garderie. Tu n'as aucun souci à te faire, j'ai une clé et je sais où sont leurs vêtements. Je connais la routine.

— Vous êtes sûre ? fit Karen sans trop de conviction.

C'était tentant ! L'idée d'une nuit de sommeil ininterrompu était presque trop belle pour y croire. Frances avait raison : elle en avait tellement besoin !

— J'en suis sûre. Nous parlerons de tout ça demain. Viens me voir quand tu seras réveillée, je te préparerai un petit déjeuner bien reconstituant.

Mack avait fini par s'endormir, étendu sur le canapé. Trop bouleversée pour trouver les mots capables d'exprimer sa gratitude, Karen embrassa la vieille dame, la serrant dans ses bras avec effusion.

— Merci ! Franchement, je ne sais pas ce que j'aurais fait si vous n'aviez pas été là ! Merci aussi de bien vouloir parler à Dana Sue.

Le monde pouvait bien s'écrouler, Dana Sue la licencier, qu'importait ? Si c'était le prix à payer pour une nuit entière sans être réveillée par les enfants, si c'était le prix à payer pour ouvrir les yeux le matin, rassérénée par un long sommeil réparateur. Ce soir, elle avait compris qu'elle ne pouvait plus continuer comme ça.

Anéantie, vidée, elle se traîna jusque chez elle et se laissa tomber sur son lit. Enfouissant son visage dans son oreiller, elle sanglota. Elle sanglota des larmes nourries de frustrations, des angoisses accumulées pendant toutes ces semaines. De quoi serait fait le lendemain ? Elle n'en savait rien, mais ça ne pouvait pas être pire que ce qu'elle venait de traverser.

8

Un coup de téléphone intempestif en plein milieu de la nuit n'avait rien d'inhabituel pour Helen. Ce pouvait être une de ses clientes, comme cela arrivait de temps en temps. Avant même de décrocher, elle s'assit sur le bord du lit, la lumière allumée, un stylo et un carnet à côté d'elle.

— Helen, c'est Dana Sue. Nous avons un problème, déclara-t-elle sans cacher son émoi.

— Quel genre de problème ? s'enquit Helen, l'estomac noué.

La dernière fois que Dana Sue l'avait réveillée en pleine nuit, c'était parce que sa fille avait été emmenée de toute urgence à l'hôpital à cause de complications dues à l'anorexie. Craignant le pire, elle demanda :

— C'est Annie ?

— Non, c'est Karen.

— Karen ? Je ne comprends pas. Que peut-il lui arriver à une heure pareille et pourquoi tu m'appelles ?

— Ecoute, ce serait trop long à t'expliquer. Peux-tu me rejoindre chez elle le plus vite possible ?

Helen savait bien qu'il ne servait à rien de poser des questions inutiles, surtout lorsque l'une des Sweet Magnolias lui demandait son aide. Elle nota l'adresse sans perdre un instant.

— J'arrive. Je serai là dans dix minutes.

— Merci.

Elle enfila à toute vitesse un pantalon et un chemisier, ce qu'elle trouva de moins habillé parmi ses chaussures, en l'occurrence une paire de mules extrêmement chic et, guidée par l'habitude, s'empara de son attaché-case au cas où, puis s'engouffra dans sa voiture moins de cinq minutes plus tard.

Curieux, songea-t-elle en se garant devant l'adresse indiquée, toutes les lumières étaient allumées dans les deux appartements du rez-de-chaussée, malgré l'heure avancée. A peine avait-elle pénétré dans le hall que Dana Sue l'y rejoignit et la conduisit vers la droite, dans un appartement exigu.

— Karen vient d'avoir une sorte de crise de nerfs, lui dit-elle à voix basse.

Elle lui indiqua du menton une porte fermée. Probablement celle d'une chambre.

— Sa voisine m'a appelée, reprit-elle. Apparemment, Karen serait venue frapper chez elle tard ce soir, la suppliant de venir à son aide. Il paraît que Karen avait peur de faire du mal à ses enfants. Frances — tu la connais, n'est-ce pas ? — Frances Wingate... ?

Helen fit oui de la tête. Frances avait été leur professeur au lycée. Elle était stricte mais juste, certainement pas portée à l'affabulation. Si elle s'inquiétait pour Karen et ses enfants, c'était qu'il y avait de bonnes raisons de s'inquiéter.

Elle essaya néanmoins de conserver son calme.

— Est-ce qu'elle les a frappés ? Secoués ?

— Non, non. Ils vont bien tous les deux, la rassura Dana Sue. Le problème, c'est Karen. Elle est dans sa chambre, complètement hystérique. Frances avait l'intention de m'appeler dans la matinée. Elle avait pris les enfants avec elle et dit à Karen de retourner se coucher. Elle pensait qu'elle dormait mais, quand elle est venue vérifier, elle s'est aperçue que Karen s'était enfermée et sanglotait. La pauvre Frances ne savait plus quoi faire. Alors, elle m'a appelée pour me demander mon avis. Elle s'est dit que Karen avait peut-être besoin d'un médecin.

— Alors, évidemment, tu es venue en courant.

— Bien sûr. Que voulais-tu que je fasse ? Karen est mon employée, c'est aussi une amie. Elle est dans tous ses états. Elle n'a même pas voulu m'ouvrir. J'ai même envisagé de faire venir Ronnie pour qu'il défonce la porte. Je m'étais dit qu'on devrait peut-être l'emmener à l'hôpital ? Et puis j'ai pensé qu'il ne valait mieux pas. J'ai eu peur que les services sociaux ne lui retirent ses enfants, on ne sait jamais. C'est pour ça que je t'ai demandé de venir, avant de décider quoi que ce soit.

Helen hocha la tête.

— Je vais lui parler. Comment vont les enfants ?

— Tu connais Frances, il en faut beaucoup pour lui faire perdre son flegme. Apparemment, les enfants ont l'habitude de dormir chez elle, Karen les lui laisse quand elle ne peut pas faire autrement. Elle n'est quand même plus toute jeune et ne peut pas les garder tout le temps, mais elle les adore, c'est évident. Elle est un peu comme une grand-mère pour eux. Je pense que ni Daisy ni Mack ne se rendent compte de ce qui se passe. Ils dorment tous les deux à poings fermés.

Puisque les enfants allaient bien et se trouvaient en de bonnes mains, Helen frappa à la porte de la chambre.

— Karen, c'est Helen. S'il vous plaît, laissez-moi entrer, il faut que nous parlions. Quel que soit le problème, je suis là pour vous aider.

— Allez-vous-en, supplia Karen d'une voix lasse. Je ne veux pas qu'on me voie comme ça. Si j'arrive à dormir, ça ira mieux.

— Je ne pense pas que vous puissiez dormir dans cet état-là. Ça vous fera du bien de parler, vous verrez. Vous vous sentirez plus légère. Moi-même, je n'arrive pas à dormir quand ça tourne dans ma tête, quand je sasse et ressasse les mêmes choses.

Silence.

— Rassurez-vous, vous pouvez me parler en toute confidence, je ne dirai rien à Dana Sue. Elle est repartie dans l'appartement de Frances, tout restera entre nous.

— Je vous en prie, allez-vous-en, supplia Karen de nouveau. Il faut que je trouve une solution toute seule.

— Une solution ? Parlez-moi, l'encouragea Helen. C'est plus facile à deux. Je suis sûre que je peux vous aider, quel que soit le problème.

— Dana Sue n'aurait jamais dû vous appeler. Je n'ai pas besoin d'un avocat.

— Je comprends très bien. En revanche, vous avez peut-être besoin d'une amie ? fit-elle d'une voix chaleureuse. Je vous en prie, soyons amies.

Une minute entière dut s'écouler avant qu'Helen n'entende enfin une clé tourner dans la serrure. La porte demeura close, mais lorsqu'elle tourna la poignée, elle ne résista pas. La chambre était plongée dans l'obscurité. A tâtons, elle trouva l'interrupteur et alluma. Karen était affalée sur le lit, à plat ventre, vêtue d'une vieille robe de chambre. Les cheveux en bataille, elle leva vers Helen un visage tout gonflé de larmes, lui jeta un regard contrit et enfouit son visage de nouveau dans l'oreiller.

— Je suis désolée que Dana Sue vous ait fait sortir du lit en pleine nuit, articula-t-elle d'une voix étranglée. Je suis désolée qu'elle vous ait mêlée à tout ça. Ma patronne ne devrait pas avoir à s'occuper de mes problèmes personnels, ce n'est pas normal.

Helen s'assit délicatement sur le bord du lit.

— Ne vous inquiétez pas pour ça, cela n'a aucune importance. Dites-moi plutôt ce qui s'est passé.

Karen hocha la tête, les yeux vides de toute expression.

— Ça fait un moment que ça dure, vous savez ? Je me sens poussée dans mes derniers retranchements. Il y a la fatigue du travail, bien sûr, mais surtout le manque d'argent. Ray ne paye toujours pas la pension alimentaire, Dana Sue me paie à l'heure et je suis tout le temps absente ! Je n'arrive plus à joindre les deux bouts ! Sans compter que les enfants tombent souvent malades, ces derniers temps. Je n'en sors pas. C'est trop dur.

— Que s'est-il passé ce soir ?

— Mack s'est réveillé en pleurant, commença-t-elle d'une voix entrecoupée de sanglots.

Elle essuya du revers de sa manche une larme sur sa joue, avant de reprendre.

— Je n'arrivais pas à le calmer.

Une fois encore, sa voix se cassa.

— Et puis Daisy s'est mise à piquer une colère, parce que Mack monopolisait toute mon attention.

Elle tourna vers Helen des yeux dans lesquels se lisait son désarroi, la suppliant de comprendre.

— Bien sûr, ça leur arrive de faire des caprices, mais jamais tous les deux en même temps. Et puis là, j'étais à bout de nerfs. J'ai senti que je n'arrivais plus à me contrôler. A un moment, j'ai voulu secouer Mack pour qu'il s'arrête de pleurer et je m'en suis prise à Daisy, j'ai crié, crié... Alors, c'est là où je me suis dit qu'il fallait que je fasse quelque chose. Je suis allée voir Frances et je lui ai demandé de m'aider. Elle a absolument voulu les garder. Je sais bien qu'ils ne peuvent pas rester là indéfiniment, il faut que je trouve une autre solution, du moins jusqu'à ce que je reprenne la situation en main.

— Vous avez fait exactement ce qu'il fallait en les emmenant chez Frances, la rassura Helen. C'est déjà une très bonne chose de vous être rendu compte que vous n'en pouviez plus, Karen.

Soudain, Karen tourna vers elle un visage ravagé par l'angoisse.

— On ne va pas me les enlever à cause de ce qui s'est passé, dites ?

— Non, je m'y opposerai dans la mesure de mes moyens. Une chose est certaine, cependant, vous avez besoin d'aide. Vous en êtes consciente, n'est-ce pas ? Vous ne pouvez pas continuer en serrant les dents.

Karen hocha la tête, l'air abattu.

— Mais je ne peux pas aller dans un hôpital ! Pour le coup, je perdrais mon travail et mes enfants, ça, c'est sûr !

Helen n'en doutait pas, donc elle se garda bien de faire le moindre commentaire.

— J'ai une proposition à vous faire. Nous pourrions organiser quelques séances de thérapie. Dana Sue connaît une psychologue, le Dr McDaniels, qui a aidé sa fille à surmonter ses troubles du comportement alimentaire. Elle pourrait peut-être s'arranger pour que vous la voyiez demain matin à la première heure et, ensuite, quelques séances régulières pendant quelque temps.

— Mais cela risque de coûter très cher ! protesta Karen.

— Vous avez une assurance maladie du fait de votre job au

restaurant, et ces séances devraient être prises en charge. Si ça dépasse, nous chercherons une solution. Ce qui compte, c'est que vous trouviez quelqu'un qui vous aide à recouvrer votre calme, à faire la part des choses. Le Dr McDaniels vous donnera peut-être le moyen de surmonter votre stress. Ensuite, nous verrons où nous en sommes.

— Et je pourrai garder les enfants ? demanda-t-elle, pleine d'espoir.

« Ce ne serait sans doute pas très sage », songea Helen.

— Je ne crois pas que ce soit une très bonne idée, pour le moment. Ils ne font qu'ajouter à votre stress. Vous avez besoin de temps pour récupérer. Vous n'êtes pas une mauvaise mère, Karen, pas du tout, vous êtes juste épuisée, et il vous faut des vacances.

— Mais les enfants ? insista Karen, affolée. Même si Frances et la nounou peuvent aider, ça ne suffira pas.

— Ils pourraient aller dans une famille d'accueil…, commença Helen.

Avant qu'elle n'ait pu finir sa phrase, Karen secouait la tête vigoureusement.

— Il n'en est pas question ! lança-t-elle d'un ton sans réplique. Je ne veux pas que mes enfants soient avec des étrangers. Qui sait seulement si je pourrai les récupérer ensuite ? Je suis passée moi-même de famille d'accueil en famille d'accueil, parce que ma mère ne s'en sortait pas. J'ai juré que cela n'arriverait jamais à mes enfants. Oh, mon Dieu ! s'écria-t-elle en cachant son visage dans ses mains, je suis nulle. J'ai toujours jugé ma mère, parce qu'elle avait été incapable de se débrouiller, et voilà que je suis exactement dans la même situation !

— Je comprends. Ecoutez, j'ai une idée. Je vais me charger d'eux pendant quelque temps, lança-t-elle spontanément.

Que lui avait-il pris de dire une chose pareille ? se demanda Helen, ébahie. C'était sorti tout seul. Et l'idée même de se dédire lui paraissait inconcevable.

— Ils peuvent venir chez moi. Nous garderons la même nounou et je m'assurerai que Frances vient les voir chaque jour, comme ça ils ne seront pas dépaysés. Vous aussi, vous pourrez venir, autant que vous voulez.

— Je ne peux pas vous demander de faire ça ! s'écria Karen, interloquée. Ils me donnent beaucoup de fil à retordre. Et puis vous n'avez jamais eu d'enfant. Vous ne vous rendez pas compte du travail que ça représente !

— J'en ai une idée asssez juste, répliqua Helen en se souvenant du nombre de fois où les enfants de Maddie étaient venus passer la nuit chez elle.

Elle y arriverait sûrement, surtout si la nounou et Frances la secondaient. Ce serait une bonne façon de vérifier si elle pouvait concilier vie professionnelle et maternité. En fin de compte, ses motivations n'étaient probablement pas aussi généreuses qu'elles le paraissaient de prime abord… En un mot, c'était de l'égoïsme pur et simple, décida-t-elle. Si elle hésitait à devenir mère parce qu'elle redoutait de se sentir débordée, elle venait de trouver la meilleure stratégie pour tester ses capacités.

— Alors ? lança-t-elle à Karen. Qu'en dites-vous ?

— Si vous croyez vraiment… Ce serait tout simplement merveilleux, balbutia Karen.

Le soulagement se lisait sur son visage. Pour la première fois depuis l'arrivée d'Helen, elle avait perdu cette expression tendue, désespérée.

— Alors, c'est ce que nous allons faire, déclara Helen d'un ton ferme. Vous allez mettre quelques affaires dans un sac. Je vais parler à Dana Sue pour qu'elle organise un rendez-vous avec cette psychologue le plus tôt possible. Vous pourriez venir chez moi ce soir, vous aussi, ça aiderait les enfants à s'installer. Une autre solution serait de les laisser dormir et je passerai les prendre demain. Ce serait peut-être mieux.

— Oui, je pense. Surtout qu'ils ont fini enfin par s'endormir. Vous êtes sûre de vouloir faire ça ? insista-t-elle. Je vous ai déjà donné tant de mal, j'ai l'impression d'abuser. C'est grâce à vous si je n'ai pas perdu mon travail.

— Il n'y a pas de problème, la rassura Helen.

Elle partit à la recherche de Dana Sue, qui était revenue entre-temps chez Karen et l'attendait dans la salle de séjour.

Lorsqu'elle lui eut exposé son plan, Dana Sue la contempla, incrédule.

— Tu vas les héberger tous chez toi ? Y compris Karen ?

— Karen va venir ce soir, je pense qu'il vaut mieux qu'elle ne reste pas toute seule, répondit Helen. Demain, elle aidera les enfants à s'installer et je les emmènerai à l'école. Si le médecin est d'accord, elle reviendra ici. Elle a besoin de temps pour retrouver ses repères, aussi bien ici que dans son travail. Cela lui permettra de le faire sans avoir à s'inquiéter pour les petits.

— Tu te rends compte de ce que ça représente ? Ta maison n'est pas du tout équipée pour recevoir une famille, même pour quelques semaines. Elle est pleine de bibelots anciens, fragiles, précieux ! C'est de la folie !

— Je me débrouillerai, décida Helen, dont les talents d'organisatrice ne demandaient qu'à s'exercer. Je vais mettre à l'abri les objets les plus fragiles et me faire livrer demain tout ce dont j'ai besoin. Karen me donnera le programme des enfants et je m'arrangerai pour qu'ils aillent en temps et en heure à l'école et à la garderie. Sa nounou viendra chez moi, Frances pourra leur rendre visite tous les après-midi…

Dana Sue secoua la tête.

— J'aurais dû me douter que tu prendrais le problème à bras-le-corps. Seulement, il y a une chose que tu oublies…

— Laquelle ?

— Les enfants sont totalement imprévisibles. Tu peux faire tous les plans que tu voudras, il y a de grands risques pour qu'ils les réduisent à néant, avertit Dana Sue avec une pointe d'inquiétude dans la voix.

Helen haussa les épaules. A son avis, Dana Sue s'inquiétait pour rien.

— Ce sera une bonne façon de tester ma réactivité. Et ma flexibilité.

Dana Sue lui jeta un regard soucieux.

— Justement, ma chérie. C'est bien là le problème, tu n'es pas flexible !

— Si je tiens à avoir un enfant, il va bien falloir que je le devienne. Je vais pouvoir pratiquer à grande échelle. Ce sera encore mieux que lorsque je m'occupais des enfants de Maddie ou d'Annie pour quelques nuits.

— Tu es sûre de vouloir te lancer là-dedans ?

Helen hocha la tête.

Mêlé à la peur qu'elle ressentait indéniablement, même si elle l'avait rangée bien sagement dans un coin de sa conscience, elle éprouvait un frisson d'excitation certain.

— Très bien alors, déclara Dana Sue résolument, je vais aider Karen à faire sa valise. Tu ferais peut-être bien de jeter un coup d'œil sur les enfants, on ne sait jamais, si tu veux les ramener chez toi demain, ça pourrait t'aider à les reconnaître le moment venu.

— Très drôle, rétorqua Helen.

Là-dessus, elle traversa le palier le cœur battant pour rejoindre Frances, qui l'emmena vers la chambre d'amis où les deux enfants dormaient à poings fermés.

A peine eut-elle posé les yeux sur ces deux visages innocents qu'elle sut qu'elle avait pris la bonne décision. Elle prendrait soin d'eux, elle les protégerait jusqu'au moment où Karen serait à même de reprendre le flambeau. Ça ne pouvait pas être si difficile que ça !

— De vrais petits anges, vous ne trouvez pas ? déclara Frances.

— Tout à fait.

La vieille dame se mit à rire silencieusement.

— Ne vous y trompez pas, l'avertit-elle d'une voix attendrie. Ce sont de vrais petits diables, comme tous les enfants de cet âge. Venez tôt, demain matin, je vous accompagnerai pour les déposer à l'école et à la garderie. Je passerai chez vous dans l'après-midi, au cas où vous n'arriveriez pas à vous en sortir.

— Mais la nounou… ?

Frances balaya l'air de la main.

— Pfut ! Elle ne vaut rien ! Je sais que c'est vous qui l'avez trouvée pour Karen mais, franchement, elle ne sait absolument pas tenir les enfants. Moi, en revanche, je sais m'y prendre ! Ensemble, nous y arriverons très bien. Si nous nous débarrassons d'elle, ce sera toujours ça d'économisé pour Karen !

— Mais je dois travailler, protesta Helen.

Elle n'en dit pas plus. C'était précisément l'un des nombreux compromis qu'elle allait devoir consentir, songea-t-elle.

— Je vais appeler ma secrétaire et lui demander de reporter mes rendez-vous de l'après-midi.

Frances lui jeta un regard approbateur.

— Voilà ce que j'appelle un bon plan !

Le destin ne s'était pas contenté de lui envoyer deux enfants afin de tester ses capacités de mère, se dit-elle, émue. Il avait ajouté en prime une matrone sage et expérimentée pour l'aider dans les moments difficiles.

Erik tombait des nues.

— Je rêve ? Peux-tu me pincer, s'il te plaît ? Tu viens de m'annoncer, si je ne me trompe, qu'Helen va s'occuper des enfants de Karen, jusqu'à une date indéterminée ?

— C'est exactement ce que je viens de te dire, confirma Dana Sue. Je dois reconnaître que j'ai été assez époustouflée moi-même.

— Elle sait s'occuper d'enfants ?

— Ecoute, que ce soit ceux de Maddie ou bien d'Annie, ils sont tous toujours revenus en un seul morceau.

Erik secoua la tête, l'air médusé.

— Elle nous étonnera toujours !

— C'est vrai. Là, toutefois, elle bat tous les records, je dois l'avouer. Ce qu'il y a de bien pour nous dans l'affaire, c'est que Karen est déjà beaucoup plus détendue, depuis qu'elle sait que les enfants sont en de bonnes mains. Elle a rencontré le Dr McDaniels ce matin pour la première fois et elle sera à l'heure aujourd'hui.

Elle tient absolument à tirer profit de cette coupure pour reprendre sa vie en main.

— Que va-t-il se passer dès que les enfants vont rentrer, ce qui arrivera inévitablement ? Tout recommencera comme avant, non ?

— Justement. Helen est persuadée que Karen a simplement besoin de souffler un peu. Nous verrons bien ce que dira le Dr McDaniels. J'espère de tout cœur qu'elle a raison. J'aimerais tant que ça marche !

— Tu ne m'en voudras pas, cependant, si je demeure un peu sceptique ?

— Je ne t'en voudrai pas, évidemment. Quant à moi, je reste résolument optimiste. Ecoute, je dois partir pendant une petite heure, tu ne bouges pas, d'accord ?

A peine Dana Sue eut-elle passé la porte que le téléphone se mit à sonner. Le restaurant n'étant pas encore ouvert, Erik choisit tout d'abord de l'ignorer. Comme il ne semblait pas décidé à s'arrêter, il fut bien obligé de décrocher.

— Passe-moi Dana Sue ! lança Helen sans même lui dire bonjour.

— Elle n'est pas là. Je peux faire quelque chose ?

— Tu peux peut-être me dire ce que c'est qu'*Elmo* ? Mack fait une fixation et veut absolument en avoir un !

Sa voix d'ordinaire si pleine d'assurance était tellement désespérée qu'Erik dut se retenir pour ne pas éclater de rire.

— C'est un jouet, expliqua-t-il avec patience. Un jouet tiré de *Sesame Street*.

— Comment sais-tu cela ?

— Parce que j'ai des neveux. Tu sais, tu n'as pas nécessairement besoin de céder à tous ses caprices non plus.

— Tâche d'expliquer ça à un gamin aussi déterminé qu'un rottweiler, grommela-t-elle.

— Essaye de le distraire. Il n'a que trois ans, ça ne doit pas être très difficile.

— Le distraire ? Je m'y prends comment ?

— Je ne sais pas, tu lui proposes des petits gâteaux, une glace.

Il doit bien y avoir des dessins animés à la télévision. Tiens, si tu trouves *Sesame Street*, tu feras d'une pierre deux coups, il aura à la fois une distraction et *Elmo*.

— Il y a des dessins animés pour les petits, l'après-midi ? s'exclama-t-elle, éberluée.

Erik éclata de rire.

— Ma chérie, un monde nouveau vient de s'ouvrir pour toi. C'est l'un des intérêts du câble.

— Je vais essayer, merci.

— Hé ! lança-t-il.

Curieusement, il voulait la retenir, prolonger la conversation.

— Quoi ?

— Je trouve que ce que tu fais, c'est tout simplement formidable ! déclara-t-il sans même prétendre cacher son admiration.

— C'est un peu tôt pour me faire des compliments. J'ai tout le temps pour transformer ça en fiasco.

— Aucun risque, fit-il avec certitude.

— Comment peux-tu être aussi affirmatif ?

— Parce que je te connais, quand tu as décidé quelque chose, tu ne lâches pas le morceau tant que tu n'as pas atteint ton objectif. Dis-moi si je me trompe ?

Son silence était éloquent.

— CQFD, conclut-il posément. N'hésite pas à me rappeler, si tu as besoin de conseils, d'accord ?

— Entendu. Merci, Erik.

Il reposa le combiné et resta un long moment à le contempler, perdu dans ses pensées. Quelle femme étonnante, quelle femme extraordinaire ! Ayant rencontré Daisy et Mack une ou deux fois lorsque Karen les avait amenés avec elle au restaurant, il avait une bonne idée de ce à quoi Helen, sans le savoir, allait se trouver confrontée. Il aurait payé cher pour la voir courir après les enfants avec ses talons aiguilles, vêtue de son tailleur designer ! Réflexion faite, il serait bien avisé de préparer une fournée de biscuits au chocolat avant de quitter le Sullivan ce soir. Il les déposerait chez Helen à la première heure, pour qu'elle les glisse dans leur panier pique-nique. Comme ça, il verrait de ses yeux la belle Helen, qui ne perdait jamais le contrôle d'aucune situation, dans une situation… incontrôlable ! Ça vaudrait le coup d'œil !

Ce matin, il fallait absolument que les enfants soient prêts à quitter la maison avant 8 heures. En soi, cela n'aurait pas dû représenter une tâche insurmontable pour Helen, qui se trouvait confrontée quotidiennement à des situations d'urgence et de presse. Pourtant, elle ne savait plus où donner de la tête et songeait déjà à rendre son tablier.

Lorsqu'on sonna à la porte, elle laissa Mack sous la surveillance de Daisy, et courut ouvrir, priant intérieurement pour l'arrivée des secours — en l'occurrence, Dana Sue ou Maddie. Quelle ne fut pas sa surprise en se trouvant face à Erik, l'air très content de lui, qui l'observait. Echevelée, pieds nus, sans maquillage, et n'ayant même pas pris le temps de rentrer son chemisier dans sa jupe, elle devait offrir un drôle de spectacle !

— Je me suis dit que tu avais peut-être besoin d'un coup de main, alors j'ai apporté des petits gâteaux.

— Il est 7 h 45 et tu as apporté des petits gâteaux ? Tu as perdu la tête ? La dernière chose dont ces deux-là ont besoin à ce moment précis, c'est d'être encore retardés par leur gourmandise !

— Garde-les pour leur goûter. Tu peux aussi leur en glisser dans leur sac pour l'heure du déjeuner.

Elle le dévisagea, frappée de stupeur.

— Il faut leur donner un déjeuner à emporter ?

— Ça ne m'étonnerait pas, fit-il en réprimant un sourire.

— Je pensais qu'ils étaient pris en charge par l'école…, dit-elle.

— Où est Daisy ? Nous pourrions le lui demander.

— Daisy surveille Mack pendant qu'il essaie de s'habiller. Il a refusé tout net que je l'aide.

Erik s'esclaffa.

— Tu laisses un gamin de trois ans choisir ses vêtements tout seul ?

— Bien sûr, rétorqua-t-elle, piquée au vif. Sur les conseils de Daisy. Les enfants devraient apprendre à s'habiller très jeunes.

— Ecoute, pendant que tu prépares leur sac de déjeuner, je vais aller voir si je peux aider Mack.

— Tu es sûr que je ne fais pas de gaffe, au moins ?

— Sûr et certain. Dépêche-toi, sinon Daisy va être en retard.

— Tu as raison. Je file ! Je peux être prête dans deux minutes.

Devant l'expression incrédule d'Erik, elle fit une grimace.

— Si, je peux ! répéta-t-elle avant de disparaître.

Plus tard, peut-être, elle se demanderait pourquoi l'arrivée d'Erik lui avait fait l'effet d'une délivrance — et non d'une intrusion désagréable.

Erik traversa la maison spacieuse et finit par trouver Mack dans une chambre qui devait être à elle seule aussi grande que l'appartement tout entier de Karen. Le petit garçon avait l'air un peu perdu. Il était assis par terre en short et tennis rouge vif, au milieu d'une pile de T-shirts.

— Son T-shirt Superman n'est pas là, expliqua Daisy, qui les avait tous mis sens dessus dessous à force de fouiller. C'est ce qu'il met avec son short rouge. Toujours ! insista-t-elle en fronçant les sourcils, au cas où Erik n'aurait pas bien compris la gravité de la situation.

Erik balaya du regard la pile de vêtements. Ses yeux se posèrent sur la chemise Spiderman. Il la tira du tas.

— Ça ferait très bien avec le short rouge, suggéra-t-il. En fait, Spiderman est tellement génial qu'il va avec tout.

Daisy examina la chemise d'un air suspicieux.

— Tu crois ?

— Je ne crois pas, je le *sais*, confirma-t-il tout en l'enfilant sur le dos de Mack. Allez, bonhomme, dépêche-toi, tu dois aller à la garderie.

— Comment je vais aller à l'école ? demanda Daisy.

— Helen va t'emmener.

— Tu peux venir aussi ?

— Si tu veux. Tu veux que je vienne pour une raison particulière ?

— Pour qu'Helen reste dans la voiture avec toi. Je ne veux pas qu'elle vienne jusqu'à la porte en me tenant la main. Je suis trop grande.

Erik réprima un sourire.

— J'en suis sûr.

— Alors, tu peux lui dire qu'elle ne recommence pas ?

— Tu pourrais le lui dire toi-même, suggéra Erik.

— Je ne veux pas qu'elle soit triste. Maman a dit que nous devons être gentils avec elle.

— Alors, d'accord. Je le lui dirai, promit-il.

Quelques minutes plus tard, Helen avait harnaché les deux enfants dans leurs sièges respectifs, empruntés à Karen. Elle était sur le point d'ouvrir la porte du conducteur quand elle vit Erik ouvrir celle du côté passager.

— Tu viens avec nous ?

— Sur demande spéciale, dit-il à voix basse tout en indiquant Daisy d'un geste discret. Elle veut que je t'empêche de la prendre par la main et de l'amener jusqu'à la porte.

— Oh ! souffla-t-elle. Je croyais que c'était ce que faisaient les mamans. J'ai bien vu, à la façon dont elle me regardait, qu'elle détestait ça, mais elle n'a rien dit.

— Elle ne voulait pas te blesser.

— Tu crois que j'arriverai un jour à y comprendre quelque chose ? soupira-t-elle.

— Tu te débrouilles très bien, surtout pour quelqu'un d'inexpérimenté.

— Regarde, toi ! Tu n'as pas d'enfants et tu sais tout ce qu'il faut faire !

— Comme je te l'ai expliqué au téléphone, j'ai des neveux. Il ne s'agit pas ici de science infuse, Helen, mais de pratique.

— Je l'espère, fit-elle, résignée.

Devant l'école, elle se gara le long du trottoir, puis pivota vers Daisy, esquissant un sourire presque pas tendu. Seules ses mains crispées sur le volant témoignaient de son état de nervosité profonde.

— Bonne journée, ma belle. Frances viendra te chercher cet après-midi, d'accord ?

Daisy lui décocha un sourire lumineux.

— D'accord. Oh ! dis donc, ne laisse pas Mack aller tout seul. Il est trop petit lui, il pourrait se perdre.

— Je ferai attention, répondit Helen le plus sérieusement du monde.

Une fois que Daisy eut pénétré dans le bâtiment, elle regarda Erik.

— Ça ne s'est pas trop mal passé, qu'en penses-tu ? Et je ne suis même pas parent moi-même.

Il l'examina attentivement.

— L'envisages-tu ?

— J'y ai songé, répondit-elle d'un ton qui ne laissait place à aucun commentaire. Et toi ?

— Une fois, il y a très longtemps.

— Avant la mort de ta femme ?

Il hocha la tête.

— Cette envie s'est éteinte avec elle.

Il se tourna aussitôt vers Mack, qui lui décocha son sourire le plus charmeur, avant de reprendre d'une voix enjouée :

— Allons vite déposer ce petit dur à cuire à la garderie, c'est à deux pas d'ici. J'ai comme l'impression qu'il a besoin d'aller là où le roi va à pied, si tu vois ce que je veux dire. Je crois qu'il n'y a pas un instant à perdre.

Il avait parlé d'un ton de conspirateur qui fit sourire Helen. Puis elle éclata de rire.

— Je suis tout à fait d'accord avec toi. Tu crois pouvoir l'emmener à l'intérieur à toute vitesse et t'occuper de ce problème, pendant que moi, je t'attends dans la voiture ?

Pour la première fois depuis qu'il était arrivé chez elle, elle avait l'air détendu.

— Et si, une fois que nous serons tirés d'affaire, je t'offrais ce fameux café dont nous avons parlé, accompagné d'un bon petit déjeuner ?

Voilà qu'il recommençait ! N'aurait-il pas mieux fait de résister à cette impulsion ? se demanda-t-il. Mais, c'était déjà trop tard.

— Est-ce que ce serait trop te demander que tu me fasses un café au Sullivan ? C'est bien connu, il n'y en a pas de meilleur en ville.

Il sourit.

— Ne serais-tu pas en train d'essayer de me forcer la main, pour que je te prépare une de mes omelettes, par hasard ?

Elle lui jeta un regard chargé de gratitude.

— Oh, oui, s'il te plaît ?

— Tu m'aideras à la préparer ?

— Après deux tasses de café, tu pourras me demander tout ce que tu voudras !

Erik la dévisagea, jusqu'à ce que le rose lui monte aux joues.

— C'est une offre intéressante, commenta-t-il. Je m'en souviendrai.

Il lui faudrait probablement pas mal de temps pour que cette pensée le lâche, songea-t-il.

9

— Ce qu'il faut, c'est établir des rituels, déclara Helen en tirant un carnet de son attaché-case et en le posant sur la table près de son assiette vide.

Erik lui avait préparé une énorme omelette au jambon et au fromage, avec des pommes de terre sautées aux oignons et aux poivrons verts. Avec ce qu'elle avait mangé, elle ne devrait plus avoir faim pendant une semaine au moins ! Une fois avalée sa troisième tasse de succulent café torréfié à la française, elle se sentait capable d'affronter l'Everest ! Rien à voir avec l'état dans lequel Erik l'avait trouvée à peine une heure auparavant.

Elle écrivit « rituels » en haut d'une page et souligna le mot trois fois, sous l'œil goguenard d'Erik.

— Quoi ? demanda-t-elle.

— Il s'agit de Mack et Daisy, n'est-ce pas ? dit-il sans cacher son hilarité. Des petits bouts de chou hauts comme trois pommes ?

Elle fronça les sourcils.

— Oui. Où veux-tu en venir ?

— Je crois que c'est assez optimiste de ta part de penser que tu vas instaurer des principes avec des enfants qui ne sont pas les tiens.

— Tous les enfants ont besoin de routine, déclara-t-elle.

Elle en savait quelque chose. Dans sa propre enfance, elle avait justement souffert d'un manque de régularité. Quand elle élèverait ses enfants, elle saurait trouver la bonne distance avec eux, et les rituels quotidiens seraient en tête de sa liste de priorités. Elle décida de mettre les points sur les *i* pour Erik.

— C'est important pour eux de savoir à quoi s'attendre. Ils ont besoin d'objectifs et de perspectives.

— A trois et cinq ans ?

— Il n'est jamais trop tôt pour leur transmettre de bonnes habitudes, leur donner des repères.

— Tu as l'air sûre de toi…

— Je me fonde sur mon expérience.

— Avec les enfants de tes amies ?

— Pas seulement. Enfant, j'ai manqué de repères, et je sais que cela peut causer des dégâts. Je ne savais jamais quand l'un ou l'autre de mes parents serait à la maison. Je pouvais rentrer à n'importe quelle heure. On mangeait quand ça nous chantait, quand on pouvait, sur un coin de table. Surtout après la mort de mon père, quand maman a été obligée de travailler pour deux.

Erik hocha la tête d'un air entendu.

— Je comprends mieux.

— Qu'est-ce que tu comprends mieux ?

— Ton besoin profond d'organisation et de routine.

— Mais je n'ai pas le choix ! s'exclama-t-elle, agacée par Erik. Imagine que je fasse une bêtise, qu'il arrive malheur à l'un des petits à cause de ma désinvolture ou de ma négligence…

Erik l'étudia avec attention.

— Tu ne te serais pas bourré le crâne avec des livres sur l'éduction, par hasard, Helen ?

— J'ai un peu lu, oui, répliqua-t-elle en évitant le regard de son compagnon.

Helen commençait à se sentir gênée. Son approche de l'éducation était-elle exagérément théorique ? La plupart des gens semblaient faire confiance à leur instinct, mais pas elle.

Elle tenta de se justifier.

— Je tenais à me clarifier les idées.

Il hocha la tête.

— D'accord, je le conçois. Es-tu tout de même prête à entendre mon point de vue ?

— Mais tu n'as pas d'enfants ! protesta-t-elle. Tu m'as dit que tu n'avais même pas l'intention d'en avoir.

— Il n'empêche que, comme toi, j'ai moi-même été un enfant et il me reste des souvenirs. J'ai aussi des neveux. Je m'occupe d'eux souvent, et ils n'en sont pas morts. Dis-moi comment ça se passe, quand les enfants de Maddie ou Dana Sue sont chez toi…

— Je leur cède tout, soupira Helen. Parce que je sais qu'ils ne vont pas rester longtemps.

Devant le regard incrédule d'Erik, elle haussa les épaules.

— Que veux-tu que je te dise ? Je veux être la tante Helen, celle avec qui on s'amuse. Je veux qu'ils m'aiment. Mais je sais bien que je dois me montrer plus ferme avec Mack et Daisy, sinon Karen aura du mal à les reprendre en main.

Erik hocha la tête.

— Un bon point pour toi. Toutefois, plutôt que de serrer la vis aux enfants, il vaut peut-être mieux revoir tes propres habitudes.

Helen ouvrit de grands yeux étonnés et saisit sans attendre la perche qu'il lui tendait.

— Absolument ! Si je suis bien organisée, tout marchera comme sur des roulettes. Le programme d'aujourd'hui n'a pas fonctionné, c'est évident. Demain, je ferai sonner le réveil à 4 heures et demie, au lieu de 5.

Aussitôt, elle prit note sur son carnet de consacrer cette demi-heure supplémentaire à la préparation des déjeuners, à son propre petit déjeuner — avec du café, beaucoup de café…

— Comment ça s'est passé, quand tu leur as donné leur bain, hier soir ? demanda Erik.

— Leur bain ? s'écria Helen, horrifiée. Mon Dieu ! Je ne leur ai pas donné de bain, Erik ! J'ai envoyé ces enfants à l'école sans les avoir lavés !

— Ne t'affole pas. Je suis sûr qu'ils étaient ravis. C'est sans doute la raison pour laquelle Daisy ne t'a rien dit. Essaye quand même d'y penser à l'avenir. Il faut aussi t'assurer qu'ils se brossent bien les dents.

Elle s'en était assurée. Elle écrivit toutefois « BAIN » en lettres majuscules, avant de poser sur Erik un regard appuyé.

— Ce serait sans doute trop te demander de venir me donner un coup de main ? suggéra-t-elle d'une voix pleine d'espoir.

— Je ne sors pas du Sullivan avant minuit. Il faut qu'ils soient couchés beaucoup plus tôt que ça.

Helen soupira.

— Bien sûr…

— Mais, demain, c'est mon jour de congé, reprit-il en l'observant d'un œil compatissant. Je pourrais passer t'épauler ? Si tu veux, nous pourrions les emmener manger des hamburgers et je resterai pour t'aider à les mettre au lit.

Helen ne cacha pas son scepticisme. Elle n'avait jamais emmené ni Annie ni aucun des enfants de Maddie au restaurant avant que le plus jeune ait au moins six ans.

— Les emmener dîner dehors ? Ils vont déranger tout le monde, à coup sûr. Il n'y a rien de pire que d'être entouré d'enfants insupportables quand on essaye de dîner tranquillement.

— C'est là l'avantage des restaurants fast-food. Tous les gens sont dans le même cas, ils ont tous des enfants insupportables et personne ne fait attention aux tiens.

— « Fast-food », évidemment, marmonna-t-elle en prenant note. C'est parfait.

Erik, et ce fut tout à son honneur, parvint à conserver un visage de marbre.

— Je serai chez toi à 17 h 30, promit-il. Je ferais mieux de filer travailler, sinon Dana Sue va faire des retenues sur mon salaire.

Elle coula vers lui un regard chargé de gratitude.

— Je ne sais pas comment te remercier pour ton aide ce matin. Je crois que, sans toi, j'aurais piqué une crise de nerfs. Tu es arrivé juste à temps !

— Bah ! Ce n'est rien. Tu t'en serais très bien sortie toute seule.

— Je n'en suis pas si sûre. Je ne pensais pas que ces deux-là me donneraient tant de mal. Ils ne me craignent pas du tout.

— Tu comptais les mener par l'intimidation ?

— J'y ai songé, reconnut-elle. Et puis j'ai décidé que ce n'était pas une bonne idée.

— Tu vois ! Tu es capable de faire de bons choix.

Il avait parlé avec tant de certitude que, en quittant le Sullivan, Helen avait le sentiment d'avoir repris la situation en main. C'était sans doute une illusion, mais cela lui permettrait de passer une bonne journée.

Dès qu'Helen fut partie, Erik s'empressa de ranger la cuisine. C'est le moment que choisit Dana Sue pour entrer en coup de vent.

— C'est bien Helen que j'ai vue partir en voiture, il y a une seconde ? lança-t-elle.

— Difficile à dire, fit-il laconique.

Elle le regarda en fronçant les sourcils.

— N'essaye pas de jouer au plus malin avec moi, comme c'est ton habitude. Sais-tu que lorsque tu fais ça, on dirait exactement Helen en train de conduire un de ses contre-interrogatoires ?

— Dans ce cas, je vais arrêter immédiatement, rétorqua-t-il, amusé.

— N'essaye pas de m'écarter de mon sujet. Helen était-elle là, oui ou non ?

— Elle était là, concéda-t-il.

— Et j'en déduis que vous avez pris le petit déjeuner ensemble, dit-elle en survolant du regard les assiettes, tasses et couverts qu'il était en train de débarrasser.

— En effet.

— Intéressant…, murmura-t-elle, tout en l'étudiant attentivement. Comment en êtes-vous arrivés là ?

Pas question de se laisser entraîner sur ce terrain glissant, se dit Erik. Surtout avec la reine des entremetteuses. Il haussa les épaules.

— Rien d'extraordinaire. Nous nous sommes rencontrés par hasard.

— Où ? Pourquoi l'as-tu amenée ici plutôt que chez Wharton, qui est ouvert pour les petits déjeuners ?

— Que veux-tu que je te dise… ? Elle préfère notre café. Bon, maintenant ça va, j'ai du travail.

— Et moi, je dis que tu as le temps de répondre à quelques questions supplémentaires.

— Si c'était le cas, je filerais faire quelques courses, rétorqua-t-il.

— Tu cherches à fuir mes questions !

Erik la gratifia d'un large sourire.

— Tu le crois vraiment ?

— Je demanderai à Helen.

— Tu fais ce que tu veux.

— Elle me dira ce que tu essayes de me cacher, tu peux être tranquille !

— Permets-moi d'en douter. Je n'ai pas l'impression qu'elle ait plus envie que moi d'encourager tes manigances.

— De quelles manigances veux-tu parler ?

— Tu sais très bien ce que je veux dire. Tu tiens absolument à nous mettre à la colle, tous les deux.

Elle fronça les sourcils.

— Je ne l'exprimerais pas de cette façon.

Erik se mit à rire.

— Non, je n'en doute pas. Tu t'arrangerais pour présenter ça agrémenté d'une sauce bien romantique. N'empêche que, pour faire simple, tu t'occupes de ce qui ne te regarde pas !

Sur ces mots, il passa devant elle et se dirigea vers la cuisine avec détermination, espérant qu'elle abandonnerait la partie. C'était mal connaître Dana Sue ! Elle le suivit.

— Vous êtes tous les deux mes amis. Donc ça me regarde !

Comme il s'affairait sans paraître remarquer sa présence, elle reprit.

— Lui as-tu parlé du problème de Tess ?

— L'autre jour, répondit-il, soulagé qu'elle change de sujet.

— Alors, ce matin, cela n'avait rien à voir, fit-elle, pensive. Comment a-t-elle réagi quand tu lui en as parlé ?

— Elle a dit qu'elle verrait ça avec Tess. Je ne l'ai pas mentionné ce matin, parce qu'il m'a semblé qu'elle avait assez de pain sur la planche avec les enfants de Karen.

Il lui jeta un regard noir.

— Laisse-moi tranquille, Dana Sue. Je ne plaisante pas. J'ai besoin de toute ma concentration pour faire les gâteaux.

— Arrête, ne raconte pas d'histoires ! Tu peux le faire à cloche-pied, tout en écoutant ton baladeur.

— Ce serait en effet beaucoup plus facile que de t'avoir sur le dos à radoter comme ça ! Au cas où tu l'aurais oublié, je dois préparer les desserts pour aujourd'hui et aussi pour demain. Si tu préfères, les clients de demain peuvent n'avoir sur le menu que les glaces du Piggly Wiggly ?

Dana Sue soupira.

— Très bien, concéda-t-elle. Je serai dans mon bureau, si tu as besoin de moi, ou si tu changes d'avis et décide de te confier à moi.

— N'y compte pas !

Cette rencontre avait été un avertissement, décida-t-il une fois Dana Sue partie. S'il était assez fou pour inviter Helen à sortir, il aurait aussi vite fait de demander à Dana Sue et à Maddie de se joindre à eux, sinon il allait devoir leur raconter sa soirée dans tous les détails.

Comment Ronnie Sullivan et Cal Maddox s'étaient-ils débrouillés pour faire la cour à leur femme, avec les deux autres qui les surveillaient sans répit ? Ce ne serait déjà pas facile de sortir avec Helen ; si ses copines s'en mêlaient, il allait devenir fou ! Il ferait bien de se le rappeler la prochaine fois qu'il ressentirait cet étrange frisson, ou encore le désir soudain de prendre Helen dans ses bras et de l'embrasser.

Comme les enfants lui manquaient !

De retour chez elle après son travail au Sullivan, l'appartement parut vide et trop silencieux à Karen. Au lieu de profiter du calme pour rattraper le retard de sommeil accumulé depuis des semaines, elle erra de pièce en pièce, allumant la télévision dans l'une, la radio dans l'autre, juste pour créer un bruit de fond.

Elle parlait avec Mack et Daisy tous les après-midi lorsqu'ils rentraient de l'école et aussi le soir, pour leur dire bonsoir juste avant qu'ils se couchent. Ils avaient l'air heureux et semblaient s'adapter sans problème à la vie chez Helen. Dans un sens, c'était précisément ce qu'elle avait du mal à supporter. Elle redoutait qu'ils se détournent d'elle ! Ce matin-là, elle parla de ses sentiments confus avec le Dr McDaniels.

— C'est parfaitement normal que vous vous inquiétiez d'être exclue de la vie de vos enfants, la rassura le Dr McDaniels. Ce n'est que votre perception, rassurez-vous, il n'en est rien. Vous êtes toujours leur maman et personne ne peut vous enlever ce rôle. Même si Helen était absolument parfaite, elle ne vous remplacerait jamais. Réjouissez-vous que Mack et Daisy s'adaptent si bien, et profitez de cette période pour vous occuper de vous. En fait, je vous recommande fortement d'aller faire de la gym au Club du Coin. L'exercice vous fera le plus grand bien.

Mais avec quel argent pourrait-elle se payer une carte d'abonnement au Club ? Le Dr McDaniels balaya son objection d'un revers de la main.

— On trouvera toujours le moyen de s'arranger, si vous me promettez d'y aller.

— Vous pensez vraiment que ça me ferait du bien ? Je détestais les leçons de gym, au lycée.

La psychologue s'esclaffa.

— Vous n'êtes pas la seule. Pourtant, et c'est prouvé scientifiquement, l'exercice régulier, même modéré, maintient le corps en bonne forme et accroît également le taux de sérotonine dans le cerveau, ce qui permet de réguler l'humeur.

— Vraiment ?

Même si Karen n'était pas entièrement convaincue, elle était prête à essayer.

— Si vous êtes sûre de pouvoir trouver une solution, j'irai, reprit-elle. Vous avez dit qu'il y avait deux choses que vous vouliez me recommander. Quelle est la seconde ?

— J'aimerais vous faire rencontrer un conseiller, pour vous aider à mettre un peu d'ordre dans vos finances. Si vous parveniez à éponger quelques dettes et à organiser votre budget sagement, vous seriez beaucoup plus détendue.

C'était évident, avait songé Karen.

— Vous pouvez m'envoyer à quelqu'un ?

Elle avait pris la carte que le Dr McDaniels lui avait tendue et avait téléphoné dès qu'elle était arrivée au travail. Le conseiller financier lui avait fixé rendez-vous pour la semaine suivante. Dana Sue lui avait alors annoncé qu'elle lui avait procuré un abonnement gratuit au Club du Coin.

— Le Dr McDaniels vous a parlé ? s'était écriée Karen, humiliée. Je suis vraiment désolée.

— Ne t'en fais pas, ça marche du tonnerre, en ce moment. Nous pouvons te laisser utiliser la salle de gym gratuitement. Elliott a dit qu'il t'aiderait à démarrer.

Karen avait aperçu l'entraîneur une ou deux fois, un beau gosse sexy. Ce ne serait pas trop astreignant de le voir de plus près.

Elle s'assit sur le canapé et passa en revue tout ce qui lui était arrivé de bien, depuis qu'elle s'était rendu compte à quel point tout allait mal et qu'elle avait décidé de prendre le taureau par les cornes. Elle commençait réellement à voir le bout du tunnel. Ne serait-ce que vis-à-vis de Dana Sue et d'Helen, qui se donnaient tant de mal pour l'aider, elle leur devait bien de faire tout pour ne pas gâcher cette chance.

Pourtant, lorsqu'elle pensait à ses enfants, son cœur saignait. Elle ressentait un tel vide ! Elle voulait tant qu'ils reviennent à la maison. Ses bébés… Aucune date n'avait été fixée pour leur retour, mais le plus tôt serait le mieux. Bien sûr, elle leur parlait au téléphone, elle passait même une heure ou deux avec eux, de temps en temps. C'était trop peu.

Apercevant l'ours en peluche favori de Mack à l'autre bout du canapé, elle s'en empara et le serra contre elle. C'était un vieil ours tout usé, le ruban qui avait autrefois orné son cou était à moitié déchiré, il était tout couvert de taches, seulement il sentait bon le talc, le shampoing pour bébé. Il sentait bon Mack. Curieux qu'il ne l'ait pas réclamé pour s'endormir, s'étonna-t-elle. Helen n'avait pas l'air d'avoir de problème pour coucher Mack. Tant pis, elle passerait chez Helen tôt demain matin, pour le déposer avant sa séance de gym. Elle verrait peut-être les enfants une seconde, ce serait toujours ça de pris. Dire que, quelques jours auparavant, elle ne les supportait plus ! Difficile à imaginer.

Quelques légers coups frappés à la porte la firent sursauter. Une visite, quelle bonne aubaine ! Elle lâcha l'ours et se précipita pour ouvrir et trouva Frances, une casserole de soupe à la main, qui la regardait les yeux emplis de compassion.

— Je t'ai entendue rentrer, il y a quelques minutes. J'ai pensé que tu te sentirais un peu perdue. Tu veux un peu de compagnie ?

— Oh, oui ! s'écria Karen avec chaleur. C'est beaucoup trop calme, ici !

Elle la fit entrer.

— Je sais ce que tu ressens, lui confia Frances en lui tapotant le bras. Je me rappelle ce que j'ai ressenti quand mon petit dernier est parti à l'université. Le syndrome du nid qui se vide, ce n'est pas un mythe ! Pourtant, vois-tu, j'enseignais à plein temps à l'époque et mon mari était encore vivant, eh bien, je ne supportais pas de ne pas avoir une bande d'adolescents réclamant à manger toutes les cinq minutes, jour et nuit. Mes enfants sont partis l'un après l'autre, après que je m'étais occupée d'eux, que je m'étais inquiétée pour eux pendant dix-huit ans ! Les tiens sont encore presque des bébés et ils sont partis du jour au lendemain. Comment veux-tu être préparée pour un tel choc ?

— Je voudrais qu'ils reviennent maintenant, admit Karen.

Elle prit la casserole des mains de Frances et la porta dans la cuisine.

— J'ai même allumé la télévision et la radio parce que je ne supportais pas le silence quand je suis rentrée du travail, reprit-elle.

— Assieds-toi, je vais faire réchauffer cette soupe, l'encouragea Frances en tirant une chaise. Je suppose que tu n'as rien mangé ?

— J'ai grignoté toute la journée au restaurant, dit Karen en s'apercevant qu'elle avait faim. Cette soupe sent tellement bon…

Frances alluma le gaz sous la casserole et l'odeur de pois cassés embauma la cuisine tout entière.

— Veux-tu un sandwich pour aller avec ? Si tu n'as rien, je vais chercher ce qu'il faut. J'ai du très bon jambon, tu m'en diras des nouvelles.

Elle balaya du revers de la main les protestations de Karen.

— Je reviens tout de suite. Surtout, surveille la soupe, il ne faut pas qu'elle bouille.

Karen hocha la tête en réprimant un sourire, amusée que Frances se sente obligée de lui donner des instructions pour la cuisine.

Frances revint bientôt avec une assiette sur laquelle trônait une énorme tranche de pain aux céréales, généreusement couverte de jambon.

— Je ne savais pas si tu préférais la moutarde ou la mayonnaise, alors je n'ai rien mis.

— J'aime bien la mayonnaise, je vais en chercher.

— Ne bouge pas, j'y vais ! Tu es debout toute la journée ; moi, je ne fais rien.

Karen rit.

— Frances, je ne vous ai jamais vue rester assise plus de quelques minutes. Vous n'arrêtez pas de vous affairer, tous les jours de la semaine.

Frances haussa les épaules.

— Il faut bien, sinon je m'encroûterais, concéda-t-elle. Il m'arrive beaucoup aussi de ne rien faire. Alors, raconte-moi ta journée.

Karen lui parla du rendez-vous avec le conseiller financier et de l'abonnement au Club.

— C'est merveilleux ! s'exclama la vieille dame. L'exercice te fera le plus grand bien. Je me sens toujours bien après ma classe d'aérobic senior au Club du troisième âge, même s'ils ne nous font pas trop travailler, au cas où l'un de nous tomberait raide mort.

Elle versa de la soupe dans une assiette qu'elle posa devant Karen, puis tira une chaise pour elle.

— Tu sais, commença-t-elle d'un ton de conspiratrice, j'ai entendu dire qu'il y avait un nouvel entraîneur au Club. Il paraît que c'est un vrai apollon. Je suis assez tentée moi-même de prendre un abonnement, juste pour aller vérifier ça.

— Oh, Frances ! pouffa Karen. Je suis choquée.

— Toute femme qui prétend ne pas aimer se rincer l'œil est une menteuse, déclara Frances. Emporte un appareil et prends quelques photos discrètement pour moi. Ça me suffira.

— Il n'en est pas question ! En revanche, je verrai si je peux vous emmener en tant qu'invitée un jour, si votre cœur peut tenir le choc. Il *est* superbe !

— Dans ce cas, je serais prête à risquer de faire une petite visite aux urgences, ça a l'air de valoir le coup.

Elle tapota la main de Karen avant de reprendre.

— Allez, je te laisse finir de manger et te coucher. Tu dois être au mieux de ta forme demain matin pour la gym.

— J'y vais pour l'exercice, lui rappela Karen d'un ton pieux.

— Bien sûr que tu y vas pour l'exercice. Tu peux tout aussi bien exercer ta libido en même temps, ça ne te ferait pas de mal d'avoir un homme dans ta vie.

— Je peux vous renvoyer la balle, répliqua Karen. Il y a au moins une demi-douzaine d'hommes au Club du troisième âge qui aimeraient bien sortir avec vous.

— Balivernes ! Que veux-tu que je fasse de tous ces vieux pépés qui passent leur temps à se plaindre de leurs douleurs ? J'en ai bien assez moi-même.

— En même temps, ce ne serait pas désagréable d'avoir un peu de compagnie, dit Karen. Je suis sûre que ça vous arrive de vous sentir seule.

— Ça m'arrive, c'est vrai, reconnut Frances, mais je ne m'ennuie jamais, pas une seule seconde. Il y a tellement à faire, il suffit de sortir et d'ouvrir les yeux. Et puis vous êtes là, toi, Mack et Daisy. Vous tenez une grande place dans mon cœur et ma vie, celle de mes enfants et mes petits-enfants s'ils habitaient plus près. Alors, tu vois, je n'ai pas à me plaindre.

— Vous êtes formidable. J'espère que, plus tard, je vous ressemblerai.

— Sois plutôt toi-même. Tu es unique, nous sommes tous uniques. N'oublie pas cela, Karen. Profite de ce temps où tu es toute seule pour réfléchir à qui tu es, à qui tu veux devenir. Tes enfants seront bien plus heureux, si leur maman a confiance en ses capacités, si elle sait où elle va et comment elle a l'intention d'y arriver.

— Vous croyez vraiment que je vais y parvenir ? demanda Karen d'un ton mélancolique. Quand j'ai rencontré Ray, je venais tout juste de finir mes études secondaires. Il n'a pas voulu que j'aille à l'université. Pour lui, c'était une perte de temps, alors je n'y suis pas allée. J'ai travaillé au bistrot, et puis je me suis retrouvée enceinte de Daisy. Nous nous sommes mariés. Ensuite, il y a eu Mack. Je n'avais pas planifié tout ça. Désormais, j'ai l'impression que mon seul objectif, c'est de garder la tête hors de l'eau.

— C'est une phase. Tu en sortiras, je le sais. En attendant, tu as besoin de sommeil. Et n'oublie pas de passer me voir à ton retour demain, je veux tout savoir sur cet entraîneur sexy !

Répondant à une impulsion soudaine, Karen prit Frances dans ses bras.

— Je vous aime, dit-elle en la serrant fort contre elle. J'ai une telle chance de vous avoir comme voisine et amie.

— Je peux dire la même chose. Embrasse tes bébés pour moi, si tu les vois demain matin. Dis-leur que je leur prépare des biscuits aux petits raisins.

— Ils vont adorer ça.

Elle resta sur le pas de sa porte, jusqu'à ce que Frances ait fermé à clé celle de son appartement, puis rentra débarrasser la cuisine. Elle se sentait mille fois mieux que lorsqu'elle était arrivée ce soir-là, éteignit la télévision et les lumières, enfila son pyjama préféré et se glissa dans son lit.

Elle régla son réveil et posa la tête sur son oreiller, étonnée de sentir le sommeil l'envahir délicieusement. Alors, un sourire sur les lèvres, elle ferma les yeux. Tout au fond d'elle-même, l'optimisme germait de nouveau. Une sensation qu'elle n'avait plus éprouvée depuis des mois, peut-être même des années.

10

Karen connaissait le Club du Coin pour y avoir livré des salades variées et des muffins tout droit sortis des cuisines du Sullivan. Mais c'était la première fois qu'elle entrait dans la salle de gym.

Les murs étaient peints d'un jaune chaud et gai. De larges baies coulissantes donnaient sur un espace boisé et calme, en laissant entrer une brise agréable. La pièce vibrait d'un bourdonnement continu, fait du ronronnement des machines et du brouhaha plus aigu des conversations et des rires, entrelacé d'accords d'une musique douce, classique. Il y avait surtout des femmes, qui avaient l'air de toutes se connaître. Vêtue d'un short, d'un T-shirt et chaussée de vieilles tennis, elle s'arrêta sur le pas de la porte et hésita, intimidée.

Qu'était-elle venue faire ici ? Elle n'était pas à sa place, songea-t-elle, l'estomac noué. Elle se sentait mal à l'aise, ridicule, au milieu de toutes ces femmes apparemment si sûres d'elles. Et puis par où commencer ? Par quel appareil ?... Elle aurait mieux fait de rentrer chez elle après avoir déposé l'ours en peluche chez Helen et embrassé les enfants...

D'affreux souvenirs de lycée lui revinrent à la mémoire, lorsqu'on attendait d'elle qu'elle soit enchantée de jouer au hockey, alors qu'elle n'avait qu'une idée : partir en courant, disparaître !

— Vous devez être Karen ? susurra une voix grave et sensuelle presque incongrue dans la cacophonie aiguë des femmes qui jacassaient.

Elle pivota et plongea les yeux dans deux yeux aussi sombres et profonds qu'une nuit sans étoiles. C'était la première fois qu'elle voyait Elliott Cruz d'aussi près. Elle se figea, comme aimantée, incapable de détourner le regard. A le voir avec ses longs cheveux noirs retenus en queue-de-cheval, son torse puissant et ses larges épaules, ses cuisses à la musculature impressionnante, elle comprenait pourquoi l'entraîneur était la coqueluche de toutes les femmes de Serenity.

— Bonjour, je m'appelle Elliott Cruz, se présenta-t-il. Dana Sue m'a dit que vous viendriez et qu'il ne fallait pas que je vous rate.

Les lèvres de Karen s'étirèrent en un lent sourire.

— Moi, c'est ma voisine qui m'a dit qu'il ne fallait pas que je vous rate.

— Ah bon ? s'étonna-t-il. Elle est membre du Club ?

— Non. Elle aimerait bien, toutefois, juste pour pouvoir vous regarder, lâcha-t-elle sans réfléchir. Seulement, elle a plus de quatre-vingts ans et, franchement, j'ai bien peur qu'elle ait du mal à supporter le choc.

Au grand étonnement de Karen, Elliott rougit.

— Je vous demande pardon, je ne voulais pas vous embarrasser ! s'exclama-t-elle.

Il s'esclaffa.

— Ne vous inquiétez pas, j'ai l'habitude, vous savez ? Avec toutes ces femmes qui viennent ici et qui me taquinent, ça ne me fait plus rien.

Karen n'en était pas convaincue. Il avait été gêné, cela ne faisait pas le moindre doute, ce qui montrait bien que les attentions des femmes et l'intérêt qu'elles lui portaient le prenaient encore par surprise. Il lui fit traverser la salle et la mena jusqu'à un tapis roulant.

— Si nous commencions par ça ? suggéra-t-il en posant une main sur la machine.

— Vous voulez que je monte là-dessus ?

— Oui, sauf si, pour vous, faire de l'exercice consiste à regarder les autres transpirer ? Vous savez marcher, n'est-ce pas ? On ne peut plus simple.

— Je sais marcher sur un trottoir, pas sur une machine.

— Il n'y a pas une grosse différence, sauf qu'ici vous avez la possibilité de contrôler la vitesse et de vous pousser un peu plus, à votre gré, expliqua-t-il en lui montrant les différents boutons. Vous pouvez déterminer la cadence, la distance que vous parcourez, calculer le nombre de calories que vous brûlez, vous voyez ? Allez, montez, voyons ce dont vous êtes capable.

Karen obéit et se tint en position, puis la machine se mit en route.

— Quand vous serez prête, montez sur le tapis et marchez. Je l'ai réglé assez lent pour commencer.

Elle suivit ses instructions. A peine eut-elle posé le pied sur le tapis, qu'elle agrippa les rampes de toutes ses forces, tout en cherchant tant bien que mal à accorder son pas avec le rythme imposé.

— Ça va un peu vite, vous ne trouvez pas ? gémit-elle tout en glissant irrémédiablement vers l'extrémité du tapis malgré ses efforts désespérés pour rester debout.

Il sourit.

— Cela veut dire simplement que vous devez accélérer votre cadence, répliqua-t-il en refusant de ralentir. Vous pouvez y arriver. Cela ne servirait à rien si c'était trop facile !

Elle se concentra et parvint à s'adapter de façon plus naturelle. Ce n'était pas si dur, après tout.

— Combien de temps dois-je rester ?

— Aujourd'hui, nous nous contenterons de dix minutes, pour voir comment vous tenez le coup. Petit à petit, j'aimerais vous voir arriver à une demi-heure. Il faut ça.

Dix minutes ? Rien d'impossible, se dit-elle, surtout avec un peu de pratique.

— J'en ai fait combien ?

— Deux.

Deux minutes seulement ? Elle fronça les sourcils. C'était impossible, cela faisait bien plus longtemps. Et, comme pour renforcer sa pensée, ses jambes se firent soudain très lourdes, sa respiration haletante.

— Et vous voulez que je fasse encore huit minutes de plus ?

Il la regarda sans sourire.

— Oui, c'est ce que je veux, déclara-t-il d'un ton solennel.

— Vous êtes sûr de ne pas avoir augmenté la vitesse ?

— Nan ! Je n'ai touché à rien. Vous pouvez y arriver. Il paraît que vous avez de jeunes enfants, ils doivent vous faire galoper, non ? Vous devriez être assez en forme pour une petite marche soutenue.

Elle était comme hypnotisée par ses yeux magnifiques, prête à faire tout ce qu'il voulait. C'était sans doute le secret de sa réussite en tant qu'entraîneur au Club, songea-t-elle. Comment lui résister ? C'était inconcevable de le décevoir. Toutes les femmes présentes devaient se sentir obligées de repousser leurs limites, même si cela leur semblait impossible au premier abord.

Déterminée à lui rendre la monnaie de sa pièce, elle fut soudain traversée d'un désir espiègle de le tourmenter à son tour. Elle le scruta attentivement, avant de l'interpeller :

— Si je termine les dix minutes, feriez-vous quelque chose pour moi ?

— Comme quoi ? demanda-t-il d'un air soupçonneux.

— Comme d'ôter votre chemise, pour que je vérifie si vos abdominaux méritent leur réputation, fit-elle en singeant le ton qu'il avait employé avec elle quelques minutes auparavant.

Il partit d'un rire spontané, profond, qui fit à Karen l'effet d'une caresse.

— Si je faisais ça chaque fois qu'une femme me le demande, j'ai bien peur que la réputation du Club du Coin n'en souffre. On va croire que c'est devenu un club de strip-tease.

Il plongea son regard dans le sien.

— Si vous tenez tant que cela à voir mon corps, Karen, il va falloir travailler beaucoup plus dur.

Karen avala sa salive, troublée par le ton plein de sous-entendus de sa remarque. Elle avait cru qu'il plaisantait et ne s'attendait pas à se trouver face à la note sombre et sérieuse qu'elle perçut dans ses yeux. C'était si viril, si totalement mâle, qu'elle se déconcentra. Du coup, elle perdit la cadence, et fut violemment éjectée du tapis roulant, manquant tomber ! Très vite, il avait éteint le moteur tout en la rattrapant d'une main ferme pour l'aider à recouvrer son équilibre.

Comment réagir ? Cela faisait des années qu'elle n'avait pas flirté avec un homme. Son mariage avait perdu toute passion bien longtemps avant son divorce. Ce qui expliquait sans doute pourquoi elle se sentait aussi troublée en ce moment. Pour Elliott Cruz, ce n'était qu'un jeu.

Elle s'efforça de sourire aussi naturellement qu'elle put.

— Alors, qu'est-ce que vous voulez que je fasse maintenant ?

Un lent sourire étira les lèvres d'Elliott. Un sourire chaleureux, désarmant.

— Je me doutais bien que vous seriez une élève assidue.

Il ne se trompait pas. Elle allait se montrer assidue ! Mais qu'il ne se fasse aucune illusion, cela n'avait rien à voir avec ce qu'il lui réservait comme torture dans l'heure à venir. Cela concernait plus ce qu'elle imaginait comme possibilités, dans un contexte beaucoup plus intime.

— Qu'est-ce que tu peux être bête, ma pauvre fille, grommela-t-elle entre ses dents.

Pour qui se prenait-elle ? Elle ne devait pas être la première à espérer capter son attention. Cette salle était remplie de femmes qui devaient concevoir le même rêve. Comme s'il allait la choisir entre toutes, après seulement quelques minutes en sa compagnie !

— Vous avez dit quelque chose ?

— Non, rien. Je me parlais à moi-même.

Il faudrait bien que sa libido exacerbée reçoive ce message, et vite ! Les délicieuses sensations dont elle se sentait parcourue n'avaient sûrement rien à voir avec ce dont le Dr McDaniels lui avait parlé, lorsqu'elle lui avait mentionné les bienfaits variés que le sport lui prodiguerait…

Helen était très fière d'elle. Et avec raison : quand Erik sonna à 17 h 30, ce soir-là, les deux enfants avaient déjà pris leur bain et étaient habillés de vêtements fraîchement repassés, prêts à sortir dîner.

— Dis donc ! Que vous êtes beaux tous les deux ! s'exclama-t-il en faisant valser Daisy avant de lui poser un baiser retentissant sur la joue, ce qui déclencha ses rires tandis que Mack se pendait à son bras en attendant son tour.

Puis son regard se posa sur Helen. Il changea d'expression, luttant désespérément pour ne pas éclater de rire.

— Qu'y a-t-il ?

— Est-ce que tu t'es regardée dans un miroir, récemment ? demanda-t-il le plus délicatement possible.

— Non.

Depuis qu'elle était rentrée du travail, elle avait été tellement prise par les enfants, s'assurant qu'ils seraient prêts pour sortir, qu'elle n'avait pas eu une seconde pour vérifier son maquillage, encore moins pour se changer.

— Tu ferais peut-être bien d'y jeter un coup d'œil. Remarque, ce n'est pas que je ne te trouve pas superbe, loin de là.

Son visage s'étira en un large sourire.

— Loin de là, crois-moi, insista-t-il.

Helen fronça les sourcils en voyant ses yeux attirés vers sa poitrine.

— Je reviens tout de suite !

Elle se précipita dans la salle de bains et se regarda dans le grand miroir accroché au dos de la porte. Et laissa s'échapper un long gémissement…

En donnant leur bain aux enfants, elle s'était complètement trempée des pieds à la tête, si bien que sa blouse de soie était collée à sa peau et laissait transparaître le dessin de son soutien-gorge en dentelle et plus encore. Pas étonnant qu'Erik ait eu l'air aussi fasciné !

Quant à sa jupe, sans être aussi révélatrice, elle était tout aussi mouillée. Elle fila dans sa chambre, attrapa un autre chemisier et un pantalon en lin, puis enfila une paire de souliers confortables. Elle eut vite fait d'ajuster sa coiffure et son maquillage.

Satisfaite du résultat, elle retourna dans la salle de séjour, pour les trouver tous les trois devant la télévision, en train de regarder des dessins animés. Erik semblait aussi absorbé que les enfants.

— Ça m'ennuie de vous déranger, mais nous devrions sans doute y aller, tu ne crois pas ?

Un seul regard d'Erik stoppa net les protestations de Daisy. Quant à Mack, il était d'accord avec Erik, quoi qu'il dise. Surtout lorsque ce dernier le balança sur son épaule pour le porter sur son dos.

— Allez, ouste ! En avant ! ordonna-t-il avec autorité.

Erik rit.

— Il te ressemble déjà, commenta Helen en se dirigeant vers la porte.

— Quelque chose me dit que je ne devrais pas prendre ça comme un compliment.

Elle le suivit et ferma à clé.

Ils prirent la voiture d'Helen à cause des sièges pour les enfants qui s'y trouvaient déjà, mais, quand Erik offrit de conduire, elle accepta aussitôt, tellement elle était fatiguée. Elle avait même du mal à garder les yeux ouverts. Jamais elle n'aurait cru que s'occuper d'enfants jour après jour pouvait être aussi épuisant.

Il n'y avait pas de restaurant fast-food à Serenity, il fallut donc aller jusqu'à la ville la plus proche. Dès qu'ils entrèrent, Daisy repéra l'aire de jeux réservée aux enfants.

— On peut aller jouer ? implora-t-elle aussitôt.

— Après avoir mangé, déclara Erik fermement. Allez donc trouver une table pendant que je vais commander. Daisy, veux-tu venir avec moi pour m'aider ?

— Bien sûr ! s'écria la fillette, ravie d'être l'objet de l'attention d'Erik.

Helen installa Mack dans une chaise haute et observa Erik, qui se penchait pour consulter Daisy. Il avait l'air tellement à l'aise avec les petits, s'étonna-t-elle. Malgré une nette amélioration depuis quelques jours, elle se sentait encore maladroite, pas totalement détendue avec eux. C'était sans doute parce qu'elle n'avait pas eu le temps de se préparer, se rassura-t-elle. Elle ne les avait jamais rencontrés auparavant. En réalité, et elle le savait, la responsabilité pesait lourd sur ses épaules. Elle voulait s'assurer de leur totale sécurité jusqu'à ce qu'ils puissent retourner avec leur maman. C'était dur à accepter, pourtant elle avait besoin d'un système de support, autant que Karen. Elle pourrait peut-être demander à Annie de faire du baby-sitting ou même de venir la soulager de temps en temps le soir. Quand Daisy et Erik réapparurent, elle était toujours plongée dans ses pensées.

— Pourquoi cet air soucieux? murmura-t-il à son oreille, tout en posant le plateau chargé de nourriture sur la table. Tu recommences à réfléchir à tout ça?

Elle se força à sourire.

— C'est fort possible.

— Ma douce, n'oublie surtout pas que ce sont des êtres humains. Prends plaisir à être en leur compagnie.

Il donna sa part à chacun, puis se tourna vers Daisy.

— Si tu racontais à Helen l'histoire que ta maîtresse vous a lue, aujourd'hui?

Daisy lui jeta un regard plein d'espoir.

— Tu veux?

— Oh, oui! J'aimerais bien.

Daisy se lança alors dans un récit tortueux, à propos d'un dinosaure, en y ajoutant quelques petites touches personnelles hautes en couleur, qui parvint à tenir Mack en haleine et fit rire Helen aux éclats.

— Bravo! s'écria-t-elle avec enthousiasme lorsque Daisy conclut enfin son récit. Tu racontes très bien les histoires.

— Si tu veux, je pourrai te la lire ce soir, suggéra Daisy avec empressement. J'ai apporté le livre de l'école, ma maîtresse a dit que je pouvais.

— J'aimerais beaucoup, approuva Helen en se rendant compte qu'elle disait la vérité.

Quand ils eurent fini de manger, Daisy jeta sur Erik un regard suppliant.

— On peut aller jouer, maintenant?

— Tu es d'accord? fit-il à l'intention d'Helen.

Helen surveilla d'un œil critique l'aire de jeux où quelques enfants s'amusaient déjà.

— Tu es sûr qu'il n'y a pas de danger ?

Il hocha la tête.

— J'en suis sûr.

— Alors d'accord. Seulement, restez là où nous pouvons vous voir.

— Ce n'était pas si dur que ça de les laisser partir ? s'enquit Erik en l'étudiant attentivement, une fois qu'ils eurent décampé.

— Non. J'essaye de m'améliorer, soupira-t-elle. Je sais que je suis trop stressée, mais je dois avouer que ce n'est pas facile d'être parent !

— J'imagine que toute maman doit ressentir la même chose le jour où elle rentre de la maternité avec son premier bébé. Toi, tu es rentrée chez toi avec deux gamins qui ont déjà leur personnalité, qui savent s'exprimer et sont mobiles. Je comprends que ça t'ait fait un choc. Tu finiras bien par t'y habituer.

Elle l'étudia avec curiosité.

— Ce que je ne comprends pas, c'est pourquoi quelqu'un comme toi, qui semble totalement dans son élément avec les enfants, n'a pas envie d'en avoir toute une ribambelle.

A peine eut-elle prononcé ces mots qu'Erik parut se refermer comme une huître. Elle venait, à son insu, de toucher à un sujet de toute évidence totalement tabou.

— J'ai dit quelque chose qu'il ne fallait pas ? demanda-t-elle sans comprendre pourquoi cette question semblait si délicate.

Il secoua la tête.

— Bien sûr que non. C'est juste que je n'ai pas l'intention d'avoir une famille. Je te l'ai déjà dit.

— Mais tu serais…

— Cela n'arrivera pas ! l'interrompit-il sans ménagement.

Il avait l'air terriblement affecté, sinon elle aurait persisté. Malgré sa curiosité, elle décida de laisser tomber.

— Je te demande pardon.

— Non, c'est moi qui te demande pardon, s'excusa-t-il en posant une main sur la sienne. Je n'aurais pas dû réagir comme ça, c'était une question tout à fait raisonnable. Ça me fait mal chaque fois que j'aborde le sujet. Tu vois, je voulais avoir des enfants avec ma femme. Quand elle est morte, elle a emporté tous mes rêves avec elle.

Elle avait dû mourir peu de temps auparavant, se dit Helen en le voyant si triste.

— Quand est-ce que ta femme est morte ?

— Il y a six ans et sept mois, répondit-il d'une voix sans timbre.

Il n'y avait sûrement pas de règle générale sur la période idéale pour porter le deuil de quelqu'un, songea-t-elle perplexe. Pourtant, six ans semblaient assez longs.

— Avant que tu ne commences ta formation culinaire ? devina-t-elle.

Il hocha la tête.

— Après sa mort, j'avais besoin d'un changement de vie complet. Une amie m'a conseillé la formation culinaire, plus pour me changer les idées, tout simplement parce qu'elle savait que j'aimais faire la cuisine. Je me suis aperçu que j'adorais ça. Les profs m'ont dit que j'avais un don. C'est ce qui m'a permis de reprendre goût à la vie.

— Pas totalement malheureusement, lâcha Helen.

Les mots lui avaient échappé avant qu'elle n'ait pu les retenir.

Erik la scruta sans aménité.

— Ça veut dire quoi, exactement ?

— S'il te plaît, ne le prends pas mal. Je ne vois ça que de l'extérieur, mais tu donnes l'impression qu'une part de toi est morte avec ta femme.

Cette fois-ci, il ne réagit pas aussi violemment. Il se contenta de hocher la tête.

— C'est sans doute vrai.

— Tu devais l'aimer beaucoup.

— Elle était extraordinaire.

Son visage exprima un chagrin poignant. Sans doute Erik ne s'était-il jamais remis de la mort de sa femme.

Etre témoin d'une telle affliction était pour Helen tout à la fois indiscret et fascinant. Elle ne pouvait détacher les yeux d'Erik et dut se faire violence pour tourner le regard vers l'aire de jeux, faisant mine de chercher les enfants. Quel dommage qu'un homme aussi bien, aussi délicat qu'Erik, se soit ainsi replié sur lui-même afin de se protéger…

— Pourquoi es-tu si songeuse, tout à coup ? demanda Erik. J'espère que ce n'est pas à cause de moi, je n'avais pas l'intention de te chagriner.

— Je crois en fait que je t'envie un peu, reconnut-elle. J'ai eu quelques relations amoureuses dans ma vie, si on peut les appeler comme ça. Cependant, aucune n'a compté pour moi autant que ta femme pour toi. Jusqu'à très récemment même, je ne pensais pas qu'un amour aussi fort pouvait exister.

— Que s'est-il passé récemment pour te faire changer d'avis ?

— Voir Cal et Maddie ensemble, lui confia-t-elle. Et aussi Dana Sue et Ronnie, ça me réconforte.

— Je suppose que c'est ton travail qui t'a rendue cynique…

— Tu n'es pas le premier à le supposer.

— Tu n'as jamais été tentée de t'occuper d'affaires d'un autre ordre ?

Elle secoua la tête.

— Non, pas vraiment. J'aime prendre la défense de femmes dont le mariage est brisé. Souvent, elles sont tellement anéanties que, sans soutien, elles n'auraient même pas l'énergie de se battre pour ce qui leur revient de droit.

— Je comprends, seulement regarde comment cela t'a affectée. Tu reconnais que tu t'es refermée sur toi-même.

— C'est l'hôpital qui se moque de la charité ! rétorqua-t-elle. Regarde-toi !

Il lui adressa un sourire triste.

— Touché ! Seulement, moi au moins, j'ai aimé de tout mon cœur.

Elle acquiesça. Pour la première fois, elle comprit le poète Tennyson, lorsqu'il écrivait qu'il valait mieux avoir aimé et perdre l'objet de son amour, que de ne jamais avoir rencontré l'amour. Son regard se porta sur l'aire de jeux, où Daisy et Mack commençaient à se disputer.

— Là, maintenant, j'ai d'autres chats à fouetter. J'ai l'impression que ces deux-là sont fatigués, nous ferions mieux de rentrer.

Pendant qu'Erik allait les chercher et qu'elle les attendait, elle se sentit pénétrée d'une étrange sensation. Pendant un bref instant, elle eut l'impression de faire partie d'une famille.

Et ce fut très, très agréable.

Les questions d'Helen avaient déclenché chez Erik une humeur noire qu'il n'arrivait pas à chasser. Elle était curieuse, quoi de plus naturel ? Il ne lui en voulait pas d'avoir cherché à connaître son passé, mais, chaque fois, c'était la même chose. Il se trouvait de nouveau projeté dans cette nuit terrible où il avait tout perdu, quand Samantha et le bébé qu'elle portait étaient tous deux morts. Il avait ressassé la scène des milliers de fois. Qu'aurait-il pu faire pour en changer l'issue ? Tous les médecins, tous les ambulanciers paramédicaux à qui il en avait parlé lui avaient dit la même chose : il avait fait exactement ce qu'il fallait, il n'y était pour rien. Pourtant, il continuait à se jeter la pierre.

Pour l'heure, s'il avait eu le choix, il aurait planté là Helen et les enfants et serait rentré chez lui sans autre forme de procès. Daisy, toutefois, ne l'entendait pas de cette oreille.

— Je vais lire une histoire, tu te rappelles ? lui dit-elle quand elle le vit prêt à s'éclipser.

— Mack et Helen feront un très bon public, l'assura-t-il. Tu n'as pas besoin de moi.

— S'il te plaît ? le supplia-t-elle.

Elle fit tant et si bien qu'il ne put que se plier à sa volonté.

— Bon, je reste une demi-heure, pas plus, concéda-t-il malgré lui.

— Oui ! s'exclama Daisy, enchantée. Je vais chercher le livre !

Helen suivit la scène. Elle secoua la tête, amusée.

— Dis donc, elle te mène par le bout du nez, commenta-t-elle.

Il haussa les épaules.

— Qu'est-ce que tu veux que je te dise ? Je ne peux pas résister à une femme qui me supplie.

— Une raison supplémentaire pour que ça ne marche pas entre nous. Je ne supplie *jamais* !

Il rit.

— Ajoute ça sur la liste et n'oublie pas de le mentionner à Dana Sue la prochaine fois qu'elle jouera à l'entremetteuse.

Il prit Mack des bras d'Helen.

— Il n'en peut plus. Je vais aller le coucher.

— Daisy va être terriblement déçue que son public se soit réduit à juste nous deux.

— Je crois en fait que nous sommes les plus importants. Mack n'est que son petit frère. Elle peut lui lire une histoire n'importe quand.

— Eh bien, j'attends cela avec impatience. Ça fait bien longtemps que je n'ai pas lu un bon livre de dinosaures.

Eric déposa Mack dans son lit, qui ressemblait à une voiture peinte en rouge.

— Tu lui as acheté un lit spécial ? s'étonna-t-il. Pourquoi, puisqu'il ne va rester ici que peu de temps ?

Elle rougit.

— J'ai pensé qu'il aimerait ça, que ça serait plus une aventure pour lui de venir ici.

— Il a trois ans, Helen. Il dormirait sur un rocher sans aucun problème !

Elle pouffa.

— Je ne crois pas que ce soit une très bonne idée, malgré tout.

Erik remonta les couvertures pour couvrir l'enfant. Quand il pivota de nouveau vers Helen, elle arborait une expression curieusement mélancolique.

— Ça va ? demanda-t-il.

Elle fit oui de la tête.

— Il est tellement mignon, tellement innocent. De le voir comme ça, je me dis que j'ai raté quelque chose.

Au cours de la même soirée, elle avait pratiquement reconnu à deux reprises que sa vie ne s'était pas déroulée entièrement comme elle l'avait imaginée. Ce qui prouvait, constata Erik, qu'il ne faut pas se fier aux apparences. Et que les gens sont beaucoup plus compliqués qu'ils n'en ont l'air.

— Tu voulais des enfants ? s'enquit-il.

— J'ai toujours cru que j'en aurais, et puis le temps est passé… et je regrette.

— Il n'est pas trop tard, beaucoup de femmes qui ont une carrière ont des enfants à ton âge, affirma-t-il.

Elle voulait des enfants… Il prit note mentalement d'ajouter ça à la fameuse liste. Décidément, ils n'étaient pas faits l'un pour l'autre.

— Je sais.

— Alors, où est le problème ?

— Je pèse le pour et le contre. Je dois avouer qu'avoir Mack et Daisy ici m'a ouvert les yeux.

— Que veux-tu dire ?

L'œil toujours posé sur Mack, elle hocha la tête.

— Que ça me fait envie.

C'est le moment que Daisy choisit pour passer la tête dans l'embrasure de la porte.

— Alors, vous venez, oui ou non, pour écouter l'histoire ?

Erik rit devant son impatience. Il la prit dans ses bras.

— Et si on te mettait au lit et que c'était Helen qui la lisait ? Mack dort déjà.

Daisy coula vers Helen un regard sombre.

— Tu veux bien ? J'aime bien quand maman me lit une histoire.

Tout d'abord un peu surprise, Helen se reprit vite. Elle sourit.

— J'adorerais la lire, seulement il faut qu'Erik fasse les bruits de dinosaure.

— D'accord, acquiesça-t-il aussitôt.

Curieusement, il était plus que ravi de partager cette expérience avec Helen.

Plus il la côtoyait, plus il l'appréciait. Ce qui n'était pas forcément une bonne chose pour un homme déterminé à la tenir à distance.

11

Quelques jours après le dîner avec Erik et les enfants, Helen se réveilla le samedi matin avec l'étrange sensation d'être observée. Elle entrouvrit une paupière et aperçut Mack, debout près du lit, en train de sucer son pouce. Il avait l'air fatigué, encore tout plissé de sommeil. Comme elle, d'ailleurs. Pourtant, pour la première fois depuis que les enfants étaient chez elle, elle avait bien dormi cette nuit-là. Décidément, songea-t-elle, elle n'y arriverait jamais toute seule.

Elle jeta un œil sur la pendule. Déjà 8 heures ! Jamais elle n'avait dormi aussi tard, même le week-end. Pas étonnant que Mack soit venu la chercher. Elle tendit l'oreille. Le son de la télévision lui parvint depuis la salle de séjour. Apparemment, Daisy était tout à fait autonome.

Au bout de quelques instants, Mack retira le pouce de sa bouche.

— Tu es réveillée ? fit-il, plein d'espoir.

— Maintenant, oui. Tu as faim ?

Il hocha la tête vigoureusement.

— Il faudrait peut-être songer à te donner des vêtements propres aussi. Tu dois commencer à être fatigué de porter cette chemise Spiderman.

— Non !

— Très bien. Alors, voilà ce qu'on va faire, je vais la laver ce matin.

— Non !

Bon, se dit Helen avec philosophie, ça ne vaut pas la peine

de se battre pour ça. Lundi matin, elle enverrait Barb en acheter plusieurs identiques.

En attendant, elle enfila une robe de chambre et se dirigea vers la salle de séjour, Mack sur les talons. Daisy était assise en face de la télévision, en pleurs ! La pauvre petite avait l'air complètement perdu. Ses cheveux, d'ordinaire si soyeux, étaient tout emmêlés et son joli petit visage gonflé et rougi par les larmes détonnait avec son T-shirt rose vif, son short orange et ses tennis rouges, tellement gais. Le cœur d'Helen se serra quand elle la vit ainsi.

Elle se précipita auprès d'elle et la prit aussitôt dans ses bras pour la réconforter.

— Oh, ma chérie, que se passe-t-il ? Pourquoi ce gros chagrin ?

La fillette leva sur elle un regard éploré.

— Est-ce que nous allons retourner vivre avec maman, un jour ?

— Mais bien sûr, la rassura aussitôt Helen.

— Quand ?

— Bientôt.

— Bientôt quand ?

— Dès que le médecin dira qu'elle va mieux.

— Elle est vraiment, vraiment malade ? Quand je suis malade, je ne vais pas à l'école juste pendant quelques jours. Maman, elle a été malade très, très longtemps.

Elle coula vers Helen un regard empreint d'espoir, avant d'ajouter :

— Quand elle est venue nous voir la dernière fois, elle n'avait pas l'air malade. Tu crois qu'elle va mieux ?

Comment expliquer à une gamine de cinq ans, en termes qu'elle puisse comprendre, ce que sa maman traversait ? se demanda Helen, perplexe.

— Je sais que tu trouves ça long, mais ça ne fait que deux semaines, expliqua-t-elle, tout en se doutant que, pour une enfant de cet âge, deux semaines, c'était l'éternité ! Tu sais, ce que ta maman a, c'est différent d'un mal au ventre ou de la rougeole, expliqua-t-elle patiemment. Ça ne s'en va pas aussi facilement.

— Alors, comment elle va faire pour guérir ? s'inquiéta Daisy pour qui tout cela semblait bien compliqué.

— Elle doit beaucoup se reposer et aussi parler avec certaines personnes, et puis elle retrouvera toute sa force.

— Mais elle est vraiment forte, maintenant, protesta Daisy. Elle peut porter plein de choses très lourdes !

Décidément, elle ne réussissait qu'à aggraver la situation, conclut Helen.

— Ecoute, si tu veux, nous allons l'appeler, là, tout de suite. Comme ça, toi et Mack, vous pourrez lui parler. Si ça se trouve, elle pourra peut-être passer vous faire coucou avant d'aller à son travail.

A ces mots, le visage de Daisy s'illumina soudain et ses yeux, où perlaient encore quelques larmes, s'emplirent de joie.

— On peut l'appeler ? s'écria-t-elle.

— Bien sûr que vous pouvez.

Pourquoi n'y avait-elle pas pensé plus tôt, au lieu d'attendre que ce soit Karen qui téléphone ou passe les voir ? De toute évidence, la fillette aurait été bien plus rassurée en sachant qu'elle pouvait contacter sa maman quand elle voulait.

— Va vite chercher le téléphone, je t'aiderai à faire le numéro.

Daisy sauta du divan et courut chercher l'appareil.

— Parler, ordonna Mack en lui emboîtant le pas.

— Tout à l'heure, lui dit sa sœur, avant d'ajouter fièrement à l'intention d'Helen : Je connais mon numéro de téléphone !

— Alors, tu peux le composer toi-même, comme une grande.

Un instant plus tard, au sourire rayonnant de Daisy, elle sut que Karen était là.

— Maman ! C'est moi !

— Moi veux parler à maman aussi ! hurla Mack.

Helen lança un regard suppliant à Daisy, qui consentit à passer le récepteur à son petit frère. Enchanté, celui-ci babilla pendant une minute, jusqu'à ce que sa sœur reprenne sans ménagement ce qu'elle considérait lui revenir de droit.

— Maman, je veux que tu viennes.

La réponse de Karen n'était apparemment pas de son goût, car elle plissa le front et tendit le téléphone à Helen d'un air boudeur.

— Bonjour, Karen !

— Est-ce que tout va bien ? s'inquiéta Karen. Daisy a l'air contrarié. Est-ce qu'elle a pleuré ?

— Oui, mais tout va bien, ne vous inquiétez surtout pas. Je crois que Daisy aimerait voir sa maman, vous lui manquez beaucoup. J'avais pensé, si vous aviez le temps, vous pourriez peut-être passer prendre le petit déjeuner avec nous. Qu'est-ce que vous en dites ?

— Vraiment ?

Pourquoi Karen paraissait-elle aussi surprise ? se demanda Helen, perplexe.

— Bien sûr. Je vous avais bien dit de venir quand vous voudriez.

— Je sais. C'est juste que j'ai eu l'impression de déranger votre routine quand je suis venue la dernière fois. C'est tellement gentil à vous de les garder, je ne voulais pas vous rendre la tâche plus difficile.

— Karen, je suis vraiment désolée, s'écria Helen, contrite. Je ne me suis pas rendu compte que je vous avais donné cette impression. Je sais que personne n'aime plus que moi être bien organisée ; pourtant, voyez-vous, j'ai découvert que ce qu'il y a de mieux dans la vie, c'est ce qui est spontané. Venez vite ! Ils ont besoin de voir leur maman.

— J'arrive ! Je serai là dans un petit quart d'heure, promit Karen, qui paraissait aussi excitée que Daisy. Ne faites rien, je m'occuperai de tout. C'est la moindre des choses que je prépare le petit déjeuner pour tout le monde !

— D'accord, excellente idée.

Pour tout avouer, un changement de menu n'était pas pour lui déplaire. Elle commençait à en avoir assez des céréales et des œufs brouillés.

— A tout de suite ! lança-t-elle.

— Elle vient ? s'écria Daisy dès qu'Helen eut raccroché.

— Elle sera là dans quelques minutes, confirma Helen en prenant Mack dans ses bras. Si tu allais te laver la figure et te brosser les dents, pendant que je m'habille ? S'il reste du temps, je te natterai les cheveux.

Daisy sauta en l'air en tapant des mains.

— D'accord ! s'exclama-t-elle avant de disparaître.

Au lieu de retourner dans sa chambre pour se changer, Helen garda Mack serré contre elle, lui tapotant le dos. Comme c'était bon de sentir son petit corps chaud et confiant ! songeait-elle, émue. Il semblait accepter désormais qu'elle le tienne ainsi. Hélas, elle savait bien que cela ne durerait pas : Mack et Daisy avaient déjà une maman, une maman courageuse, qui faisait tout son possible pour pouvoir les reprendre aussi vite que possible.

Helen semblait avoir disparu. Depuis plusieurs semaines, déjà, Erik ne l'avait pas vue. Il décida alors de prendre son courage à deux mains et demanda à Dana Sue ce qui avait bien pu lui arriver. Les enfants l'avaient-ils enfermée dans un placard ?

— Non. C'est simplement qu'elle est complètement dépassée par les événements. Remarque, elle ne l'admettra jamais. Annie y va pratiquement tous les soirs pour lui donner un coup de main. Elle dit qu'Helen est en pyjama et prête à se coucher dès que les enfants sont endormis. Pour une couche-tard comme Helen, ça surprend !

— Est-ce qu'elle regrette d'avoir pris les enfants en charge ?

Dana Sue l'examina sans cacher sa curiosité.

— Pourquoi sembles-tu si intéressé, Erik ?

Il haussa les épaules avec désinvolture.

— Ça fait drôle qu'elle ne soit pas là, c'est tout.

— Tu n'as qu'à passer voir comment elle va, suggéra Dana Sue.

— Tu ne vas pas recommencer ! s'insurgea Erik. J'ai posé

une question toute bête, ce n'est pas la peine d'en faire une montagne !

— Au contraire ! rétorqua Dana Sue en souriant. Je crois qu'elle te manque. Reconnais-le !

Erik leva les yeux au ciel et partit dans la réserve.

— Non, lança Dana Sue tandis qu'il s'éloignait, elle ne regrette pas d'avoir pris les enfants ! Elle dit que c'est ce qu'elle a fait de mieux dans sa vie !

Erik ne savait pas trop comment réagir à cette nouvelle. Bien sûr, il était heureux pour elle, qu'elle aime son rôle de mère ; en même temps, si cela lui donnait encore plus envie d'avoir un enfant, il était clair qu'il ne pouvait pas y avoir d'avenir pour eux deux. Ce qui le rendait plus perplexe encore, c'était de se rendre compte que Dana Sue avait raison : Helen lui manquait.

Quelques jours après sa conversation avec Dana Sue, Erik avait encore du mal à accepter combien l'absence d'Helen le perturbait. C'est alors qu'il tomba sur elle par hasard chez Wharton. Assise devant une tasse de café à peine entamée, l'air triste et désemparé, elle ne regardait rien en particulier, les yeux perdus dans le lointain. Etonnant, vu l'état dans lequel elle se trouvait, qu'elle n'ait pas commandé un *sundae*, songea Erik en se glissant sur le banc opposé.

— Tu as rencontré un cas difficile au tribunal aujourd'hui ?

Elle secoua la tête.

— Ce sont les enfants qui t'en font voir de toutes les couleurs ?

— Non, fit-elle avec un grand soupir. Ils sont super.

— Alors, pourquoi fais-tu cette tête-là ? On dirait que tu viens de perdre ta meilleure amie.

— Je viens de m'entretenir avec le Dr McDaniels, au sujet de Karen.

Il se raidit, s'attendant au pire. Etant donné que Dana Sue considérait qu'il restait plutôt sur la touche par rapport à Helen, elle ne lui avait peut-être pas tout dit. La situation se révélait-elle plus compliquée qu'on ne l'avait anticipée ?

— Ah bon ? dit-il d'un ton désinvolte. Que se passe-t-il ?

— Le Dr McDaniels trouve que Karen fait des progrès rapides, beaucoup plus rapides qu'elle ne pensait. Elle estime que les enfants pourront retourner avec leur mère d'ici à une semaine ou deux. Elle trouve Karen en pleine forme.

Elle le contempla avec une expression indéchiffrable, comme si elle mettait en doute les conclusions de la psychologue.

— Qu'est-ce que tu en penses ? lui demanda-t-elle.

La question ne fit que confirmer ce qu'il soupçonnait. Il savait, hélas, que sa réponse ne serait pas celle qu'elle escomptait.

— C'est vrai qu'au travail elle met les bouchées doubles, elle est toujours là quand on a besoin d'elle et, franchement, elle est bien plus dynamique qu'elle n'a été depuis longtemps. Je pencherais à être de l'avis du psy. Je crois qu'il est temps qu'elle retrouve ses enfants.

Helen soupira.

— C'est bien mon impression aussi. Au début, elle les prendra seulement pendant ses jours de congés et puis, très vite, ils retourneront vivre avec elle pour de bon.

— Je pensais que tu serais plutôt contente de récupérer ta maison et ta vie normale…

— Tu vois, il y a un mois, c'est ce que j'aurais dit, reconnut-elle. Je ne m'attendais pas à m'attacher à eux à ce point. J'ai beaucoup plus de mal à les laisser partir que je croyais.

— Leur place est avec leur mère.

— Je le sais, crois-moi. Ce n'est pas plus facile pour autant.

— Je comprends bien. N'oublie pas cependant que ce que tu as fait pour eux est formidable. Tu devrais ressentir une énorme satisfaction du devoir accompli.

— Oh ! je sais, je suis une sainte, déclara-t-elle d'un ton amer qui le surprit.

Il l'étudia attentivement.

— Allez, dis-moi ce qui ne va pas. C'est encore cette histoire de bébé, c'est ça ?

C'est alors qu'elle leva sur Erik, choqué, des yeux baignés de larmes. Incapable de parler, elle hocha la tête.

Bon sang ! Pourquoi donc, se demandait Erik, profondément dépité, était-il contrarié à ce point ? Pourtant, il n'y pouvait rien, elle avait l'air si malheureux. Instinctivement, il se pencha vers elle et lui prit la main dans la sienne.

— Helen, si c'est ce que tu ressens, tu peux y faire quelque chose. Il y a plein d'enfants qui ont besoin d'un foyer temporaire ou permanent. Mack et Daisy ne sont pas les seuls. As-tu songé à prendre des enfants en tant que famille d'accueil ou même, pourquoi pas, à en adopter ? Si c'est si important, il ne tient qu'à toi de faire le nécessaire.

— Tu ne crois pas que c'est égoïste de ma part ?

— Pas du tout. Je crois, au contraire, que c'est extrêmement généreux. Seulement, tu dois être sûre de toi. Depuis le début, tu savais que Mack et Daisy finiraient par rentrer chez eux. Si tu adoptes un enfant, c'est pour la vie. Ce n'est pas du tout le même engagement.

Elle lui décocha un pâle sourire.

— Cela va faire un mois maintenant que je vais pêcher les petits gâteaux sous les coussins de mon canapé, que la salle de bains est dans un état constant d'inondation et que je me prends les pieds dans les canards en plastique. Je connais par cœur la musique d'une demi-douzaine de films pour enfants... Je peux dire sans me vanter que je commence à mesurer l'impact qu'un enfant aura sur ma vie.

— Tu as eu de la chance. Ils n'ont pas été malades et tu n'as pas été obligée de chambouler ta vie totalement. On ne peut jamais rien prévoir avec les enfants et toi, tu aimes une vie ordonnée. Ces deux derniers mois ont été un peu comme une aventure, une aventure qui avait une fin.

En l'entendant émettre autant de réserves, elle plissa le front.

— Je le sais bien. Je sais bien qu'un enfant, c'est pour la vie et qu'on ne peut pas le rendre dès que ça devient un peu trop dur.

— Tu le sais vraiment ?

— Je ne te comprends pas. Une minute, tu me soutiens à cent pour cent et, la suivante, tu es négatif au possible !

— C'est parce que je te connais. Je sais que tu ne supportes pas le chaos, que tu as besoin d'une vie ordonnée. Tu le reconnais toi-même, tu ne t'es jamais engagée dans une relation de longue durée.

— Es-tu en train de me dire que tu ne me crois pas capable d'être une bonne mère ? s'insurgea-t-elle.

— Je ne me le permettrais pas. Je dis simplement que tu anticipes le départ prochain de Mack et Daisy et que tu ressens le vide qu'ils vont laisser. Je ne te jette pas la pierre. C'est normal que tu aies envie de le combler, tout à fait normal. Je dis simplement : si tu le fais, fais-le pour la bonne raison, parce que c'est ce que tu veux à long terme, pas juste parce que tu vas te sentir un peu seule sans Mack et Daisy dans les pattes.

Elle lui jeta un regard noir qui confirma son sentiment. Il venait d'appuyer précisément là où ça faisait mal…

— Je dois retourner au boulot, déclara-t-elle sèchement en se levant.

— Attends ! fit-il en l'attrapant par la main. Je n'ai pas dit ça pour être méchant.

— Je le sais bien. Tu crois simplement que je suis bien trop égoïste et préoccupée par mes propres problèmes pour être une bonne mère.

Il n'en croyait pas ses oreilles !

— Je n'ai pas dit ça ! déclara-t-il en la dévisageant. Tu es une femme extraordinairement compétente. Quand tu as décidé quelque chose, tu vas jusqu'au bout, rien ne t'arrête. Tu es aussi capable de mener tout de front que n'importe quelle autre femme. Je me faisais juste l'avocat du diable, rien de plus. Si tu veux te lancer là-dedans, tu dois savoir exactement ce à quoi tu t'engages. Les enfants ont besoin de parents prêts à leur donner ce dont ils ont besoin et ce à quoi ils ont droit.

— Je le sais bien. Probablement mieux que toi, d'ailleurs.

Cela fait si longtemps que je pèse le pour et le contre, que j'en ai le vertige !

Soudain, elle laissa tomber ses barrières et lui jeta un regard résigné.

— Mais tout ça, c'était de la théorie, tu comprends ce que je veux dire ? Mack et Daisy, eux, c'était bien réel. En somme, je les ai pris pour faire une sorte d'expérience, pour voir si j'y arriverai. Je ne m'attendais pas à m'attacher autant à eux. Je ne m'attendais pas à ce qu'ils bouleversent ainsi ma vie. Je croyais avoir tout, je me suis aperçue que je voulais encore plus ! Ça me fait peur de voir à quel point je désire des enfants. J'ai toujours été tellement indépendante, j'ai toujours aimé ça. Désormais, quand je regarde ma vie ces vingt dernières années, j'ai l'impression que je l'ai vécue comme un automate. En fait, j'ai l'impression de ne pas avoir vécu du tout.

Erik comprenait cela tout à fait. Quelle que soit la situation, on avait beau tout prévoir, tout organiser à l'avance jusqu'au moindre détail, les choses ne se déroulaient jamais comme on l'avait imaginé. Les gens qui avaient des enfants ou qui travaillaient dans la restauration avaient intérêt à savoir s'adapter aux circonstances, s'ils ne voulaient pas finir avec un ulcère à l'estomac ou une crise cardiaque. Helen, dont la vie avait toujours été si bien organisée, venait d'être mise à rude épreuve et s'était aperçue qu'elle arrivait à s'en sortir, après tout. Elle avait l'air aussi surprise que lui par cette découverte !

— Je sais que tu ne m'as pas demandé mon avis, mais je vais te le donner de toute façon, déclara-t-il. La vie est bien trop courte, je l'ai appris à mes propres dépens. Tout peut basculer d'un jour à l'autre. Si tu veux vraiment quelque chose, n'attends pas. Fais-le, sinon ça sera trop tard et il ne te restera que tes yeux pour pleurer.

— Comme toi ?

Erik hocha la tête.

— Comme moi.

Jusqu'à sa mort, il regretterait de ne pas avoir accepté d'avoir un enfant lorsque Samantha lui en avait parlé, juste après leur mariage. Ils étaient encore si jeunes et démarraient tout juste dans la vie. Avant d'avoir un bébé, il voulait être sûr que leurs finances seraient assez solides, il fallait que tout soit parfait. Samantha avait accepté à contrecœur.

Peut-être que s'ils avaient essayé plus tôt, quand ils étaient tous les deux un peu plus jeunes, tout se serait déroulé différemment. Peut-être, aujourd'hui, aurait-il une femme et des enfants.

Le plus triste, c'était qu'il ne pouvait pas remonter le cours du temps, il ne le saurait jamais. Jusqu'à son dernier jour, il penserait à cette nuit tragique où Sam et son enfant étaient morts, il se demanderait si… Il emporterait cette incertitude dans la tombe.

Leurs regards se croisèrent, celui d'Helen troublé, désemparé.

— Si tu veux un enfant, si tu as tourné et retourné la question sous tous les angles, alors fais-le, Helen. Tu n'es pas seule, tu bénéficies d'un réseau de soutien formidable. Tu n'as pas non plus de problèmes financiers, ce qui te permet de te payer toutes les aides dont tu peux avoir besoin. Ne laisse pas les doutes et l'incertitude te boucher l'horizon. Tu n'es pas comme ça.

Elle le gratifia d'un sourire si lumineux qu'il en fut littéralement ébloui. Cela lui rappela le sourire de Samantha, le jour où il avait enfin dit oui pour leur bébé.

— Merci, murmura Helen. Tu ne peux pas t'imaginer à quel point tu m'as aidée.

Elle se leva. Cette fois-ci, il ne la retint pas. Lorsqu'elle se pencha vers lui et l'embrassa sur la joue, il éprouva soudain un désir impétueux, plus lancinant encore que l'attirance sexuelle qu'il avait déjà ressentie en sa présence. C'était une profonde envie d'entrer dans la nouvelle vie d'Helen.

Mais il savait bien que c'était impossible. Jamais il n'oserait prendre la même direction qu'elle. Il s'était résolu, une fois pour toutes, à ne pas avoir d'enfant parce qu'il n'en méritait pas.

Malgré tout, il ne put résister à lui faire une proposition irréaliste, juste pour voir sa réaction.

— Attends, lança-t-il avant qu'elle ne disparaisse.

— Oui ?

— Et si je passais ce soir avec tout l'équipement de camping ?

Elle le fixa, éberluée.

— Camping ?

Elle avait dit cela comme si c'était un mot d'une langue étrangère.

— Oui. Tu sais, une tente, un gril pour faire cuire des hamburgers et des marshmallows. Il fait un temps idéal pour camper dans le jardin. Les enfants vont adorer ça !

Il dut réprimer un sourire devant l'expression horrifiée d'Helen.

— Chiche ? reprit-il.

Il était clair qu'elle n'avait jamais campé de sa vie et que l'idée ne l'excitait pas le moins du monde. Elle le contempla, dubitative.

— Tu penses vraiment que ça serait bien pour les enfants ?

Il hocha la tête.

— Aucun problème. Et toi ?

Elle hésita, parut réfléchir. Puis elle sourit.

— Je pense que tu as perdu la tête, mais... pourquoi pas, après tout ? dit-elle de bonne grâce. Ce sera une autre aventure.

Erik admira son courage.

— Bravo. Je passerai après le déjeuner pour planter la tente dans ton jardin. Vous n'aurez qu'à profiter du campement jusqu'à mon arrivée. C'est vendredi, je risque de finir tard.

— Je me débrouillerai en t'attendant. Les enfants feront la sieste, comme ça ils seront en forme pour ce soir. Qu'il n'y ait pas de malentendu cependant, ajouta-t-elle en lui coulant un regard qui en disait long. Je tire un trait sur les histoires de fantômes !

— Je m'en doutais. Et les petites bêtes, ça te fait quoi ?

— J'essaye de les éviter, fit-elle en frissonnant.

— J'apporterai de l'insecticide, la rassura Erik en riant.

— Dans quelle galère me suis-je laissé entraîner ? murmura-t-elle en s'éloignant.

— On va bien s'amuser, lança-t-il.

Elle pivota vers lui, le regard empli de doute.

— Si ce n'est pas le cas, moi, je mets mon pyjama de soie et je vais me coucher dans mon lit bien confortable, le plus vite possible.

Erik faillit laisser échapper un grognement. Il n'avait pas besoin d'avoir cette image dans la tête quelques heures à peine avant de passer une nuit avec Helen, une nuit qu'il avait prévue amicale et platonique. Il aurait dû s'en douter, dès qu'il avait suggéré ce programme, il avait su que ce serait une véritable torture.

A 16 h 30, Helen prit son attaché-case et toute une pile de documents avant de sortir de son bureau. Barb leva les yeux de son ordinateur et la contempla, bouche bée.

— Vous partez déjà ? s'étonna-t-elle.

— Je n'ai plus de rendez-vous, n'est-ce pas ? Vérifiez votre agenda.

— Non mais, normalement, vous ne quittez jamais le bureau avant 18 heures.

— Normalement, je n'ai pas deux enfants à la maison, il faut bien que je m'adapte à la situation. En outre, aujourd'hui, Frances doit s'en aller plus tôt. Elle se rend chez son fils et ses petits-enfants. Je lui ai promis de rentrer à 17 heures au plus tard.

Barb l'étudia avec curiosité.

— Vous ne m'avez pas dit grand-chose depuis deux semaines. Comment ça se passe en fait avec les petits ?

Helen s'assit à côté de son bureau.

— Ça se passe étonnamment bien. Mack et Daisy sont très curieux de tout et ils ont de l'énergie à revendre ! Je suis morte de fatigue tous les soirs, mais c'est une bonne fatigue, vous voyez ce que je veux dire ?

— Oh ! je vois tout à fait. Pour tout vous avouer, je ne pensais pas que vous tiendriez si longtemps.

— Je n'avais pas le choix, il a bien fallu que je m'adapte.

— Non, vous n'étiez pas obligée. Vous avez décidé de le faire, ce n'est pas du tout la même chose. Vous vous êtes portée volontaire pour prendre en charge ces gamins pendant que leur mère se faisait soigner.

Elle s'interrompit, fronça les sourcils.

— Que va-t-il se passer quand ils vont retourner avec leur maman ? s'inquiéta-t-elle. Cela va-t-il vous affecter ?

— Je m'y ferai. Il faudra bien.

— J'ai l'impression que ces enfants ont trouvé le chemin de votre cœur, non ?

Elle avait beau avoir reconnu devant Erik le matin même combien elle s'était attachée à eux en si peu de temps, Helen n'avait pas vraiment envie d'en parler à Barb. D'autant plus que Barb avait raison, cet instinct maternel qu'elle venait de découvrir en elle avait aussi un côté négatif. Elle commençait à être un peu jalouse des moments que Karen passait désormais avec Mack et Daisy, quand elle venait leur rendre visite. Depuis qu'elle avait réussi à organiser un semblant de routine et compris qu'ils pouvaient s'adapter facilement, elle appréciait de plus en plus leur compagnie. Un monde nouveau s'était ouvert à elle, un monde fait de jeux, de télévision et de films pour enfants. En fin de compte, le moment de la journée qu'elle préférait n'était plus lorsqu'elle venait de gagner le procès d'une cliente au tribunal, c'était la fin de la journée, lorsqu'ils se blottissaient tous les trois sur le canapé, Daisy, Mack et elle, et regardaient un DVD ensemble avant l'heure du coucher ou qu'elle leur lisait une histoire. Leur présence avait renforcé son désir d'avoir un bébé à elle. Ce n'était pas pour autant qu'elle avait trouvé la réponse à une question brûlante : comment allait-elle s'y prendre ?

Cette jalousie qu'elle ressentait vis-à-vis de Karen, si infime soit-elle, était non seulement injuste, c'était aussi un signal d'alarme si évident, si énorme, qu'il lui crevait les yeux. Elle savait que le jour où ils retourneraient chez leur mère, pas seulement temporairement mais pour de bon, emportant avec eux tout ce qui avait donné un sens à sa vie, ce jour-là, ils emporteraient également un petit morceau de son cœur.

— Alors ? insista Barb. Vous aimez les avoir chez vous, n'est-ce pas ?

— Bien sûr que oui.

— Que va-t-il se passer quand ils vont rentrer chez eux ?

— Je vous dirai ça lundi matin, déclara-t-elle avec une note de gaieté feinte dans la voix. Karen vient les chercher dimanche pour deux jours. C'est son jour de congé. Tout le monde a l'air d'accord pour dire qu'elle est prête à les reprendre, du moins à temps partiel.

— Helen ! s'exclama Barb, les yeux débordant de sympathie. Je suis désolée.

— Ne le soyez pas. C'est normal qu'ils soient avec leur mère, leur place est avec elle.

Elle avait dit cela machinalement, comme si elle récitait une leçon apprise par cœur. Elle essayait d'y croire, elle voulait y croire… Et elle échouait lamentablement.

Pour ne rien arranger, Helen doutait fort que la transition se fasse aussi aisément qu'elle le prétendait. La veille, après sa conversation avec le Dr McDaniels, elle s'était assise sur le bord du lit de Mack, puis de Daisy, les regardant dormir. Elle avait visualisé sa vie sans eux. A l'idée d'être accueillie de nouveau par le silence à la fin de sa journée de travail, à l'idée de ne plus être couverte de baisers sonores et baveux dès qu'elle franchissait la porte, son cœur saignait.

— Helen, je m'inquiète pour vous, dit Barb. Je le vois bien dans vos yeux, la visite chez leur maman est une chose, mais leur départ définitif va vous briser le cœur.

— Eh bien, nous n'en sommes pas encore là. Pour l'instant, ils sont toujours à la maison et je dois les rejoindre très vite. Erik va venir dès qu'il aura fini au Sullivan : nous allons camper dans le jardin !

Barb n'en croyait pas ses oreilles. Elle dévisagea Helen, bouche bée.

— Pardon ? J'ai bien entendu ? Vous allez camper dans le jardin ? Dans le noir ? Comment ? Avec une tente ?

— Oui, avec une tente, confirma Helen. Erik en a une.

— Eh bien, cela va être très douillet, s'exclama Barb, les yeux pétillants. Il sait, n'est-ce pas, que vous ne descendez jamais dans rien de moins qu'un hôtel quatre étoiles ?

— Probablement, fit Helen en repensant au regard amusé d'Erik quand il lui avait fait la suggestion. Je pense qu'il n'attend qu'une chose : que je panique dès que je me trouverai nez à nez avec le moindre petit insecte.

Elle avait très bien compris, dès le début, qu'il cherchait à la mettre à l'épreuve. C'est à peine s'il s'en était caché.

Barb rit.

— J'espère qu'il va en faire une vidéo.

Helen fronça les sourcils.

— Appareils photo et caméras seront bannis du site. Vous seriez bien trop contents tous les deux !

Barb secoua la tête.

— Contents ? Vous plaisantez. Je pensais plutôt à vous faire chanter pour m'assurer une bonne retraite.

— Vous n'êtes vraiment pas drôle.

— Je ne cherche pas à être drôle. Je suis très efficace et sur le point de devenir très riche.

Helen lui jeta un dernier regard noir, pour la forme. Dès qu'elle fut sur le pas de la porte, ses lèvres s'étirèrent en un lent sourire. L'idée de camper, même dans son propre jardin, était parfaitement ridicule. Toutefois, elle venait récemment de se trouver, par la force des choses, dans des situations inédites. Dans l'ensemble, l'expérience n'avait pas été forcément désagréable. Pour tout avouer, l'idée de passer une nuit avec Erik, même dans une tente et en compagnie de deux enfants pour les chaperonner, la frappait comme le rendez-vous le plus bizarre, le plus incongru qu'on lui ait jamais proposé.

Quand il avait suggéré de camper, elle avait dû se retenir tout d'abord de refuser catégoriquement sans autre forme de procès. En réfléchissant, elle s'était dit que cela lui ferait un bon souvenir de plus, à conserver. En outre, elle appréciait l'approche pragmatique d'Erik et avait bien besoin de ses conseils avisés. Sans compter que les enfants l'adoraient et que, lorsqu'il était là, tout se passait bien. Pourquoi donc, s'était-elle demandé à plusieurs occasions,

Karen et lui ne s'étaient-ils pas rapprochés ? Il était évident que sa connivence avec les enfants ne datait pas d'hier…

Elle lui poserait peut-être la question ce soir. Ses raisons étaient sûrement plus profondes que le simple fait qu'il hésitait, en tant que patron, à sortir avec son employée. Cela était sans doute en rapport avec sa décision irrévocable de ne jamais avoir d'enfant.

Il valait peut-être mieux ne pas poser cette question. Il lui répondrait probablement, à juste titre d'ailleurs, qu'elle ferait mieux, comme Dana Sue, de s'occuper de ses oignons et de ne pas mettre le nez dans sa vie amoureuse. De toute évidence, leur conversation de ce matin avait fait comprendre à Helen qu'il n'était pas prêt à faire table rase du passé. Grace Wharton n'avait pas tort en fin de compte, Erik était décidément un célibataire endurci. Que cela n'ait pas toujours été le cas n'avait guère d'importance, après tout ! S'il n'avait à lui offrir que son amitié, elle la prendrait. Encore une nouvelle expérience ! Elle n'avait jamais été amie avec un homme auparavant, en tout cas pas avec un homme capable de sonder son âme comme Erik savait le faire de temps en temps. C'était agréable. C'était plus qu'agréable, en fait.

12

Au grand soulagement d'Erik, lorsqu'il arriva vers 21 h 30, ce soir-là pour camper, Helen ne portait rien qui ressemble, de près ou de loin, à un pyjama de soie. Quand Dana Sue eut vent de ce qu'il projetait de faire, elle insista pour qu'il parte dès que le coup de feu du soir serait passé. Il paierait cher pour ce privilège, il n'en doutait pas, dès le lendemain matin : elle se ferait un plaisir de l'assaillir d'un flot de questions auxquelles il ne pourrait se dérober sous aucun prétexte.

Un autre coup d'œil sur Helen chassa une bonne fois pour toutes de son esprit Dana Sue et sa curiosité insatiable. Helen portait un jean moulant et un T-shirt rose pâle qui allait admirablement bien avec son teint. Ses tennis étaient du même rose, avec quelques touches de blanc. C'était vrai ! Dana Sue avait taquiné son amie sur le fait qu'elle faisait faire spécialement ses tennis pour s'accorder au reste de son ensemble, se rappela-t-il aussitôt. Cela dit, tennis designer ou non, elle portait des vêtements beaucoup plus pratiques et raisonnables que d'habitude.

Il lui déposa un baiser sur la joue, avant d'aller vérifier où en était le barbecue. Si le charbon paraissait légèrement rougi sur les côtés, il était loin d'être assez chaud.

— Tu as déjà fait un barbecue ? demanda-t-il.

— Non, pourquoi ? Je n'ai pas fait ce qu'il fallait ?

— C'est-à-dire qu'il faut un minimum de chaleur.

— Je ne t'attendais pas aussi tôt. Je ne voulais pas qu'il ne reste rien quand tu arriverais. Comment se fait-il que tu sois déjà là ?

— Dana Sue m'a dit de prendre mes cliques et mes claques et de déguerpir.

Elle lui jeta un regard plein de suspicion.

— Pourquoi ferait-elle une chose pareille ?

— Elle savait que je venais ici.

— Tu es dingue ! Qu'est-ce qui t'a pris de lui raconter ça ?

— J'avais besoin d'emprunter sa clé de chez toi. Je voulais passer plus tôt pour déposer les hamburgers dans ton réfrigérateur. Tu n'as rien remarqué ?

— Il y a des hamburgers dans mon réfrigérateur ?

— Entre autres..., avoua-t-il sans tenir compte de son regard courroucé. Bon, je vais chercher les plats.

Helen le suivit jusque dans la cuisine. Le rouge lui montait aux joues, révélant son indignation croissante.

— Qu'es-tu allé raconter à Dana Sue pour la convaincre de te donner la clé de chez moi ? lâcha-t-elle d'un ton glacial.

De toute évidence, elle n'était pas particulièrement enchantée de la tournure que prenait cette conversation, encore moins du fait qu'il s'était introduit chez elle à son insu.

Erik haussa les épaules avec désinvolture. Elle finirait bien par se calmer, se dit-il, confiant.

— La vérité. Je lui ai dit que je venais te faire la cuisine et passer la nuit, que j'avais besoin de venir faire quelques préparations au préalable. Ça a marché du tonnerre.

— Alors, elle pense que tu es venu ici pour me séduire ?

— Quelque chose dans ce genre-là, avoua-t-il sans montrer le moindre repentir. Elle avait l'air enchantée.

— Je n'en doute pas ! Je pense qu'elle va déchanter quand elle va apprendre que la soirée ne s'est pas déroulée du tout selon ce plan.

Elle avait l'air tellement exaspérée qu'il ne put s'empêcher de la taquiner.

— Tu ne peux pas savoir ce qui va se passer, une fois que les enfants seront endormis, fit-il en lui déposant un baiser sur le nez avant de ressortir avec la nourriture.

— Oh, si ! je peux le savoir, lança-t-elle en recouvrant son assurance. Et tu peux être tranquille que ça ne va pas être joli-joli. Tu auras de la chance de ne pas ressortir d'ici menotté !

Il savourait chaque instant et ne s'en cachait pas.

— On verra ce qu'on verra, dit-il, pas intimidé le moins du monde par ses menaces. Au fait, où est Mack ? demanda-t-il en balayant l'espace du regard.

— Dans la tente. Il s'est endormi en t'attendant.

Allongée sur une couverture, Daisy avait du mal à garder les paupières ouvertes.

— J'ai l'impression qu'elle est partie pour en faire autant, dit Helen.

— Pas question, murmura l'enfant d'une voix embrumée. J'ai trop envie de manger ces hamburgers et ces marshmallows.

— Dans ce cas, je vais accélérer la production, déclara Erik en éventant les braises pour les faire repartir. Et, quand tout sera prêt, nous réveillerons Mack.

— Tu rêves ! grommela Helen. Tu sais combien de temps il faut pour le rendormir une fois qu'il est réveillé ?

— Mais c'est justement l'intérêt d'un feu de camp, intervint Erik. Le but, c'est de ne pas dormir de la nuit !

— Chic ! s'écria Daisy, désormais totalement éveillée. Je ne suis jamais restée debout toute la nuit !

— Viens, ma belle, en avant avec le programme, fit-il à l'intention d'Helen. Il nous faudrait de la musique.

— J'ai une chaîne pas loin de la porte de derrière. Il ne faudra pas mettre le son trop fort, je ne crois pas que les voisins apprécieront de la musique classique à cette heure avancée de la nuit.

— De la musique classique ? s'écria Erik. Tu plaisantes ? Laisse tomber. Je vais chercher le bol de salade de pommes de terre. Quand je reviens, nous chanterons.

— Nous allons chanter quoi ? s'inquiéta Helen.

— Je ne sais pas, *Row, row, row the boat*, par exemple. Tout le monde connaît ça, n'est-ce pas, Daisy ?

— Moi, oui ! s'écria-t-elle en se mettant aussitôt à chanter très fort et très faux.

Erik lui décocha un sourire triomphant.

— Et voilà ! Nous avons un vrai feu de camp !

A en juger par le regard noir dont Helen le gratifia, elle n'était pas particulièrement impressionnée.

Deux heures plus tard, ils avaient épuisé la réserve de chansons d'Erik. Si Helen s'était jointe à eux timidement de temps en temps, il était évident que chanter autour du feu de camp n'était pas son fort. Le barbecue était éteint et les enfants, malgré leurs efforts pour rester éveillés, avaient finalement succombé au sommeil. Ils s'étaient régalés de hamburgers et de marshmallows grillés, un menu bien peu diététique. Quelle importance ? Le principal, c'était que les enfants aient adoré ça ! Même Helen avait savouré les marshmallows sur le barbecue, elle en avait d'ailleurs conservé la preuve au coin de ses lèvres, qui étaient encore toutes collantes.

Avant même d'avoir pu se retenir ou même de songer aux conséquences, Erik s'était penché sur Helen impulsivement, avait glissé sa main derrière son cou et avait posé ses lèvres sur les siennes, pour en goûter le sucre laissé par les marshmallows.

Quand il la relâcha enfin, elle déglutit avec difficulté et le dévisagea.

— C'était quoi, ça ?

Il haussa les épaules.

— Je n'ai pas pu résister.

— Tu es sûr que tu n'étais pas en train d'essayer de prouver quelque chose ?

Devant son expression emplie de doute, il sourit.

— Quoi, par exemple ?

— Que tu ne mentais pas à Dana Sue lorsque tu lui as laissé entendre que tu avais l'intention de me séduire ce soir ?

— Il y a deux enfants dans cette tente, lui rappela-t-il malicieusement. Je ne me permettrais pas de te séduire sous leur nez.

— Mais est-ce que cela te tenterait de me séduire ? C'est la question.

Elle avait parlé d'un ton teinté de mélancolie qui éveilla brusquement en lui un désir impétueux, alors qu'il croyait être parvenu à se contenir au prix d'efforts continus tout au long de la soirée.

— Es-tu en train de me dire que c'est ce que tu aimerais ?

— Je ne suis pas sûre, confia-t-elle. Je dois t'avouer que cela m'a traversé l'esprit.

— Moi aussi.

— Peut-être devrions-nous nous contenter de continuer à y penser…

Il hocha la tête lentement. Au stade où chacun en était de sa vie, des stades bien différents, sa réaction n'étonna pas Erik outre mesure.

— Tiens-moi au courant de l'évolution de tes réflexions, d'accord ?

Les lèvres d'Helen s'étirèrent en un lent sourire.

— Tu seras le premier informé dès que je parviendrai à une conclusion, fit-elle en plongeant son regard dans le sien.

Erik s'obligea à détourner les yeux, tant l'ardeur qui émanait de ceux d'Helen le troublait. Il aurait donné cher pour que le feu qui le consumait ne se soit jamais allumé.

Jamais il n'aurait dû embrasser Helen ni parler de la séduire. Tout cela n'avait fait que le ramener sur un chemin auquel il s'était juré de tourner le dos.

— Va rejoindre les enfants, ordonna-t-il d'un ton brusque. Moi, je reste ici.

— Tu ne dors pas dans la tente ? Pourquoi ?

— C'est mieux comme ça.

Au regard qu'elle lui jeta, il comprit qu'elle n'était pas dupe. Ce n'était pas mieux. C'était juste plus sûr.

Lorsqu'un dimanche après-midi, quelques semaines après le feu de camp, la sonnette retentit, le cœur d'Helen faillit s'arrêter. Mack et Daisy se précipitèrent en hurlant :

— Maman ! Maman !

Pendant qu'Helen cherchait désespérément une raison pour ne pas aller ouvrir.

Ce n'était pas la première fois que Karen était venue prendre les enfants pour une visite de deux jours, elle l'avait bien fait une demi-douzaine de fois. Cette fois-ci, cependant, c'était la bonne. Les visites écourtées s'étaient révélées un tel succès que le Dr McDaniels avait décrété le moment venu pour que les enfants réintègrent leur foyer pour de bon.

Le jour qu'Helen redoutait tant depuis deux mois était arrivé.

Surmontant son angoisse de son mieux, elle ouvrit la porte. Quelle ne fut pas sa surprise en se trouvant face à Dana Sue et Maddie, les bras chargés de sacs à provisions !

— Qu'est-ce que vous faites là ? s'exclama-t-elle, éberluée.

— Nous nous sommes dit que cette journée ne serait pas facile pour toi, alors nous avons apporté des provisions, déclara Dana Sue. J'ai là tout ce qu'il faut pour faire des nachos et un bol de mon guacamole le plus épicé.

— Et moi, j'ai apporté de quoi faire des margaritas, dit Maddie.

— Mais tu ne peux pas boire d'alcool, objecta Helen. Tu es enceinte.

— Moi, non ; toi, en revanche, oui. Avec un bon verre de citronnade, j'aurais l'impression de faire la fête avec vous.

Daisy jeta sur Helen un regard accusateur.

— Tu vas faire la fête ? Pourquoi tu vas faire la fête ? C'est parce que nous rentrons à la maison ? Tu es contente ?

— Oh, non ! Je ne suis pas contente, la rassura Helen en la prenant dans ses bras. Toi et Mack, vous allez me manquer terriblement.

— Alors, on peut rester pour la fête ? J'adore les nachos !

— Nachos ! cria Mack avec enthousiasme, faisant écho à sa sœur.

Dana Sue sourit.

— Je vais les préparer tout de suite, comme ça, vous pourrez en manger avant l'arrivée de votre maman. Maddie, assieds-toi avant de basculer, tu as un ventre gros comme six pastèques ! Je ne sais pas comment tu fais pour tenir en équilibre. Moi, je vous dis que ce bébé, quand il va sortir, il sera déjà grand.

— Nous avons dû nous tromper dans les dates, le médecin et moi, c'est évident. Après la dernière échographie, le médecin m'a dit que le bébé devrait arriver beaucoup plus tôt qu'on ne pensait, déclara Maddie en posant une main sur son ventre rebondi. J'étais tellement contente que j'ai failli lui sauter au cou et l'embrasser. Je commençais à me dire que je finirais par exploser si je devais attendre encore un mois.

Elle scruta son fauteuil favori d'un œil empreint de scepticisme, avant d'ajouter :

— J'ai bien peur de ne pas pouvoir m'en extirper, si je m'y asseois.

Helen sourit. Le spectacle de l'ex-star du ballet de l'école lorsqu'elles avaient dix ans, désormais aussi gracieuse qu'un hippopotame, avait quelque chose de réjouissant !

— Ne t'inquiète pas, nous te tirerons de là.

— Comment allez-vous faire ? Avec une grue ?

— S'il le faut, dit Dana Sue. Allez, assieds-toi, je reviens dans une minute. Pendant ce temps-là, Helen, peux-tu faire une citronnade pour Maddie et les enfants, et des margaritas pour nous deux, tandis que je m'occupe des nachos ?

Avant de sortir de la pièce, Helen aperçut Daisy, qui s'approchait timidement de Maddie. Quand elle fut tout près, elle posa sa petite main sur le ventre de la jeune femme.

— Il y a un bébé là-dedans ?

Helen observait la scène, la gorge nouée. Il y avait tant d'émerveillement dans la voix de la fillette, tant de douceur dans son geste !

— Oui, confirma Maddie, il y a un bébé. Tu en sais, des choses !

— Mack aussi était dans le ventre de maman. Je me rappelle.

— Toi aussi, tu as été dans le ventre de ta maman.

Daisy eut l'air étonné.

— Ça, j'ai oublié.

— C'est parce que, quand les bébés naissent, ils ont tant de choses nouvelles à découvrir qu'ils oublient le petit nid chaud et douillet d'où ils viennent, expliqua Maddie.

Tout en parlant, elle leva les yeux et croisa ceux d'Helen.

A cet instant, Helen sut, avec certitude, ce qu'elle voulait.

Un bébé.

Son bébé à elle.

Un bébé qu'elle aurait abrité et protégé pendant neuf longs mois avant de le mettre au monde.

Un désir si impérieux, si dévorant l'assaillit, qu'il prit possession de tout son être. Craignant que son émoi ne se lise sur son visage, elle se précipita dans la cuisine dans le sillage de Dana Sue et s'activa à préparer les boissons.

Le bavardage aussi insignifiant qu'incessant de Dana Sue faisait comme un bruit de fond, auquel elle ne prêtait pas attention. Elle était tout à cet instant magique où la lumière s'était faite dans son esprit, où la certitude du chemin à suivre s'était imposée, sans faille, rassurante tant elle était absolue. Une sérénité tranquille se répandit alors dans tout son être et y demeura. Même après l'arrivée de Karen. Même après le départ de Karen, emmenant Mack et Daisy avec elle pour la dernière fois.

Si elle ne pouvait retenir ses larmes, son cœur, lui, n'était pas aussi lourd qu'elle l'avait craint, grâce à cette révélation bouleversante.

Maddie l'étudia attentivement.

— Tu vas bien ? demanda-t-elle avec une touche d'inquiétude dans la voix. J'imagine que ça doit être dur de les laisser partir, même si tu t'y prépares depuis des semaines.

Helen hocha la tête.

— Je me suis répété inlassablement que tout se passerait bien et que je les reverrai bientôt. Ce n'est pas comme s'ils partaient à l'autre bout du monde, ils sont juste de l'autre côté de la ville. Karen a promis de les amener chaque fois que je les inviterai.

— Tu es beaucoup plus calme que je ne m'y attendais, fit

remarquer Dana Sue en fronçant les sourcils. Comment cela se fait-il ? Serais-tu soulagée de retrouver ta maison pour toi ?

— Non, ce n'est pas ça du tout, jura Helen. Je me suis simplement faite à l'idée qu'ils allaient rentrer chez eux.

— C'est tout ? insista Dana Sue.

Soudain, elle regarda Helen d'un air soupçonneux.

— Ce ne serait pas plutôt parce qu'Erik a passé une nuit ici il y a quelques semaines, que tu es moins triste de voir partir les enfants ? reprit-elle. Il occupe peut-être tes pensées…

— Erik a passé la nuit ici ? s'écria Maddie, éberluée.

— Pas de malentendus ! corrigea Helen. Nous avons fait un feu de camp et planté la tente dans le jardin. Il est effectivement resté la nuit, mais nous n'étions pas seuls, il y avait les enfants. Alors, arrête de broder, Dana Sue.

— Je cherche simplement à comprendre si l'arrivée d'Erik dans ta vie n'explique pas que tu puisses assumer le départ des enfants.

— Votre amitié m'aide plus que tout, assura Helen.

— Tu ne me feras pas avaler ça, répéta Dana Sue.

— Après tout, elle n'est peut-être pas malheureuse, argua Maddie. Nous devrions célébrer son fatalisme et sa bonne humeur. Un toast !

Sur ces mots, elle leva son verre, pour aussitôt esquisser une grimace de douleur tout en prenant une respiration profonde.

— Qu'y a-t-il ? s'écria Helen en se précipitant. Ça va, Maddie ?

— Si je ne me trompe, je viens d'avoir ce qui s'appelle une contraction.

— Comment peux-tu ne pas en être sûre ? s'inquiéta Helen. Tu as déjà eu quatre enfants, tu dois bien savoir à quoi ressemble une contraction !

— Depuis quelques heures déjà, je ressens des petits tiraillements.

Elle respira profondément une fois encore, puis hocha la tête.

— Oui, je suis sûre que ça doit être ça. Voyez, ça va mieux, c'est passé. Il n'y a aucune raison de s'inquiéter.

— Nous ferions peut-être mieux de t'emmener à la maternité pour qu'ils vérifient, ce serait plus rassurant, proposa Dana Sue sans dissimuler son inquiétude.

— Tu plaisantes ? s'écria Maddie en levant les yeux au ciel.

— Mais ça va, maintenant ? insista Helen. Tu n'as plus de tiraillements ?

— Non, dit Maddie, qui gémit soudain en agrippant son ventre. Là, c'était bien une contraction, il n'y a pas de doute. Décidément, ce petit ne cessera pas de nous surprendre.

Helen contempla Dana Sue.

— On fait quoi maintenant ?

— On l'extirpe de ce fauteuil et on la transporte dans la voiture, répliqua Dana Sue calmement. Je vais appeler Cal et lui dire de nous rejoindre à la maternité. Si les contractions sont si rapprochées, c'est que nous n'avons pas beaucoup de temps.

Helen se pencha vers Maddie, qui lui agrippa les épaules, puis l'aida de son mieux à se redresser. Lorsqu'elle fut debout, elle la scruta attentivement.

— Tu n'as pas intérêt à accoucher sur le siège arrière de ma voiture, c'est compris ?

Maddie lui décocha un regard plein d'ironie.

— Dans ce cas, ne perdons pas une seconde en bavardages inutiles. J'ai à peine eu le temps d'arriver à la maternité pour Jessica Lynn, j'ai l'impression que ce bébé-là est encore plus impatient de voir le jour.

Elle prit une inspiration profonde avant de lâcher un juron.

— Qu'est-ce qu'il y a ?

— J'ai perdu les eaux. Allez ! Plus vite !

Dana Sue referma son téléphone portable d'un coup sec.

— Cal est parti pour la maternité. En route, mauvaise troupe ! S'il arrive avant nous, il est capable de nous faire une crise cardiaque !

— Il m'avait recommandé de ne pas sortir cet après-midi,

dit Maddie. Si jamais ce bébé naît ailleurs que dans une salle d'accouchement, il va être fou furieux.

— Je sais que tu ne peux pas faire autrement que de te dandiner comme un canard, mais pourrais-tu quand même essayer d'accélérer le pas ? suggéra Dana Sue.

Maddie se contenta de la foudroyer du regard.

— D'accord, d'accord, tu fais de ton mieux !

Cinq minutes plus tard, Maddie était plus ou moins allongée sur le siège arrière, Dana Sue près d'elle, tandis qu'Helen avait pris la place du conducteur. Chaque fois que Maddie laissait échapper un cri de douleur, les mains d'Helen se crispaient un peu plus sur le volant et son pied appuyait sur l'accélérateur.

Elles arrivèrent à la maternité en moins d'une demi-heure, un temps record. Cal avait été plus rapide encore. Il faisait les cent pas devant l'entrée des urgences, l'air angoissé. Un garçon de salle attendait non loin, un fauteuil roulant près de lui.

— Nous devons remplir les papiers administratifs, déclara le garçon de salle d'un ton sentencieux.

— Pas le temps, marmonna Maddie, les dents serrées. Vite, à la salle d'accouchement !

— Mais…

— Ne discutez pas, rétorqua Cal. Les papiers peuvent attendre.

— Je m'en occupe, intervint Helen. Allez-y !

Elle passa les vingt minutes suivantes à calmer un employé administratif irascible, avant de partir à la recherche de Dana Sue. A peine l'eut-elle rejointe dans la salle d'attente que Cal apparut, l'air sonné.

— C'est un garçon, annonça-t-il comme si elles ne le savaient pas depuis des mois déjà. Il a une de ces voix !

— Il râlait probablement à cause de mon guacamole, suggéra Dana Sue.

— Félicitations, balbutia Helen, qui avait du mal à contrôler ses émotions.

Se pourrait-il qu'elle se trouve à la même place d'ici à un an, se demandait-elle, partagée entre la joie, l'émerveillement et l'envie.

Pourquoi pas, si c'était vraiment ce qu'elle voulait ? Serait-elle capable d'y faire face, sans le soutien de quelqu'un comme Cal ? Bien sûr, s'assura-t-elle sans la moindre hésitation. Elle ne serait pas seule, avec ses deux meilleures amies à ses côtés. Et puis il y aurait Cal et Ronnie et, pourquoi pas, Erik. Cela suffirait amplement. Elle en était persuadée. Tellement persuadée qu'elle décida d'engager le processus dès le lendemain matin.

La lune baignait la chambre des enfants d'une clarté laiteuse. Ils dormaient paisiblement sous l'œil attendri de Karen. Elle se sentait sereine. Depuis qu'ils étaient rentrés, cette fois-ci pour de bon, elle avait ressenti une telle joie qu'elle avait à peine réagi lorsque Mack avait renversé du lait par terre dans la cuisine ou même quand Daisy avait eu un coup de colère, parce qu'elle lui avait interdit de manger un bonbon avant le dîner.

De fait, elle avait redouté la migraine qu'elle connaissait si bien, la tension douloureuse qui s'emparait habituellement de ses épaules tel un étau, avant qu'Helen ne prenne les enfants chez elle. Et puis rien. Elle avait géré les deux incidents sans même avoir recours aux techniques de relaxation enseignées par le Dr McDaniels pour l'aider à faire face. Rien ne pouvait l'atteindre ce soir, tant elle était heureuse !

Après la dernière visite des enfants, elle avait profité de leur absence pour décorer leur chambre. C'est à peine si Mack avait remarqué la différence ; Daisy, en revanche, avait été enchantée. La pièce, jusque-là purement fonctionnelle, avait été métamorphosée. Quand Dana Sue avait appris que Karen voulait repeindre la chambre des enfants, elle lui avait proposé d'utiliser un stock de peinture datant des travaux de restauration du Club du Coin.

— A quoi bon garder tous ces pots ? avait-elle dit. Autant qu'ils servent.

C'est ainsi que Karen avait repeint la chambre du même jaune pâle que le Club.

Dana Sue et son mari étaient même venus lui donner un coup

de main un après-midi, pour tout repeindre. Ils avaient également fait le tour des brocantes, dégotant de vieux meubles qu'ils avaient badigeonnés en blanc, ainsi qu'un coffre à jouets d'un beau jaune, avec des rayures et de grosses lunes rouge, bleu et vert. Avec un peu de chance, les jouets finiraient bien par y trouver leur place, au lieu de traîner partout dans l'appartement.

Frances, de son côté, avait confectionné des rideaux pour la chambre, dans un tissu à pois qui rappelait le coffre à jouets. Elle en avait même eu assez pour faire des coussins.

Karen avait trouvé des décalcomanies de plantes et d'animaux, dont elle avait couvert les murs. Le décor, avait-elle décidé, devait aller de pair avec leur nouvelle vie, et être joyeux et bariolé.

Elle sortit de la chambre et rejoignit Frances, qui finissait de ranger la cuisine. Ils avaient mangé ensemble des hamburgers faits maison, avec des petits pois frais, pour finir sur une des spécialités d'Erik : la tourte aux pommes et sa glace à la vanille.

— Les enfants n'ont pas eu de problèmes pour se coucher ? demanda Frances.

— Ils dorment comme des loirs. J'espère que vous savez à quel point j'apprécie votre aide pour décorer leur chambre. Daisy adore le nouveau décor et Mack aussi, j'en suis sûre.

— Si nous attaquions la tienne, maintenant ? suggéra Frances. Il faut faire de cet appartement un vrai foyer, quelque chose de permanent.

— Vous avez raison. J'étais bien trop occupée à me plaindre, pour essayer de rendre mon appartement plus agréable à vivre. Je n'avais qu'une idée, en partir.

— C'est important d'être bien dans son cadre de vie. Aussi important que d'accepter de perdre.

Karen cilla.

— Que voulez-vous dire ?

— En t'installant confortablement, tu acceptes le départ de ton mari. Il n'est pas question d'abandonner la partie, ma jolie. Seulement, pour le moment, il faut faire avec.

— Je crois que j'ai enfin compris ça. J'espère quand même que mes enfants n'ont pas payé trop cher !

— Ne t'inquiète pas pour Mack et Daisy ! Le temps qu'ils ont passé chez Helen, c'était un peu comme une aventure amusante pour eux. Cela dit, tu as vu comme ils étaient excités, quand ils sont arrivés cet après-midi ? Ce qui est formidable, c'est que tu as recouvré ta force, que tu es de nouveau prête à faire face à la vie.

— Vous croyez ? Vous croyez vraiment ?

— Je le *sais*. Je l'ai vu ce soir, au dîner. Quand Mack a renversé son lait par terre, c'est à peine si tu as pipé. Et je ne sais pas si tu as remarqué le soulagement dans le regard de Daisy, lorsque tu as épongé sans faire d'histoires ?

Karen soupira.

— Elle m'a vue trop souvent m'emporter pour un oui ou pour un non, n'est-ce pas ?

— Probablement. Tu ne peux rien changer au passé. Tu peux simplement faire les choses différemment, à partir de maintenant. Comment envisages-tu l'avenir ? Tu dois bien avoir une petite idée ?

— Pour le moment, je me contenterai d'essayer de garder le cap, de me comporter comme une bonne mère.

Frances fronça les sourcils.

— Bien sûr, c'est très bien dans un premier temps. Il te faut toutefois des rêves, Karen. Tu dois te donner des objectifs. Toi aussi, tu as le droit d'être heureuse.

— Si mes enfants sont heureux, je le serai aussi, insista-t-elle.

— Cependant, n'oublie pas ton propre avenir. Promets-moi d'y penser.

— Je vous le promets, la rassura Karen en la serrant dans ses bras.

— Parfait, rétorqua Frances, apparemment satisfaite. Je vais te laisser, maintenant, il faut que tu dormes. Si tu as besoin de quoi que ce soit demain, n'hésite pas à me le faire savoir. N'hésite pas à t'appuyer sur les autres, Karen. C'est à force de vouloir tout faire toute seule que tu as eu tous ces ennuis.

Une fois de plus, Karen la serra fort contre elle.

— Je ne sais pas ce que je ferais sans vous.

Frances était la mère dont Karen avait toujours rêvé.

Cela faisait déjà deux semaines que Maddie était rentrée de la maternité. Helen était passée lui rendre visite tous les soirs. Tenir le petit Cole Maddox dans ses bras confirmait chaque jour davantage la révélation qui s'était faite en elle, le jour où Maddie avait décrit le ventre de la maman comme un petit nid chaud et douillet.

Elle venait tout juste de confier à Maddie que sa décision était prise. Elle aurait un enfant à elle, qu'elle porterait en son sein, sans s'occuper de ce que les gens diraient à Serenity. Elle se fichait pas mal des racontars ; ce qui comptait, c'était d'offrir à son enfant un foyer où il serait aimé et choyé. Avec la famille élargie dont il hériterait, il n'y avait aucune raison qu'il se sente lésé.

Maddie la scruta attentivement.

— Tu es sûre de toi ? Tu as décidé d'avoir un bébé à toi ? J'aurais cru que t'occuper des enfants de Karen t'aurait un peu refroidie.

— C'est ce que j'avais pensé au début, en particulier les premiers jours ; et puis ça n'a fait qu'aller de mieux en mieux. Je me suis étonnée moi-même. Pour tout te dire, je ne suis pas une si mauvaise mère que ça.

Elle plongea son regard dans celui de Maddie et le soutint longuement avant de reprendre :

— Je n'étais pas bien, ces derniers mois, il me manquait quelque chose, quelque chose de profond, que je n'arrivais pas à définir. Désormais, je sais que c'est un désir irrépressible de vivre l'expérience de la maternité, ajouta-t-elle avec passion.

— Tu sais, ma chérie, entre jouer quelques jours à la maman et être parent pour de bon, il y a une énorme différence ! Quand on est parent, on s'engage pour la vie.

— Je le sais bien, s'impatienta Helen. On me l'a assez répété ces derniers temps, crois-moi. Mais je suis prête à m'engager. Je *veux* m'engager.

— Et le mariage ? Il y a une place pour le papa dans ce tableau ?

— Franchement, j'ai du mal à l'envisager, reconnut Helen. Où veux-tu que je trouve un homme à épouser dans l'année à venir ?

— Certes, déclara Maddie, amusée. Encore que tu saches être très efficace, en cas d'urgence !

— Malheureusement, les hommes sont frileux. Tu me vois annoncer, dès le premier rendez-vous, que je veux un bébé tout de suite ?

— Tu risques en effet d'en faire fuir plus d'un ! acquiesça Maddie en riant.

— Alors, qu'est-ce que je fais ?

— Parmi les hommes que tu connais, il n'y en a vraiment pas un seul qui ferait un bon mari, un bon père ? Dans l'ensemble, tu ne leur laisses pas tellement le temps de prouver leurs qualités. Le moment est peut-être venu de reprendre ta liste de candidats et de donner à tes anciens amoureux une deuxième chance, tu ne crois pas ? Et puis, ajouta-t-elle avec un clin d'œil, n'oublie pas Erik. Dana Sue jure sur ses grands dieux que quelque chose est en train de se tisser entre vous.

A ce nom, Helen se rappela leur baiser torride. Pourquoi chercher un homme à épouser ? Pourquoi chercher un homme désireux d'être père à plein temps ? Elle avait un bon job, des ressources amplement suffisantes pour subvenir aux besoins de son enfant. Alors, à bien y réfléchir, il lui fallait juste un amant qui accepte de la mettre enceinte. Erik n'était-il pas l'homme de la situation ? Il était attiré par elle, ne voulait pas entendre parler de responsabilités et elle le considérait comme quelqu'un de bien. Ainsi, elle ne redouterait pas, le moment venu, de parler de lui à leur enfant.

Pour le rassurer, elle ferait établir des documents le déchargeant de toute pension alimentaire. Il déciderait aussi lui-même d'exercer ou non son droit de visite.

En d'autres termes, il lui donnerait son sperme par les voies naturelles et traditionnelles. Ce serait tout bénéfice pour elle comme pour lui, songea-t-elle, emballée par ce scénario. Puisque seuls les plaisirs sensuels l'intéressaient dans une relation, il serait comblé. Quant à elle, elle aurait enfin son bébé.

Plusieurs minutes s'étaient écoulées, pendant lesquelles Maddie, intriguée, contemplait Helen.

— Dis donc, ça tourne là-dedans, fit-elle enfin. C'est à cause de ce que j'ai dit à propos d'Erik ?

— Non, non ! Rien à voir, insista Helen en priant que Maddie ne fasse pas le rapport. J'ai quand même un plan, après tout, confia-t-elle en arborant un sourire forcé.

— Vraiment ? Dis-moi tout, requit Maddie, plus inquiète que soulagée.

— Je préfère que tu ne saches rien pour le moment.

Il fallait surtout que Dana Sue ne devine rien. Elle risquait de hurler. Par ailleurs, elle courait aussi le risque d'essuyer un refus de la part d'Erik.

A moins qu'elle le séduise et ne lui dévoile sa manœuvre qu'après coup ?

Non, cette trahison ne la mettrait pas en valeur et confirmerait Erik dans la mauvaise impression qu'il avait eue d'elle au début de leurs relations. Une fois la supercherie découverte, il la planterait là et c'en serait fini de leur amitié.

Mais son désir d'enfant était devenu si fort ! Que faire ?

Elle se sentait prête à tout pour arriver à ses fins.

Ton bébé a besoin d'un père, répétait cependant une petite voix insistante. Beaucoup d'enfants se passaient de père, répondait-elle à la voix. Elle, pour commencer, s'en était bien passée.

S'étant convaincue elle-même, elle se leva soudain.

— Il faut que je parte, j'ai un truc urgent à faire.

— Tu ne vas pas partir maintenant, alors que Dana Sue et Jeanette vont arriver d'une minute à l'autre ? s'étonna Maddie. Nous allions aborder le sujet de l'expansion du Spa.

— Tu m'excuseras auprès d'elles pour moi. Nous nous rattraperons la semaine prochaine.

— Mais c'était ton idée d'en ouvrir un deuxième, protesta Maddie tout en reprenant le bébé des bras d'Helen. C'est toi qui as insisté pour qu'on tienne cette réunion.

— Tant pis. Vous n'avez qu'à lancer des idées toutes les trois et me faire savoir à quelles conclusions vous êtes arrivées.

Maddie plissa les paupières et contempla Helen d'un air inquiet.

— J'ai l'impression que tu es sur le point d'agir impulsivement, ce qui n'est jamais bon signe chez toi.

Mais le temps n'était plus aux doutes et Helen préféra ne pas relever.

— Ecoute, insista Maddie, inquiète, tu sais que tu peux compter sur Dana Sue et sur moi pour te soutenir, quoi que tu fasses.

— Je le sais, fit Helen en la prenant dans ses bras. Tu ne peux pas t'imaginer combien cela me fait du bien. Merci de ne pas me juger.

Maddie sourit.

— De toute façon, je pourrais m'égosiller et te répéter cent fois la même chose, ça ne t'empêcherait pas de faire ce que tu as décidé. Toi, quand tu as quelque chose dans la tête !

Helen haussa les épaules.

A dire vrai, en cet instant, rien n'aurait pu la détourner de son but.

13

Erik s'apprêtait à étaler son glaçage sur les trois étages du superbe gâteau de mariage qu'il avait préparé lorsqu'il suspendit son geste et pivota vers Tess.

— A toi de jouer, tout compte fait, dit-il.

Elle écarquilla ses grands yeux noirs. On sentait chez elle un certain enthousiasme tempéré d'appréhension.

— Je ne peux pas, déclara-t-elle.

— Bien sûr que si.

Elle secoua la tête en reculant d'un pas.

— Et si je rate ?

— Tu ne rateras pas, affirma-t-il avec conviction. Et quand bien même ? Ce ne serait pas la fin du monde, nous n'aurions qu'à recommencer. Allez, Tess, il est temps de te lancer.

Elle était sur le point de s'exécuter, mais la porte s'ouvrit violemment. Helen venait d'entrer comme une tornade. Tess en laissa tomber le glaçage par terre.

— Je suis désolée, balbutia-t-elle, consternée. Je vous l'avais bien dit.

Erik soupira, puis se tourna vers Helen, sans cacher son mécontentement.

— Ça ne t'est pas venu à l'idée de frapper avant de t'engouffrer ici ?

— Pas plus que ça ne t'était venu à l'idée de me demander une clé de chez moi l'autre jour, rétorqua-t-elle en agitant un trousseau. Ça, ce sont mes clés du restaurant. Je les ai depuis que Dana Sue a ouvert.

Il secoua la tête, perplexe, puis se pencha pour aider Tess à réparer les dégâts. Quand il se releva, Helen le regardait, l'air incertain.

— J'ai mal choisi mon moment, c'est ça ?

Il réprima un sourire.

— A ton avis ? Le gâteau a eu chaud.

— Jane Downing se marie pour la quatrième fois, rétorqua Helen. Elle n'est plus à un gâteau près. Toutefois, je vous demande pardon, dit-elle en se tournant vers Tess. Tess, je m'appelle Helen Decatur, je suis une amie de Dana Sue — et aussi, en dépit des apparences, une amie d'Erik.

— Helen est l'avocate dont je t'ai parlé, Tess, expliqua Erik. Elle a dit qu'elle était prête à t'aider pour arranger la situation de Diego.

— Vous feriez cela ? s'enquit Tess sans trop oser y croire.

— Tout à fait. Je serais passée vous en parler plus tôt, seulement je m'occupais des enfants de Karen et, je dois avouer, j'ai été un petit peu débordée.

Tess lui décocha un sourire timide.

— Les enfants donnent beaucoup de travail.

— C'est vrai, acquiesça Helen. Si nous laissions Erik finir ce gâteau, vous pourriez me dire ce qui s'est passé avec votre mari.

— Bonne idée, s'écria Erik.

Quel soulagement ! songea-t-il. Cela lui permettrait de se reprendre et de raisonner son attirance pour Helen. Cela lui permettrait également d'étouffer l'irrépressible désir qu'il éprouvait de l'embrasser. Il avait décidé une bonne fois de contrôler ses sentiments, au moins tant qu'il ne serait pas sûr qu'elle n'attendait aucun engagement de sa part. Cela faisait des nuits qu'il ressassait au lieu de dormir.

— Préférez-vous que nous nous isolions pour en parler ? demanda Helen à Tess.

Tess refusa, hélas.

— Erik est au courant de la situation, expliqua-t-elle à Helen. Cela m'est égal qu'il entende.

Helen rapprocha deux tabourets et grimpa sur l'un d'eux. Sa jupe étroite remonta sur ses cuisses, dévoilant aux yeux d'Erik quelques centimètres supplémentaires de peau nue. Il ne put s'empêcher de laisser son regard glisser sur le galbe de ses jambes — le genou rond, le mollet, les chevilles fines et les pieds cambrés chaussés de talons aiguilles.

De toute évidence, son insistance n'avait pas échappé à Helen.

— Les chaussures viennent de chez Manolo Blahnik, déclara-t-elle malicieusement.

Il lui sourit.

— Elles te vont bien, fit-il sans réussir à dissimuler son trouble.

— C'est ce que je pense, fit-elle d'un air détaché, avant de pivoter vers Tess. Alors, reprit-elle, Erik me dit qu'un avocat vous a facturé une grosse somme sans avoir rien fait pour mériter cet argent. Est-ce vrai ?

Tess hocha la tête.

— Il s'appelle Jimmy Bob West. C'était le seul avocat que je connaissais.

Erik remarqua que, en entendant ce nom, Helen se raidissait. Il s'était pourtant juré de rester en dehors de tout ça.

— Tu le connais ? demanda-t-il.

— Nos chemins se sont croisés à plusieurs reprises. Jimmy Bob est loin d'être un saint, pourtant je ne m'attendais pas à ce qu'il tombe aussi bas. Tess, répétez-moi ce qu'il vous a dit exactement, combien il vous a fait payer et ce qu'il a fait.

Pendant que Tess racontait sa triste histoire, Helen prenait des notes. Quand Tess eut fini, elle releva des yeux emplis de colère.

— Vous aurez récupéré votre argent avant la fin de la semaine, affirma-t-elle. D'une manière ou d'une autre.

— Et pour Diego ? C'est surtout lui qui compte. J'ai tous les papiers pour prouver qu'il est entré en toute légalité. Comment allons-nous faire pour qu'on ne l'expulse plus ?

— Je m'occupe de ça aussi, promit Helen. Et si je me heurte à trop de complications, je connais la personne qui saura démêler tout ça. Ça ne va pas se faire en un jour, Tess, mais, rassurez-vous, votre mari va revenir.

— Je ne sais pas comment vous remercier. Pour moi et pour mes enfants, ce serait un vrai miracle. Mon Dieu, il est si tard ! s'exclama-t-elle en voyant l'heure. Je dois rentrer.

Elle jeta sur Erik un regard inquiet, avant d'ajouter :

— Je ne vous ai pas beaucoup aidé, ce soir.

— Tu te rattraperas la prochaine fois, l'assura-t-il.

— Demain, c'est mon jour de congé. Je vais m'exercer en faisant un beau gâteau d'anniversaire pour ma mère, ce sera une surprise. S'il est réussi, je prendrai une photo et je vous la montrerai.

Elle le scruta attentivement.

— Nous devrions faire un album, vous savez ?, ajouta-t-elle. Pour que les gens puissent voir tous les beaux gâteaux que vous avez confectionnés. Et aussi un site Web. Je pourrais demander à mon frère de le monter. Il est en dernière année d'informatique et de création de sites Web. C'est lui le meilleur, il peut tout faire !

Son visage s'illumina, ses yeux brillèrent tant elle était fière.

Erik hocha la tête, étonné qu'elle s'investisse autant dans son travail.

— C'est une excellente idée, Tess. J'en parlerai à Dana Sue. Dis à ton frère de m'appeler, d'accord ?

— Entendu. Encore merci, madame Decatur. J'apprécie vraiment ce que vous faites pour moi.

— Ce n'est rien, je le fais avec plaisir, Tess, dit Helen. Bonsoir.

Après le départ de Tess, Erik observa Helen.

— Tu ne le fais pas simplement pour aider Tess et Diego, n'est-ce pas ? Tu as un compte à régler avec Jimmy Bob West, c'est ça ?

Elle sourit.

— Tu es très perspicace. Je veux épingler cette ordure, ce qu'il a fait est inadmissible.

— Serait-il avocat de la partie adverse dans une de tes affaires en cours, par hasard ?

— C'est exact. Lors de notre dernière rencontre au tribunal, je lui ai envoyé son premier avertissement. C'est à cause d'avocats comme Jimmy Bob que la profession a une mauvaise réputation.

— Cependant, tu sembles tirer une certaine fierté qu'on te qualifie de barracuda, remarqua Erik.

— Un barracuda, passe encore. Lui, c'est un charognard, la pire espèce. Il n'a aucune éthique.

— En d'autres termes, tu ne l'aimes pas.

— Je n'ai pas besoin d'aimer mes confrères. En revanche, je préfère les respecter. J'ai hâte de le prendre entre quat'z-yeux et de lui dire ce que je pense, dès que j'aurai étudié ça de plus près.

Erik sourit.

— Maintenant que je t'ai aidée à trouver la faille chez ton adversaire, dis-moi ce qui t'amène ici ce soir. Tu devais bien savoir que Dana Sue n'était pas là, je présume, puisqu'elle m'a dit qu'elle avait une réunion avec toi et Maddie. Ne me dis pas que tu leur as fait faux bond, juste pour me voir ?

Bon sang ! Il était au courant de la réunion, songea-t-elle sans pouvoir dissimuler sa contrariété.

— Je suis partie tôt, rétorqua-t-elle.

« Tiens ? se dit Erik, étonné. Pourquoi a-t-elle l'air ainsi sur la défensive ? »

— Je me suis dit que ce serait le moment idéal pour pouvoir parler sans être supervisés par Dana Sue, ajouta-t-elle.

— Intéressant, fit-il, intrigué de la sentir aussi mal à l'aise. Tu voulais me parler de quelque chose en particulier ?

— Ne t'emballe pas. J'avais envie de me mesurer à quelqu'un, ça fait un moment que je n'ai pas eu un bon échange verbal.

— Alors, c'est pour ça que tu es venue ? Pour mesurer ta rapidité de repartie avec moi ?

— Quelque chose comme ça.

Il secoua la tête.

— Tu ne me feras pas avaler ça, ma belle. Tu avais autre chose dans ta manche. Allez, vas-y, dis-moi tout !

Il n'en croyait pas ses yeux : elle rougissait !

— Tu rougis, fit-il, éberlué.

— Mais non. C'est sans doute une bouffée de chaleur.

Il cilla. Si elle avait des bouffées de chaleur, il préférait ne pas le savoir. Pourtant, n'était-elle pas un peu jeune pour ça ?

Le plus satisfaisant toutefois, songeait-il, assez content de lui, c'était de lui avoir fait perdre ses moyens. Il décida de profiter de son avantage.

— N'aie pas peur d'admettre que tu es venue parce que tu ne supportais pas de passer une seconde de plus sans me voir. Tu n'as pas à être gênée parce que tu me trouves irrésistible, tu sais ?

Elle le fusilla du regard.

— C'était une erreur, grommela-t-elle en détournant les yeux.

— Qu'est-ce qui était une erreur ?

— De penser que je pourrais passer plus d'un quart d'heure en ta compagnie sans avoir envie de t'étrangler.

Il réprima un sourire.

— Nous avons passé une nuit entière ensemble, il n'y a pas si longtemps. Je ne me souviens pas que tu aies montré la moindre velléité de m'étrangler.

— Tu n'as pas enregistré ma réaction lorsque j'ai compris que tu étais parvenu à extorquer à Dana Sue la clé de chez moi ?

— Oh, ça ? fit-il d'un ton nonchalant. Tu n'étais pas vraiment en colère.

— Si, je l'étais.

— Mais ça n'a pas duré. Tu as juste fait toute une histoire, parce que tu t'es dit qu'il le fallait.

Elle lui jeta un regard noir.

— J'ai fait toute une histoire parce que j'ai estimé que tu avais agi d'une manière sournoise et tout à fait inacceptable.

Tout à coup, ses joues se vidèrent de leurs couleurs. Elle attrapa son sac et se précipita vers la porte.

— Je dois y aller, marmonna-t-elle.

Erik s'interposa, inquiet de la voir aussi pâle.

— Tu n'es pas malade ?

— Non, euh… j'ai oublié que j'avais un truc à faire de toute urgence.

C'était gros comme une montagne.

— Un truc à faire ? répéta-t-il sans cacher son doute. A cette heure-ci ?

— Oui, un truc que j'aurais dû faire depuis des heures. A plus, dit-elle en passant devant lui.

Il la regarda s'éloigner, perplexe. Qu'est-ce que c'était que cette histoire ? D'une minute à l'autre, elle avait changé d'humeur et de comportement. Et il était évident qu'elle mentait…

Il haussa les épaules. L'attitude d'Helen ne faisait que confirmer ce qu'il savait déjà : cette femme était bien trop compliquée pour lui.

Pourtant, il ne cessait de penser à elle.

Pour un désastre, cela avait été un désastre ! se dit Helen, dépitée, tout en s'éloignant du Sullivan au volant de sa voiture. Elle n'était qu'une hypocrite, songeait-elle en repensant au moment où elle avait accusé Erik de duplicité et de sournoiserie à propos de cette histoire de clé, somme toute bien futile. Surtout par rapport à ce qu'elle s'apprêtait à faire et qui était bien pire ! Malgré tout, l'idée d'avoir un enfant de lui était maintenant si bien ancrée dans son esprit qu'elle ne parvenait pas à l'abandonner.

Une fois rentrée chez elle, elle se prépara à se coucher, telle un automate, sans prendre garde au fouillis laissé par Daisy et Mack. Elle voulut les appeler. Trop tard, hélas, se dit-elle, déçue, en jetant un œil à la pendule.

Une fois au lit, elle réfléchit à sa résolution d'entraîner Erik à lui faire un enfant, pesant le pour et le contre. Il y avait beaucoup plus de pour. Ou alors, elle envisageait le problème sous l'angle qui lui convenait, afin de pouvoir mener son projet à bien. Au bout du compte, elle aurait l'enfant qu'elle désirait tant, n'était-ce pas ce qui comptait par-dessus tout ?

Et ce que désirait Erik, y pensait-elle ? lui répétait sans cesse une petite voix lancinante. Il lui avait fait clairement comprendre qu'il ne voulait pas d'enfant, s'exprimant sans aucune ambiguïté à ce sujet.

Elle ressassa cette dure vérité pendant la plus grande partie de la nuit et, le lendemain, était parvenue à se convaincre qu'il n'émettrait aucune objection, tant qu'il serait satisfait qu'elle n'attende aucun engagement de sa part. Toutefois, il n'en restait pas moins qu'elle se préparait à l'entraîner dans une aventure amoureuse avec un but bien précis. Elle allait devoir apprendre à vivre taraudée par cette culpabilité.

Epuisée et particulièrement irritable après deux nuits sans sommeil, sans compter un nombre incalculable de coups de fil passés afin de régler les problèmes de Diego Martinez avec l'Immigration, elle décida, le mercredi matin, d'aller s'en prendre à Jimmy Bob West. Elle se trouvait dans l'état d'esprit idéal pour le confronter à son attitude inacceptable vis-à-vis de Tess !

Le cabinet d'avocats de West & Davis était situé dans l'un des complexes immobiliers les plus récents de Serenity, des bâtiments en brique claire à un étage, avec des volets noirs. Un groupement de professionnels locaux l'avait fait construire quelques années auparavant, dans un but de défiscalisation. L'ex-mari de Maddie à l'époque était l'un des associés. Un bâtiment tout entier était occupé par Bill Townsend et sa clinique de pédiatrie. West & Davis occupait l'autre. Le troisième bâtiment était partagé en bureaux plus modestes, le cabinet d'un dentiste d'une part, un comptable et un promoteur local pour le reste. Quant au quatrième, une agence immobilière en pleine expansion venait de s'y installer dans son ensemble.

Il était encore tôt et le parking était pratiquement vide. Helen repéra aussitôt la nouvelle BMW décapotable scintillante de Jimmy Bob, garée devant son bureau. Aucun des espaces réservés à ses employés n'était encore pris, ni celui de son associé. Tant mieux, songea Helen, elle pourrait faire un esclandre sans craindre d'être entendue par d'autres.

Son attaché-case à la main, elle entra dans le bureau sans se donner la peine de frapper. Surpris, Jimmy Bob leva des yeux affolés sur elle avant de se reprendre rapidement et de lui décocher un sourire factice.

— Helen ! Quelle bonne surprise ! Je ne savais pas que nous avions rendez-vous.

— Non, je suis venue comme ça. Je sais que tu as des journées chargées et j'espérais que tu aurais une minute à me consacrer avant qu'elle commence.

— Bien sûr, pas de problème. Assieds-toi. Je peux t'offrir un café ? Je le fais moi-même à partir d'un mélange que je commande sur Internet. Entre nous, c'est le meilleur à dix lieues à la ronde.

— Alors, comment refuser ? J'en prendrai un avec plaisir.

Il lui en versa une tasse, puis s'installa derrière son imposante table de travail, selon une tactique destinée à l'intimider.

— Tu viens me parler du procès Holliday, je présume ? Tu viens me dire que ta cliente est prête à accepter les propositions de mon client ?

Elle le dévisagea avec incrédulité.

— Alors que ton client est sur la ligne de mire ? Tu plaisantes. Tu vas être fasciné de découvrir à combien s'élève le capital dissimulé de Brad. Nous l'avons été. Comme le juge Rockingham, d'ailleurs, ce qui explique qu'il nous a accordé le délai que j'ai requis. J'ai l'impression tout à coup qu'il a autant envie que nous de mettre à jour les finances de Brad. Evidemment, cela ne doit pas faciliter vos rapports sur le terrain de golf, ajouta-t-elle le plus innocemment du monde. Ils doivent être assez tendus, j'imagine…

Il fit une grimace.

— Ecoute, il faut que tu me croies. J'ignorais que Brad dissimulait des informations. D'ailleurs, je préviens toujours mes clients qu'ils sont dans l'obligation de jouer cartes sur table dans ce genre de situation.

— Je n'en doute pas, répliqua Helen, qui n'en croyait pas un mot.

C'était une tout autre bataille qu'elle livrerait quand l'occasion s'en présenterait.

— Je suis venue te parler d'une autre affaire, reprit-elle.

— Une autre affaire ? s'étonna Jimmy Bob. Nous avons une autre affaire de divorce en cours ?

— Non. Il s'agit de Tess Martinez.

Visiblement, il ne savait pas de qui elle parlait et la contempla, le regard vague. Puis il hocha la tête lentement.

— Bien sûr, je m'en souviens maintenant. Tess Martinez… Une bien triste histoire. Elle maintenait que son mari était en règle.

— Et elle disait la vérité, Jimmy Bob.

Il haussa les épaules.

— C'est ce que les immigrés prétendent tous.

— Tess ne mentait pas, dans le cas de Diego Martinez. Ses papiers sont bien en règle, Jimmy Bob. D'ailleurs tu le sais aussi bien que moi : Tess te les a montrés. Par ailleurs, elle t'a payé fort cher pour que tu plaides sa cause, déclara Helen en agitant sous le nez de Jimmy Bob les documents qu'elle était passée prendre chez Tess.

Il les examina d'un œil critique, en fronçant les sourcils.

— Des faux, conclut-il.

— J'ai personnellement vérifié l'authenticité de ces papiers grâce à quelques coups de fil. Tout est en règle. Les papiers de Diego sont tout à fait légaux. Cela fait des mois qu'il devrait être auprès de sa femme. Et toi, au lieu de l'aider, tu t'es rempli les poches et tu as laissé tomber Tess.

Il se tortillait sur son siège, visiblement mal à l'aise.

— Elle se moque de toi, Helen. Je n'aurais jamais cru que tu serais du genre à te laisser attendrir par cette comédienne.

Helen le scruta attentivement.

— De fait, tu es en train de me dire que je suis naïve, que je crois tout ce qu'on me raconte et que tu te contentais de faire ton devoir de citoyen en lui extorquant de l'argent sans lever le petit doigt pour l'aider ? C'est ça ?

— Je ne pouvais rien faire, insista-t-il.

Elle secoua la tête.

— C'est extraordinaire. Parce que, vois-tu, la personne à qui j'ai parlé au bureau de l'Immigration m'a assurée que tout pourrait être arrangé d'ici à la fin de la semaine. Diego va retrouver son foyer et sa famille dans quelques semaines.

— Il n'en est pas question, déclara Jimmy Bob, dont le visage avait viré au rouge cramoisi. Cette ville n'a que faire de tous ces envahisseurs. Ils n'ont qu'une idée, venir prendre le pain de la bouche de ses habitants. Enfin, Helen, c'est quoi, ton problème ?

Ce qu'il disait était si choquant, si scandaleux, qu'Helen en resta bouche bée.

— Je n'ai aucun problème. Ce que je n'apprécie pas, c'est de voir un avocat délester des clients démunis et ne rien faire pour les aider.

— Je te le répète, tu es en train de te faire avoir ! rétorqua-t-il, à bout d'arguments.

— Je crains fort que le gouvernement fédéral ne soit pas d'accord avec toi. Plutôt que de perdre notre temps à discuter oisivement, je me contenterais d'un chèque fait au nom de Tess, du montant qu'elle t'a versé. Ils pourront, elle et Diego, l'utiliser à bon escient lorsqu'il sera là. D'ailleurs, pour éviter que cette histoire ne s'échappe malencontreusement de cette pièce et ne fasse le tour des cercles bien informés de la ville, je te conseillerais d'y ajouter un petit intérêt.

— C'est du chantage pur et simple !

— Si tu y tiens, nous pourrons discuter ce point de sémantique auprès du comité fédéral d'éthique du barreau.

Il resta un long moment les yeux rivés sur ceux d'Helen, espérant sans doute l'intimider. Lorsqu'il comprit qu'il avait perdu la partie, il ouvrit un tiroir, en tira un chéquier, remplit un chèque qu'il déchira et tendit à Helen. Elle vérifia le montant et sourit, apparemment satisfaite.

— Merci. On se retrouve au tribunal dans quelques jours pour le procès Holliday. Je pense que nous allons parvenir à un accord cette fois-ci, tu ne crois pas ?

— Je vais faire de mon mieux pour convaincre Brad. Seulement, ta dernière manœuvre l'a sérieusement mis en rogne. Je ne l'ai jamais vu aussi furieux. Il n'arrête pas de hurler et de proférer toutes sortes de menaces.

Les yeux d'Helen s'étrécirent.

— Des menaces ?

Jimmy Bob balaya l'air de la main.

— Il ne faut pas le prendre au sérieux. Chien qui aboie ne mord pas, c'est bien connu.

— Tu es sûr de ce que tu dis ?

— J'en suis sûr, tu peux me faire confiance. Il a toujours été un membre actif et respecté de cette communauté, il ne fera rien de stupide.

Jimmy Bob secoua la tête d'un air pensif, avant de reprendre.

— Ce n'est pas pour autant que je parviendrai à le convaincre d'accepter un accord.

Il laissa s'écouler un silence, tout en examinant Helen attentivement. Puis il ajouta :

— Tu sais, Trent et moi envisageons de prendre un troisième associé. Tu serais intéressée ?

— Intéressée de travailler avec toi ? lança Helen, éberluée.

— Pourquoi pas ? Tu es intelligente. Tu ne fais pas de quartiers. J'admire ça.

— Merci pour le compliment. Toutefois, je ne pense pas avoir les tripes nécessaires pour travailler avec toi.

A sa grande surprise, il sourit.

— C'est ça que j'aime chez toi, Helen. Tu ne mâches pas tes mots. Réfléchis à ma proposition.

— C'est tout réfléchi.

— Pourtant, ça te permettrait de me réformer à tes heures perdues.

Elle rit.

— J'ai comme l'impression que tu es irrécupérable, Jimmy Bob.

Elle agita le chèque avant de le ranger dans son attaché-case.

— En revanche, tu as fait ce qu'il fallait cette fois-ci. J'apprécie.

— Prends soin de toi, lui dit-il en la raccompagnant jusqu'à la porte.

— Toi aussi.

Jimmy Bob était-il vraiment l'ordure qu'elle l'avait toujours soupçonné d'être ? se demandait-elle tout en s'éloignant au volant de sa voiture. N'était-il pas plutôt un brave type qui aimait tenter sa chance et voir jusqu'où il pourrait pousser le bouchon avant de se faire taper sur les doigts, histoire de s'amuser un peu ? A en juger par le chèque qu'elle avait réussi à lui extorquer sans trop d'efforts, Helen commençait à pencher pour la seconde solution.

Karen n'avait pas raté une seule séance. Tous les après-midi, pendant sa coupure entre le déjeuner et le dîner au Sullivan, elle allait au Club du Coin pendant une heure.

Le plus dur avait été de démarrer puis, peu à peu, elle s'était rendu compte qu'elle se sentait beaucoup mieux après avoir fait de l'exercice. Bien sûr, elle n'irait jamais courir un marathon, elle ne soulèverait jamais son propre poids en haltères. Qu'importe ? Le principal, c'était que les objectifs fixés par Elliott à son intention, aussi modestes fussent-ils, lui permettaient d'améliorer sa condition physique.

Seule déception, il s'occupait moins d'elle à mesure qu'elle devenait autonome… Il fallait qu'il partage son temps entre toutes ses clientes.

Elliott se pencha vers l'une d'elles et lui chuchota des encouragements, comme il l'avait fait jusque-là avec elle. « Il ne fait que son travail », se raisonna Karen en soupirant. Qu'était-elle allée s'imaginer ? Pour lui, elle ne représentait rien. Elle s'était monté la tête en imaginant qu'il y avait un frisson entre eux. Quelle idiote !

Elle termina son stretching et prit le chemin des vestiaires. Soudain, Elliott s'interposa.

— Tu n'avais pas l'air en forme aujourd'hui. Que se passe-t-il ?

Il la scruta attentivement, lui faisant monter le rose aux joues.

— J'avais du mal à me concentrer, je suppose.

— Tu veux qu'on en discute ?

Elle secoua la tête. Pas question d'en parler avec lui !

— Dans ce cas, est-ce que ça te tenterait d'aller au cinéma avec moi, ce week-end ?

Elle s'attendait si peu à cette invitation qu'elle en perdit tous ses moyens.

— Au cinéma ? balbutia-t-elle en écarquillant les yeux.

Il sourit.

— Cela m'arrive en effet de temps en temps de m'asseoir dans le noir et de regarder les images défiler sur un grand écran. Ça détend.

— Et moi qui croyais que tu ne t'asseyais jamais.

— Alors, tu veux bien venir ?

Karen hésita, tentée. Et puis elle se sentit envahie par une vague de découragement. Sa vie était déjà si compliquée ! Elle ferait mieux d'en rester au stade des fantasmes...

— Je ne pense pas que ce soit une très bonne idée...

— Une autre fois, alors ? fit Elliott, visiblement déçu.

Mieux valait être franche, décida Karen enfin. Son refus n'avait rien à voir avec lui, peut-être que, en lui expliquant la situation, elle conserverait une petite chance.

— Je peux te voir une minute, pour t'en parler ?

— Bien sûr, je peux faire une pause, acquiesça-t-il. Je vais nous chercher deux bouteilles d'eau minérale et je te retrouve sur le patio, derrière.

— Accorde-moi dix minutes pour prendre une douche et me changer.

— Entendu !

*
* *

Les cheveux courts, c'était bien pratique, songeait Karen en finissant de se préparer. En deux coups de brosse, ils avaient repris leur mouvement et elle se trouvait à peu près présentable lorsqu'elle rejoignit Elliott dehors, sous l'œil inquisiteur de quelques femmes intriguées.

Il lui tendit sa bouteille d'eau et se laissa aller contre le dossier de sa chaise. Tout en concentrant sur elle toute son attention, il semblait toujours aussi détendu et bien dans sa peau. Karen aurait bien voulu pouvoir en dire autant.

Elle commença d'une voix hésitante :

— Elliott, si j'ai refusé, ce n'est pas parce que tu ne me plais pas. Je…

Elle soupira, avant de reprendre.

— Ma vie est très compliquée et… Non, déclara-t-elle après une pause. Elle est très précaire. En tout cas, elle l'a été. J'ai deux enfants. Mon ex-mari ne m'a donné aucun soutien financier depuis qu'il est parti. Mes enfants ont été malades assez souvent, du coup, je n'ai pas pu aller travailler. Je viens de traverser une période très stressante. Pour tout t'avouer, c'est mon psy qui m'a recommandé de faire de l'exercice, elle a pensé que cela m'aiderait à surmonter mes difficultés et Dana Sue m'a permis de venir ici gratuitement. Voilà, en quelques mots où j'en suis.

Pendant toute cette tirade, Elliott resta impassible. Puis il hocha la tête.

— Tu ne m'apprends rien, ou presque rien. Je n'étais pas au courant pour ton mari ; pour le reste, si.

— Et tu veux quand même sortir avec moi ? s'étonna-t-elle, déclenchant le rire d'Elliott.

— Je vais te donner ma version : tu es une très belle femme qui vient de vivre des épreuves. Tu es une bonne mère et tu te décarcasses pour reprendre ta vie en main. Tes enfants sont de retour avec toi, n'est-ce pas la preuve que tu y mets du tien ? Personnellement, je ne vois ici que de bonnes raisons pour t'admirer et t'apprécier.

— Mais je ne comprends pas pourquoi tu tiens à t'empêtrer dans mes histoires à dormir debout, déclara-t-elle sans cacher sa surprise.

— Ne t'ai-je pas dit que tu es très belle ? Et drôle, de surcroît ?

Karen s'esclaffa.

— Tu ne m'avais pas dit que tu me trouvais drôle, le taquina-t-elle. Maintenant, je comprends mieux !

— Ecoute, on va juste au cinéma. Si tu préfères, amène les enfants, je sais que ce n'est pas toujours facile de trouver une nounou. J'aime bien les enfants. Heureusement d'ailleurs, entre mes frères et mes sœurs, j'ai dix neveux et nièces. Ils sont toujours fourrés chez mes parents. Ma mère prend son rôle de grand-mère très au sérieux.

Karen réfléchit à sa proposition.

— Ma fille Daisy, qui a cinq ans, me tanne pour que je l'emmène voir le dernier dessin animé. Ça ne te fait pas peur ?

— Mes nièces m'ont dit qu'il était très bon et je peux leur faire confiance, ce sont d'excellents juges de dessins animés.

Cela faisait bien longtemps que ça ne lui était pas arrivé, pourtant Karen n'hésita pas et prit une décision impulsive.

— Je travaille samedi. Dimanche après-midi, ça te va ?

— Dimanche après-midi, ça me convient tout à fait. Après le film, on pourrait aller manger une pizza.

— Tu es un homme très courageux.

— Héroïque, pendant que tu y es, plaisanta-t-il.

— Peut-être, fit-elle en riant.

Elle dut reconnaître néanmoins qu'il portait tous les signes le distinguant comme un héros hors du commun.

Erik s'interrogeait. Décidément, Helen passait beaucoup de temps dans la cuisine du Sullivan, même quand Dana Sue n'était pas là. Cherchait-elle à flirter avec lui ? Se faisait-il des idées ? Quelques sous-entendus glissés dans la conversation lui laissaient penser qu'il ne déplaisait pas à Helen, et lui-même trouvait leur petit jeu émoustillant. Cela dit, ils avaient été très clairs l'un avec l'autre : ils ne voulaient pas d'une relation amoureuse sérieuse.

Au bout d'une semaine au cours de laquelle Helen était venue tous les soirs, Erik décida d'en avoir le cœur net. Dana Sue était partie avec Ronnie après qu'Helen avait offert de l'aider à ranger la cuisine. Elle avait apparemment décidé d'astiquer chaque bout de cuivre en vue, jusqu'à ce qu'ils brillent comme des miroirs.

Eric se hissa sur un tabouret et l'examina tandis qu'elle s'affairait, les sourcils froncés, quelques mèches bouclant autour de son visage à cause de la vapeur sortie du lave-vaisselle lorsqu'il en avait ouvert la porte. Elle avait jeté ses chaussures dans un coin — encore une paire de ces ravissants escarpins dont l'utilité première consistait à mettre en valeur ses jolies jambes. Tout en travaillant, elle balançait les hanches au rythme d'un air qu'elle fredonnait. Erik ne put retenir un sourire béat, tant elle massacrait l'air et les paroles à la fois. Décidément, cette femme ne cesserait de l'étonner, elle possédait tant de facettes à sa personnalité, tour à tour fascinante, attachante, exaspérante.

Elle dut sentir qu'il l'observait, car elle pivota lentement vers lui.

— Que regardes-tu ?

— Toi.

— Pourquoi as-tu cessé de briquer ?

— Parce que c'est beaucoup plus intéressant de te regarder faire.

— Si je suis si divertissante, je devrais peut-être me faire payer.

— Je ne vois pas comment nous pourrions te payer, surtout maintenant que, grâce à toi, Karen est restée et nous a fait embaucher Tess. Tu as même réussi à convaincre Dana Sue de prendre quelqu'un de plus à mi-temps !

Il laissa s'écouler un silence et reprit, d'un ton beaucoup plus sérieux :

— Dis-moi, pourquoi traînes-tu autant dans les parages ces

derniers temps ? Tu t'ennuies ? Tu n'as plus assez de procès intéressants pour te tenir en haleine ?

Il ne s'attendait pas à ce qu'elle le dévisage de la sorte. Encore moins à entendre ce qu'elle lui dit.

— C'est peut-être que j'apprécie ta compagnie…

Il en resta bouche bée. Pourtant, il la connaissait assez pour savoir qu'elle n'était pas femme à tourner autour du pot ni à mâcher ses mots.

Elle jeta son éponge dans l'évier, puis traversa la cuisine et se planta devant lui, avant de lui poser une main sur l'épaule.

— Nous nous sommes embrassés une ou deux fois, et je n'arrête pas d'y penser, dit-elle. Pas toi ?

Il haussa les épaules et mentit.

— Non. Tu m'avais dit que tu voulais réfléchir. J'attendais que tu me tiennes au courant.

— Vraiment ? fit-elle d'un air sceptique. Tu n'as pas du tout repensé à nos baisers ? Peut-être as-tu la mémoire courte. Si nous recommencions ?

Elle lui offrit ses lèvres. Erik posa ses mains sur ses épaules, la gardant à distance. Avant de se lancer, il voulait être sûr de lui comme d'elle. Quelque chose lui disait que ce baiser allait en entraîner un autre, et même les entraîner beaucoup plus loin…

— Que se passe-t-il, Helen ?

— Je croyais m'être fait comprendre, dit-elle de ses lèvres frémissantes. Je veux que tu m'embrasses, Erik. Ou alors, c'est moi qui vais t'embrasser.

Il sourit.

— Les hommes aiment bien prendre l'initiative.

— Alors, vas-y !

Au lieu de s'exécuter, il lui caressa la joue avec son pouce, puis suivit la courbe de sa bouche.

— Tu es tellement déroutante, murmura-t-il.

Comme sa peau était douce — du velours.

— Tellement déroutante, répéta-t-il. Forte et même dure, par certains côtés, et en même temps tellement fragile.

Elle soutint son regard, laissant filer les secondes sans dire un mot. Puis elle se mordilla la lèvre et Erik se sentit fichu. La bouche d'Helen hantait ses rêves depuis trop longtemps ! Depuis qu'il l'avait embrassée, depuis qu'il en connaissait la douceur, la passion, l'ardeur…

14

Helen se réveilla lovée contre le corps d'Erik, entre les draps défaits. Deux heures plus tôt, ils avaient roulé ensemble sur le lit et fait l'amour comme des fous. Seulement voilà, elle n'avait pas du tout prévu d'être submergée de culpabilité sitôt après. Elle aurait aimé se laisser flotter sur les sensations de ce moment magique, mais sa conscience la tourmentait.

Car non contente de séduire Erik, Helen lui avait menti délibérément, lui assurant qu'elle ne courait aucun risque de tomber enceinte... Dans la passion du moment, confiant, il n'avait pas cherché à lui poser plus de questions.

Il se redressa sur un coude et posa l'autre main sur la cuisse nue d'Helen.

— Ça tourne dans ta tête, dis-moi. A quoi penses-tu ? demanda-t-il.

— J'étais en train de me dire que nous aurions dû faire ça depuis des mois.

Ce n'était pas vraiment un mensonge. A plusieurs reprises, pendant qu'il lui faisait l'amour, elle l'avait pensé. Depuis des semaines qu'ils se tournaient autour, ils avaient perdu un temps précieux tout en sachant que ce petit jeu finirait au lit.

Erik lui sourit.

— Tu n'étais sans doute pas prête ni moi non plus.

Helen aurait voulu lui dire qu'elle avait attendu toute sa vie de femme de rencontrer un amant aussi attentif que lui — mais elle hésita à l'avouer. La tendresse dont il avait fait preuve la renvoyait désagréablement à sa propre rouerie et elle ne se sentait pas très fière.

Mais aussi, comment aurait-elle pu se douter qu'elle se sentirait aussi proche de lui, dès leur première nuit ? Qu'elle éprouverait tellement plus que du plaisir physique ? Elle s'était convaincue qu'elle n'aurait aucune difficulté à partager l'intimité d'Erik le temps de tomber enceinte, puis de se détacher de lui comme s'ils n'avaient rien partagé.

Désormais, elle en doutait fort et ne voyait plus le moyen de s'éloigner sans faire de casse.

— Tu penses trop, beaucoup trop. Dis-moi ce qui te tracasse. Cette fois-ci, essaye de me dire la vérité.

En guise de réponse, elle se pelotonna contre lui.

— Les mots sont une perte de temps, susurra-elle avant de l'embrasser.

Erik se recula, plongea son regard dans le sien. Pendant un bref instant, elle crut qu'il allait discuter ; et puis il posa ses lèvres sur les siennes.

De la bouche, il se mit alors à explorer tout le corps d'Helen, et la fit vibrer sous ses caresses. Tantôt impétueux, tantôt langoureux, jusqu'à ce qu'elle n'en puisse plus.

— J'aime regarder tes yeux quand tu es sur le point de jouir, ils sont sombres et profonds comme des abîmes, lui confia-t-il en l'observant attentivement.

— Est-ce le cas maintenant ?

Il fit oui de la tête.

— Alors qu'attends-tu ? Je veux te sentir à l'intérieur de moi, Erik. Là, tout de suite.

— Attends encore, dit-il en reprenant lentement ses explorations savoureuses.

Helen ne s'était jamais abandonnée si totalement avec un homme. Avait-elle eu peur de perdre le contrôle ? de se montrer vulnérable ? Erik ne lui donnait pas le choix. Il semblait connaître son corps depuis toujours. Il en devinait les rythmes, les sensations, et la guidait vers le plaisir, retardant le moment suprême, puis ravivant la flamme au moment où elle diminuait en éclat…

Il était un expert à ce jeu. Et, lentement, il l'emmenait vers le sommet.

N'y tenant plus, elle le pressa de la prendre.

— Maintenant, ordonna-t-elle sans détacher ses yeux de ceux d'Erik.

— Tu veux vraiment ?

— Oui !

Helen se cambra pour s'offrir. L'ardeur qu'elle y mit n'était plus motivée par son désir d'enfant. Non, en ce moment, dans les bras d'Erik, sous son corps, rien ne comptait plus pour elle que d'atteindre l'extase avec lui. Ils étaient juste un homme et une femme unis par un lien si fort, si fusionnel, qu'Helen en aurait été terrifiée si seulement elle avait eu la tête assez claire pour y réfléchir.

Erik la posséda et elle se sentit pénétrée jusqu'à l'âme, comme si elle attendait ce moment depuis toujours. La première vague de plaisir la prit par surprise — rapide, intense, fontaine jaillissante ruisselant dans tout son corps. Puis, tandis qu'elle en goûtait les délices, une nouvelle sensation, plus forte, enfla comme une tempête. Un long et violent frisson annonça l'orgasme. Et, au même moment, Erik se joignit à Helen pour basculer avec elle dans le voluptueux chaos.

Un peu plus tard, comblés mais à court de mots, ils se regardèrent l'un l'autre avec émerveillement.

— Ça va ? murmura Erik avec un soupçon d'inquiétude dans la voix. Tu as l'air un peu égarée.

— Un peu égarée ? murmura-t-elle. Tu veux dire que je suis en train de redescendre du paradis…

Il sourit, empli d'une satisfaction toute masculine.

— Vraiment ?

— Erik, tu es un merveilleux amant. Tu dois bien le savoir ?

— Ça fait longtemps. J'avais peur d'être un peu rouillé.

— Ça ne fait pas si longtemps que ça. C'est la deuxième fois, ce soir.

Il rit.

— Je voulais dire, avant ce soir.

— Apparemment, tu n'as rien perdu de ton talent.

— Tu ne t'es pas mal défendue, toi non plus.

— Je peux faire mieux. Moi aussi, je manque un peu de pratique.

— Et maintenant, reste le plus difficile…

— De quoi parles-tu ?

— Eh bien… Restes-tu dormir ou bien choisis-tu de prendre tes jambes à ton cou et de t'enfuir comme un lapin ?

L'image n'enchantait guère Helen, d'autant plus qu'elle avait envisagé, en effet, d'inventer une excuse pour partir.

— Qu'est-ce qui te fait penser que je veuille m'enfuir ?

— Je devine la peur dans tes yeux.

— Tu te trompes ! protesta-t-elle. J'ai bien l'intention de rester.

Erik se contenta de hocher la tête, ce qui était tout à son honneur, se dit Helen, qui avait craint un instant qu'il ne soit tenté de se moquer d'elle.

— Je suis content, dit-il. Tu as faim ? Je peux préparer quelque chose.

Helen réfléchit.

— Riche idée !

— Parfait. Ne bouge pas, je reviens tout de suite, dit-il en sortant du lit.

— Et il fait même la cuisine, murmura-t-elle. Qu'est-ce que j'ai fait pour mériter ça… ?

— Je crois que tu connais la réponse à cette question aussi bien que moi, fit Erik d'un ton ironique.

Quand il fut sorti de la pièce, Helen balaya l'espace du regard. Elle n'avait guère prêté attention au décor, lorsqu'ils étaient entrés. S'ils avaient choisi l'appartement d'Erik plutôt que le sien, c'était uniquement parce qu'il était plus près. Le temps n'avait pas été alors aux tergiversations, il leur fallait agir au plus vite, se déshabiller et sauter dans un lit sans plus attendre. Maintenant, elle pouvait tout à loisir examiner l'ensemble, plutôt spartiate. Sur le buffet, plus pratique qu'élégant, aucune photo, rien, à part un petit poste de télévision. Sur la table de nuit, une lampe et la bougie qu'Erik avait attrapée en passant par le salon et qui offrait l'unique source de lumière, laissant une grande partie de la pièce dans l'obscurité. Cela n'empêchait cependant pas Helen de constater qu'il n'avait rien fait pour personnaliser sa chambre. Avait-il loué cet appartement meublé ? se demanda-t-elle en avisant le fauteuil qui, lui aussi, était plus fonctionnel que plaisant, un endroit où jeter ses vêtements, plutôt que le genre de chaise qu'un homme choisirait pour s'installer devant le poste de télé, le soir tard dans sa chambre pour regarder un film ou un match de base-ball.

De fait, sans même avoir besoin d'examiner le salon, Helen sentait que c'était le foyer d'un homme sans aucune intention de s'éterniser à Serenity. Elle fut surprise de constater combien cela la contrariait. Elle aurait dû se dire au contraire que ça entrait tout à fait dans ses plans, pourtant, l'idée qu'Erik pourrait partir un jour lui oppressait le cœur jusqu'à lui faire mal.

Cette pensée tournait encore dans sa tête lorsqu'il revint, portant un plateau avec deux assiettes. Il avait préparé un mélange de sa composition, fait d'œufs battus auxquels il avait ajouté des oignons émincés, des poivrons coupés fin, des tomates et différents fromages ; puis il avait passé le tout au four avant de le couper en tranches épaisses.

— C'est incroyable, s'exclama-t-elle après sa première bouchée.

— Ne sois pas si étonnée. Je *suis* un chef, après tout.

— Je sais. Ce que je n'arrive pas à imaginer, c'est que tu puisses avoir assez d'ingrédients dans ton réfrigérateur pour faire ça !

— J'ai remarqué en effet que tu n'avais pas grand-chose dans tes placards, le soir du feu de camp. Tu ne fais pas du tout de cuisine ?

— Si je suis obligée, je peux suivre une recette, reconnut-elle. Mon manque de talent dans la cuisine tombe très bien pour le Sullivan. Je suis une de vos clientes les plus assidues.

— C'est vrai, fit-il en la fixant toujours avec curiosité. Si tu ne fais pas la cuisine, ce qui en toute logique veut dire que tu n'aimes pas la faire, pourquoi donc tiens-tu tant à mettre la main à la pâte au restaurant ?

— Parce que c'est chez Dana Sue. Je ferais n'importe quoi pour aider une amie.

— Et le Club du Coin ? Tu n'es pas un fan d'exercices, tout le monde le sait. C'est toi qui as placé de l'argent au départ, parce que Maddie avait besoin de travailler ?

— En quelque sorte, oui. En théorie, c'était aussi pour m'encourager à faire de l'exercice. Le docteur s'inquiétait pour ma tension.

— Tu fais de l'hypertension ? s'exclama-t-il, alarmé. Pourquoi ne m'as-tu rien dit ?

— J'en *faisais*, corrigea-t-elle. J'arrive à la contrôler désormais. Je fais un petit peu d'exercice, juste assez pour m'aider à supporter le stress. Une petite pilule fait le reste. Ce n'est pas une affaire, pourquoi t'en aurais-je parlé ? Quel rapport avec ça ? ajouta-t-elle en désignant d'un geste le lit défait.

Sa désinvolture lui fit froncer les sourcils.

— Tu es trop jeune pour avoir ce genre de problème. Tu devrais prendre meilleur soin de toi.

— J'essaye. Surtout récemment.

— Bon.

Il laissa s'écouler un silence, avant de reprendre, d'une voix hésitante :

— Comment allons-nous gérer ça ?

— Gérer quoi ?

— Toi et moi.

Puis, imitant le geste d'Helen quelques instants auparavant, il désigna le lit défait.

— Ça.

— On pourrait faire comme s'il ne s'était rien passé, suggéra-t-elle en ne plaisantant qu'à moitié.

— Ce qui sous-entend que cela ne se reproduira plus. Nous savons très bien tous les deux que ce n'est pas envisageable.

Helen frissonna en pensant à ce que cela voulait dire.

— Vraiment ?

— Je le pense. Pas toi ?

Elle le gratifia d'un sourire éclatant.

— Ce serait dommage de ne pas répéter une aussi belle expérience, reconnut-elle.

— D'accord. Alors, on le dit à Dana Sue ou non ?

— Certainement pas ! s'écria-t-elle aussitôt.

Il plissa le front.

— Entendu. Je connais une excellente raison pour ne pas le faire, mais j'ai comme l'impression que ce n'est pas du tout la même que toi.

Helen, en effet, n'avait pas du tout l'intention d'expliquer à Erik que Dana Sue aurait vite fait de faire le rapprochement avec son désir d'avoir un bébé, c'est pourquoi elle répondit :

— C'est évident, n'est-ce pas ? Elle serait trop contente. Je ne supporterais pas de la voir se frotter les mains, cela fait des mois qu'elle nous l'avait prédit.

Il éclata de rire.

— Oui, j'aurais du mal à supporter sa jubilation. Alors, pour le moment, ça reste entre nous ?

— D'accord.

— Peux-tu me dire comment nous allons y arriver ?

— Pas question de se toucher, de s'embrasser, de se couler des regards alanguis en public. Et je ferai comme si j'étais furieuse contre toi. Ce qui n'est pas difficile d'ailleurs, tu as le don de dire ou de faire quelque chose, au moins une fois par jour, qui me rend folle.

— Compte sur moi, je ferai de mon mieux.

Malgré sa certitude qu'elle n'avait d'autre choix que de ne rien dire, Helen ne pouvait s'empêcher de ressentir un petit pincement au cœur, en songeant qu'elle ne pourrait pas partager ça avec ses deux meilleures amies.

Partager quoi ? se demanda-t-elle. Ce n'était pas comme si elle se lançait dans une relation qui avait de l'avenir, une relation qui ne pourrait que réjouir Dana Sue et Maddie. Elle s'était lancée dans une relation avec l'espoir de tomber enceinte. Il valait mieux ne pas en parler. Elle savait, au fond de son cœur, que ni l'une ni l'autre de ses amies ne l'en féliciterait. A cet instant précis, elle n'en était pas bien fière elle-même.

*
* *

Erik se trouvait dans la réserve du Sullivan, lorsqu'il surprit une conversation entre Maddie et Dana Sue. Dana Sue savait qu'il pouvait les entendre, mais elle parlait librement et ne prévint pas Maddie de sa présence. Elle savait qu'elle pouvait lui faire confiance pour sa discrétion et ne s'était jamais gênée pour parler devant lui avec Maddie de problèmes intimes après la naissance de son bébé, même si cela ne le regardait pas.

Ce fut Maddie qui parla la première.

— Que se passe-t-il avec Helen ? Ça doit faire au moins deux semaines que je ne l'ai pas vue. Ce n'est pas son genre de nous éviter.

— Tu crois qu'elle nous évite ? s'étonna Dana Sue. Je pensais qu'elle était très prise par son travail. Tu sais comment elle est, quand elle a un procès important sur les bras, elle hiberne littéralement ! Le procès Holliday touche à sa fin, je crois. Elle veut s'assurer que Caroline obtiendra tout ce à quoi elle a droit. C'est sûrement ça qui lui bouche l'horizon.

— Je ne crois pas que ce soit ça, objecta Maddie. C'est vrai que ça l'a beaucoup occupée récemment, mais j'ai vu Caroline il y a quelques jours, elle m'a dit que tout était pratiquement réglé. Elle en a aussi terminé avec l'histoire de Tess et Jimmy Bob West.

— Je sais. Tess est folle de joie. Diego est rentré, il a même déjà retrouvé du travail. Tess ne tarit pas d'éloges sur Helen, tu peux me croire !

— Justement, Helen devrait pouvoir souffler un peu maintenant. Où est-elle ? L'as-tu seulement eue au téléphone récemment ?

— C'est vrai, maintenant que tu le dis… Pendant un moment, elle passait ici tous les soirs et puis, tout à coup, ça s'est arrêté.

— Alors, qu'est-ce que tu en penses ?

— Elle a peut-être rencontré quelqu'un ?

— Pourquoi ne nous en parlerait-elle pas ? demanda Maddie. Elle nous raconte tout, d'habitude.

Il était temps de pointer son nez, se dit Erik, craignant que Dana Sue, qui avait l'esprit vif, n'en tire une conclusion qu'il valait mieux éviter. Il savait qu'Helen avait choisi de ne pas venir, de peur qu'un geste ou un regard ne les trahisse face à la vigilance de Dana Sue. Elle craignait qu'ils n'aient du mal, autant Erik qu'elle, à s'en tenir à leur plan. Evidemment, le risque était que ses absences continuelles apparaîtraient tout aussi suspectes.

Il sortit de la réserve, les bras chargés de sacs de farine et de sucre, et sourit à Maddie. Elle commençait à reprendre sa silhouette d'avant la grossesse. Même s'il l'avait jugée resplendissante pendant, il se doutait bien qu'elle devait être ravie de se retrouver plus mince.

— Comment va la nouvelle maman ? demanda-t-il. En tout cas, tu as une mine superbe.

— Oui, je suis en pleine forme. Seulement je m'ennuie à mourir. Dana Sue et Helen ont insisté pour que je laisse Jeanette s'occuper du Spa pendant six semaines. Pendant quatre de ces semaines, je n'ai pas arrêté de me faire du mouron, même ces quinze derniers jours, malgré les visites d'Elliott à la maison pour m'obliger à faire ces abominables exercices.

— Si je comprends bien, tu as pris exactement une semaine pour te détendre après la naissance de ton fils ? dit-il après un rapide calcul.

Elle sourit sans marquer le moindre regret.

— A peu près ça.

Pivotant vers Dana Sue, Erik vit qu'elle le contemplait en fronçant les sourcils.

— Qu'as-tu entendu de notre conversation ?

— Ma chérie, j'ai des choses beaucoup plus importantes à faire qu'à écouter ce que tu racontes.

— Cela ne t'a jamais empêché jusque-là. Avoue.

— D'accord. J'ai tout entendu. Qu'est-ce que ça peut faire ? Si tu sais que tu peux me faire confiance, je ne vois pas en quoi ça te dérange.

— Donc tu nous as entendus parler d'Helen. Est-ce que tu sais pourquoi elle semble nous éviter en ce moment ? S'est-elle confiée à toi ?

— Aucune chance, répondit-il en évitant le regard de Dana Sue. Pourquoi diable voudrais-tu qu'elle se confie à moi ?

— Je ne sais pas. C'est une impression très forte que j'ai. Je suis sûre que tu sais quelque chose que tu gardes pour toi, j'en mettrais ma main au feu. Sinon, tu n'aurais pas passé dix minutes dans la réserve. Il ne faut pas si longtemps pour aller chercher deux ou trois sacs.

— Sauf quand quelqu'un que je connais et que je ne nommerai pas s'amuse à tout changer de place, accusa-t-il, ravi de sauter sur l'occasion pour changer de sujet.

— Pourquoi est-ce que tu fais ça, au fait ? insista-t-il. J'ai mon système.

— Moi aussi, répliqua-t-elle. C'est le mien qui compte.

— Sûrement pas en ce qui concerne les desserts.

— Bon, ça va, moi, je m'en vais, intervint Maddie. Quand vous vous mettez à discuter de savoir qui fait quoi et comment, ça devient très dangereux pour de pauvres observateurs innocents comme moi. Tiens-moi au courant dès que tu as des nouvelles d'Helen, dit-elle à Dana Sue en la serrant contre elle.

— Toi aussi.

Elle déposa un baiser sur la joue d'Erik, lui murmurant à l'oreille :

— Ne te laisse pas faire. Les desserts sont le point fort du Sullivan.

— J'ai entendu ça, dit Dana Sue.

Maddie sourit.

— Alors, ne l'oublie pas quand tu discutes de l'organisation de la réserve. Erik peut parfois avoir raison.

— Peut-être, concéda Dana Sue de mauvaise grâce.

Après le départ de Maddie, elle l'étudia attentivement.

— Tu veux qu'on se dispute à propos de la réserve ou tu préfères me dire ce que tu sais sur Helen ?

— Si nous nous disputions à propos de la réserve ?

— C'est parce que tu *sais* quelque chose sur Helen, conclut-elle.

— Je n'ai pas dit ça, se défendit-il.

— C'était inutile, fit-elle, assez contente d'elle, c'était écrit sur ton visage. Ce n'est pas un problème, je laisse passer pour ce coup-ci. Mais tu ne t'en sortiras pas comme ça, je t'aurai au tournant, va !

— Je suis toujours sur mes gardes quand tu es dans le coin, l'assura-t-il.

Quoi qu'il arrive, il allait devoir être extravigilant, se dit-il. Sinon, il lui restait l'option de passer le flambeau à Helen. Elle n'aurait qu'à se débrouiller avec ses amies. Après tout, elle avait tout autant intérêt que lui à ce qu'elles ne se mêlent pas de leur vie amoureuse.

Depuis quelques semaines déjà, Karen n'avait pas à se plaindre. Soit c'était parce que les enfants n'étaient pas difficiles, comme s'ils avaient peur, en étant vilains, d'être séparés d'elle de nouveau, soit parce que toutes ses séances avec le Dr McDaniels commençaient à porter leurs fruits. Pourvu que ce soit ça, se disait-elle, car un jour ou l'autre, ces chers petits ne manqueraient pas de tester ses limites, c'était inévitable.

Et puis il y avait Elliott. Ils l'avaient adoré dès le premier jour. Il se montrait d'une patience exemplaire avec Daisy, qui lui racontait en détail ses journées à l'école. Il écoutait avec un intérêt non feint ses descriptions de la vie au jardin d'enfants, admirait les œuvres d'art qu'elle rapportait à la maison, prêtait une oreille attentive lorsqu'elle lui parlait de son dernier amoureux en date. Quant à Mack, Elliott était parvenu, au bout de trois visites seulement, à ce qu'il cesse de sucer son pouce.

Frances, elle aussi, avait approuvé Elliott à cent pour cent.

— C'est un jeune homme très délicat, avait-elle dit à Karen. Et sexy avec ça, avait-elle ajouté avec un clin d'œil coquin.

Malgré l'approbation générale, Karen gardait Elliott à une distance prudente, tout en sachant que ça ne pourrait pas durer éternellement. Un jour ou l'autre, ce soir peut-être, puisqu'ils allaient dîner tous les deux seuls pendant que Frances gardait Mack et Daisy, il la mettrait au pied du mur.

Un coup sur la porte annonça l'arrivée de Frances. Quand elle vit que Karen traînait encore dans sa vieille robe de chambre, elle secoua la tête.

— Comment se fait-il que tu ne sois pas encore prête ? s'écria-t-elle avec une note d'inquiétude dans la voix. Elliott va arriver d'une minute à l'autre.

— Je ne sais pas quoi mettre.

Frances la contempla d'un air entendu.

— Je crois que tu as peur.

— Peur de quoi ? rétorqua Karen, sur la défensive.

— Cet homme te trouve séduisante et veut passer du temps avec toi, et toi, qu'est-ce que tu fais ? Tout pour le décourager. Et cela n'a pas marché, n'est-ce pas ?

— Je n'ai pas essayé de le décourager, se défendit Karen en fronçant les sourcils.

— Vraiment ? Tu commences par lui assigner la tâche de décourager Mack de sucer son pouce, comme si la vie de l'enfant en dépendait. Ne me dis pas que ce n'était pas pour qu'il se rende compte à quoi il s'engageait avec une mère de deux jeunes enfants ! Et maintenant, qu'as-tu inventé ? Tu vas lui demander d'organiser le goûter d'anniversaire de Daisy ? Je crois qu'il va falloir que tu te mettes dans la tête qu'Elliott est le genre d'homme capable de mener une douzaine de gamins de six ans les deux mains attachées derrière le dos.

Karen soupira.

— Vous avez sûrement raison. Je croyais qu'il blaguait quand il disait qu'il avait l'habitude des enfants avec tous ses neveux et nièces, mais ça doit être vrai.

— Alors, pourquoi essayes-tu de le faire fuir ?

— Vous pensez que c'est ce que je suis en train de faire ? demanda Karen en se laissant choir sur le canapé.

— Il me semble que, chaque fois que vous êtes sortis ensemble, tu le mettais, en quelque sorte, à l'épreuve. Une fois qu'il aura passé tous les tests avec succès et qu'il n'aura pas pris ses jambes à son cou comme tu l'escomptais, que feras-tu ?

— Si seulement je le savais, soupira Karen. C'est vraiment un type bien, n'est-ce pas ? dit-elle en contemplant Frances.

— C'est certainement l'impression qu'il donne. A part d'être paniquée, que ressens-tu pour lui ?

— Je l'aime bien, admit Karen. Je l'aime beaucoup.

— Alors, donne-lui sa chance. Vous avez besoin de sortir ensemble plus souvent tous les deux, juste tous les deux, pour apprendre à vous connaître. Comme ce soir ! Et surtout, ajouta-t-elle en souriant, ne t'inquiète pas pour l'heure. Je peux dormir sur ton canapé.

Karen s'empourpra en songeant à ce que Frances sous-entendait.

— Frances ! Je ne vais pas passer la nuit avec lui !

Le sourire de Frances s'élargit.

— Tu fais comme tu veux, bien sûr. Je voulais simplement que tu saches que ce ne serait pas un problème, si tu décidais de ne pas rentrer cette nuit.

— Est-ce que vous auriez dit la même chose à votre fille ?

— Seigneur Dieu ! Certainement pas, s'esclaffa Frances. Il faut dire qu'elle avait vingt ans quand elle habitait encore à la maison. Ses rendez-vous amoureux, elle les organisait toute seule et elle n'avait certes pas besoin que je lui tienne la main.

— Vous étiez d'accord pour qu'elle ne rentre pas de la nuit ?

— Pas vraiment, mais elle était bien assez grande pour savoir ce qu'elle faisait, comme toi. Moi, j'étais assez sage pour garder mes opinions pour moi.

— Je ne voudrais surtout pas baisser dans votre estime. Vous êtes comme une mère pour moi.

— Ça me touche énormément et je suis fière que tu ressentes ça. Je serai toujours là pour te donner mon avis, si tu me le demandes, toutefois je ne te jugerai jamais, ma chérie, jamais. Allez, va vite te préparer avant que cet homme ne te trouve dans cette affreuse robe de chambre. Pour le coup, il risquerait de prendre peur ! S'il arrive avant que tu sois prête, j'en profiterai pour sonder ses intentions.

Karen rit.

— Je me dépêche.

— Non, surtout prends ton temps. Ce n'est pas souvent que j'ai l'occasion de passer un moment avec un aussi beau gosse !

— Moi non plus, dit Karen.

— Alors, justement, profite de chaque instant !

— Je crois que vous avez absolument raison.

Tout son enthousiasme s'évapora en un clin d'œil lorsqu'elle pénétra dans sa chambre. Les vêtements qu'elle avait sortis du placard en se demandant lesquels choisir se trouvaient éparpillés par terre, Mack assis en plein milieu du tas. Daisy, elle, s'admirait dans le miroir après avoir essayé le maquillage de Karen. Tout son maquillage ! Rouge à lèvres, mascara, blush, ombre à paupières, tout y était passé tandis que les boîtes traînaient un peu partout.

Karen vit rouge en découvrant ce tableau. Tous ses efforts de ces dernières semaines s'envolèrent en fumée.

— Daisy ! Qu'est-ce qui t'a pris ?

Daisy, qui une seconde auparavant souriait, très satisfaite du résultat, éclata aussitôt en sanglots.

Puis elle pivota brusquement vers Mack.

— Regarde ce que tu as fait aux vêtements de maman, vilain !

Ce qui eut pour effet de le faire détaler, sans demander son reste.

Une seconde plus tard, Frances apparut, avec Mack en pleurs agrippé à sa main.

— Que se passe-t-il ? lança-t-elle, avant de se figer, les yeux écarquillés. Oh, mon Dieu ! murmura-t-elle.

Quel chaos ! songea Karen, profondément contrariée. Sa chambre n'était qu'un fouillis innommable et, bien pire, ses enfants en pleurs. Tout ça parce qu'elle n'avait pas su se contrôler alors qu'ils n'étaient que des enfants, alors qu'ils n'avaient fait que se conduire en enfants.

— Pas de problème, déclara Frances calmement.

Qui tentait-elle de consoler ? se demanda Karen. Elle ou les enfants ? Elle n'en était pas sûre.

— Mack et Daisy, reprit-elle, vous venez avec moi. Ne t'inquiète pas, ajouta-t-elle à l'intention de Karen tout en l'encourageant d'un sourire. Je viendrai t'aider à ranger tout ça. En attendant, prépare-toi, je m'occupe de tout.

— Mais ce n'est pas à vous de faire ça, protesta Karen, abattue.

— Ce n'est pas à toi non plus, lui rappela Frances. Il y a peu de chances que les véritables coupables puissent tout ranger comme nous le voudrions. Ça ne prendra qu'une minute. Habille-toi, Karen, et sors avec ton amoureux. Je me charge du reste.

— Je n'aurais jamais dû crier comme ça, s'excusa Karen, épuisée.

— Crier n'a rien d'extraordinaire dans ce genre de situation, tu n'auras qu'à leur expliquer. Ils comprendront très bien. Allez, dépêche-toi, je vais voir où ils en sont.

Encore tremblante après toutes ces émotions, Karen parvint toutefois à trouver des vêtements adéquats et à se maquiller, tant bien que mal.

Elle arrivait dans le salon, lorsqu'elle entendit Daisy dire à Elliott :

— Moi et Mack, on a mis maman en colère.

Elle avait l'air si triste que le cœur de Karen se serra.

— Je ne suis plus en colère maintenant, la rassura-t-elle tandis que la fillette se jetait dans ses bras. Tout va bien, ma chérie, je n'aurais pas dû m'énerver comme ça.

— Je ne voulais pas faire tout ce fouillis, chuchota Daisy en se blottissant contre elle.

— Je sais.

— Je voulais juste être jolie, comme toi.

Les yeux pleins de larmes, la fillette jeta vers Elliott un regard éperdu. Aussitôt, il la prit dans ses bras.

— Tu es encore plus belle que ta maman, lui assura-t-il. Quand tu seras grande, les garçons feront la queue à ta porte. Tu seras la fille la plus populaire à l'école.

— C'est vrai ?

Elliott hocha la tête vigoureusement.

— Bien sûr que c'est vrai.

Daisy l'étudia attentivement.

— Peut-être que, quand je serai grande, je me marierai avec toi.

Elliott sourit.

— Crois-moi, d'ici là, je serai tellement vieux que tu ne voudras plus de moi.

— Alors, peut-être que tu ferais mieux de te marier avec maman, suggéra-t-elle.

Le regard d'Elliott rencontra celui de Karen.

— On ne sait jamais, dit-il doucement. Un de ces jours, nous en reparlerons.

Tout en parlant, il ne quittait pas Karen des yeux. Il ne pouvait pas être sérieux ! se disait-elle, le cœur tambourinant dans sa poitrine. C'est tout juste s'ils avaient échangé un chaste baiser pour se dire bonsoir. Comment pouvait-il sauter les étapes aussi vite ?

— Nous ferions mieux d'y aller, suggéra-t-elle d'une voix tremblante.

Elle caressa d'une main la joue de Daisy.

— Je t'aime, ma chérie.

Puis elle prit Mack dans ses bras et planta un baiser sonore sur la joue du gamin.

— Toi aussi, je t'aime, petit bonhomme. Je ne rentrerai pas tard, affirma-t-elle à l'intention de Frances.

— Amusez-vous bien, répondit Frances. Ne t'inquiète surtout pas.

Karen fit pratiquement irruption hors de la pièce tant elle avait hâte de dire à Elliott qu'il ne devrait pas faire le genre de promesses qu'il venait de faire à Daisy.

Cependant, à peine eurent-ils franchi la porte qu'il s'empara de sa main.

— Je pensais sincèrement ce que j'ai dit, déclara-t-il en plongeant son regard dans le sien. Un jour ou l'autre, nous parlerons mariage. Je sais ce que je veux, Karen. Ne t'inquiète pas, je ne suis pas pressé, je te laisserai tout le temps pour me rattraper.

Elle crut chavirer en entendant ces mots.

— Tu ne peux pas affirmer ça maintenant, protesta-t-elle d'une voix tremblante. C'est la première fois que nous sortons vraiment ensemble.

— Je sais déjà tout ce que j'ai besoin de savoir, affirma-t-il. Tes enfants, ta vie. Je sais désormais ce qu'est une famille avec toi. Qu'est-ce que je pourrais apprendre de plus important ?

— Que je suis une mère épouvantable, je fais pleurer mes enfants..., murmura-t-elle, encore honteuse de la scène dont il venait d'être témoin.

— Tu es beaucoup trop dure avec toi-même. Tu crois franchement être la première mère à se mettre en colère quand ses enfants font des bêtises ? Ma propre mère a une patience d'ange, pourtant je peux t'assurer que j'ai réussi à la pousser à bout plus d'une fois. Quant à mes sœurs, je les ai entendues élever la voix avec leurs enfants à de nombreuses occasions. Tu n'as pas perdu le contrôle ? demanda-t-il en la regardant droit dans les yeux.

Elle réfléchit. En effet, elle était restée maîtresse d'elle-même, cette fois.

— Tu as raison.

— Et voilà. Tu n'es pas une mère épouvantable. On est d'accord là-dessus ?

Elle sourit.

— Je suppose.

— Inutile de parler du reste pour le moment, ajouta-t-il en posant un doigt sur ses lèvres. Je voulais simplement que tu connaisses mes sentiments et mes intentions.

— Et moi, dit-elle, soucieuse, je veux que tu me voies telle que je suis : tout juste bonne à ramasser à la petite cuillère.

— Pourquoi dis-tu cela ?

— Parce que je ne veux pas que tu sois déçu par ce que tu vas découvrir de moi.

Elliott prit le menton de Karen et l'obligea à plonger les yeux dans les siens. Puis il déclara :

— N'essaie pas de me détourner de toi, ça ne marchera pas.

15

L'audience finale du divorce de Caroline et Brad Holliday allait enfin pouvoir se tenir. Helen était parvenue à accumuler assez d'informations sur les finances de Brad pour assurer à Caroline et à ses enfants un avenir confortable. Le seul bémol au tableau, elle en était pratiquement sûre, était que Brad allait ruer dans les brancards. Il était peu probable que Jimmy Bob ait réussi à se faire entendre de son client, qui se battrait jusqu'au bout pour tenter de récupérer chaque centime.

Tout le monde était assis dans la salle du tribunal, attendant que la séance commence. Helen pivota vers Caroline.

— Vous êtes prête pour ce qui va suivre ?

— C'est vraiment le dernier jour ? demanda Caroline d'une voix qui manquait d'assurance. Ils ont fini de nous faire des coups bas ?

— Je pense que, cette fois-ci, nous leur avons cloué le bec pour de bon. Jimmy Bob a fini par se rendre compte, en découvrant les documents révélant le capital caché de Brad, que son client ne lui avait pas tout dit. Si nous continuons à fouiller, Dieu seul sait ce que nous allons trouver. Jimmy Bob l'a très bien compris. Sans parler du juge Rockingham, qui était livide quand il a appris ce qui se passait.

Caroline déglutit avec difficulté, puis jeta un regard penaud vers Helen.

— Brad m'a appelée, hier soir.

En entendant cela, Helen dut faire un effort sur elle-même pour ne pas laisser éclater sa colère. Non pas qu'elle fût étonnée.

C'était exactement le genre de manigances d'un homme sur le point d'être plumé.

— Ah bon ? fit-elle d'une voix égale.

— Il voulait parler.

— De quoi ? s'enquit-elle en s'attendant au pire.

— D'une réconciliation.

Helen se mordit la lèvre.

— Et que lui avez-vous dit ?

Caroline se redressa sur son siège.

— Qu'il pouvait venir me parler s'il voulait, mais qu'il ne fallait pas qu'il s'attende à une réconciliation.

Avant qu'Helen n'eût le temps de pousser un soupir de soulagement, elle ajouta d'une voix timide :

— C'était ce qu'il fallait dire ?

— Vous seule pouvez répondre à cette question, Caroline. Qu'avez-vous ressenti en lui disant ça ?

— C'était horrible. Une part de moi se rappelait l'homme qu'il était, l'homme que j'ai aimé. Si cet homme-là pouvait revenir…

— Il n'existe plus, lui dit Helen d'une voix douce. Ce qui est certain, c'est que, personnellement, je n'ai jamais vu cet homme-là. Toutefois, Caroline, il n'est pas encore trop tard pour faire machine arrière, si vous avez des doutes. Croyez-vous sincèrement que votre mariage puisse être sauvé ?

Le regard de Caroline navigua jusqu'à son mari, assis à l'autre bout de la salle, penché vers Jimmy Bob. On aurait dit deux conspirateurs. Il leva les yeux et fixa Caroline d'un œil mauvais. Le message, apparemment, était clair. Caroline se raidit.

— C'était pour essayer de m'amadouer, n'est-ce pas ? murmura-t-elle, en plein désarroi. Brad s'est dit que si j'acceptais qu'il revienne pour quelques semaines, voire quelques mois, nous serions obligés de tout reprendre à zéro. Il voulait simplement gagner du temps, n'est-ce pas ?

— A votre avis ?

— Je viens de le lire dans ses yeux, avoua Caroline tristement. Il est furieux que ça n'ait pas marché. J'ai bien vu comment il a réagi quand je lui ai dit qu'une réconciliation ne m'intéressait pas. Il n'avait aucune intention de se rapprocher de moi hier soir, sinon il serait passé à la maison pour essayer de me convaincre. Il voulait seulement me faire fléchir, m'attendrir.

Helen lui prit la main, qu'elle pressa.

— N'est-ce pas une bonne chose que vous soyez assez perspicace pour déjouer tous ses plans ?

Caroline fusilla Brad du regard, puis pivota de nouveau vers Helen.

— Faites-le payer, qu'il me verse chaque centime auquel j'ai droit, déclara-t-elle fermement.

— Ce sera avec le plus grand plaisir, dit Helen en souriant.

Trois heures plus tard, après une séance épuisante, ils étaient enfin arrivés à établir les termes d'un accord, en dépit des protestations véhémentes de Brad, qui chicanait sur chaque cent. Heureusement, Jimmy Bob savait à quoi s'en tenir, il parvint à contrôler plus ou moins son client de façon à ce que celui-ci ne gêne pas trop le déroulement des procédures. Il dut, à plusieurs reprises, le remettre clairement à sa place, en le prévenant que son attitude ne faisait que l'enfoncer davantage et lui faire perdre des points.

— Elle n'aura pas un sou ! hurla Brad à un moment.

Le juge, qui visiblement commençait à perdre patience, le fit taire d'un regard noir.

— Dans ce cas, vous aurez à répondre d'outrage à magistrat ! Vous risquez la prison. Me suis-je exprimé assez clairement, monsieur Holliday ?

— Tout à fait, Votre Honneur, répondit Jimmy Bob en lançant un regard qui en disait long à son client.

Les yeux de Brad lançaient des éclairs. Le visage tout congestionné, les poings serrés, il semblait prêt à casser quelque chose.

Helen repensa aux menaces qu'il avait proférées et que Jimmy Bob n'avait pas prises au sérieux. Devrait-elle requérir un ordre de protection rapprochée, afin de soustraire Caroline à d'éventuelles violences de la part de Brad ? se demanda-t-elle. Elle se pencha vers sa cliente.

— Caroline, y a-t-il une possibilité que Brad décide de se venger sur vous, au vu des décisions du tribunal à son encontre ?

Caroline tressaillit, visiblement choquée.

— Non, répondit-elle aussitôt. Absolument pas.

— Je pourrais requérir un ordre de protection, insista Helen.

— Non, ce ne sera pas nécessaire.

Helen hocha la tête.

— Si vous êtes sûre. N'hésitez pas à m'en parler si vous changez d'avis.

Apparemment, le juge était sensiblement du même avis qu'Helen. Il devait craindre des retombées de violence de la part de son partenaire de golf, car il demanda à l'huissier d'appeler un policier pour escorter Brad hors du tribunal, et un autre, pour s'assurer que Caroline et Helen ne seraient pas accostées en sortant.

L'attitude du juge renforça les craintes d'Helen. Il ne fallait pas prendre cela à la légère.

— Est-ce que quelqu'un peut s'installer chez vous pendant quelques jours ? demanda-t-elle à Caroline. Je pense que vous ne devriez pas rester seule.

— C'est aussi mon avis, intervint Jimmy Bob à la grande surprise d'Helen. Mieux encore, allez chez des amis, Caroline, ou emmenez les enfants faire un petit voyage d'une semaine ou deux. Il vaut mieux laisser à Brad le temps de digérer tout ça. Il finira bien par se calmer mais, comme je le disais à Helen, il a l'air plutôt remonté en ce moment et parle un peu à tort et à travers. Bien sûr, ce ne sont peut-être que des paroles, cela n'empêche que, si j'étais vous, je me méfierais.

Helen acquiesça.

— C'est un bon conseil, Caroline.

Bien qu'hésitante, Caroline avait sa petite idée là-dessus.

— Tôt ou tard, il faudra bien que je l'affronte, argua-t-elle. Brad n'a jamais été violent.

— Il n'a jamais été acculé à de telles limites, auparavant. Mieux vaut attendre un peu, insista Jimmy Bob. Je le connais depuis longtemps et je ne l'ai jamais vu comme ça.

Il pivota vers Helen.

— Tu n'es pas très populaire non plus, ces temps-ci. Je t'ai dit qu'il avait une grande gueule, je sais. Seulement, mieux vaut prévenir que guérir. Fais attention à toi, d'accord ?

Il avait l'air vraiment inquiet, se dit Helen en frissonnant.

— Je ferai attention, promit-elle.

Elle passait pratiquement toutes ses nuits avec Erik désormais, soit chez elle, soit chez lui. Elle verrait avec lui si elle ne pouvait pas habiter chez lui le temps que Brad Holliday se calme et commence à envisager la situation de manière plus rationnelle.

— Et vous, Caroline ? insista-t-elle.

— Je pense que vous vous inquiétez pour rien, tous les deux. Brad est en colère, soit. Mais il ne m'a jamais fait de mal. Cela dit, histoire de vous rassurer, je vais aller rendre visite à ma sœur et rester chez elle une semaine ou deux. Cela fait un moment qu'elle me tanne pour que j'y aille et je n'ai pas pu jusque-là.

— Parfait, déclara Helen. N'oubliez pas de téléphoner au bureau et de laisser à Barbie un numéro où l'on puisse vous contacter. Voulez-vous que je vienne avec vous, le temps que vous fassiez votre valise ?

— Ce ne sera pas nécessaire, merci.

— Madame Decatur, je vais rester avec Mme Holliday, déclara le policier qui les avait escortées hors du tribunal.

— Merci, fit Helen.

Quoi qu'en dise Caroline, elle était plus de l'avis de Jimmy Bob. L'ex-femme de Brad était trop encline à son goût à chercher le bien en lui.

Elle regarda la voiture de Caroline s'éloigner, suivie de près de celle du policier. Rien à faire, elle ne pouvait pas s'empêcher d'être inquiète. Elle se tourna vers Jimmy Bob, qui ne semblait pas plus rassuré.

— Penses-tu que Brad puisse être vraiment dangereux ? lui demanda-t-elle.

— J'aimerais penser que nous réagissons de manière excessive, soupira-t-il. Le fait est que Brad a perdu beaucoup dans ce procès. Je ne parle pas seulement d'argent, son ego en a pris un coup sérieux. N'oublie pas comment tout cela a commencé, Brad tenant à prouver qu'il était encore un homme. Je vais être honnête avec toi, un homme dans l'état d'esprit dans où il se trouve ne va pas accepter ça de gaieté de cœur. Je te le répète, Helen, ajouta-t-il en l'étudiant attentivement, fais attention à toi.

Il paraissait si sérieux, si intense, qu'Helen ne put s'empêcher de frissonner. Ce n'était pas la première fois qu'elle se trouvait dans cette situation, elle avait même eu à gérer des divorces encore plus difficiles que celui-là. C'était la première fois pourtant qu'elle avait peur. Si Brad était aussi instable que Jimmy Bob et le juge Rockingham semblaient le penser, de quoi pouvait-il être capable ?

Sans proférer une parole, Helen était entrée au Sullivan juste avant l'heure de fermeture, elle avait serré Dana Sue dans ses bras et déposé un petit baiser sur la joue d'Erik. Dana Sue, perplexe, avait levé un sourcil inquisiteur.

— Ça va ? avait-elle lancé, étonnée de voir son amie si silencieuse.

Helen s'était contentée de hausser les épaules, elle allait bien, avait-elle affirmé, puis elle avait foncé vers l'évier et s'était emparée d'une éponge, avant de s'attaquer à la pile de casseroles et de plats empilés.

Non, décidément, elle n'était pas dans son état normal, se tourmentait Dana sue. Elle n'aurait jamais choisi cette tâche qu'elle détestait, surtout lorsqu'elle portait, comme ce soir-là, un de ses élégants tailleurs qu'elle réservait au tribunal. Elle n'avait même pas mis de tablier !

Elle se rapprocha d'Erik.

— Qu'est-ce qui lui arrive ? chuchota-t-elle.

Elle désigna du menton Helen, qui grattait comme une forcenée un plat particulièrement sale dans lequel avaient cuit des lasagnes.

— Je n'en ai pas la moindre idée, reconnut Erik. Je n'aime pas ça. Visiblement, quelque chose la tourmente. Ce n'est pas normal qu'elle soit si peu bavarde.

— Tu devrais partir, suggéra Dana Sue toujours à voix basse. Elle se confiera peut-être plus facilement à moi.

— Pas question !

Dana Sue sursauta et l'étudia attentivement.

— Erik, il s'est passé quelque chose entre vous. Dis-moi quoi.

— Nous sommes amis, fit-il sèchement. Si elle est contrariée à ce point-là, je ne partirai pas d'ici sans savoir pourquoi.

— Eh bien, moi non plus ! rétorqua Dana Sue.

Helen pivota alors vers eux, les fusillant tous deux du regard.

— Vous pouvez arrêter de faire des messes basses derrière mon dos ? Toi, Dana Sue, rentre chez toi.

— Quoi ? s'exclama Dana Sue, qui n'en croyait pas ses oreilles.

— S'il te plaît, supplia Helen. Je t'expliquerai demain.

Soudain, elle tourna vers Erik un regard angoissé, puis ajouta :

— Erik, il faut que tu accompagnes Dana Sue jusqu'à sa voiture.

— Je n'ai besoin de personne pour m'accompagner ! s'insurgea Dana Sue.

Un simple coup d'œil suffit à Erik pour voir qu'Helen était sur le point d'exploser.

— Prends ton sac, Dana Sue, dit-il. Je viens avec toi.

— Mais…

— Fais-le.

Il scruta Helen attentivement. Elle était tendue comme un arc. Un mot, un seul suffirait à la faire éclater. Dana Sue dut s'en rendre compte, elle aussi, car elle finit par hocher la tête.

Une fois dans le parking, elle jeta sur Erik un regard désemparé.

— Appelle-moi si tu as besoin de moi, dit-elle. Je n'aime pas ça. Je n'aime pas ça du tout.

— Moi non plus. Je te tiens au courant demain, je te le promets.

Elle lança un dernier coup d'œil vers le restaurant avant de grimper dans sa voiture. Elle n'avait pas fait trois mètres, qu'elle baissa sa vitre.

— Tu prends bien soin d'elle, tu me le jures ?

— Tu peux me faire confiance.

— Et attends-toi à un interrogatoire en règle. Je tiens à savoir pourquoi elle se tourne plutôt vers toi que vers ses deux meilleures copines.

Malgré la tension ambiante, il ne put contenir un léger sourire devant l'indignation de Dana Sue.

— Je me doutais bien que tu te sentirais exclue.

— Ça t'étonne ? Nous sommes amies depuis toujours !

— Crois-tu vraiment que ce soit le moment de se disputer l'amitié d'Helen ?

— Non, soupira-t-elle.

Sur ce, elle s'éloigna.

Quand Erik retourna dans la cuisine, Helen s'était déchaussée. Elle était effondrée sur un tabouret, les épaules basses, l'air abattu.

— Tu veux bien me dire ce qui t'arrive ? fit-il d'une voix douce.

— S'il te plaît, serre-moi fort.

Il s'approcha d'elle et la prit dans ses bras. On aurait dit un oisillon tombé du nid, tant elle tremblait.

— Allez, ma chérie, l'encouragea-t-il sans cacher son inquiétude. Que s'est-il passé pour te mettre dans cet état-là ?

— Le procès de Caroline Holliday s'est terminé aujourd'hui. J'ai obtenu une excellente décision en sa faveur, confia-t-elle d'une voix éteinte.

— C'est plutôt bien, non ?

— On pourrait le croire, n'est-ce pas ?

— Je suis un peu perdu, là… Tu peux m'expliquer ce qui te contrarie ?

— Son mari est sorti de ses gonds.

— En d'autres termes ?

— L'avocat, le juge, moi... Bref, nous pensons tous qu'il risque de se retourner contre Caroline pour se venger.

Elle leva les yeux vers lui. Il y vit ce qu'il n'y avait jamais vu auparavant. Il y vit de l'angoisse.

— Ou bien contre moi, ajouta-t-elle.

— Mon Dieu ! s'écria-t-il, alarmé. Alors, dis-moi ce que tu faisais à te balader toute seule dans les rues en pleine nuit !

— Je n'ai pas peur, insista-t-elle, tandis que tout chez elle affirmait le contraire. Je voulais juste te demander si tu pouvais m'héberger quelques jours. Tu sais, ça va se calmer, c'est l'affaire de quelques jours seulement.

— Bien sûr que tu peux venir chez moi !

— Ne va pas penser que je saisis l'occasion pour te forcer la main... et m'installer définitivement chez toi.

Erik soupira.

— Helen... Je vois bien que tu es terrorisée.

— Pas du tout, protesta-t-elle vigoureusement. Je prends juste des précautions.

— D'accord, acquiesça Erik avec un sourire. Disons que tu es prudente.

— Exactement. Le vrai courage, c'est la prudence.

— As-tu besoin de passer chez toi prendre quelques affaires ?

— Non, j'ai une valise de dépannage dans la voiture. Quelle ordure, ce type ! s'écria-t-elle, indignée.

— Et Caroline ? Elle est en sécurité ?

— Elle est partie chez sa sœur en emmenant les plus jeunes de ses enfants. L'aîné est à l'université. On peut espérer que Brad se sera calmé d'ici à leur retour.

Erik ne fut pas long à sauter aux conclusions : il ne restait plus qu'Helen dans la ligne de mire d'Holliday. Mauvaise nouvelle.

— Viens, lui dit-il. Rentrons.

*
* *

C'était incroyable !

Jamais Helen n'avait eu peur de qui que ce soit. Elle s'était toujours débrouillée toute seule. Cependant, l'attitude de Brad et la réaction de ses proches l'avaient fait paniquer.

Elle était rentrée chez elle après l'audience, bien déterminée à ne pas se laisser intimider par Holliday au point de fuir son appartement. Mais, sitôt la tombée de la nuit, le moindre bruit l'avait fait sursauter. Tout juste si elle n'avait pas peur de son ombre !

C'est alors qu'elle avait fait sa valise de dépannage et qu'elle avait filé au Sullivan.

— Tu as dîné ? demanda Erik tandis qu'elle finissait de ranger ses affaires dans le tiroir d'une commode qu'il avait libéré pour elle.

Elle avait accroché ses tailleurs dans la penderie presque vide, à côté de quelques chemises élégantes et de deux costumes habillés. Ses souliers — trois paires de ses escarpins préférés — étaient alignés sagement en bas du placard.

Quand elle eut presque fini de remplir le tiroir de lingerie, elle leva les yeux et croisa le regard d'Erik. Il était assis sur le lit, manifestement soucieux. Elle vint s'asseoir près de lui.

— Arrête de te faire du mauvais sang pour moi. Je suis sûre que Brad est bien trop malin pour tenter quoi que ce soit.

— Alors, dis-moi pourquoi tu as si peur.

— Pour tout t'avouer, je me sens vraiment bête. Je ferais mieux de rentrer chez moi.

— Pas question, fit-il d'un ton sans réplique. En tout cas, tu vas rester ici quelques jours, le temps de voir si ce type se manifeste. Je ferais peut-être bien d'aller lui toucher un mot.

Elle secoua la tête.

— Non, il risque de penser que toute la ville est dressée contre lui, ça risquerait d'envenimer la situation.

— Ça peut aussi avoir l'effet contraire : s'il a peur des représailles, cela l'obligera à se tenir tranquille. Les brutes de son acabit, en particulier ceux qui s'en prennent aux femmes, n'aiment pas qu'on leur tienne tête, surtout s'il s'agit de quelqu'un de plus grand et de plus fort qu'eux.

Elle lui décocha un sourire lumineux.

— Tu ne connais même pas Brad Holliday. Il est peut-être beaucoup plus fort que toi !

— C'est vrai, seulement tu ne m'as pas vu quand je suis en colère, je peux être terrifiant !

Il lui jeta un regard en coin, ses lèvres s'étirant en un petit sourire timide.

— Il est beaucoup plus fort que moi ?

— Non. Mais ce que j'adore, c'est que tu étais prêt à l'affronter de toute façon. Ce que j'adorerais encore plus à ce moment précis, c'est quelque chose à me mettre sous la dent. Tu n'as pas parlé de dîner, il y a une seconde ?

— Dis donc, tout ça ne serait pas une tactique pour te faire nourrir aux frais de la princesse, par hasard ?

— Non, si tu me fais la cuisine, c'est juste un bonus. Qu'est-ce que tu as de bon dans ton réfrigérateur ?

Il leva un sourcil.

— Quelque chose en particulier ?

— Quelque chose de chocolaté ?

— Tu veux commencer par le dessert ?

— D'abord le dessert, et puis toi.

L'effet fut immédiat. Les yeux d'Erik brillèrent soudain d'un désir fou, emplissant Helen d'euphorie. Elle plongea son regard dans le sien et ajouta :

— D'ailleurs, ce programme me paraît le plus efficace pour me faire oublier Brad Holliday en un tournemain.

Il lui effleura la joue d'un doigt et lui glissa une mèche de cheveux derrière l'oreille.

— Cette crise requiert-elle un *hot fudge sundae*, ou bien un brownie fera-t-il l'affaire ?

— Les deux, mon colonel ! D'accord, ajouta-t-elle en voyant son étonnement, je reconnais que j'ai une furieuse envie de chocolat depuis ce matin.

— Et de moi ?

— Ces temps-ci, j'ai envie de toi vingt-quatre heures sur vingt-quatre, sept jours sur sept.

— J'aime voir que tu me places légèrement plus haut qu'un *hot fudge sundae*, dit-il en posant ses lèvres sur les siennes.

Quand il lui permit enfin de reprendre son souffle, son corps tout entier était enflammé de désir.

— Le *sundae* pourra peut-être attendre, murmura-t-elle en l'attirant contre elle.

Elle commençait à savoir parfaitement bien jongler avec ses priorités.

Helen arriva au bureau à 8 heures du matin, escortée, qu'elle le veuille ou non, par Erik, qui refusa purement et simplement de la laisser partir seule. Même si c'était inattendu et pas foncièrement désagréable d'avoir un chevalier servant et de se faire chouchouter ainsi, elle savait bien qu'elle s'en lasserait très vite. Elle était tellement habituée à se débrouiller toute seule !

Cela ne faisait pas plus d'un quart d'heure qu'elle s'était assise à sa table de travail, que Maddie et Dana Sue firent tout à coup irruption dans son bureau, lui infligeant la peur de sa vie.

— Qu'est-ce qui vous prend ? s'écria-t-elle, furieuse, tout en essayant de reprendre possession de ses esprits.

— C'est la question que nous sommes venues te poser, déclara Dana Sue sans préambule.

Elle s'assit en face d'Helen et la fixa.

— Je veux savoir pourquoi tu étais dans cet état-là, hier soir, et je ne partirai pas avant que tu m'aies répondu, reprit-elle d'un ton ferme.

— Et aussi pourquoi tu as choisi de te tourner vers Erik et non pas vers nous, ajouta Maddie.

Dana Sue fit oui de la tête vigoureusement.

— C'est d'ailleurs la question qui m'interpelle le plus, dit Dana Sue. J'ai appelé chez toi jusqu'à 3 heures du matin. Où étais-tu hier soir, après être partie du Sullivan ? Je t'en supplie, dis-moi que tu étais en train de passer une nuit torride à faire follement l'amour avec Erik ?

Helen se rembrunit. Que c'était pénible d'avoir une amie aussi perspicace ! Incapable de lui mentir effrontément, elle prit le parti de contourner le problème de son mieux.

— Dis-moi d'abord en quoi ça te regarde.

— Tu ne t'es pas gênée pour mettre ton nez dans nos affaires, intervint Maddie. Maintenant, c'est à notre tour. Y a-t-il quelque chose entre Erik et toi ?

Elle les gratifia toutes deux d'un regard désapprobateur.

— Vous voulez vraiment le savoir ? Eh bien, si on vous le demande, vous direz que vous n'en savez rien ! Voilà, c'est comme ça.

En entendant ces mots, Dana Sue eut un sourire radieux.

— C'est ça, n'est-ce pas ? lança-t-elle d'un air triomphant. Tu refuses de l'admettre — ce que j'ai du mal à m'expliquer d'ailleurs —, mais vous êtes ensemble ! Je sais que j'ai raison. J'ai tout de suite compris quand Erik est devenu tout chose et a pris ta défense, hier soir !

— Si c'est vrai, dit Maddie, pourquoi est-ce que tu refuses de l'admettre ?

— Je ne confirme rien.

— Tu ne le nies pas non plus ! rétorqua Dana Sue. Je le savais ! J'ai toujours dit que vous feriez un couple idéal, tous les deux. Pourquoi le cacher ? Parce que tu as peur qu'Erik ne soit pas assez bien pour toi ? Bien sûr, ce n'est pas un avocat renommé ou quelqu'un dans ce genre.

Comment l'une de ses meilleurs amies pouvait-elle penser une chose pareille ? s'insurgea Helen, horrifiée.

— Pas du tout ! s'indigna-t-elle. Je ne suis pas snob et je ne l'ai jamais été ! Ça m'étonne franchement venant de toi, tu es la première à savoir qu'Erik est un type formidable !

— Tu as vu comme elle s'est précipitée pour le défendre ? fit Dana Sue à l'intention de Maddie. Je dirais que c'est une preuve irréfutable.

Maddie, elle, ne semblait pas convaincue.

— Je déteste te décevoir, Dana Sue, malheureusement, j'ai bien peur que ce ne soit pas aussi simple que ça.

— Ne sois pas ridicule, intervint aussitôt Helen.

Elle craignait que son amie ne pressente qu'il y avait anguille sous roche. Cela ferait un scandale du diable et risquerait de tout gâcher.

— Peut-être qu'Erik et moi..., reprit-elle d'un ton hésitant. En supposant qu'il y ait quelque chose entre nous, je ne tiens pas à ce que vous vous mêliez de ça, voilà tout.

— C'est tout à fait raisonnable, dit Dana Sue. D'autant plus qu'il travaille pour moi. D'accord, reprenons à zéro : dis-nous ce qui s'est passé hier soir pour que tu sois dans un tel état ?

Helen leur raconta les contrecoups du divorce Holliday.

— Il y a un risque, minime certes, pour que Brad cherche à se venger d'une manière ou d'une autre, conclut-elle. J'ai un peu paniqué hier soir, en entendant Jimmy Bob me réciter sa litanie de mises en garde, entre nous il y avait de quoi. Je devais être fatiguée et je me suis affolée pour rien. Ce matin, ça va beaucoup mieux.

— Je suppose qu'Erik a dû s'affoler aussi, dit Dana Sue. Il est terriblement protecteur. Il suffit de voir comment il veille sur Annie ou moi, en particulier sur chaque bouchée que j'avale. Au bout d'un moment, ça devient lassant, mais c'est très mignon quand même.

Helen repensa à la façon dont il tournicotait dans son bureau le matin même, refusant de partir jusqu'à ce qu'elle soit obligée de le mettre littéralement à la porte. Et encore, elle dut lui promettre de s'enfermer à clé en attendant l'arrivée de Barb ! Chacune des Sweet Magnolias ayant les clés des autres, Maddie et Dana Sue avaient pu entrer grâce aux leurs.

— Ça doit être pour ça qu'il est encore dans le parking, dit Maddie en réprimant un sourire.

Helen la dévisagea, éberluée.

— Erik est encore dehors ?

Elle alla jusqu'à la fenêtre et jeta un coup d'œil. Pas de doute ! Il était bien derrière son volant, faisant semblant de lire le journal, histoire de se donner une contenance. Elle secoua la tête.

— C'est ridicule ! Je croyais qu'il était parti. Je vais descendre et lui…

— Tu ne fais rien de tel, l'interrompit Maddie. S'il le fait, c'est qu'il le veut bien. En outre, je ne suis pas persuadée que tu sois aussi en sécurité ni aussi invincible que tu as l'air de le penser. On ne sait jamais ce que certains hommes sont capables de faire, quand ils n'ont plus rien à perdre.

— C'est également mon avis, opina Dana Sue. Entre nous, reprit-elle avec un grand sourire, il y a beaucoup de femmes qui seraient ravies d'avoir comme chevalier servant quelqu'un comme Erik. Profites-en pendant qu'il est temps. Qui sait où cela pourra mener ?

— Fais attention quand même, intervint Maddie en la dévisageant. Et je ne parle pas seulement de Brad Holliday.

Helen tressaillit sous l'intensité de son regard. Une fois encore, elle eut la certitude que Maddie avait percé son secret à jour et qu'elle n'appréciait pas particulièrement ce qu'elle était en train de faire avec Erik.

Si Maddie pensait qu'elle se conduisait abominablement en se servant d'Erik pour avoir son bébé, qu'allait dire Dana Sue en l'apprenant ? Elle serait folle de rage ! Pourvu, Seigneur, se dit-elle, paniquée, que cela ne sape pas de façon irrémédiable leur amitié de toujours, leur amitié si précieuse !

16

Il y avait comme un air de fête au Sullivan, ce soir-là. La tension qui, d'ordinaire, accompagnait la préparation des repas les soirs où la salle était pleine de clients, était absente. De fait, le restaurant était fermé au public. Aucune réservation n'avait été acceptée et un panneau sur la porte indiquant qu'il s'agissait d'une soirée privée décourageait d'éventuels clients.

— Vous pensez qu'elle est au courant ? murmura Tess à Dana Sue.

Erik sourit.

— Vous pouvez être tranquille, Helen sait.

— Comment peut-elle savoir que nous sommes en train de lui préparer une soirée surprise pour son anniversaire, à moins que tu n'aies vendu la mèche ? s'écria Dana Sue, légèrement contrariée.

— Attends, ne t'emballe pas ! C'était mon idée, n'oublie pas, pourquoi irais-je tout raconter ? Non, je dis simplement qu'on ne peut pas cacher quelque chose longtemps à Helen, elle est bien trop maligne pour ça ! Elle est très observatrice et, aussi, de nature méfiante. Sans compter que pour ce qui est de garder un secret, toi et Maddie..., ajouta-t-il avec un sourire qui en disait long.

— Alors là, je ne suis pas d'accord, s'insurgea Dana Sue. Il y a beaucoup de choses que je sais sur Helen et que je garde pour moi depuis des années.

— Ah, tiens donc ? Quoi, par exemple ? s'enquit Erik, intrigué.

— Non, non, non, espèce de monstre ! s'écria Dana Sue

en fronçant les sourcils. Tu ne crois quand même pas que tu vas parvenir à me faire divulguer les sombres secrets d'Helen ! Demande-lui directement, si ça t'intéresse tant que ça !

— Helen détient donc de sombres secrets ? Tiens, tiens, tiens... Comme c'est intéressant.

Ce serait un bon sujet à aborder beaucoup plus tard, ce soir même par exemple, lorsqu'il serait parvenu à bien la détendre et à lui changer les idées, art en quoi il était passé maître.

Dana Sue posa sur lui un regard soupçonneux.

— Tu n'as pas intérêt à lui dire que je t'en ai parlé ! Je ferais peut-être bien de la prendre entre quat'z-yeux, je te connais toi et tes manigances !

Le regard fasciné de Tess navigua d'Erik à Dana Sue pour se poser enfin sur Erik.

— Il se passe quelque chose entre vous et Mme Decatur ? fit-elle, curieuse.

Erik cilla. Tess était bien la seule à ne pas s'en apercevoir, cela devait faire des semaines que Dana Sue et Maddie avaient compris, songea Erik, surtout depuis qu'Helen avait emménagé chez lui. Dana Sue, en outre, n'avait pas abordé le sujet, ce qui signifiait qu'elle avait décidé de mettre ses talents d'entremetteuse en veilleuse. Se doutait-elle, toutefois, qu'ils s'étaient mis d'accord de ne pas s'engager l'un envers l'autre ? Si jamais elle venait à l'apprendre, elle ne le lâcherait pas d'une semelle.

— Nous sommes simplement amis, dit-il à Tess.

En entendant le ton sans réplique employé par Erik, Dana Sue réprima un sourire.

— C'est comme ça que ça s'appelle de nos jours ? fit-elle, amusée. Des amis avec certains privilèges, peut-être ?

— Pousse-toi de là, ordonna-t-il sur un ton de colère feinte. Tu me gênes.

— Non, je n'ai pas l'intention de te lâcher et tu détestes ça, rétorqua-t-elle joyeusement. Pour l'instant, je vais aller voir dans la salle comment Maddie et Jeanette s'en sortent avec les décorations.

Quand elle fut sortie, Tess continua à étudier Erik attentivement.

— Vous et Mme Decatur… C'est vrai, je crois que vous vous complétez bien.

Il était temps de remettre les pendules à l'heure, se dit Erik. Il ne fallait surtout pas qu'elle aille s'imaginer qu'Helen et lui s'étaient engagés dans une relation sérieuse.

— Nous sommes diamétralement opposés, Tess. Cela ne pourra jamais marcher à long terme.

Elle secoua la tête.

— Vous vous trompez. Les gens ont dit la même chose de Diego et de moi, et nous nous entendons si bien ! D'ailleurs, ajouta-t-elle, le visage illuminé d'un sourire radieux, nous nous entendons très, très bien ! Je ne pourrai jamais assez remercier Mme Decatur.

— Elle était heureuse de pouvoir le faire, Tess.

A cet instant, la porte s'ouvrit brutalement, livrant passage à Karen, suivie de près par une sorte de géant qu'Erik n'avait jamais vu auparavant.

— Erik, Elliott Cruz, déclara Karen sans s'arrêter. Vous ferez connaissance plus tard, j'ai une mission urgente à accomplir. Dana Sue veut que je remplace les serviettes vertes par des roses et ça ne peut pas attendre !

Erik pouffa.

— Dis-lui que si elle tient absolument à faire un décor pour midinettes, nous les hommes, on vous laisse tomber !

— Dites-le-lui vous-même si vous avez le courage ; moi, je vais chercher les serviettes roses !

— Je sais où elles sont. Viens, je vais te montrer, dit Tess en l'entraînant vers le placard à linge.

Elliott suivit des yeux Karen tandis qu'elle sortait de la pièce. Quand ils se retrouvèrent seuls, Erik étudia Elliott attentivement.

— Elliott Cruz, articula Erik pensivement. Ce nom me dit quelque chose.

Elliott détacha enfin son regard de la direction où Karen avait disparu.

— Je suis l'entraîneur du Club du Coin. C'est comme ça que j'ai rencontré Karen.

— Et maintenant, vous avez le béguin pour elle.

Elliott tourna vers lui un œil empreint d'ironie.

— On peut dire ça. Nous sortons ensemble depuis plusieurs semaines.

— Ah ! je comprends mieux maintenant pourquoi elle a recouvré le sourire, conclut Erik.

Puis son expression changea.

— Vous êtes sérieux, j'espère ? fit-il d'un ton protecteur. Parce que si, pour vous, c'est un jeu, elle peut s'en passer. Elle a assez souffert comme ça.

— Oh ! je suis sérieux, répliqua Elliott sans hésitation. C'est Karen qui refuse de parler d'avenir. Elle s'est mis dans la tête que je ne sais pas à quoi je m'engage.

— Et vous, vous le savez ? s'enquit Erik.

L'homme était sympathique, songeait-il. Il aimait son honnêteté, sa franchise. Ce n'était pas toujours facile d'exposer ainsi ses sentiments, lui-même l'avait fait une fois. Il n'était pas près de recommencer !

— C'est difficile à dire, elle fait tout ce qu'elle peut pour me dégoûter. Mack a traversé une période pendant laquelle il a régressé, il a fallu lui faire refaire tout son apprentissage de la propreté, eh bien, Karen m'a chargé de la tâche.

Erik faillit éclater de rire. Karen ne lui en avait pas parlé.

— Comment ça s'est passé ? Je suis curieux.

Elliott haussa les épaules.

— Vous savez, j'ai cinq neveux et nièces. J'en ai parlé à mes sœurs, c'était du gâteau. Il y a eu aussi le jour où nous sommes tous allés à la fête foraine et Daisy s'est tellement gavée qu'elle a été malade comme un chien. Aucun problème. Et puis l'anniversaire de Daisy, lorsque Karen a disparu et m'a laissé pendant un quart d'heure m'occuper d'un troupeau de gamins de six ans excités en train de jouer à colin-maillard. Il ne faut pas non plus oublier le jour où j'ai dû emmener Mack aux urgences : il s'était coupé le genou sur un morceau de verre au parc. Vous voyez ce que je veux dire, conclut-il en soupirant, je n'ai pas besoin de vous faire un dessin.

— Karen n'a tout de même pas organisé tout ça, juste pour vous ?

— Non, bien sûr. Seulement, je peux vous assurer que chaque incident était un test.

— Et vous vous en êtes tiré comment ?

Elliott haussa les épaules.

— C'est la vie. Avec les enfants, il faut s'attendre à tout, on fait face et voilà.

Elliott avait l'air de prendre ça avec tant de désinvolture, tant d'aisance, qu'Erik en était quelque peu envieux. Lui aussi avait des neveux et nièces, c'était d'ailleurs l'une des raisons pour lesquelles il ne voulait pas d'enfants. Après une journée avec ces petits diables âgés de trois à douze ans, adorables, certes, mais terriblement turbulents, il était bien content de rentrer chez lui et de pouvoir se jeter sur son lit sans craindre que son sommeil ne soit interrompu par l'une des innombrables crises dont ils étaient spécialistes. Il fut un temps, lorsque Sam vivait encore, où il n'aurait pas nourri de telles pensées. C'était différent, alors, elle aurait été là avec lui, pour partager les joies et les soucis. Désormais, c'était très bien comme ça.

Avant qu'il ait pu répondre quoi que ce soit, Karen et Tess étaient de retour, les bras chargés de serviettes de table roses. Karen tourna le visage vers Elliott.

— Viens me donner un coup de main pour les plier.

Elliott plissa les yeux.

— Ne compte pas sur moi pour faire des petits cygnes ni des petites roses, prévint-il.

Karen sourit.

— On verra, quand j'en aurai fini avec toi.

Elliott jeta par-dessus son épaule un regard penaud vers Erik, avant de suivre Karen en direction de la salle à manger.

« C'est son problème », songea Erik en le regardant s'éloigner.

Il en venait presque à vouloir être aussi épris d'Helen qu'Elliott l'était de Karen. Ce qui existait entre Helen et lui était purement et simplement sexuel.

Oui, mais c'était divin ! Certaines nuits, lorsqu'ils se trouvaient enlacés, épuisés, rassasiés dans son lit défait, il avait du mal à imaginer la vie sans elle. Il avait le béguin, c'était tout. Un de ces jours, il allait devoir renoncer à tout cela, s'il ne tenait pas à être entraîné sur une pente dangereuse. Il n'était pas près de risquer son cœur une fois de plus.

Helen en avait terminé avec ses paperasses. Il était temps de tirer un trait sur la journée. Elle était sur le point de sortir de son bureau, lorsque Barb glissa la tête dans l'entrebâillement de la porte.

— Vous avez fini ? s'enquit la secrétaire.

— Oui, ce n'est pas trop tôt !

— Alors, je vous invite à boire un verre, suggéra Barb.

Helen s'étonna.

— Ne devriez-vous pas plutôt rentrer chez vous ?

— J'ai le temps. Allons trinquer pour votre anniversaire. J'ai un cadeau, je vous le donnerai là-bas.

Helen la dévisagea, les yeux écarquillés, puis jeta un regard sur le calendrier. C'était bien son anniversaire ! Elle avait complètement oublié qu'elle avait quarante-trois ans aujourd'hui ! Il n'y avait pas grand-chose à célébrer, depuis le temps qu'elle attendait un signe lui annonçant qu'elle était enceinte et que rien ne venait ! Plus les jours passaient, plus elle se sentait découragée. Bientôt, ce serait trop tard. Alors, le cœur n'y était franchement pas.

— Je ne sais pas…

— Allons, allons, pas d'excuse ! l'interrompit Barb. On ne peut pas laisser passer un anniversaire sans le fêter. En outre, je sais très bien que vous n'avez rien prévu ce soir, sinon vous m'en auriez parlé.

— Bon, d'accord, concéda Helen à contrecœur. Juste un verre, alors.

Pourquoi pas après tout ? se dit-elle. Elle n'avait pas bu une goutte d'alcool depuis pas mal de temps, au cas où elle se serait trouvée enceinte. A quoi bon ? Les chances étaient si faibles. Elle avait bien droit à un verre de champagne pour marquer l'occasion.

— Où voulez-vous aller ? fit-elle à Barb en attrapant son sac.

— Il n'y a qu'un seul endroit à Serenity assez chic pour célébrer dignement un anniversaire, c'est le Sullivan, insista Barb. Pourquoi ne pas y rester dîner, d'ailleurs ?

— D'accord.

Bizarre, songea Helen, elle n'avait pas eu de nouvelles de Dana Sue ni de Maddie de toute la journée. D'habitude, elles étaient les premières à lui souhaiter son anniversaire. Evidemment, elles étaient tellement prises en ce moment, qu'il n'y avait rien d'étonnant à ce qu'elles aient oublié. Quand même, elles étaient ses meilleures amies ! Ce n'était jamais arrivé qu'elles laissent passer un seul anniversaire, depuis le temps qu'elles se connaissaient. Et voilà, cela montrait combien elles s'étaient négligées ces dernières semaines, en grande partie par sa faute. Elle avait tout fait pour les éviter, afin de ne pas avoir à être bombardée de questions sur sa relation avec Erik.

Comme d'habitude, le parking était plein à craquer. Helen finit quand même par trouver une place dans la ruelle, derrière.

— Nous pouvons passer par la cuisine, proposa-t-elle.

Barb fronça les sourcils.

— Je ne pense pas que Dana Sue apprécierait de nous voir traverser sa cuisine un soir où il y a autant de clients, objecta-t-elle. Faisons plutôt le tour par-devant.

Helen commença à discuter, puis choisit de se taire. Barb n'avait peut-être pas tort. Elle connaissait assez le chaos qui pouvait régner dans les entrailles du restaurant les soirs où il y avait foule, pour l'avoir pratiqué.

Une fois arrivée à la porte principale, Barb la poussa et la tint ouverte pour laisser passer Helen. A peine eut-elle fait un pas à l'intérieur qu'elle fut accueillie par un concert d'applaudissements et de lumières éclatant de partout, tandis qu'une foule de voix s'élevaient à l'unisson, au moins une centaine, criant :

— Surprise !

Pressant ses mains contre sa bouche sous le choc, elle pivota sur ses talons.

— Vous étiez au courant ? lança-t-elle à Barb sur un ton de colère feinte.

— J'étais un rouage indispensable du mécanisme, acquiesça-t-elle avec un sourire entendu. Je dois bien être, à vos yeux, la dernière personne susceptible de vous entraîner dans un piège, n'est-ce pas ? fit-elle, visiblement très contente d'elle-même.

— Vous n'êtes qu'une dissimulatrice ! accusa Helen tout en la serrant dans ses bras. Merci.

— Ne me remerciez pas. Ce n'est pas moi qui ai eu l'idée.

— Tu as vraiment été surprise ? lancèrent Dana Sue et Maddie de concert.

— Je tombe des nues ! Je n'arrive pas à croire que vous ayez fait ça, vous deux. J'étais un peu triste, justement, parce que je pensais que vous aviez oublié.

— Ce qui te surprend le plus, c'est que nous ayons réussi à monter tout, sans que tu n'aies le plus petit soupçon, déclara Maddie. Tu ne croyais quand même pas que nous allions laisser passer un tel événement ? Tu dois nous connaître mieux que ça, non ?

— Je croyais.

— Au fait, ce n'est pas nous que tu devrais remercier, ajouta Dana Sue. L'idée vient surtout d'Erik.

Helen balaya la pièce du regard, jusqu'à ce qu'elle découvre Erik, debout devant la porte de la cuisine, à l'autre bout de la salle.

— C'est toi ? articula-t-elle silencieusement avec les lèvres en le pointant du doigt.

Il se contenta de hausser les épaules, puis hocha la tête d'un air penaud.

— Comment savait-il que c'était mon anniversaire ? demanda-t-elle à Dana Sue.

— Il m'a dit qu'il avait vu ta date de naissance sur ton permis de conduire, le jour où tu avais laissé ton portefeuille chez lui. Voilà encore une autre histoire que j'aimerais bien élucider. Je sais que tu es restée chez lui à cause de Brad Holliday. Ça, à la rigueur, c'est acceptable. Mais oublier quelque chose ? C'est dur à avaler.

— Je suis bien d'accord, intervint Maddie. Pour le moment, entre et va dire bonjour à tout le monde.

La salle était remplie d'amis, d'anciennes clientes, de collègues de travail, avocats et juges, y compris le juge Rockingham et Jimmy Bob West, qui, lui, faisait de son mieux pour éviter de se trouver sur le chemin de Tess.

— Tu n'as pas eu de problèmes avec Brad ? demanda-t-il lorsqu'elle s'approcha enfin de lui pour le saluer.

— Pas jusque-là. Cela fait deux semaines maintenant, il a peut-être commencé à se calmer...

— Je n'en mettrais pas ma main à couper, dit Lester Rockingham. Il ne veut toujours pas jouer au golf avec nous. Pour tout vous avouer, il refuse mes appels. S'il considère que Jimmy Bob et moi-même l'avons trahi, que doit-il ressentir à votre égard ? J'aime mieux ne pas y penser.

Tandis qu'il parlait, Erik s'était rapproché, juste à temps pour entendre la mise en garde du juge.

— Vous croyez vraiment que ce type peut être dangereux pour Helen ? demanda-t-il aux deux hommes.

— Je dirais simplement qu'elle ferait bien de se méfier, répondit Jimmy Bob.

— Pourquoi ne pas le jeter en prison ? insista Erik.

— Sous quelle inculpation ? Nous n'avons rien de concret contre lui, dit le juge. Il n'a même pas proféré de menaces directes, il n'a rien fait de mal, en réalité. C'est juste une impression que nous avons, Jimmy Bob et moi, quelque chose qui nous dit qu'un jour ou l'autre il va y avoir des retombées. J'ai entendu dire qu'il passe son temps chez lui, à boire et à ruminer. Il est convaincu de s'être fait léser par la Cour et, en particulier, par Helen. Je n'aime pas trop ça.

Erik contempla Helen en fronçant les sourcils.

— Si c'est le cas, il n'est pas question que tu réintègres tes pénates pour l'instant. C'est sans appel.

Jimmy Bob hocha la tête, sans pour autant dissimuler une légère surprise.

— Pour moi, c'est évident. Il ne faut pas que tu restes seule, et c'est important que tu sois quelque part où il n'aura pas l'idée de venir te chercher.

Bon sang, songea Helen, contrariée. Combien de personnes encore allaient-elles savoir où elle s'était réfugiée ? Si elle se retrouvait enceinte, cela en ferait autant qui connaîtraient la vérité. Ils se poseraient tous inévitablement des questions et, si elle n'épousait pas Erik, lui donneraient le mauvais rôle, sans chercher plus loin. C'était précisément ce qu'elle cherchait à éviter. Il n'y avait pas de raisons qu'il soit considéré responsable de ce qui, après tout, était sa décision à elle et elle seule.

— Je vais y réfléchir, déclara-t-elle à la cantonade. En attendant, je vais aller dire bonjour aux autres.

Elle s'éloigna, Erik sur les talons.

— Pourquoi es-tu devenue toute chose là, tout de suite ? C'est parce que j'ai dit que tu habitais chez moi ?

— Je croyais que nous nous étions mis d'accord sur le fait que moins de gens seraient au courant, mieux ce serait, répondit-elle en éludant la véritable raison de son désir de discrétion. Tu veux que Brad sache où me trouver ?

Sa réaction eut l'effet escompté. Erik eut tout à coup l'air coupable.

— Je n'avais pas pensé à ça, reconnut-il. En même temps, ce n'est peut-être pas si mal qu'il sache que quelqu'un te protège.

— Il ne faut pas trop compter là-dessus.

Elle se dressa sur la pointe des pieds et déposa un baiser sur sa joue, avant d'ajouter :

— Merci d'avoir organisé cette soirée. C'est la première soirée surprise de ma vie !

— Vraiment ?

— Je suis bien trop curieuse, j'ai toujours deviné.

— Si cela avait été le cas, j'aurais mis la faute sur Dana Sue et Maddie. Je ne pense pas qu'elles sachent très bien garder un secret.

— Elles sont nulles, tu veux dire. Ce qu'il y a, c'est que je ne les ai pas beaucoup vues, ces deux dernières semaines. J'étais prise ailleurs…

— Ah bon ? fit-il en l'attirant contre lui. Prise… de façon agréable ?

— De façon extraordinaire, répliqua-t-elle en lui offrant sa bouche.

Lorsqu'il la relâcha enfin, il la dévisagea intensément.

— C'est la première fois que tu m'embrasses, je veux dire que tu m'embrasses vraiment, en public.

— C'est mon anniversaire. J'ai le droit de faire ce que je veux, sans m'inquiéter de rien. Oh ! et puis, de toute façon, la plupart des gens ici présents se sont doutés qu'il se passait quelque chose entre nous. Autant l'admettre au grand jour, en tout cas, avec les amis. Cela n'a pas été évident de le garder pour nous.

— Et Brad ?

— Personne ici n'ira lui raconter.

Le regard d'Erik navigua jusqu'à l'autre bout de la pièce, où il croisa ceux de Dana Sue et de Maddie, qui les contemplaient avec beaucoup d'intérêt.

— J'espère que tu es prête à faire face aux conséquences de ta nouvelle approche d'ouverture, reprit-il. De fait, en voilà deux, et non des moindres, qui ont l'air de vouloir s'entretenir avec toi. Je crois que je vais faire un tour dans la cuisine pour mettre les dernières touches à ton gâteau.

— Poule mouillée ! lança-t-elle après lui, tandis qu'il s'éloignait à grands pas.

Il rit et gloussa en imitant un poulet, avant de disparaître.

— Allez-vous, oui ou non, admettre ce qui se passe entre vous ? déclara Maddie.

— Je ne vois pas du tout de quoi tu parles.

— Arrête, ça ne marche plus ! Toi et Erik, vous avez une aventure ensemble, c'est clair. Ce que je voudrais savoir, c'est quand vous allez passer à l'étape suivante.

— Qui est... ?

— Le mariage, répondit Dana Sue.

Helen secoua la tête.

— Ce n'est pas à l'ordre du jour, rétorqua-t-elle d'un ton sans réplique.

— C'est ridicule ! fit Maddie.

— Pourquoi diable ne voudrais-tu pas épouser un homme comme Erik ? s'étonna Dana Sue. Il est parfait pour toi.

— Ce soir, c'est la fête, rétorqua Helen. Je n'ai pas l'intention de discuter de ma vie amoureuse avec vous à ce moment précis.

— Demain, alors, dit Dana Sue. Sois à 8 heures au Club, sinon, c'est nous qui viendrons te chercher. Tu riras moins, si nous te trouvons au lit avec Erik !

Sur ce, elles s'éloignèrent. Helen les suivit du regard, en soupirant. Son plan n'était visiblement pas aussi génial qu'elle l'avait tout d'abord cru. Il commençait à lui échapper des mains. Dana Sue et Maddie allaient la bombarder de questions plus pointues les unes que les autres, qu'elle aurait bien du mal à éluder. Il n'y avait aucun moyen d'y échapper.

Karen voyait bien qu'Elliott s'intégrait parfaitement parmi les invités de la soirée. Bien sûr, c'était normal dans un sens, puisqu'il travaillait avec Helen, Maddie et Dana Sue au Club du Coin. Mais il avait bien accroché aussi avec Cal, le mari de Maddie, et avec Ronnie, celui de Dana Sue, et même avec le Diego de Tess. Elle l'avait aussi vu parler longuement dans la cuisine avec Erik.

Cela aurait dû la rendre heureuse. Elle avait beau être employée par Dana Sue, elle considérait tous ces gens comme ses amis. Pour la première fois de sa vie, elle se sentait soutenue et savait qu'elle allait enfin s'en sortir toute seule. Pouvait-elle risquer de perdre cette indépendance si chèrement payée, en se lançant dans une relation qui n'offrait aucune garantie ? Pouvait-elle être certaine que cet homme ne l'abandonnerait pas un jour, comme son ex-mari l'avait fait ?

— Je te trouve très silencieuse, dit Elliott tout en la raccompagnant chez elle. Tu ne t'es pas amusée à la soirée ?

— Oh, si ! J'ai adoré voir la tête d'Helen quand elle est entrée, c'était merveilleux ! Elle était vraiment surprise.

— Visiblement, elle a beaucoup aimé la photo que tu lui as donnée de Daisy et Mack. Elle était émue jusqu'aux larmes.

Karen repensa à l'incident.

— J'espère que c'était des larmes de joie, dit-elle, pensive. Je n'en suis pas si sûre.

— Qu'est-ce qui te fait dire ça ?

— Juste une impression que j'ai. Je crois qu'elle rêve d'avoir des enfants.

— Dans ce cas, ça va peut-être se faire avec Erik. Il y a quelque chose entre eux, c'est évident.

— C'est certain que le courant a l'air de bien passer, reconnut-elle.

Il lui jeta un coup d'œil furtif.

— Comme entre nous !

Elle fronça les sourcils une fois de plus.

— Elliott, je t'en prie. Je ne tiens pas à parler de nous.

Cette fois-ci, il n'allait pas se laisser faire, décida-t-il.

— Pourquoi, Karen ? Ça marche bien entre nous, ça marche même très, très bien.

C'était la vérité. Avec les enfants, il était épatant. Avec elle, doux et gentil, plein d'attentions. Pourtant, l'idée de s'abandonner aux sentiments qu'elle sentait émerger au fond de son être l'effrayait plus que tout.

Elle lui prit la main.

— Je ne sais pas comment te le dire et ça me désole. Je t'aime bien, Elliott. J'aime beaucoup quand nous passons du temps ensemble.

— Seulement voilà, tu n'es pas amoureuse de moi.

— Je n'ai pas dit ça. Je ne suis pas sûre de mes sentiments.

Il gara la voiture devant l'immeuble où elle habitait, éteignit le moteur. Regardant fixement devant lui, il lui demanda :

— Tu veux que nous arrêtions de nous voir, c'est ça ?

— Non, murmura-t-elle sans pouvoir contenir les larmes qui lui brûlaient les yeux. Mais je ne peux rien te promettre. Je ne peux pas non plus te faire attendre indéfiniment, ce ne serait pas juste.

— Je ne comprends rien à ce que tu dis. Tu as peur ? Tu ne sais pas ce qu'il t'arrive ? Qu'y a-t-il ?

Elle prit une inspiration profonde et se jeta à l'eau.

— C'est tout ça. Je commence tout juste à reprendre les rênes de ma vie. J'ai enfin le sentiment qu'elle ne me file pas entre les doigts, que j'arrive à la contrôler. Si je tombe amoureuse, je prends le risque d'abandonner une partie de ce contrôle. Je l'ai fait une fois, je ne sais pas si je serais capable de recommencer.

Il posa un doigt sous son menton, qu'il leva, la forçant à le regarder en face.

— Je comprends très bien, Karen, je le comprends tout à fait. Je sais ce que tu as traversé. C'est sans doute trop tôt pour que je te mette la pression, comme je l'ai fait. Je veux simplement que tu saches ce que je pense. Je peux attendre, si tu me dis qu'il y a une chance pour nous. S'il n'y en a pas, si tu crois que tu ne pourras plus jamais faire confiance à un homme, alors dis-le-moi et je ne t'importunerai plus. Je ne vais pas passer des années à essayer de te prouver que je ne suis pas comme ton ex-mari.

— Je veux te faire confiance, dit-elle à voix basse, les joues inondées de larmes. J'ai vu combien tu es doux et gentil.

— Alors, donne-nous une chance, murmura-t-il. Rien de plus, une petite chance. Mais, si tu crois que tu ne pourras plus jamais ouvrir ton cœur, ne fais pas semblant.

Ce serait si facile de dire oui, songea-t-elle. Ce serait si facile de se lancer dans une relation et de voir où elle menait. Hélas, avant qu'elle n'ait pu ouvrir la bouche, une vague de panique s'engouffra en elle. Il était encore trop tôt.

Lentement, elle secoua la tête. Pivotant vers lui, elle posa délicatement une main sur sa joue.

— Je ne peux pas, Elliott. Je ne suis pas prête à prendre ce genre de risque. Si je l'étais, tu serais l'homme que je choisirais. Mais je ne peux pas…

Il se laissa aller contre le dossier du siège, poussa un gros soupir.

— Très bien. Si c'est vraiment ce que tu veux, je vais te laisser tranquille.

Elle hocha la tête, retenant ses larmes.

— Je crois que c'est mieux comme ça.

— Je te raccompagne.

— Tu n'as pas besoin de faire ça.

— Si, insista-t-il en sortant de la voiture.

Il fit le tour et lui ouvrit sa portière.

Sans dire un mot, il marcha avec elle jusqu'à son appartement. Alors, elle leva les yeux vers lui.

— Je suis désolée.

— Moi aussi.

Elle introduit la clé dans la serrure, poussa la porte. Elle était sur le point d'entrer, lorsqu'il la retint.

— Tu es une femme formidable, Karen. Je sais que tu commences tout juste à t'en apercevoir. Moi, je m'en suis rendu compte dès le premier jour où nous nous sommes rencontrés. J'espère qu'un jour, tu croiras assez en toi pour ouvrir ton cœur à un homme. Et celui-là, il aura beaucoup de chance.

Sur ces mots, il pivota et s'éloigna, la laissant seule sur le pas de la porte… Seule et plus abandonnée qu'elle ne s'était sentie depuis des années.

17

Karen entra sur la pointe des pieds en essayant de ne pas réveiller Frances, qui s'était endormie sur le canapé devant la télévision encore allumée. Malheureusement, quand Karen revint dans la pièce après être allée embrasser les enfants dans leurs lits, Frances l'attendait, les yeux grands ouverts et prête à la bombarder de questions.

— Comment s'est passée ta soirée ? demanda-t-elle avec intérêt.

— Très bien, murmura Karen.

Elle n'avait pas du tout envie de se faire cuisiner, sachant comment Frances était capable de la lire comme un livre ouvert. En outre, Frances serait tellement désolée d'apprendre qu'elle avait rompu avec Elliott ! Combien de fois ne lui avait-elle pas dit à quel point elle avait de la chance de l'avoir rencontré ?

— Je vous raconterai demain, promit Karen. Puisque vous êtes réveillée, vous feriez mieux de retourner dormir dans votre lit, vous serez plus confortable que sur mon canapé.

Frances fit mine de ne pas avoir entendu. Elle scruta Karen d'un air méfiant.

— Rapproche-toi un peu, que je te voie mieux, ordonna-t-elle. Aurais-tu pleuré ?

Comment le nier ? Ses joues étaient encore toutes humides.

— Ce n'est rien.

— Dis-moi tout. C'est Elliott ? Qu'a-t-il fait ? s'écria-t-elle, emplie d'indignation.

« On dirait une lionne, songea Karen sans pouvoir réprimer un sourire. Tellement protectrice ! »

— Il n'a rien fait, c'est moi. J'ai décidé de rompre.

— Qu'est-ce qui t'a pris, ma pauvre petite ? s'exclama Frances en ouvrant des yeux ronds comme des soucoupes.

Sans donner le temps à Karen de répondre, elle ajouta :

— C'est parce que tu as peur, c'est ça ? J'aurais dû m'en douter. Plus Elliott passait de temps ici, plus tu te faisais distante, je l'avais remarqué.

Karen fit oui de la tête.

— Il en veut plus, Frances. Il en veut trop pour moi. Il parle déjà d'engagement, d'avenir. Je ne peux rien lui promettre. Comment pourrais-je ? J'ai déjà du mal à penser à demain !

— Ce ne serait pas une histoire de sexe, par hasard ? s'enquit Frances, dont l'indignation s'embrasait de nouveau. A-t-il trop insisté pour que tu couches avec lui ?

Cette conversation n'avait rien de confortable pour Karen, qui n'avait jamais abordé de sujets aussi intimes avec ses mères adoptives. Le peu qu'elle avait appris sur le sexe, elle l'avait acquis auprès de ses camarades d'école. Cela ne l'avait guère préparée au mariage. Bien sûr, la situation était différente, il s'agissait de Frances, une femme qui savait écouter, sans juger.

— Non, reconnut-elle. Ce n'est pas cela du tout. Croyez-moi, nous sommes très attirés l'un vers l'autre. C'est sur le plan émotionnel, je ne suis pas prête à m'engager à ce niveau-là, alors qu'Elliott, lui, ne demande que ça.

— Je vois. Tu aurais préféré que ça reste simplement sexuel, n'est-ce pas ?

Karen hocha la tête.

— Je suis sûre que nous nous entendrions merveilleusement bien physiquement, c'est certain. Mais aller au-delà serait au-dessus de mes forces, j'arrive tout juste à mettre un pied devant l'autre. Vous êtes témoin ? Vous avez bien vu comment j'étais, il y a de cela à peine quelques mois ? J'ai fait du chemin depuis, je ne voudrais surtout pas repartir en arrière et perdre ce que j'ai acquis si chèrement. C'est vrai, je me sens plus forte dorénavant et, justement, je ne veux pas recommencer à dépendre d'un homme.

— Soit ! Il y a toutefois un autre aspect, non négligeable : c'est aussi bien agréable d'avoir quelqu'un sur qui se reposer, quelqu'un sur qui l'on peut compter, non ?

— C'est vrai, concéda Karen. En théorie, c'est vrai. En pratique, cela ne se passe pas toujours de cette façon. Regardez, j'ai cru pouvoir compter sur mon mari et voyez où ça m'a menée.

— Elliott et ton ex-mari sont à des pôles diamétralement opposés, affirma Frances sans la moindre hésitation. Elliott, lui, n'abandonnerait jamais la mère de ses enfants, j'en mettrais ma main à couper ! Regarde la patience qu'il a déployée, avec tout ce que tu as fait pour le décourager ! Il est solide, fiable. C'est un homme qui aime la vie de famille. Il suffit de voir à quel point il est proche de ses sœurs et de leurs enfants. Peu d'hommes seraient prêts à s'engager avec une femme qui a déjà deux gamins dans les pattes, je dirais même plus, c'est très rare. En plus, ce n'est pas le choix qui lui manque au Club, je parie qu'il n'aurait qu'à lever le petit doigt, elles lui tomberaient toutes dans les bras. Il y en a beaucoup qui aimeraient bien être à ta place, Karen. Elliott t'a choisie, toi, ça en dit long, tu ne trouves pas ? Moi, je trouve. Ça me dit qu'il t'apprécie énormément et qu'il te respecte.

— Je sais, soupira Karen. Le problème, c'est moi, comme je vous l'ai expliqué. Je ne fais plus confiance à mon propre jugement.

— Alors, il faut donner du temps au temps. Tu n'as pas besoin de décider de ton avenir ce soir.

— C'est top tard, articula Karen d'une voix à peine audible. Je me suis dit que je ne pouvais pas le laisser attendre comme ça, peut-être indéfiniment. C'est fini, Frances, bien fini. J'ai fait ce qu'il fallait pour.

Frances la couva d'un regard plein de sollicitude.

— Alors là, ma petite chérie, rien n'est fini tant qu'un homme n'épouse pas une autre femme. Si vous êtes faits l'un pour l'autre, il faut avoir confiance, vous finirez par vous retrouver. S'il te laisse partir sans se bagarrer, c'est qu'il n'en vaut pas la peine, c'est qu'il n'est pas l'homme que je pensais.

Karen se mit à imaginer sa vie sans Elliott et ravala un sanglot. Daisy et Mack allaient être inconsolables, ils l'adoraient !

— J'espère que vous avez raison. J'espère que je ne viens pas de faire la plus grosse bêtise de ma vie…

— Pas de danger, assura Frances. Quand je regarde Elliott, je vois un homme qui est profondément amoureux de toi. Il saura attendre le temps qu'il faudra.

Pourvu qu'elle ait mal interprété l'expression d'Elliott ce soir, se dit Karen, effondrée. Leur séparation semblait bien définitive. Pourvu aussi que Frances ne se soit pas trompée. Après tout, elle avait des années d'expérience et comprenait bien la nature humaine.

Erik se rendit tôt au Sullivan le lendemain matin. Il aimait bien prendre de l'avance pour préparer ses desserts. C'était le meilleur moment, surtout quand il voulait expérimenter de nouvelles recettes. Plus tard, avec toute l'activité autour de la préparation du déjeuner, ça devenait impossible.

Il venait tout juste d'assembler les ingrédients dont il aurait besoin, farine, sucre, crème et chocolat noir et intense lorsque, à son grand déplaisir, quelqu'un tambourina à la porte de derrière. Grommelant un juron entre ses dents, il alla ouvrir. Quelle ne fut pas sa surprise lorsqu'il se trouva nez à nez avec Cal Maddox et Ronnie Sullivan !

— J'ai bien un trousseau de clés, annonça Ronnie en entrant, seulement j'hésite à l'utiliser lorsqu'il y a déjà quelqu'un. J'ai fichu une frousse épouvantable un soir à Dana Sue en arrivant à l'improviste. J'ai bien failli prendre un coup de poêle en fonte sur le crâne ! Cette femme a un système d'autodéfense stupéfiant.

Bien qu'il ne fût pas enchanté d'être ainsi dérangé, Erik ne put s'empêcher de sourire.

— On peut dire qu'elle a ses moments.

— Assez bavardé, coupa Cal. Où est le café ? Ronnie m'a promis qu'il y aurait du café.

— Là-bas, fit Erik en désignant d'un geste la grande cafetière qu'il avait préparée en arrivant. Dites-moi, qu'est-ce que vous êtes venus faire ici à une heure aussi matinale, tous les deux ?

— C'est la faute de nos femmes, déclara Ronnie. Elles s'inquiètent pour Helen. Elles pensent que tu risques d'avoir besoin d'un coup de main pour la protéger.

— Ce n'est pas tout, Maddie tient à savoir quelles sont tes intentions, ajouta Cal.

Il gratifia Erik d'un sourire plein de commisération.

— Si j'étais toi, reprit-il, je préparerais ma réponse avec beaucoup de soin ou alors je prendrais la poudre d'escampette.

Erik fit celui qui n'avait pas entendu. Cette question était beaucoup plus ardue à gérer que l'insinuation selon laquelle il ne parviendrait pas à protéger Helen tout seul.

— Tant qu'Helen se montre raisonnable, je pense que nous avons sa protection bien en main.

Cal et Ronnie échangèrent un regard. Visiblement, ils n'étaient pas d'accord.

— Je ne sais pas si tu es au courant, mais nous parlons d'Helen, dit enfin Ronnie. Je connais cette femme depuis toujours. Elle est intelligente et terriblement têtue. Elle est persuadée qu'elle peut contrôler l'Univers. Elle doit s'imaginer qu'elle est capable de livrer Brad ficelé comme un saucisson au shérif en soufflant dessus.

— Je suis sûr que tu n'es pas loin de la vérité, répondit Erik en souriant.

— Et cela ne t'inquiète pas ? demanda Cal. Moi, j'aurais peur qu'elle ne prenne des risques.

Cal n'avait pas tout à fait tort, concéda Erik. Depuis la première nuit, où elle était venue se réfugier chez lui, elle avait pris de moins en moins de précautions quant à ses faits et gestes. Malgré les avertissements répétés de Jimmy Bob et du juge Rockingham, pas plus tard que la veille, elle semblait avoir baissé sa garde.

— C'est bien possible, reconnut-il. Seulement, elle est tellement indépendante, je ne vois pas ce que je peux faire.

— J'ai une idée, déclara Cal. Je connais Brad. Son fils a été lanceur dans mon équipe de base-ball. Brad est le genre de type qui ne supporte pas la moindre critique. Dès que l'arbitre se permettait de remonter les bretelles au gamin, il se fichait en rogne. Il lui a rendu la vie impossible, jusqu'au jour où je l'ai pris à part et je lui ai fait comprendre sans ambiguïté que, s'il continuait, il serait exclu.

— Où veux-tu en venir ? s'enquit Ronnie. Tu es en train de nous dire que Brad est une brute. Et alors ? Ça n'a rien de rassurant.

— Non, ce que je veux dire, c'est que les brutes ont tendance à se calmer quand ils se trouvent confrontés à quelqu'un de plus grand et de plus fort qu'eux, expliqua Cal patiemment. Je propose que nous allions rendre une petite visite à cet Holliday tous les trois, histoire de lui faire comprendre qu'il a tout intérêt à bien se tenir.

Ronnie les gratifia d'un sourire satisfait, apparemment bien décidé à mettre ce projet à exécution. Trop décidé, au goût d'Erik.

— Je suis partant, dit Ronnie. Et toi, Erik ?

— D'un côté ça me tente, rien ne me ferait plus plaisir que de remettre ce type à sa place. D'un autre côté, j'hésite à cause d'Helen. Elle va sûrement être furieuse qu'on se mêle de ses affaires.

— Je préfère encore une Helen furieuse qu'une Helen au service des urgences de l'hôpital, déclara Ronnie. Hier soir, Jimmy Bob m'a pris à part. Je ne peux pas dire que je lui fasse entièrement confiance, c'est vrai. En revanche, je dois avouer qu'il avait l'air sincèrement inquiet pour Helen. Il m'a convaincu que ça pouvait en arriver là.

En entendant ces mots, Erik tressaillit.

— Si c'est le cas, il n'y a pas à hésiter. Il faut demander sans attendre une ordonnance restrictive. Le juge Rockingham la fera sans problème.

A peine avait-il terminé sa phrase qu'Helen entra. Contrairement à Ronnie, elle n'avait apparemment pas hésité à utiliser sa clé, entrant par la porte principale.

— Que fera le juge Rockingham ? demanda-t-elle en fronçant les sourcils à la vue des trois hommes.

Que pouvaient-ils bien être en train de comploter ? se demanda-t-elle. Elle avait beau ne pas avoir entendu grand-chose de leur conversation, leur présence seule à une heure aussi matinale, un jour de semaine, suffisait à susciter son inquiétude.

— Une ordonnance restrictive pour empêcher que Brad Holliday ne t'approche, répondit aussitôt Erik.

Mieux valait jouer franc-jeu avec elle, s'était-il aussitôt dit. C'était la meilleure approche.

— Ce sera fait avant la fin de la journée, ajouta-t-il.

Aussitôt, Helen secoua la tête.

— Pas question ! Cela ne fera que mettre Brad hors de lui. Il est déjà convaincu que tout le système judiciaire a juré d'avoir sa peau.

— On ne peut pas rester les bras croisés, dit Erik.

— Plan A, grommela Cal.

— Plan A, puisqu'il le faut, acquiesça Ronnie.

Helen pivota vers Erik. Leurs regards se croisèrent.

— Qu'est-ce que c'est que cette histoire de plan A ?

— Ne t'inquiète pas, la rassura-t-il sans la quitter des yeux. Nous avons la situation en main.

— Alors, explique-moi pourquoi je ne me sens pas du tout tranquillisée.

Il haussa les épaules, puis tourna son attention vers les deux hommes.

— Je ne saurais pas te le dire.

— Je t'appelle plus tard pour peaufiner les détails, fit Cal en avalant le reste de son café.

Il se dirigea vers la porte. Ronnie lui emboîta le pas.

— Salut ! A plus.

Après leur départ, Erik pivota vers Helen, qui le contemplait, l'œil sombre.

— Je veux tout savoir, lança-t-elle sans ambages.

— Que veux-tu savoir ?

— Arrête de tourner autour du pot. Qu'est-ce que vous êtes en train de manigancer, tous les trois ? Vous n'avez pas intérêt à vous mêler de mes affaires !

— Nous nous contentons de prendre des mesures de précaution, déclara-t-il allègrement.

Il s'approcha d'elle et l'embrassa, espérant lui faire assez tourner la tête pour qu'elle cesse de lui poser des questions.

— Bonjour, murmura-t-il en se détachant lentement d'elle. Avez-vous bien dormi, ma chérie ?

Elle lui frappa le bras d'un coup de poing rageur.

— Ne crois pas qu'en m'embrassant, tu vas réussir à me faire oublier vos petites manigances !

— Même pas un tout petit peu ? Je dois perdre la main.

— Tu n'as rien perdu du tout, et moi, je n'ai pas perdu la mémoire. Allez, dis-moi tout et vite ! Et, si je n'aime pas ce que j'entends, vous allez devoir mettre un frein à votre fameux plan A.

— Il n'y a pas de quoi fouetter un chat, l'assura-t-il. Nous n'avons pas l'intention d'attirer Brad Holliday dans une ruelle sombre pour le tabasser.

— Ça, au moins, c'est rassurant ! Parce que si c'était votre idée, il ne faudrait pas compter sur moi pour vous faire sortir de prison en payant votre caution. Je n'apprécie pas tellement les commandos de justiciers. En outre, j'estime que vous réagissez de manière excessive. Brad a sans doute une grande gueule, cependant il n'a encore rien fait. Il ne s'est même pas approché de moi.

— En es-tu sûre ? As-tu vérifié que personne ne te suivait quand tu marchais dans les rues ? Ou quand tu étais en voiture ?

— Là, franchement, tu tombes dans le mélodrame.

Elle avait parlé d'une voix peu assurée, ce qui confirmait ses craintes. Helen n'avait pas cherché à observer ses alentours, songea Erik.

— Je tombe dans le mélodrame ? Tu crois ça ? Je ne suis pas le seul à penser que cet homme est dangereux. D'autres gens, qui le connaissent beaucoup mieux que toi ou moi, en sont convaincus.

— Ils *pensent* qu'il peut être dangereux, rectifia-t-elle. Plus le temps passe, moins je suis inquiète.

— C'est justement ça qui m'alarme. Tu dois être sur tes gardes à chaque instant.

— Je ne veux pas vivre comme ça.

— Alors, laisse-nous appliquer le plan A. Je te promets qu'il ne nous arrivera rien, personne ne sera blessé, pas même Brad Holliday. Et cela te protégera peut-être.

— Soit ça, soit Brad sera encore plus en colère contre moi. Pourquoi ne laisses-tu pas tomber ?

Il secoua la tête.

— Non, c'est impossible. Désolé.

— Mais je ne t'ai pas demandé de m'aider, insista-t-elle, visiblement agacée. Je *ne veux pas* de ton aide.

Erik haussa les épaules.

— Tu l'as, que tu le veuilles ou non. Et voilà.

— Ah, les hommes ! grommela-t-elle avec une touche d'exaspération. Fais ce que tu as à faire, mais ne viens pas te plaindre si ça n'a pas le résultat escompté. N'oublie pas que c'est moi qui paierai les pots cassés.

Sur ce, elle se dirigea vers la porte d'un air digne. Erik aurait voulu trouver les mots pour la rassurer. En vain. Une fois qu'ils se seraient confrontés à Brad Holliday, il saurait si, oui ou non, ils étaient parvenus à le décourager, ou s'ils n'avaient fait qu'enflammer la situation. Jusque-là Helen et lui n'auraient qu'à accepter de rester chacun sur leur position.

Helen pénétra dans le Club du Coin d'un pas ferme et se dirigea sans hésitation vers le patio intérieur, où l'attendaient Dana Sue et Maddie. De toute évidence, elles étaient derrière le complot fomenté par leurs maris, qu'elle avait découvert par hasard en arrivant au Sullivan. Elle voulait en savoir plus, ses amies allaient peut-être lui dire en quoi consistait ce fameux plan A et s'il y était question de bagarres dans une ruelle sombre.

— La voilà ! s'écria joyeusement Maddie en la voyant s'approcher.

Helen lui jeta un regard noir.

— J'ai beaucoup aimé la soirée, mais j'aimerais bien savoir ce que vos époux sont en train de manigancer. Je les ai découverts au Sullivan, en grand conciliabule avec Erik.

Maddie et Dana Sue échangèrent un clin d'œil.

— Ce qui est intéressant, tu remarqueras, dit Dana Sue, c'est qu'elle est passée voir Erik en venant ici. Je me demande bien pourquoi.

— Parce qu'il est supersexy ! Voilà pourquoi, lâcha Helen d'un ton brusque. Maintenant, ça suffit. Arrêtez de tourner autour du pot et répondez-moi. J'ai réussi à comprendre que cela concernait Brad Holliday. Qu'est-ce que vous êtes allées leur raconter pour qu'ils s'affolent comme ça ? Vous avez dû sérieusement broder pour que ça prenne de telles proportions.

— Nous n'avons rien exagéré du tout, ils avaient déjà une image très claire de la situation, expliqua Maddie.

— Ça ne vous a pas empêchées de les encourager à ourdir une machination diabolique, avouez-le ! Vous êtes complètement folles ! Vous savez bien comment sont les hommes. Quelqu'un va y laisser des plumes, et si ça arrive, vous serez bien avancées !

— Cal fera tout pour que ça ne tourne pas mal, affirma Maddie. Il est très raisonnable, Erik aussi.

Dana Sue fronça les sourcils.

— Tu n'as pas mentionné Ronnie.

— Je pense que c'est un oubli délibéré, intervint Helen. Chacun sait qu'il a toujours été une tête brûlée.

— Plus maintenant, insista Dana Sue. Il a changé depuis son retour et, surtout, depuis notre remariage. Vous savez bien que c'est vrai.

— S'il se retient depuis si longtemps, ça veut dire qu'il ne va pas tarder à exploser, rétorqua Helen.

— Attends ! intervint Maddie, calme-toi. Ce sont tous de grands garçons. Ils essayent simplement de te protéger, Helen. Ils sont parfaitement capables de faire la part des choses.

— Mouais…, grommela Helen, loin d'être rassurée.

Elle se laissa aller contre le dossier de sa chaise en soupirant.

— J'espère que tu as raison, ajouta-t-elle.

— Changeons de sujet si vous le voulez bien, proposa Dana Sue. Passons à une question bien plus passionnante. Erik et toi, c'est sérieux ?

— Une passade, dit Helen. Pas de quoi fouetter un chat.

L'expression de Dana Sue s'assombrit.

— Je n'aime pas ça. Est-ce que tu t'amuses avec lui ?

— Pas plus que lui avec moi. Il s'agit ici de deux adultes consentants, Dana Sue. Nous savions à quoi nous nous engagions, l'un comme l'autre, dès le départ.

— C'est vrai, ce mensonge-là ? demanda Maddie d'un ton plein de sous-entendus. Erik savait vraiment à quoi il s'engageait ?

Le regard soupçonneux de Dana Sue navigua d'Helen à Maddie.

— Qu'est-ce que tu insinues ?

— Rien ! s'empressa d'intervenir Helen. Maddie ne sait rien de plus que toi, n'est-ce pas, Maddie ? insista-t-elle en fixant son amie.

Maddie fut la première à baisser les yeux.

— C'est exact, reconnut-elle. Je n'ai aucune preuve à l'appui.

Dana Sue saisit la nuance.

— C'est donc une supposition fondée, n'est-ce pas ?

— Tu sais, avec Helen, on peut s'attendre à tout, alors, je ne me fonderais que sur des faits précis.

Helen la remercia de sa discrétion d'un sourire forcé.

— Je prends ça comme un compliment, dit-elle en cachant son soulagement.

— Je ne suis pas sûre que tu devrais, rétorqua Maddie d'un ton grave.

Il était temps de mettre un terme à cette conversation avant qu'elle ne dérape, songea Helen, inquiète.

— Bon, il faut que j'y aille, j'ai du travail qui m'attend, déclara-t-elle en se levant. Et toi, Dana Sue ? Tu viens ?

— Je vais rester un petit peu, déclara-t-elle au grand dam d'Helen.

— Très bien, tu fais comme tu veux. A plus tard.

Pourvu que Maddie n'aille pas vendre la mèche, dès qu'elle aurait le dos tourné, s'inquiéta Helen. Elle n'avait pas d'autre choix que de lui faire confiance. Elle n'avait guère envie que son amie partage avec Dana Sue ce qu'elle savait ou ce qu'elle croyait savoir.

Lorsque Helen s'engagea sur le trottoir pour rejoindre en quelques enjambées son bureau situé non loin de là, elle remarqua qu'une voiture tournait lentement l'angle de la rue et la suivait, roulant à une allure réduite. Elle était assez près pour que l'avant fût visible dans sa vision périphérique, tout en restant à une distance suffisamment respectueuse, l'empêchant d'identifier le conducteur. Une sueur glaciale lui coula le long de la colonne vertébrale.

— Arrête de paniquer, grommela-t-elle entre ses dents. Tout ça, c'est à cause de ces histoires autour de Brad. C'est sans doute une petite vieille dame qui n'a pas l'habitude de conduire à plus de dix à l'heure, rien de plus.

Elle tourna enfin dans la rue où se situait son bureau, accéléra le pas. Le véhicule en fit de même. Alors, prenant son courage à deux mains, elle pivota et revint sur ses pas.

— Vous avez l'air très nerveux, madame Decatur, lança Brad d'un ton froid. Entre nous, vous avez toutes les raisons de l'être, croyez-moi !

Sur ces mots et avant qu'elle n'eût le temps de répondre, il appuya sur la pédale et s'éloigna en trombe.

— C'est une brute, rien de plus, se raisonna Helen en le voyant disparaître au coin de la rue. Il cherche simplement à m'effrayer.

Il avait d'ailleurs parfaitement réussi son coup ! Pendant la minute qui suivit, elle resta figée sur place, envahie de nausée, sur le point de vomir. Toutefois elle parvint, en respirant profondément, à recouvrer un semblant de calme et à faire les quelques pas qui la séparaient de l'immeuble.

Elle savait qu'elle devrait appeler le juge ou la police. Mais à quoi bon ? Brad n'avait rien fait, à part lui dire qu'elle avait raison d'être nerveuse. La belle affaire ! Elle avait peu de chances d'obtenir une ordonnance restrictive avec ça. Qui plus est, cela ne servirait pas à grand-chose. Si Brad avait décidé de lui régler son compte, ce n'est pas un petit bout de papier qui le retiendrait. Elle avait eu la preuve de l'inefficacité de ce document à maintes reprises dans sa carrière.

En fin de compte, le plan A, quel qu'il fût, n'était peut-être pas une si mauvaise idée.

La semaine suivante, Helen était si inquiète qu'elle dut se faire violence pour quitter le domicile d'Erik ou la sécurité toute relative de son bureau, où Barb prenait son rôle de cerbère tellement au sérieux que personne ne pouvait entrer sans montrer patte blanche. Si elle parvenait à fonctionner à peu près normalement, c'était par orgueil pur et simple.

La semaine suivante était déjà bien avancée, lorsqu'elle se rendit compte qu'elle n'avait pas eu ses règles depuis un bon moment. C'était sûrement dû au stress, se dit-elle tout d'abord. Pourtant, depuis quelques jours, elle avait ressenti des nausées le matin. Se pourrait-il qu'elle soit… ?

Dès qu'Erik fut parti, elle se jeta fébrilement sur son agenda pour vérifier la date de ses dernières règles. Chaque fois qu'elles étaient arrivées en temps et en heure, elle avait ravalé quelques larmes, secrètement. D'un doigt tremblant, elle tourna les pages, remontant dans le temps une semaine, puis deux puis trois.

— Oh, mon Dieu ! murmura-t-elle en trouvant enfin le petit signe qu'elle griffonnait chaque fois. Cela faisait six semaines !

Elle avait été très préoccupée ces derniers temps. Ses sentiments pour Erik avaient évolué, elle ne savait plus trop où elle en était et cela la troublait plus qu'elle ne voulait l'admettre. Cela ajouté plus récemment à sa rencontre inquiétante avec Brad Holliday, elle avait complètement oublié qu'elle essayait d'avoir un bébé coûte que coûte ! Ou alors, c'était qu'elle n'y croyait plus.

Et voilà qu'elle avait du retard. Beaucoup de retard.

— Oh, mon Dieu ! répéta-t-elle. Je suis enceinte !

La raison dominant, elle se reprit.

— Je suis peut-être enceinte.

Heureusement, elle avait tout prévu et avait fait provision de tests de grossesse à la pharmacie de Charleston, au cas où. Elle les avait dissimulés dans sa valise, qu'elle avait rangée tout au fond de la penderie d'Erik.

Poussant les vêtements, elle la sortit, parvint tant bien que mal à l'ouvrir et emporta les boîtes dans la salle de bains. Son émotion était à son comble, si bien qu'elle eut du mal à lire les instructions, tant ses mains tremblaient.

Tandis qu'elle attendait les résultats du premier, elle fit le deuxième. Puis le troisième. On n'est jamais trop sûr, se dit-elle.

Au premier résultat positif, les larmes lui montèrent aux yeux. Au deuxième, elle partit d'un grand cri de joie. Lorsque le troisième confirma les deux premiers, elle se laissa tomber sur le siège des toilettes, une main pressée contre son ventre.

— Bébé, si tu es là, je ferai tout pour toi, je te le promets. Je m'occuperai si bien de toi…

Cinq minutes plus tard, elle avait pris rendez-vous pour la semaine suivante avec un obstétricien, celui qu'elle avait trouvé le plus sympathique. Si les trois tests faits à la maison se révélaient fiables, sa vie serait sur le point de changer de façon radicale.

Et sa relation avec Erik aussi.

Décidément, Helen se conduisait bizarrement. Même s'ils n'étaient pas d'accord sur la manière de gérer Brad Holliday et se chamaillaient quasi quotidiennement à ce sujet, Erik ne pensait pas que c'était la seule raison.

Ce soir toutefois, lorsqu'il était rentré du travail, il l'avait trouvée détendue, arborant un drôle de petit sourire, sans raison apparente. Lorsqu'il lui avait demandé à quoi elle pensait, elle avait éludé la question.

— Ce matin, tu n'étais pas d'aussi bonne humeur, dit-il en l'étudiant d'un air soupçonneux.

— Si, je l'étais. C'est juste quand Maddie a appelé pour me dire que vous étiez prêts, toi, Cal et Ronnie à exécuter le plan A, que j'ai changé. Tu sais très bien que je ne suis pas d'accord avec votre idée macho. C'est pour ça que j'étais contrariée.

— Pourtant, il m'avait semblé que tu avais fini par l'accepter, non ?

— Qu'est-ce qui te fait dire ça ?

— Le fait que tu sois là. Si tu étais aussi contrariée que tu l'affirmes, tu serais retournée chez toi. A moins, reprit-il en scrutant son visage, que malgré tes allégations tu aies encore peur de Brad Holliday ? Auquel cas, cela pèse plus dans la balance que ton irritation contre moi. C'est ça ? Dis-moi franchement. Entre nous, j'aimerais autant.

— J'en ai assez que tu me rebattes les oreilles avec Brad Holliday ! Brad Holliday par-ci, Brad Hollyday par-là ! On ne peut pas parler d'autre chose ?

— D'accord.

Cela convenait parfaitement à Erik. Moins ils en disaient sur le sujet, mieux c'était. Helen n'aurait pas manqué de le questionner et il aurait dû lui dire qu'ils avaient enfin décidé de confronter l'homme samedi matin à son domicile, plutôt qu'à son lieu de travail. Cela voulait dire qu'ils devraient attendre encore deux jours, ce qui n'était pas du goût d'Erik. Néanmoins, une semaine déjà s'était écoulée. En outre, ils avaient décidé qu'un homme aussi explosif que Brad risquait de réagir encore plus violemment en public, ce qui n'aurait rien arrangé.

— Tu veux boire quelque chose ? demanda-t-il à Helen. Moi, je vais prendre un verre de vin avant d'aller me coucher.

— Non, merci. En revanche, je veux bien un peu d'eau, s'il te plaît, fit-elle en lui tendant son verre.

Ça aussi, c'était curieux. Helen était toujours d'accord pour boire un verre de vin avec lui, le soir. Bon, cela ne valait pas la peine d'en faire une montagne.

Il vint s'asseoir près d'elle sur le canapé de la salle de séjour.

— Ça te dirait de regarder un film ? Il y a une vieille comédie comme tu les adores, avec Katharine Hepburn et Spencer Tracy.

— Pas ce soir. Je suis trop fatiguée. J'ai eu une longue journée.

Elle se leva.

— Je crois que je vais aller me coucher, déclara-t-elle en se dirigeant vers la chambre.

— Attends, fit Erik en fronçant les sourcils. Tu m'en veux encore concernant Holliday ?

— Non. Je t'ai dit que c'était ta décision. Fais ce que tu as à faire.

— Mais tu persistes à désapprouver.

— Oui, je persiste à désapprouver. Parce qu'il est *mon* problème. C'est à *moi* de le régler, à personne d'autre.

— Ne peux-tu pas nous considérer comme une équipe de renfort ?

— Le renfort est une chose. S'occuper des affaires des autres, c'est un tout autre domaine.

— Tu es vraiment contrariée, n'est-ce pas ? Tu ne fais pas juste semblant ?

— A ton avis ?

— Si tu veux, je peux appeler Cal et Ronnie, déclara-t-il malgré lui. On peut attendre encore un peu. C'est vraiment ce que tu veux ?

Elle le dévisagea d'un air sérieux.

— C'est vraiment ce que je veux.

— Alors, je vais leur parler, concéda-t-il. Nous ne cherchons pas à te priver de ton indépendance, tu sais ? Nous voulons nous assurer que tu es en sécurité.

Elle se rassit en soupirant.

— Je le sais bien. J'ai du mal à accepter que je suis vulnérable au point d'avoir besoin de protection.

— Il vaut mieux prévenir que guérir, tu ne crois pas ? Je ne pourrais jamais me le pardonner, s'il t'arrivait du mal, alors que nous aurions pu l'éviter.

A peine avait-il prononcé ces paroles qu'Helen blêmit. Qu'avait-il dit pour qu'elle change d'expression de façon aussi radicale ? se demanda Erik, perplexe.

— Applique le plan A, quel qu'il soit, déclara-t-elle sans hésitation.

Erik n'en croyait pas ses oreilles. Que s'était-il passé ?

— Tout ce que je te demande, reprit-elle, c'est de me jurer que vous n'allez pas vous mettre en danger, ni les uns ni les autres.

— Je te le jure.

Il aurait voulu lui demander pourquoi elle avait changé d'avis aussi soudainement. Mais il n'osa pas. Elle lui avait donné le feu vert et il ne voulait pas risquer un nouveau revirement de sa part. Mieux valait intimider Brad Holliday une bonne fois pour toutes, plutôt que d'avoir à le tuer, s'il s'en prenait à Helen.

18

Helen partit se coucher sans pouvoir chasser de son esprit l'inquiétude qu'Erik avait manifestée pour sa sécurité. S'il se tourmentait tant à son égard, qu'est-ce que ça serait, s'il savait qu'en la protégeant, elle, il protégeait aussi leur enfant ? Tandis qu'ils discutaient, elle avait soudain pris conscience que la situation avait changé du tout au tout. C'était bien joli de crâner et de prétendre s'en sortir toute seule — jusque-là, cela n'engageait qu'elle. Désormais, elle avait charge d'âme et devait prendre toutes les précautions nécessaires pour s'assurer qu'il n'arrive rien au bébé qu'elle portait peut-être.

Elle avait eu l'intention de rompre doucement avec Erik dès la confirmation de sa grossesse, et tout se serait passé comme prévu, si Brad Holliday n'était pas venu semer la pagaille ! Or, même si le risque qu'il mette ses menaces à exécution était infime, elle avait préféré rester chez Erik un peu plus longtemps. « On ne sait jamais », s'était-elle dit, mieux valait ne pas jouer avec le feu. Pourvu que, une fois le fameux plan A appliqué, elle puisse reprendre le contrôle de la situation et rentrer chez elle au plus vite, tout risque effacé... Elle pourrait alors se séparer d'Erik sans trop le faire souffrir.

Depuis le début, elle avait essayé de se persuader qu'il serait soulagé d'être enfin débarrassé des complications qu'elle avait apportées dans sa vie. Or, elle avait de plus en plus de mal à le croire. Ni l'un ni l'autre ne sortirait indemne de cette relation, quoi qu'elle en pense.

Son revirement soudain de ce soir avait déconcerté Erik, elle l'avait bien vu. Heureusement, elle était parvenue à s'éclipser avant qu'il ne se mette à la bombarder de questions embarrassantes. Il serait sans doute tellement soulagé, avait-elle pensé, qu'elle en profiterait pour s'éclipser avant qu'il n'ait réagi. Ce qui avait été le cas.

Quand il monta enfin, il la trouva allongée sur le côté, tournant le dos à la porte. Elle faisait semblant de dormir. Elle écouta le bruit familier des vêtements jetés négligemment sur la chaise dans le coin de la pièce, puis celui de l'eau qui coulait dans la douche. Lorsqu'il se glissa enfin entre les draps à côté d'elle et lui posa un baiser rapide sur la joue, elle se mit à regretter sa supercherie.

Elle aurait aimé se blottir contre lui, parler de leurs journées à tous deux, faire l'amour, pourquoi pas ? Pour enfin s'endormir, bercée par le battement régulier et rassurant de son cœur. Elle avait commencé à y prendre goût. Cela faisait si longtemps qu'elle vivait seule, qu'elle n'avait pas pensé s'habituer ainsi à tous ces petits moments intimes, ces moments précieux dont est faite la vie de couple. Comme tout cela allait lui manquer, lorsqu'elle retrouverait son appartement et sa solitude. Bien sûr, elle ne serait pas seule bien longtemps !

Un jour, elle aurait un bébé. Elle le prendrait dans ses bras, elle l'aimerait, elle s'occuperait de lui tendrement, patiemment. Elle posa une main sur son ventre encore plat et se mit à imaginer le petit être qui commençait à y pousser. « Quelle merveille ! songeait-elle. Pourvu que je ne me trompe pas, qu'il y ait vraiment un bébé… »

— Helen ? chuchota Erik. Tu es réveillée ?

— Oui, souffla-t-elle en s'abandonnant au désir qu'elle sentait monter en elle.

Il se coula vers elle et l'attira tout contre lui. Leurs deux peaux nues se trouvèrent en contact l'une avec l'autre, ventre ferme et viril fleurant bon l'homme, contre son dos à elle, s'imbriquant parfaitement dans sa courbe voluptueuse, l'enveloppant tout entière, la réveillant tout à fait. Lorsqu'il posa une main sur son sein, elle frémit d'un plaisir profond, d'un plaisir démesuré, comme si sa sensibilité s'était soudain décuplée.

Toute envie de sommeil laissa place aussitôt au désir. Erik dut le percevoir, car ses caresses se firent plus pressantes, plus impatientes, leurs désirs s'attisant mutuellement, laissant Helen stupéfaite de l'intensité de sa propre réaction.

Il leur fallait étancher leur soif à tout prix, là, tout de suite ! Leurs deux corps se mêlèrent, fusionnèrent. Bouches affamées, mains fiévreuses se cherchant, s'entrelaçant, hanches se joignant dans une parade endiablée, ils se trouvèrent aspirés dans un tourbillon où plus rien ne comptait que l'assouvissement de leur passion. Lorsque la vague de plaisir se déchaîna, ardente, infinie, emportant Helen sur une crête de volupté, Erik l'y rejoignit et l'accompagna pour un voyage qui sembla ne jamais vouloir s'arrêter.

Comment se faisait-il que leurs corps se connaissent aussi bien ? se demanda-t-elle, éblouie, lorsqu'elle recouvra enfin ses esprits. Si seulement leurs personnalités pouvaient s'accorder pareillement, songea-t-elle avec regret avant de s'assoupir, blottie dans ses bras. Le ventilateur ronronnait doucement au-dessus du lit, caressant leurs corps assouvis comme une douce brise, emportant Helen sur une île tropicale imaginaire, un monde merveilleux de mer turquoise et de plages de sable fin, un monde fait pour les amoureux, où ils pouvaient s'aimer, loin de tout, seuls. Si seulement… Si seulement…

Helen était occupée à éplucher une pile de documents juridiques, lorsque Barb l'appela. Elle avait l'air complètement affolé. Il y avait quelqu'un de l'hôpital régional sur la ligne, qui demandait à lui parler.

— A quel sujet ?

— Cela concerne Caroline Holliday.

Helen prit aussitôt la communication.

— Helen Decatur à l'appareil.

— Madame Decatur, je m'appelle Emily Wilson. Je suis médecin au service d'urgence à l'hôpital régional. Caroline Holliday m'a dit que vous l'aviez défendue lors de son récent procès de divorce.

— C'est exact. Pourquoi ? Que s'est-il passé ?

— On nous l'a amenée, il y a une heure environ, à peine consciente. Elle a été attaquée. Elle aurait déclaré aux policiers que son ex-mari était responsable. Il n'a pas encore été retrouvé. L'un des officiers chargés de l'enquête est à mes côtés, il voudrait vous parler de vive voix. Pouvez-vous venir ?

— Je serai là dans l'heure, déclara Helen, son pouls s'accélérant à mesure que sa peur croîssait.

C'était sa faute, bon sang ! Pourquoi n'avait-elle pas fait davantage pour protéger Caroline ? Pourquoi n'avait-elle pas insisté pour qu'une ordonnance restrictive soit établie lors de la dernière séance du procès ? Brad s'était montré suffisamment violent devant la salle pleine de témoins pour le justifier. Malgré l'efficacité toute relative de ce document, cela l'aurait peut-être calmé. Au lieu de quoi, elle avait écouté Caroline lui annoncer qu'elle allait partir quinze jours loin de Serenity. Elle n'avait pas cherché plus loin, se satisfaisant d'une mesure inappropriée. Caroline avait dû rentrer. Et voilà le résultat…

— Comment va-t-elle ? demanda Helen, la gorge nouée.

Le médecin hésita.

— Vous n'êtes pas un membre de sa famille, je ne devrais vous transmettre aucune information, mais, comme Caroline a insisté pour que je vous dise à quel point son mari semblait déchaîné, je vais vous donner les faits. Pour l'instant, elle est en salle d'opérations. Elle a la rate éclatée ainsi que d'autres blessures internes, un bras cassé et le corps couvert d'ecchymoses et d'égratignures. Il semblerait que Brad Holliday se soit acharné.

— Oh, mon Dieu ! souffla Helen. Elle va s'en sortir ?

— Les meilleurs chirurgiens de l'hôpital l'ont prise en charge, sa vie est entre leurs mains. Ne perdons pas espoir. Elle tenait tellement à vous avertir, je crois que c'est cela qui lui a donné l'énergie de rester consciente. Ecoutez, je sais que je me mêle de ce qui ne me regarde pas, mais Caroline a beaucoup insisté pour que je vous prévienne. Vous êtes, paraît-il, sur la ligne de mire de ce déréglé. Ne restez pas seule, vous avez besoin de protection.

— Je m'en occupe. Prenez bien soin d'elle. Tout est ma faute...

— Pour l'avoir tirée des mains d'une brute ? s'enquit le médecin d'un ton incrédule.

— Non, pour avoir attisé sa colère en le faisant.

Elle se sentait si coupable ! Elle aurait dû trouver une autre façon de protéger les intérêts de Caroline, il devait bien en exister ! Jamais, au grand jamais, elle n'avait imaginé que Brad puisse devenir aussi violent ! Même lorsqu'elle l'avait rencontré, quelques jours auparavant, elle n'avait pas vu combien il était perturbé. Comment avait-elle pu être aveugle à ce point ?

— Dites au détective que j'arrive. Dites-lui aussi qu'il pourra obtenir d'autres renseignements en s'adressant au juge Rockingham et à l'avocat de Brad, Jimmy Bob West.

— D'accord, je m'en occupe, promit le Dr Wilson.

Quand Helen reposa le combiné, elle s'aperçut qu'elle tremblait comme une feuille. Levant les yeux, elle vit Barb, qui était entrée pendant qu'elle parlait et la contemplait d'un air inquiet.

— Alors ? C'est grave ? fit-elle.

— Elle est sur la table d'opération. Il faut que j'aille là-bas au plus vite.

— Vous n'allez pas y aller toute seule, c'est hors de question ! Ils n'ont pas encore arrêté Brad, n'est-ce pas ?

— Non, pas encore, que je sache.

— Alors, vous devez vous faire accompagner, insista Barb.

Helen jeta un œil à la pendule. Presque midi. Erik devait être complètement débordé au restaurant.

Barb devait avoir lu ses pensées, car elle déclara d'un ton sans réplique :

— J'appelle Erik. Peu importe qu'il soit débordé, il tiendrait absolument à venir avec vous, cela ne fait pas l'ombre d'un doute. Passez le prendre, c'est sur votre chemin. Promettez-moi, Helen.

Trop secouée pour argumenter, Helen fit oui faiblement de la tête.

— Dites-lui que j'arrive, je l'attendrai dans l'allée, derrière.

Dix minutes plus tard, elle aperçut Erik et Dana Sue debout dans la ruelle derrière le Sullivan. Dana Sue avait l'air terrifié, Erik, lui, profondément inquiet. Il ouvrit la portière côté passager d'un geste brusque et s'engouffra dans le véhicule.

— Ça va ? s'enquit-il, le visage grave.

Elle ne put que hocher la tête.

— Je t'appelle dès que nous en saurons plus, fit-elle en se penchant vers Dana Sue.

— Assure-toi que rien ne lui arrive, ordonna Dana Sue à Erik.

— Tu peux être tranquille.

— Ne perdons pas de temps, dit Helen en appuyant brusquement sur l'accélérateur.

La voiture bondit dans l'allée.

— Hé ! Ralentis ! Ce n'est pas la peine de nous tuer.

— Tu veux prendre le volant ? Tu seras plus tranquille ? fit-elle d'un ton sec.

— Vu ce que j'ai observé dans les dix dernières secondes, oui !

Il avait raison et elle le savait. Elle ne pouvait pas conduire dans cet état-là, c'était évident. Le premier parking venu, elle s'arrêta d'un coup de frein brutal et éteignit le moteur.

— A toi l'honneur ! lança-t-elle en sortant.

Elle claqua la portière, fit le tour du véhicule. Erik, qui était descendu lui aussi, lui agrippa le poignet avant qu'elle ne se soit assise de nouveau, à la place du passager cette fois-ci. Il plongea son regard dans le sien.

— Tout va bien se passer, l'assura-t-il d'une voix douce.

Helen tremblait comme une feuille. Elle le contempla, des larmes perlant à ses paupières.

— Je l'espère, murmura-t-elle. Mais tu n'as pas entendu ce que le docteur a dit des blessures de Caroline. C'est moche, Erik. Elle peut y rester.

Le regard d'Erik s'assombrit.

— Ç'aurait pu être toi.

— Ça ne l'a pas été.

Elle omit d'ajouter que Caroline et la police craignaient fort qu'elle ne soit la prochaine victime sur la liste.

Une fois qu'ils eurent repris la route, elle resta silencieuse, malgré l'envie qui la taraudait de lui dire à quel point elle était soulagée qu'il ait pris le volant, qu'il soit là, avec elle. Elle sentait combien il était tendu, pourtant sa force et sa présence seules suffisaient à l'apaiser.

— Merci de m'avoir accompagnée, parvint-elle enfin à articuler.

Il lui jeta un coup d'œil furtif.

— C'était ton idée ou celle de Barb ?

— Les deux, reconnut-elle avec un petit sourire. Elle était simplement un peu plus persuadée que moi qu'il ne fallait pas hésiter à te déranger en plein milieu du coup de feu de midi.

— Tu peux m'appeler à n'importe quel moment. Tu peux m'appeler jour et nuit. Si je dois choisir entre toi et préparer des desserts élaborés, je n'hésiterai pas une seconde, tu gagnes haut la main. C'est compris ?

Elle l'étudia attentivement.

— Tu le penses vraiment, n'est-ce pas ?

— Bien sûr. Ça m'étonne même que tu éprouves le besoin de me le demander. Pour moi, ça coule de source.

— Tout simplement parce que tu n'as jamais caché qu'il n'était pas question de t'engager sentimentalement, répondit-elle d'un ton candide.

— Nous sommes amis, Helen. Avec moi, les amis passent avant tout.

Amis, songea-t-elle en étouffant un soupir. Elle se laissa aller contre le dossier du siège. Il avait bien fait de le lui rappeler. Non pas qu'elle ait quoi que ce soit contre l'amitié, pas du tout. Sans compter que des amis qui couchaient ensemble, c'était merveilleux. Toutefois, cela sous-entendait que les limites de la relation soient clairement définies. Il transparaissait, une fois de plus, qu'il ne voudrait rien savoir de cet enfant qui croissait dans son ventre.

Elle éprouva soudain un regret immense, un regret terrible.

Erik jeta un regard de côté vers Helen tandis qu'il tournait dans le parking des urgences de l'hôpital. Elle avait le visage défait et serrait les poings si fort que ses phalanges en étaient toutes blanchies. Il voyait bien qu'elle endossait toute la responsabilité de ce qui était arrivé à Caroline, au lieu de l'imputer directement à celui qui avait perpétré cette abomination.

Quand Barb l'avait appelé et lui avait expliqué en quelques mots la situation, il avait ressenti une immense colère contre Brad Holliday, suivie aussitôt par un sentiment de panique : Helen était sans doute sa prochaine victime ! Otant d'un geste brusque sa tenue de chef, il s'était précipité vers la porte avant même d'avoir reposé le combiné, Dana Sue sur les talons, tout en lui expliquant ce qui s'était passé. Pour l'un comme pour l'autre, la question ne se posait même pas, la sécurité d'Helen passait bien avant les besoins du Sullivan.

— Une fois qu'il n'y aura plus de desserts, nous pourrons servir des glaces, lui dit Dana Sue. Vas-y et, surtout, prends bien soin d'Helen.

Sur le chemin de l'hôpital, il n'avait cessé de vérifier dans son rétroviseur qu'aucun véhicule suspect ne les suivait, craignant que Brad n'ait décidé de s'en prendre à Helen dès qu'elle serait sortie de son bureau. Cependant, il était probable que, une fois son forfait accompli, l'homme ait pris peur. Plutôt que de risquer de tomber entre les mains de la police, il avait sans doute préféré ne pas s'approcher de la jeune femme.

Une fois garé, et bien qu'il fût certain qu'aucun véhicule suspect ne les avait suivis, que personne ne semblait les guetter ni dans le parking ni aux alentours de l'hôpital, Erik ordonna à Helen de rester dans la voiture jusqu'à ce qu'il lui ouvre la portière.

Comme elle se mettait à protester, il l'interrompit.

— C'est du bon sens pur et simple, ma chérie. Ne prends pas ça mal.

— Je sais, soupira Helen, mais dépêche-toi !

Il cilla.

— Ne dis pas que je traîne. Il nous a fallu moins d'une demi-heure pour arriver !

Il fit rapidement le tour de la voiture, la protégeant de son corps, lorsqu'elle en sortit. Un bras passé autour de ses épaules, il marcha avec elle jusqu'à l'entrée, dardant des regards alentour par mesure de sécurité. Dans le hall, un policier en uniforme et un autre homme vêtu d'un costume fripé, qui rappela à Erik un personnage de série télévisée, patientaient devant le comptoir d'accueil.

Erik s'adressa à l'infirmière de garde.

— Nous venons voir Caroline Holliday, dit-il, attirant l'attention des deux hommes.

— Vous devez être Helen Decatur ? fit l'homme en civil en pivotant vers elle. Je suis le commissaire Myers.

Helen le salua d'un hochement de tête.

— Je suis à vous dans un instant, je veux avant tout prendre des nouvelles de Caroline. Pourrions-nous parler au Dr Wilson ? demanda-t-elle à l'infirmière.

— Je vais voir si elle est libre, répondit l'infirmière. Allez dans la salle d'attente. Je l'enverrai vous y rejoindre.

— Merci, dit Erik en voyant Helen, qui, ne l'entendant pas de cette oreille, faisait mine de s'engouffrer dans la zone de soins, à la recherche du docteur.

Il la guida d'une main ferme à travers le hall.

— Je vais chercher des cafés, déclara-t-il.

— Le café ici est franchement imbuvable, intervint le policier en uniforme, tout en accompagnant son commentaire d'une grimace éloquente.

— J'aimerais autant une tisane, dit Helen.

— Très bien, je vais voir ce que je peux faire. Ne la quittez pas des yeux une seconde, d'accord ? lança Erik en s'éloignant aux policiers.

— Vous pouvez être tranquille, assura le commissaire.

Erik partit à la recherche d'un distributeur automatique ou d'une cafétéria. Les bruits et les odeurs d'un hôpital lui étaient tout aussi familiers que ceux de la cuisine du Sullivan. Pourtant, depuis la mort de Sam, chaque fois qu'il y entrait, il était pris de nausées. Il dut faire un effort considérable sur lui-même pour ne pas foncer vers le parking, afin de prendre un bon bol d'air et recouvrer ses esprits.

Il ne fut pas long à découvrir le distributeur automatique, y glissa une pièce et obtint une tasse pleine d'un liquide sans grande particularité, si ce n'est qu'il était chaud. La tisane d'Helen, il la trouva à la cafétéria, un peu plus loin.

En retournant vers la salle d'attente, il croisa l'infirmière, qui le héla.

— Le Dr Wilson est avec un autre patient à ce moment précis. Dites à Mme Decatur qu'elle va prendre des nouvelles de Mme Holliday dès qu'elle aura fini. Elle viendra la voir aussitôt après.

— Je vous remercie. Je vais lui transmettre le message.

Lorsqu'il arriva dans la salle d'attente, Helen était en train de résumer aux policiers la scène qui s'était déroulée au tribunal le dernier jour du procès de divorce de Caroline. Elle leur expliquait l'inquiétude exprimée par le juge Rockingham et Jimmy Bob West pour leur sécurité à toutes deux. Erik s'assit sur une chaise à côté d'elle et lui tendit sa tasse, puis but une gorgée de son café.

— Tu as eu raison de choisir ça, fit-il en levant les yeux au ciel, c'est parfaitement immonde.

— Et pourtant, tu le bois.

— Que veux-tu, je suis désespéré. J'ai besoin de caféine, quelle qu'elle soit.

Helen secoua la tête.

— Tu n'aurais pas mieux fait de prendre du déca ?

— Cela ne changerait rien, intervint le policier. Il faut vraiment être en manque, pour avaler un truc pareil. On peut dire que je suis un habitué ici, je suis là chaque fois qu'il y a un accident ou un cas de violence domestique, alors vous imaginez. Ça doit bien faire deux ans que je les supplie de se mettre en cheville avec une de ces grandes chaînes de torréfacteurs, pour qu'ils installent une de leurs machines. Croyez-moi, ils feraient fortune.

Helen tendit l'oreille avec un intérêt accru. Son visage s'anima.

— Ça n'a pas besoin d'être une grande chaîne, suggéra-t-elle, les yeux rivés sur Erik. Qu'en penses-tu ? On pourrait proposer d'installer un café du Sullivan, comme celui que nous avons au Club du Coin ?

Le commissaire Myers la dévisagea, surpris.

— J'ai déjà goûté le café de ce restaurant. C'est le meilleur que j'aie jamais bu !

Helen sourit.

— C'est l'un des chefs, déclara-t-elle en désignant Erik d'un geste.

Pendant quelques minutes, l'atmosphère se détendit considérablement, tandis qu'ils échangeaient leurs avis sur le menu du Sullivan et sur son fameux café. Hélas, l'accalmie fut de courte durée. Bientôt, une femme à l'air épuisé et qui portait la tenue verte de rigueur au bloc opératoire apparut. Aussitôt, la tension remonta d'un cran dans la pièce.

— Alors, docteur ! lança le commissaire Myers. Quelles nouvelles ?

— Bonnes et mauvaises.

Elle hocha la tête en direction d'Helen et ajouta :

— Merci d'être venue.

— Quelle est la bonne nouvelle ? demanda le commissaire Myers.

— L'opération s'est bien passée, déclara Emily Wilson, l'expression toujours sombre.

— Il y a un *mais* ? intervint Erik.

— Son réveil ne se passe pas aussi bien que nous l'aurions espéré. Nous n'arrivons pas à stabiliser sa tension artérielle, qui ne cesse de chuter.

— Il doit y avoir une hémorragie non décelée, devina Erik avant que les autres n'aient pu réagir.

Le médecin hocha la tête.

— C'est exactement ce que nous redoutons. Le chirurgien croyait pourtant avoir arrêté tous les saignements, il y en a sûrement encore un que nous n'avons pas détecté. Les organes internes en ont pris un sacré coup.

— Est-ce qu'il va réopérer ? insista Erik, conscient du regard d'Helen rivé sur lui. Il ne reste peut-être pas beaucoup de temps.

— Il va décider cela dans la demi-heure qui vient, confirma le Dr Wilson. Vous avez l'air de vous y connaître ?

— J'étais ambulancier paramédical pendant plusieurs années.

Le commissaire l'étudia avec intérêt.

— Un ambulancier paramédical devenu chef... Il doit y avoir une histoire derrière ça.

— Elle n'est pas très intéressante, rétorqua Erik en haussant les épaules.

— Je vous tiens au courant, déclara le Dr Wilson. Commissaire, avez-vous réussi à joindre ses enfants ?

— J'ai fini par contacter son fils aîné. Il s'occupe des autres. Ils devraient être bientôt là.

— Le plus tôt sera le mieux, dit le docteur.

A côté d'Erik, Helen tressaillit. L'entourant de son bras, il lui pressa l'épaule.

— Nous ferions peut-être mieux d'y aller, suggéra-t-il.

— Non ! contra Helen aussitôt. Je dois rester. Si tu veux rentrer, prends ma voiture, Maddie ou quelqu'un d'autre pourra passer me prendre plus tard.

— Pas question. Si tu restes, je reste. Je pensais juste que ce serait sans doute mieux, si tu n'étais pas là quand ses enfants arriveront.

Helen secoua la tête.

— Ils auront peut-être des questions auxquelles je peux répondre.

— Ils peuvent aussi te faire porter le blâme pour ce qui est arrivé. N'oublie pas, ils ne peuvent pas être très objectifs, ils aiment leur mère *et* leur père.

— Il a raison, intervint le commissaire Myers. Dans ce type de circonstances, les gens ne font guère usage de leur raison. Vous m'avez donné assez d'informations pour que j'apporte des réponses à leurs questions éventuelles. Allez-y, rentrez chez vous.

Tout en continuant à parler à Helen, il croisa le regard d'Erik.

— Ne restez jamais seule, reprit-il. Je vous en conjure. Assurez-vous d'être accompagnée constamment, jusqu'à ce que nous ayons mis la main sur ce type. De toute évidence, il ne sait plus ce qu'il fait.

— Elle ne sera pas seule, l'assura Erik.

— Je parlerai à votre shérif pour qu'il mette votre bureau et votre domicile sous surveillance rapprochée, nuit et jour.

— Helen passe beaucoup de temps chez moi, dit Erik. Elle y est rarement seule.

Il lui donna l'adresse.

— Je lui transmettrai également, dit le commissaire. Ne prenez pas cela à la légère, madame Decatur. Je sais que Mme Holliday était inquiète pour vous, de même que le juge Rockingham et l'avocat de Brad Holliday. Ce que vient de vivre Mme Holliday est terrible, nous ne tenons pas à ce que cela se reproduise.

— Je comprends, acquiesça Helen en pâlissant. Je ferai attention.

Les deux policiers les accompagnèrent jusqu'à leur voiture, ce qui parut tout d'abord normal à Erik, qui cependant déchanta vite. Les deux hommes semblaient particulièrement nerveux, jetant des regards alentour, à droite, à gauche, derrière, et s'assurant que leur véhicule était sorti du parking sans encombre avant de reprendre le chemin de l'hôpital.

— J'aurais dû rester, déclara Helen lorsqu'ils arrivèrent sur le périphérique.

— Non, objecta Erik. C'est beaucoup mieux comme ça. Tu retourneras voir Caroline lorsqu'ils l'auront transférée dans une chambre et qu'elle aura besoin de compagnie. Tout ce que tu peux faire pour elle à ce stade, c'est prier.

Helen se contenta de répondre par un silence éloquent. Au bout d'un long moment, comme le silence se prolongeait, Erik commença à s'inquiéter et lui jeta un regard en coin. Elle s'était assoupie ! Visiblement, cette affaire l'avait secouée plus encore qu'elle ne l'avait laissé paraître.

Il roula jusque chez lui. Tandis qu'il préparait une soupe et une salade, elle resta assise sur le canapé, le regard fixe, perdue dans ses pensées. Elle parvint tout juste à avaler trois cuillerées de soupe et toucha à peine à la salade.

N'y tenant plus, elle repoussa son assiette et leva vers lui des yeux implorants.

— Tu veux bien appeler l'hôpital pour avoir des ses nouvelles, s'il te plaît ? Tu es plus à l'aise avec le jargon médical, comme ça tu pourras me traduire en bons termes ce qu'on t'aura dit.

— D'accord.

Il fit le numéro de l'hôpital. Par chance, le Dr Wilson se trouvait justement dans les parages.

— J'appelle pour savoir si vous avez du nouveau pour Caroline Holliday.

— Ils l'ont réopérée et sont parvenus à localiser le saignement. Depuis, sa pression a remonté, elle est presque normale. Je suis raisonnablement optimiste, avec quelques réserves, toutefois. Il ne faut pas oublier que son corps a subi un traumatisme important, elle a encore du chemin à faire. Ses enfants sont avec elle. Ils sont tous là, sauf sa fille, qui refuse de croire que son père ait pu faire une chose pareille. Elle est persuadée que quelqu'un d'autre est responsable et que sa mère met ça sur le dos de son mari, pour se venger, en quelque sorte.

— Le déni, commenta Erik. Le refus d'accepter la réalité, c'est assez courant. Vous permettez que je vous rappelle de temps en temps, pour prendre des nouvelles ? Helen se ronge les sangs pour elle.

— Bien sûr. Au fait, reprit le Dr Wilson, ça me revient. Le commissaire Myers m'a parlé de la possibilité d'installer un café

Sullivan ici, à l'hôpital. J'espère que ce n'est pas une idée en l'air. En tout cas, je serais enchantée et je ne serai pas la seule, croyez-moi ! Tout le personnel serait ravi de pouvoir avoir accès de temps en temps à du café et à des repas décents, ça changerait notre quotidien.

— J'en parlerai à ma patronne demain matin, à la première heure, promit-il. Elle sera peut-être intéressée.

— Tu as mis le temps, grommela-t-elle entre ses dents. Vous aviez beaucoup de choses à vous raconter, toi et le Dr Wilson ?

Qu'est-ce qui lui prenait ? se demanda Erik, perplexe. Il décida d'expliquer sa réaction par l'excès de fatigue, à laquelle s'ajoutait l'inquiétude. Elle ne pouvait quand même pas être jalouse !

— Caroline va mieux, fit-il d'une voix douce. Ils l'ont réopérée et sont parvenus à arrêter le saignement. Le Dr Wilson est plus optimiste.

— Parfait. Mais ne me dis pas qu'il lui a fallu tout ce temps-là pour te dire simplement ça ! De quoi d'autre avez-vous parlé ?

Il la contempla, éberlué.

— Ne viens pas me dire que tu es jalouse ! C'est toi qui m'as demandé de l'appeler.

— Evidemment que je ne suis pas jalouse, rétorqua-t-elle en fronçant les sourcils.

— Tant mieux, parce que ça ne collerait pas avec notre relation, n'est-ce pas ?

Elle soupira.

— Non, bien sûr que non. Excuse-moi.

— Tu es inquiète, je comprends très bien, dit-il gentiment. Ecoute, si nous regardions ce film que j'ai apporté hier ? Ça t'aiderait peut-être à te changer les idées.

Elle hésita, visiblement tentée.

— D'accord, fit-elle enfin en hochant la tête.

Il sourit.

— Je sais que tu adores voir Katharine Hepburn mener Spencer Tracy par le bout du nez.

— Ça, c'est vrai, s'exclama-t-elle, le visage soudain plus détendu.

Il adorait chez elle cette façon étonnante qu'elle avait de prendre la vie à pleins bras, avec tout ce qu'elle offrait. S'en lasserait-il un jour ? se demanda-t-il, troublé. Il en doutait. Pourtant, il faudrait bien qu'il y renonce, car tout engagement était pour lui hors de question. Totalement.

19

Le lendemain matin, Helen était déjà sur le pas de la porte, lorsque son portable sonna.

— Je veux que tu t'arrêtes au Club du Coin, ordonna Maddie, et que tu m'expliques, exactement et en détail, ce qui s'est passé hier. Pourquoi ne m'as-tu pas appelée ? J'aurais pu t'accompagner à l'hôpital !

— C'était plus logique de demander à Erik. Je sais que tu es forte, Maddie, et que tu n'as peur de rien, mais n'oublie pas que tu as cinq enfants, maintenant. Ce serait idiot de te mettre en danger à cause de moi.

— D'accord, je comprends, concéda Maddie à contre-cœur.

Traditionnellement, les Sweet Magnolias s'étaient toujours prêté main-forte en cas de crise. Rien d'étonnant à ce qu'elle se sente un peu vexée d'avoir été laissée en dehors.

— Je veux tout de même entendre de ta bouche ce qui est arrivé exactement, insista-t-elle. Il te faut combien de temps pour arriver ?

— Ecoute, Erik va me conduire au bureau, j'ai beaucoup de travail à rattraper, argua Helen.

— Ça attendra. Dis-lui qu'il te dépose ici. Elliott t'emmènera. Je suis sûre qu'Eric sera d'accord avec moi pour reconnaître qu'Elliott fait un garde du corps de première classe.

Il n'y avait pas moyen d'y échapper, se dit Helen. Maddie ne serait pas tranquille tant qu'elle n'aurait pas vu, de ses yeux vu, qu'elle allait bien. Elle n'avait pas encore lu le journal du matin, ce qui était d'ailleurs inutile. Elle se doutait bien que ni la presse déchaînée ni les gens de Serenity n'avaient transmis les faits avec objectivité.

— D'accord, concéda-t-elle. Je serai là dans cinq minutes.

Une fois dans la voiture, elle expliqua le changement de plan à Erik.

— Tu n'auras pas besoin d'attendre. Je sais que tu dois être au Sullivan le plus vite possible. Maddie m'a promis qu'Elliott m'emmènerait au bureau.

— Tu ne vas pas décider à la dernière minute que tu ne veux pas le déranger et y aller toute seule, tu me le jures ? fit-il sans dissimuler son inquiétude.

— Non, assura-t-elle. Crois-moi, quand j'ai entendu tout ce que Brad avait fait subir à Caroline, ça m'a plutôt refroidie. Je n'ai pas plus envie de prendre de risques que toi de me voir en prendre.

— Entendu, dit-il en se garant devant le Club du Coin. Appelle-moi sans faute dès que tu arrives au bureau. Je veux être sûr qu'il y a un policier en faction devant la porte. Si l'immeuble n'est pas sous surveillance comme le shérif l'a promis, il va m'entendre ! J'irai voir le juge directement. Pas de discussion, d'accord ?

— D'accord. Tu ne peux vraiment pas t'empêcher de t'inquiéter, n'est-ce pas ? lança-t-elle d'un ton léger en l'embrassant sur la joue. Je t'appelle, c'est promis.

Elle trouva Maddie dans son bureau, en train d'examiner une demi-douzaine de serviettes de bain qu'elle avait étalées sur son bureau.

— Tâte-les ! ordonna-t-elle. Et dis-moi ce que tu penses.

Haussant les épaules, Helen s'exécuta. Elle les prit une par une et les pressa entre ses mains. Certaines étaient rêches, d'autres trop fines. Dans le tas, deux se distinguaient par leur douceur et leur épaisseur. Elles étaient beaucoup plus luxueuses et probablement bien trop chères.

— J'en déduis que nous changeons les serviettes ? commenta-t-elle.

— Quand nous en avons acheté initialement, nous avons privilégié le prix, expliqua Maddie. Jeanette pense que nous devrions investir dans des modèles de meilleure qualité, plus confortables, afin que nos clientes se sentent vraiment chouchoutées, quand elles viennent ici.

— Je vous fais confiance, à toi et à Jeanette. Est-ce qu'il y a une grande différence de prix entre ces deux-là ? s'enquit-elle en tâtant les deux plus belles.

Il y avait quelque chose de reposant dans cette conversation banale. Comme c'était agréable de ne pas parler de Brad Holliday, pour une fois ! songea-t-elle.

Maddie fit glisser une feuille de papier vers elle.

— Tu as choisi celles que Jeanette préfère. Moi, le prix me fait sourciller.

— Il vaut voir. A long terme, cela peut être un investissement rentable, comme pour les sorties de bain. Jeanette avait raison : elles ont bien tenu le coup, contrairement aux serviettes moins chères.

— C'est vrai, concéda Maddie. Alors, lequel de ces deux modèles ?

Helen haussa les épaules.

— Ni la qualité ni le prix ne font vraiment la différence. Qu'en est-il des fournisseurs ?

— Ce modèle-là vient de chez le fournisseur qui nous a vendu les sorties de bain dont nous sommes si contentes.

— Alors, le choix est fait. Ce fournisseur acceptera peut-être même de t'accorder une réduction, puisque tu es déjà cliente, dit Helen en reposant les serviettes sur le bureau. Bien ! Tu ne m'as quand même pas fait venir jusqu'ici pour une histoire de serviettes, je présume. L'intendance, c'est ton rayon, pas le mien. Est-ce que tu ne serais pas plutôt en train d'essayer d'endormir mes soupçons, avant de me bombarder de questions embarrassantes ?

Maddie sourit.

— On ne peut rien te cacher.

— Bon. Allez, vas-y, qu'on en finisse.

— Es-tu enceinte d'Erik ? lança Maddie sans préambule.

Helen n'en crut pas ses oreilles.

— Quoi ? Mais tu m'as dit que tu voulais me parler de Brad et de Caroline Holliday, lança-t-elle, indignée.

— J'ai pensé que j'aurais plus de chances d'avoir une réponse honnête de ta part concernant Erik, si je te prenais par surprise.

— Pourquoi voudrais-tu que je sois enceinte ?

— Je sais reconnaître les signes. Tu as eu des nausées deux fois quand tu es venue ici le matin. J'ai remarqué également que tu es beaucoup plus irritable ces temps-ci. Alors ?

— Alors, rien, grommela Helen.

— Menteuse. Tu retardes le moment d'affronter la vérité, parce que tu sais qu'elle aura des conséquences énormes.

— Maddie, ne t'en mêle pas, la supplia Helen. Ce sont mes affaires. Laisse-moi m'en occuper.

— Crois-moi, je serais la première à te laisser régler ça toute seule, si je t'en savais capable.

— J'ai un plan.

— Un plan qui ne tient pas compte de ce qu'Erik ressentira.

— Si ! Nous avons toujours été très clairs l'un envers l'autre quant aux limites de notre relation.

Maddie l'examina sans dissimuler son scepticisme.

— Tu vois, tu es enceinte…

Helen soupira.

— Peut-être.

— Oh, ma chérie ! Que vas-tu faire maintenant ? s'exclama Maddie avec une certaine inquiétude.

— Ça va aller, j'en suis sûre.

— Le crois-tu vraiment ? Et Dana Sue… Penses-tu vraiment que Dana Sue va sauter de joie en apprenant tes manigances ?

— Ça ne la regarde pas. C'est entre Erik et moi.

— Erik n'a même pas eu son mot à dire dans cette affaire. Tu n'as pensé qu'à toi. Quand as-tu l'intention de lui annoncer la nouvelle ?

— Pour l'instant, je n'ai aucune certitude, il n'y a donc rien à annoncer. J'ai rendez-vous lundi avec le médecin. Après, je déciderai.

Maddie fut horrifiée.

— C'est *ça*, ton plan ? Tu envisages de le quitter sans lui dire que tu es enceinte ?

— Erik ne veut pas se marier, il ne veut pas d'enfants, alors, oui, c'est mon plan. Il n'a pas besoin de savoir. Je peux très bien me débrouiller toute seule.

— Erik tient à toi. Beaucoup. Vous êtes amis avant d'être amants. As-tu songé à la possibilité qu'il puisse être heureux, voire fou de joie, d'apprendre qu'il va être père ?

— Il ne sera pas content, affirma Helen. Fais-moi confiance.

Mais elle n'en était plus si sûre. Les paroles de son amie l'avaient ébranlée.

— Helen… Je ne t'approuve pas du tout.

— Merci pour ton soutien, déclara Helen sèchement.

— Tu auras toujours mon soutien, répondit Maddie, mais ne me demande pas de demeurer impassible pendant que tu fais la plus grosse bêtise de ta vie ! Parle à Erik et aussi à Dana Sue, avant de perdre deux de tes meilleurs amis. Tu leur dois la vérité, Helen. N'attends pas qu'une bonne âme vende la mèche.

Helen écoutait Maddie, secouée.

— Je ne veux pas les perdre, murmura-t-elle. Je tiens à eux comme à la prunelle de mes yeux.

— Vraiment ? Alors pourquoi n'es-tu même pas capable d'être honnête avec eux ? Je ne plaisante pas, Helen. Parle-leur — ou bien c'est moi qui m'en charge !

Helen la dévisagea, épouvantée.

— Tu ne ferais pas ça.

— Je me gênerais ! Je sais que je me mêle de ce qui ne me regarde pas, mais, quand je te vois détruire ta vie comme ça, je ne peux pas rester indifférente. Je dois faire tout en mon pouvoir pour t'en empêcher. Donne au moins à Erik le choix de sa décision. Il pourrait te surprendre, qu'est-ce que tu en sais ?

Elle braqua sur Helen un regard pénétrant, avant d'ajouter :

— Je te donne jusqu'à mardi.

— Mardi ? répéta Helen.

— Tu seras fixée d'ici là. Ne perds pas de temps avant d'annoncer la nouvelle, d'accord ? Je ne plaisante pas.

Helen sut, au ton employé par Maddie, que sa détermination n'était pas feinte.

— C'est trop tôt pour l'annoncer, lança Helen en s'accrochant à ce qu'elle pouvait pour tenter d'amadouer Maddie. Il existe un risque accru de fausse couche, à mon âge, tu le sais bien. Regarde, toi, pour ta dernière grossesse, tu as bien attendu plus de quatre mois avant de nous dire que tu allais avoir un bébé.

— Cette excuse ne tient pas debout. Je l'ai dit à Cal, parce que le père a le droit de savoir depuis le début. Tu dois le dire à Erik, pour la même raison.

— Mais si je perds le bébé, je n'aurai pas droit à une seconde chance, pas avec Erik en tout cas.

— Ça, c'est le risque que tu prends, dit Maddie, inflexible.

Helen soupira.

— Ecoute, Maddie, c'est à moi de décider quand le moment sera venu, pas à toi.

— Mardi, répéta Maddie d'un ton sans réplique. En attendant, je vais appeler Elliott pour qu'il t'accompagne à ton bureau.

— Je ne savais pas que tu pouvais être aussi intransigeante, fit Helen avec une admiration mitigée. Je me demande bien où tu as appris ça.

— Ne va pas chercher bien loin. Je t'ai beaucoup fréquentée, c'est normal que ça finisse par déteindre.

— J'aurais dû me douter que je regretterais un jour mon influence sur toi… Je te tiens au courant.

Maddie hocha la tête.

— Je compte sur toi.

Helen eut du mal à réprimer un sourire.

— C'est bon, le message est passé. Tu peux ôter ta casquette de justicière.

*
* *

Au moment où elle arrivait au Club du Coin pour y faire sa gym quotidienne, Karen aperçut Elliott, qui en sortait bras dessus bras dessous avec Helen. Aussitôt, elle ressentit une jalousie dévorante, irrationnelle. Surtout qu'Elliott se penchait vers sa compagne, attentif à ce qu'elle avait à lui dire. Karen était tellement absorbée par ce qu'elle venait de découvrir qu'elle percuta Maddie de plein fouet.

— Je suis vraiment désolée, balbutia-t-elle.

Maddie, qui sortait de son bureau, suivit la direction de son regard.

— Je croyais que vous aviez rompu avec Elliott.

— C'est vrai, reconnut Karen.

— Et vous le regrettez ? demanda-t-elle d'une voix chargée de sympathie.

— J'ai peut-être un peu précipité les choses. De toute façon, j'ai l'impression que, lui, il n'a pas mis longtemps à tourner la page.

Maddie secoua la tête.

— Je ne sais pas ce qui se passe en ce moment, toutes les femmes autour de moi ont, comme qui dirait, perdu la tête !

— Je vous demande pardon ?

— Ce n'est rien, fit Maddie. Croyez-moi, Elliott n'est pas plus intéressé par Helen qu'elle ne l'est par lui. Il la raccompagne à son bureau parce qu'elle a été menacée par un type. Elle ne doit sortir seule sous aucun prétexte en ce moment. N'ayez aucune crainte en ce qui la concerne.

— Je vois, dit Karen, visiblement soulagée.

— Si vous tenez à lui, ne restez pas comme ça. Elliott n'a que l'embarras du choix, ici, avec toutes les femmes qui le courtisent ! Jusque-là, il est resté de marbre, seulement, on ne sait jamais, ça peut changer d'un jour à l'autre.

— Qu'est-ce que je dois faire ?

— Dites-lui ce que vous ressentez. Soyez honnête. Ce n'est,

hélas, pas le cas de beaucoup de gens, ces temps-ci ! ajouta-t-elle avec ardeur.

— Il s'agit toujours de moi et d'Elliott ? s'étonna Karen.

— Pas uniquement. Seulement, n'oubliez pas ce que je viens de vous dire. La franchise et l'honnêteté sont des valeurs de base dans toute relation, des valeurs incontournables. Si vous esquivez l'une ou l'autre, vous allez au-devant de l'échec.

Karen hocha la tête.

— J'y penserai.

Maddie lui pressa l'épaule affectueusement, avant de se diriger vers la salle de soins.

Un quart d'heure plus tard, Elliott entrait. Karen, qui avait fait, à contrecœur, quelques pas sur le tapis roulant, le vit aussitôt. Elle arrêta la machine et traversa la salle avec détermination, jusqu'à se trouver pratiquement nez à nez avec lui. C'était la première fois depuis leur rupture qu'elle allait vers lui délibérément. Elle posa les mains sur ses épaules, se mit sur la pointe des pieds et lui donna un baiser si torride qu'il aurait fait fondre un iceberg. Lorsqu'elle recula enfin, Elliott était visiblement très troublé.

Le temps parut s'être arrêté.

— Je croyais que nous avions rompu, murmura-t-il enfin.

Elle haussa les épaules.

— J'ai changé d'avis. Je me suis dit que c'était une mauvaise idée. Qu'est-ce que tu en penses ?

Il réprima un sourire.

— J'ai toujours pensé que c'était une mauvaise idée.

— Alors, tu veux bien sortir avec moi, dimanche ? Juste tous les deux ?

Il secoua la tête. Karen crut que son cœur allait se briser dans sa poitrine.

— Je veux bien sortir avec toi, dimanche, uniquement si tu viens avec les enfants. C'est l'anniversaire de ma nièce, Angela, il y a une fête de famille.

Karen le dévisagea, abasourdie.

— Et tu veux nous y amener ?

— Oui, déclara-t-il d'un ton solennel.

— Ta famille va poser des questions.

— Crois-moi, je sais ça encore mieux que toi. Et toi, t'y sens-tu prête ?

Elle réfléchit. Repensa à ce que Frances avait dit et répété — combien Elliott aimait la famille, à quel point il saurait l'épauler quoi qu'il arrive. C'était peut-être sa chance de le vérifier. Elle aurait peut-être les réponses à toutes les questions qu'elle se posait.

Elle leva les yeux, plongea son regard dans le sien, puis hocha la tête.

— Je crois que oui.

— Dans ce cas, je passe vous prendre, toi et les enfants, à midi. Inutile d'acheter un cadeau, j'apporterai quelque chose de notre part à tous.

— De notre part à tous ? répéta-t-elle, incrédule. Ça en dit long.

Il confirma.

— Ça te pose un problème ?

— Non. Non, aucun, fit-elle lentement.

Le visage d'Elliott s'éclaira d'un large sourire. Le premier depuis longtemps. Il posa ses doigts doucement sur la joue de Karen.

— Je suis heureux que tu aies changé d'avis, *querida*.

C'était la première fois qu'il l'appelait « chérie ». Ce mot tendre combla le cœur de Karen — son cœur resté solitaire longtemps, bien trop longtemps.

— Moi aussi, murmura-t-elle. Mais n'allons pas trop vite, d'accord ? ajouta-t-elle, la raison reprenant vite le dessus.

— Quelle est la vitesse limite ? Précise-le, pour que je connaisse les règles.

Tout à coup, tout parut plus simple ; Karen se sentit plus téméraire qu'elle ne l'avait été pendant des années.

— Pas de règles, déclara-t-elle. On improvise.

— De l'improvisation lente, conclut Elliott. Ça me convient. Ça me convient tout à fait.

*
* *

Après que l'obstétricien l'eut examinée sans qu'elle réussisse à déchiffrer son expression, Helen se rhabilla et le rejoignit dans son bureau.

Elle s'assit en face de lui et l'observa tandis qu'il notait ses remarques dans son dossier. Son cœur battait la chamade. Plus que quelques secondes et elle saurait si, oui ou non, elle allait enfin avoir ce bébé tant espéré.

Au bout de ce qui parut à Helen une éternité, le médecin leva les yeux vers elle et la contempla d'un air grave. Seigneur, se dit-elle, de plus en plus paniquée, que se passait-il ? Y avait-il de mauvaises nouvelles — voire pas de nouvelles du tout ?

— Vous éprouvez le désir très fort d'être enceinte, n'est-ce pas ? Nous en avons parlé lors de votre dernière visite.

Incapable d'articuler une seule parole, elle hocha la tête.

— Eh bien, votre vœu est exaucé. Vous allez avoir un bébé…

Il y avait un « mais ». Helen l'entendit, assourdissant, terrifiant.

— Pourquoi ai-je l'impression très nette que vous ne vous réjouissez pas de cette nouvelle autant que moi ?

— Je ne vous cache pas que je suis quelque peu inquiet. Votre tension vous pénalise. Vous allez avoir beaucoup de mal à mener cette grossesse à terme.

— Je viens de traverser une période assez stressante, mais je vais faire tout mon possible pour faire baisser cette fichue tension, promit-elle avec enthousiasme. Je vous obéirai au doigt et à l'œil, docteur. Je tiens à avoir ce bébé plus que tout au monde !

— Même si je considère indispensable, à un moment donné, le repos total au lit ? demanda-t-il sans cacher son scepticisme.

— Tout à fait ! lança-t-elle sans la moindre hésitation.

Qu'importe ! Elle trouverait bien le moyen de se débrouiller. Elle enverrait ses clientes vers d'autres avocats. Elle prendrait une aide ménagère. Elle mettrait toutes les chances de son côté. A cœur vaillant, rien d'impossible ! se dit-elle pour se sentir plus forte encore. Rien, absolument rien ne viendrait entraver sa chance de devenir mère.

— Le stress fait partie intégrante de votre quotidien. Comment comptez-vous l'en chasser ?

— Je ferai du yoga, de la méditation. De l'exercice.

— Hum... Il me semble avoir déjà entendu cette promesse, il y a de cela plusieurs mois.

— Je l'ai tenue.

— Votre tension me raconte une autre histoire.

— Je ferai mieux. Vraiment. Je serai la patiente modèle. Rien au monde ne compte plus pour moi que d'avoir un bébé en bonne santé.

Elle constata avec soulagement qu'il paraissait la croire. Sans un mot, il se mit à rédiger une ordonnance.

— Ça, expliqua-t-il, ce sont des vitamines prénatales, et ça, c'est un diurétique plus efficace que celui que je vous ai déjà donné. Il faut à tout prix éviter la rétention d'eau. Prenez-les et faites tout ce que vous m'avez promis. Je veux vous revoir dans deux semaines. Si vous voulez amener ce bébé à terme, nous allons devoir vous surveiller de très près.

— Etes-vous à même de me dire à quel stade j'en suis, à peu près ?

— Je dirais un mois, peut-être six semaines tout au plus. Nous en saurons plus la prochaine fois quand nous ferons une échographie.

Il la gratifia d'un sourire, le premier depuis le début de la consultation, avant d'ajouter :

— Félicitations, Helen. Je ferai tout pour m'assurer que vous ayez le beau bébé que vous désirez tant. C'est à vous de jouer, désormais. Evitez le stress par-dessus tout. C'est bien compris ?

— Oui, l'assura-t-elle en hochant la tête.

Il lui restait encore à faire face à deux conversations stressantes. Deux conversations incontournables. D'ici là, Brad serait, on pouvait l'espérer, sous les verrous. Alors, elle avait bien l'intention d'éliminer tout ce qui risquait, d'une manière ou d'une autre, de faire monter sa tension.

Le mieux était de commencer par Dana Sue. Une fois que Dana Sue se serait calmée, il serait plus aisé de voir comment elle annoncerait la nouvelle à Erik. Quelle que soit leur réaction à tous deux, elle n'aurait pas d'autre choix que de tirer un trait et de repartir du bon pied. Dorénavant, ce bébé était sa priorité numéro un. Point final.

Depuis trois mois, Erik se trouvait dans une situation inédite pour lui : il vivait avec une femme qui semblait ne rien attendre de lui — rien sauf des nuits torrides au cours desquelles leurs corps épanchaient leur soif inextinguible l'un de l'autre. En somme, le rêve de bien des hommes… Pourtant, il ne se sentait pas satisfait, et des questions s'accumulaient dans son esprit. Surtout depuis la semaine dernière.

Helen s'était montrée quelque peu irritée par son insistance à la protéger, il ne pouvait le nier, même si elle-même craignait une agression de Brad Holliday. Mais cela ne suffisait pas à tout expliquer. Elle était beaucoup plus calme que d'habitude, beaucoup plus réservée, surtout depuis le jour où Caroline Holliday s'était retrouvée à l'hôpital. La peur aurait suffi à expliquer son attitude, si ce n'était qu'Helen, loin d'être timorée, était plutôt du genre à affronter le danger de face. Non, c'était sûrement quelque chose en rapport avec lui, se dit-il, le cœur empli soudain d'angoisse.

Il se dirigeait vers la cuisine du Sullivan, lorsqu'il entendit des voix fortes provenant du bureau de Dana Sue. La voix de sa patronne et celle d'Helen. Incapable de se retenir, il se rapprocha de la porte.

— Bon sang, Helen ! A quoi songeais-tu ? s'exclamait Dana Sue. Comment as-tu pu faire une chose pareille ? Maddie est au courant, n'est-ce pas ? C'est pour ça qu'elle était si remontée contre toi, ces derniers temps ?

— Oui, Maddie a deviné. Mais calme-toi, il n'y a pas de quoi te mettre dans des états pareils, répliqua Helen sèchement. Tu sais depuis le début que je couche avec Erik, je n'en ai pas fait un mystère. En tout cas, pas depuis que je vis chez lui à cause des menaces de Brad Holliday.

— Bien sûr. D'ailleurs, je dois reconnaître que je me réjouis de vous savoir ensemble. Vous êtes parfaits l'un pour l'autre. Mais si je m'attendais à t'entendre me balancer tout de go que, maintenant que tu es enceinte de lui, tu vas le quitter… ! Tu t'es servie de lui ! Helen, comment as-tu pu ?

En entendant les paroles de Dana Sue, Erik se figea. Peu à peu, les paroles des deux femmes se frayèrent un chemin dans sa conscience. Helen était enceinte ? C'était impossible ! Elle lui avait dit… Que lui avait-elle dit, au fait ? Il fouilla sa mémoire, essayant de se souvenir d'une seule conversation qu'ils auraient eue, concernant la contraception. Tout à fait au début ? Ils avaient dû aborder le sujet, sûrement ? Tout à coup, cela lui revint. Elle lui avait affirmé, très vite, sans donner de détails, qu'il n'avait pas à s'inquiéter. Il l'avait crue sur parole. Pourquoi en aurait-il été autrement ? Helen n'était-elle pas une personne de confiance ?

Et voilà qu'elle se retrouvait enceinte ? Qui plus est, s'il fallait en croire les paroles de Dana Sue, elle avait tout fait pour. Apparemment, elle voulait un bébé et l'avait choisi, lui, pour réaliser ce souhait, bien qu'il lui ait dit et répété qu'il ne voulait pas entendre parler d'enfant !

Une colère sourde s'empara de lui. Sans plus réfléchir, il ouvrit la porte d'un coup brusque et fit irruption dans le bureau de Dana Sue. Les deux femmes le contemplèrent les yeux écarquillés. Il se tourna d'abord vers Dana Sue.

— Laisse-nous, s'il te plaît ! ordonna-t-il d'un ton sans réplique.

Elle s'extirpa tant bien que mal de derrière son bureau et, après un dernier regard plein de sympathie vers Erik, quitta la pièce.

Le premier moment de surprise passé, Helen pivota vers lui, l'air étonnamment calme.

— Tu as entendu…

— J'ai entendu. Et je te prie de tout reprendre depuis le début, en détail. Je veux être certain de posséder tous les éléments.

— Il n'y a aucune raison pour que tu te fâches, dit-elle d'un ton si raisonnable qu'Erik explosa.

— Ce n'est pas à toi de décider de ça ! rétorqua-t-il. Tu t'es débrouillée pour tomber enceinte, c'est ça ?

Elle acquiesça.

— Mais je n'attends rien de toi. Je suis heureuse, Erik, vraiment heureuse. Je veux un bébé plus que tout au monde depuis si longtemps, tu sais ?

— Plus que tout au monde…, répéta-t-il d'une voix glaciale. Et moi ?

— Nous en avions parlé…

— Ah, oui ? Je ne me souviens pas quel rôle tu avais l'intention de m'accorder dans l'affaire. Cela ne t'a donc pas effleurée que je puisses avoir mon mot à dire ?

Elle déglutit.

— Je comprends ton point de vue. J'aurais probablement dû en discuter avec toi.

Erik sentit la moutarde lui monter au nez. C'est tout juste s'il ne hurla pas.

— « Probablement » ? C'est tout ce que tu trouves à dire ?

Il dut lutter pour recouvrer le contrôle de lui-même, tandis qu'elle le contemplait, l'air sérieux.

— Erik, je te jure que je peux offrir à cet enfant tout ce dont il aura besoin. Je n'attends absolument pas que tu t'investisses dans sa vie, je t'assure. Ce n'est pas comme si j'avais fait ça pour te prendre au piège ou te jouer un sale tour.

Erik, livide, dut serrer les poings pour ne pas la secouer comme un prunier.

— Et si je *voulais* m'investir dans la vie de cet enfant ?

Elle eut l'impression de recevoir une claque.

— Quoi ? s'exclama-t-elle, interloquée.

— Je viens de te demander si tu as pensé que je puisse *vouloir* m'investir dans la vie de cet enfant et, en supposant que ce soit le cas, quel est ton avis sur ce point.

— Je sais très bien que tu ne veux pas d'enfants.

— Et pourtant, tu attends mon bébé. Paradoxal, tu ne trouves pas ? conclut-il d'un ton grinçant.

— C'est *mon* bébé. J'assume entièrement la responsabilité de ce qui est arrivé.

— Ça ne marche pas comme ça, ma belle, figure-toi.

Erik en voulait-il à Helen d'être tombée enceinte sans lui demander son avis, ou bien surtout de le laisser de côté, comme un géniteur anonyme ? Il n'aurait su le dire. Ce qui était certain, c'est qu'il était fou de rage.

C'est vrai, il n'avait pas eu l'intention de devenir père, pas après avoir perdu son bébé en même temps que sa femme. La douleur que cette perte avait engendrée était si terrible, si insoutenable, qu'elle ne s'était jamais atténuée et qu'il ne voulait pas affronter le risque de la revivre.

Quant à se remarier, il ne l'avait pas envisagé, surtout pas avec Helen. Pourquoi changer la donne d'une relation qui lui convenait parfaitement ? Une relation sans complications, sans attaches, fondée sur une formidable entente sexuelle et pimentée d'échanges enrichissants.

Et voilà que, soudain, les événements l'obligeaient à revoir toute sa vie. Car il n'était pas question qu'il soit tenu écarté de la vie d'Helen ni de celle de leur enfant.

Il s'empara de la chaise libre devant le bureau de Dana Sue et s'y assit à califourchon, faisant face à Helen. La pièce était si petite que la jeune femme n'avait pas d'autre choix que de rester où elle était, et de l'écouter. En dépit du choc qu'il venait de subir en apprenant ce qu'elle venait de lui annoncer, Erik se sentait les idées très claires.

— Voilà ce qui va se passer, déclara-t-il en fixant intensément Helen. Tu as eu ce que tu voulais : tu es enceinte. Maintenant, c'est à mon tour de faire ce que je veux. Tu m'écoutes, Helen ? Je tiens à ce que tu écoutes attentivement ce que j'ai à te dire.

Elle hocha la tête.

— Toi et moi, nous allons nous marier. Je vais t'accompagner pendant cette grossesse. Après la naissance du bébé, si tu tiens tant que ça à être une supermaman et à continuer ce chemin toute seule, nous envisagerons de divorcer, mais nous partagerons la garde de cet enfant.

Elle le contempla sans parvenir à dissimuler sa panique.

— Tu n'es pas sérieux ? balbutia-t-elle.

— Je suis aussi sérieux qu'on peut l'être.

— Mais... pourquoi ?

— Parce que j'ai déjà perdu un bébé et que je n'ai rien pu y faire. Je ne veux pas en perdre un autre. Si tu penses que je vais changer d'avis quand j'aurais eu le temps de digérer tout cela, tu te trompes lourdement.

— Tu ne peux pas m'obliger à t'épouser, protesta-t-elle. Nous ne sommes même pas amoureux l'un de l'autre !

— Tu aurais dû y penser avant d'ourdir tes manigances !

Sur ces mots, il se leva et quitta la pièce.

Une fois dans la cuisine, il souffla un grand coup. En fin de compte, la perspective de se marier le contrariait moins qu'il ne l'aurait cru. D'accord, Helen l'avait mis hors de lui en lui faisant un enfant dans le dos. Mais il était très angoissé à l'idée qu'elle fasse ce bébé toute seule — et puisse le perdre. Après tout, à quarante-trois ans, elle était dans la tranche d'âge où les risques de fausse couche étaient considérables.

Et puis, au fond, songea-t-il à mesure que sa colère s'apaisait, il désirait suffisamment Helen pour avoir envie de partager sa vie. Cela, depuis longtemps déjà, même s'il avait bien trop peur jusque-là pour l'admettre.

20

— Qu'est-ce que j'ai fait, mon Dieu ? murmura Helen lorsque Dana Sue la rejoignit dans le bureau.

— On peut dire que tu as gagné, rétorqua froidement son amie. Je n'ai jamais vu Erik aussi en colère. Qu'est-ce qu'il t'a dit exactement ?

Encore sous le choc, Helen resta figée, le regard fixe.

— Il dit qu'il veut m'épouser. Je crois bien qu'il ne plaisante pas.

— Ça, alors ! s'exclama Dana Sue, soudain détendue. Pour une nouvelle, c'est une nouvelle ! Entre nous, ce n'est pas si surprenant que ça.

Son visage s'éclaira d'un sourire.

— Ce n'est pas drôle, grommela Helen. Et c'est très surprenant, au contraire. Mon but n'était pas de lui faire le coup de la grossesse pour l'obliger à me passer la bague au doigt.

— Enfin, Helen, tu connais Erik ! Attentif, loyal, protecteur, c'est le chevalier servant par excellence. Il n'y a qu'à voir comment il se conduit avec Annie et moi. Tu le sais, tu l'as vu. Malgré cela, tu ne t'es pas doutée de sa réaction s'il y avait un bébé en route ?

— De là à vouloir m'épouser… Tu ne trouves pas qu'il pousse le sentiment de protection un peu loin ?

— Apparemment, il n'est pas de cet avis-là.

— Et l'amour ? Qu'est-ce que tu en fais ? lança Helen.

Dana Sue lui jeta un regard qui en disait long.

— Il me semble que tu y penses un peu tard ! De toute façon, il est évident que vous avez des sentiments l'un pour l'autre !

Seulement, vous êtes beaucoup trop têtus pour le reconnaître. Tu vois, même si je n'approuve pas ton procédé, Helen, ce bébé est la meilleure chose qui pouvait vous arriver. Sans lui, Erik et toi seriez restés des années à danser la valse hésitation.

— Mais je ne veux pas me marier ! protesta Helen.

— Trop tard ! fit Dana Sue avec un grand sourire.

Elle attrapa le calendrier sur le bureau.

— Alors, pour la date… Telle que je te connais, tu voudras être à ton avantage — jupes étroite et les talons aiguilles. Il vaut donc mieux ne pas attendre que tu aies du ventre. D'un autre côté, un mariage demande de la préparation.

Helen la fusilla du regard.

— Il n'y aura pas de mariage, déclara-t-elle sèchement.

— Tu veux parier ? lança Dana Sue.

— Il n'y aura pas de mariage, répéta Helen entre ses dents.

Dana Sue fit mine de n'avoir rien entendu.

— Voilà ce que je te propose : rendez-vous demain matin, à 8 heures, au Club du Coin avec Maddie, pour établir des listes. Tu vas adorer ça. J'ai hâte de voir la tête qu'elle va faire quand elle va apprendre la nouvelle !

— Elle ne sera pas aussi étonnée que tu le crois. Elle avait tout compris. Elle a même tout fait pour me décourager de tomber enceinte, alors que je ne lui avais encore rien dit.

— Et moi qui n'ai rien vu venir ! Je devais être trop préoccupée par mes soucis personnels. Il va falloir que je fasse attention, surtout si tu te mets à devenir cachottière.

— Ce n'est pas du tout ça…

Dana Sue la foudroya du regard.

— Bon, d'accord, reprit Helen, disons que ce n'est pas tout à fait la vérité. Je savais que, toi aussi, tu essaierais de me dissuader ou que tu préviendrais Erik. Voilà pourquoi je ne t'ai rien dit.

— Bref, te voilà réduite à épouser un homme qui est furieux contre toi.

— Je te dis et je te répète qu'il n'y aura pas de mariage.

— Change de refrain, ma chérie, tu perds ton temps. C'est comme si tu prêchais dans le désert. Quand on a vu la détermination dans le regard d'Erik, il n'y a aucune place pour le doute. Allez, rencontrons-nous demain avec Maddie pour organiser un mariage selon tes vœux. Ça va être génial ! conclut-elle, visiblement enchantée.

— Depuis quand les Sweet Magnolias pactisent-elles avec un étranger contre l'une d'elles ?

— Quand c'est la bonne décision. Erik et toi, vous êtes faits l'un pour l'autre et vous ferez de merveilleux parents.

— *Ils vécurent heureux et eurent beaucoup d'enfants...*, grommela Helen. Tu rêves ! Tu le dis toi-même : Erik est furieux contre moi. On ne construit pas un mariage sur de telles bases. C'est l'échec garanti. Je refuse de me prêter à une telle farce. Personne ne pourra m'y obliger.

La loi était sûrement de son côté : on ne pouvait pas forcer une femme à se marier. Elle allait potasser le sujet à fond. Parce que, s'il existait la moindre brèche dans la législation, Erik ne manquerait pas d'en profiter.

Le lendemain matin, Helen arriva au bureau à l'heure habituelle. Elle s'était bien gardée de se rendre à la petite réunion organisée par Dana Sue, tout en sachant qu'il lui faudrait payer cher cet acte de rébellion. Dana Sue et Maddie se sentaient investies d'une mission. Comment aurait-elle pu faire face à ses deux amies ? Elle n'en avait ni la force ni l'envie.

Barb l'accueillit avec une curiosité non dissimulée.

— Il y a un tas de messages qui vous attendent. Erik en a laissé une dizaine. Il avait l'air particulièrement tendu, quelque chose ne va pas ?

— Je suis partie de chez lui hier soir et, depuis, j'ai refusé tous ses appels.

Elle était passée chez lui pour récupérer toutes ses affaires. A 19 heures, bien avant qu'il ne rentre du Sullivan, il ne restait plus aucune trace de son passage. Si son agenda n'avait pas été aussi chargé, Helen aurait pris ses cliques et ses claques, et serait partie deux semaines sur une île tropicale loin de toute cette agitation, en attendant qu'Erik se calme et abandonne cette idée de mariage ridicule.

Barb la contempla, interloquée.

— C'est de la folie ! Surtout en ce moment, avec Brad qui peut vous sauter dessus à chaque coin de rue !

— C'était la bonne décision, déclara Helen.

La réaction d'Erik l'avait quelque peu surprise. Pourquoi prenait-il son départ tellement à cœur ? Il savait bien qu'ils n'allaient pas continuer à cohabiter éternellement. Elle lui avait laissé un petit mot dans lequel elle lui expliquait ses raisons. Elle tenait aussi à le rassurer, au cas où il aurait cru que Brad l'avait kidnappée. Apparemment, cela n'avait fait qu'attiser sa colère.

Barb lui jeta un regard indigné.

— Cet homme est ce qui vous est arrivé de mieux ! Pourquoi saboter votre relation ?

— Ecoutez, on change. Il faut se méfier de ses émotions. Le moment était venu de tourner la page.

— En d'autres termes, vous avez eu peur. Il vous demandait plus que vous n'étiez prête à donner et cela vous a effrayée, suggéra-t-elle avec compréhension.

Pourquoi raconter toute la vérité à Barb ? se dit Helen. Il était encore trop tôt pour reconnaître officiellement qu'elle s'était conduite comme la dernière des gourdes.

— C'est un peu ça, acquiesça-t-elle. Bon, fini de disséquer ma vie personnelle. J'ai du travail qui m'attend.

Barb était visiblement déçue.

— Très bien, fit-elle d'un air pincé. Comme vous voudrez. Dites-moi juste ce que je dois faire quand Erik…

— Je ne prendrai aucun de ses appels.

— Mais…

— Ne discutez pas avec moi !

Sur ce, elle pivota sur ses talons et entra dans son bureau, non sans avoir vu Barb hausser les épaules.

Quelques minutes plus tard, elle devait regretter son emportement. La prochaine fois, se dit-elle, elle ferait mieux d'écouter ce que les gens avaient à lui dire, au lieu de donner des ordres à tort et à travers. Car si elle avait laissé Barb finir sa phrase, elle aurait été mieux préparée pour ce qui suivit.

En effet, Erik entra en trombe dans son bureau, pratiquement sur ses talons, et referma la porte d'un coup sec.

— Qu'est-ce que tu fais là ? lança-t-elle en le toisant de son regard le plus hautain.

Il s'assit sur le canapé, tapota de la main l'espace à côté de lui, et dit :

— Ça n'a jamais été ton habitude de poser des questions idiotes.

Elle choisit délibérément le siège de son bureau, s'y laissant choir d'un air las.

— Vas-y, vide ton sac. Je sais que tu es en colère.

— Je suis aussi très inquiet. Je ne te reconnais pas, Helen. Alors que tu te sais menacée par une espèce de fou furieux, tu décides de quitter l'endroit où tu es en sécurité, tu prends des risques idiots, et tout ça pour éviter une confrontation. Confrontation par ailleurs inéluctable. Tu peux m'expliquer ?

En entendant ces mots, Helen frissonna. Brad et ses menaces lui étaient complètement sortis de l'esprit, tant elle était déterminée à quitter l'appartement d'Erik le plus vite possible.

— La police doit bien savoir où je suis, répliqua-t-elle, puisque son rôle est de me protéger.

— Tu me vois super-rassuré, là. Je suis détendu, calme, serein, un peu comme j'étais, quand je n'arrivais pas à te joindre pendant des heures…

S'il ne cachait pas son ironie, il ne pouvait pas non plus dissimuler son inquiétude.

— Je suis désolée que tu te sois fait du mauvais sang, dit-elle avec sincérité. C'est pour ça que je t'ai laissé un petit mot, pour te dire où j'étais. Je pensais vraiment qu'il valait mieux que je rentre chez moi, que c'était la meilleure solution.

— La meilleure solution pour qui ?

— Pour nous deux.

— Et le bébé ? Tu y as pensé ? Tu crois vraiment que c'est bon pour le bébé de mettre ta vie en danger, simplement parce que tu cherches à nous éviter, mes questions et moi ?

— Ce ne sont pas tes questions qui m'inquiètent. Ce sont tes demandes.

— Ce n'est pas en fuyant que tu y changeras quelque chose, dit-il d'un ton doux et ferme à la fois. Nous nous marierons, Helen.

— Mais enfin pourquoi ?

— Je veux que mon enfant porte mon nom et grandisse entre son père et sa mère, quel que soit le type de relation que nous entretiendrons.

Helen secoua la tête en soupirant.

— Qui aurait cru que tu puisses être aussi conventionnel ?

Il l'observa, amusé, puis haussa les épaules.

— Bon, je le reconnais, je me suis étonné moi-même. Mais c'est comme ça, il va falloir que tu t'y fasses. Qui sait ? Toi aussi, tu vas peut-être découvrir que tu peux être conventionnelle.

Il n'avait pas tort. Une part d'elle aurait aimé que tout se fasse selon les règles. Qu'on ne lui mette pas la corde au cou contre son gré. Que son mariage dure. Qu'Erik l'aime et la choisisse.

Il se pencha vers elle et la scruta attentivement.

— Oublions une seconde le mariage. Nous sommes confrontés à un problème de sécurité, pour toi et pour le bébé. Il faut que tu reviennes vivre à la maison, Helen. Ce n'est pas le moment pour toi d'habiter seule.

— Tu t'inquiètes pour rien, assura-t-elle.

— Imagine que tu te trompes…

— Non.

— Alors, laisse-moi venir habiter chez toi.

Elle haussa les sourcils.

— Je crois que tu n'as pas saisi. Je te répète que je cherche à rompre.

Cette fois, Erik ne put réprimer un sourire.

— Tu ne te débarrasseras pas de moi.

— Que veux-tu dire ?

— Que je suis prêt à monter la garde devant chez toi en dormant sur le siège de ma voiture.

Helen n'en crut pas ses oreilles.

— Tu es devenu fou ?

— Tu ne me donnes pas le choix. Tant que Brad n'est pas sous les verrous ou que nous ne vivons pas sous le même toit, je m'engage à te protéger quel que soit le moyen.

— Erik, franchement ! Tu es ridicule, tu sais ! se lamenta-t-elle.

Pourtant, elle devait reconnaître qu'elle était touchée de sa sollicitude. Leurs regards se rencontrèrent. Celui d'Erik demeura implacable.

— Tu es sérieux, n'est-ce pas ? dit-elle résignée.

— On ne peut plus.

— Très bien. Je reviens vivre chez toi, à la condition que je dorme dans la chambre d'amis.

— Comme tu veux, fit-il en haussant les épaules.

Apparemment satisfait, il se leva et se dirigea vers la porte. Puis, comme s'il venait tout à coup de se rappeler quelque chose, il pivota et fit face.

— Au fait, j'allais oublier. Le mariage aura lieu le dernier samedi de ce mois. La cérémonie se déroulera dans le parc et la réception au Sullivan. Tout est arrangé, j'en ai discuté avec Dana Sue.

Helen n'eut pas le temps de réagir qu'il avait déjà disparu.

Elle bouillait de rage et il y avait de quoi ! Elle ne savait d'ailleurs pas ce qui la mettait le plus en colère : qu'il ait le culot de tout organiser derrière son dos, ou bien qu'il le fasse avec sa meilleure amie. Ou, pis encore, qu'il se fiche complètement de sa réaction ! Il avait décidé, une fois pour toutes, qu'elle suivrait le mouvement sans rechigner.

Helen ne décolérait pas lorsque Dana Sue et Maddie entrèrent en coup de vent, les bras chargés de magazines. Robes de mariée, arrangements floraux, tout y était. Visiblement, elles étaient de connivence avec Erik.

— Comme tu n'es pas passée au Club, ce matin, nous en

avons profité pour faire une présélection, annonça joyeusement Dana Sue. Ça nous fera gagner du temps.

— Si je comprends bien, vous avez choisi la date du mariage en fonction de la taille de la robe ? s'écria Helen, abasourdie. Ça dépasse l'entendement ! C'est encore plus absurde que l'idée même de mariage.

— Ma chérie, ce que tu nous sers là, c'est du réchauffé. Erik n'est pas près de lâcher.

— Qu'est-ce que c'est que cette nouvelle mode ? Parce que *M. Erik* insiste pour se marier, il faut lui passer tous ses caprices ? s'exclama Helen avec véhémence.

— Chacun son tour, il me semble. Toi, ton caprice, c'était d'avoir un bébé ; lui, c'est de t'épouser. Ce n'est que justice, répliqua Dana Sue. Je te l'ai déjà dit et je le répète, tu ferais mieux de te faire à cette idée.

— Vous commencez à m'énerver, tous autant que vous êtes, à organiser ma vie derrière mon dos ! S'il doit y avoir un mariage et ça, c'est encore à prouver, c'est *moi* qui déciderai !

Elle s'empara de l'un des magazines, celui qui semblait le plus feuilleté et marqué d'un grand nombre de petits papiers.

— Qu'est-ce que vous avez sélectionné, là ?

— Des robes, déclara Maddie d'un ton enthousiaste. Il y en a une en particulier de Vera Wang, qui t'irait comme un gant. Et alors, ajouta-t-elle en glissant un regard sournois vers son amie, tu verrais les escarpins qui vont avec... Ils sont à se mettre à genou devant !

— Fais-voir ! lança Helen, qui ne pouvait résister à la tentation.

Voilà qu'elles commençaient à parler son langage ! Rien de tel pour se remonter le moral que de s'acheter des souliers affreusement chers. Quoique, avec une semaine pareille, il lui en faudrait plus d'une paire !

*
* *

L'avantage, avec ce gâteau, se disait Erik en imaginant le dessert du mariage, c'était que l'on pouvait en choisir les dimensions selon les besoins du jour. Trois étages au minimum ou plus, cela dépendrait des talents de persuasion de Dana Sue et Maddie. Si elles convainquaient Helen de jouer le jeu, la liste des invités risquait de s'allonger et la taille du gâteau de s'élever ; si Helen persistait à rechigner, trois étages seraient un maximum.

Tess suivait chacun de ses gestes avec attention tandis qu'il dessinait le gâteau, penchée par-dessus son épaule.

— Ce sont des orchidées ? demanda-t-elle en pointant des fleurs qu'il avait dessinées, cascadant sur le côté du gâteau par ailleurs assez simple.

Il hocha la tête.

— C'est ce que j'avais imaginé. Ça te plaît ?

— C'est très élégant, commenta-t-elle. Tout à fait à l'image d'Helen.

Elle coula vers lui un regard entendu, avant d'ajouter :

— Vous n'avez pas l'air très heureux, pour quelqu'un sur le point de se marier.

— C'est un peu compliqué.

Pour un euphémisme, cela en est un de taille, se dit-il. Jusque-là, la future mariée refusait catégoriquement de… se marier. Il y avait toutefois une petite lueur d'espoir, Dana Sue lui ayant annoncé la veille au soir qu'Helen avait trouvé une paire de chaussures qui lui plaisait.

— Pour la robe, avait ajouté Dana Sue, nous approchons du but. En insistant un peu, nous allons pouvoir l'emmener à Charleston pour l'essayer. Ça tombe bien, le modèle qui est en magasin est justement de sa taille, ce qui éviterait d'avoir à en faire faire une sur mesure. Ils l'ont mise de côté pour elle.

— Et si on se contentait d'un mariage civil, sans tout le tralala ? avait suggéré Erik.

— Pas question ! s'était offusquée Dana Sue. Je connais Helen, elle a beau renâcler et taper du pied tant qu'elle peut, elle ne nous pardonnerait jamais de ne pas avoir organisé le mariage de ses rêves, même à la dernière minute et en tenant compte du fait qu'elle est contrainte et forcée.

— Comment veux-tu que ce soit le mariage de ses rêves, si elle résiste autant tout au long du processus ?

— C'est là où tu as ton rôle à jouer, lui avait confié Dana Sue. Tu sais, derrière ce dénigrement, derrière cette rébellion, je sais qu'elle t'aime, Erik. Si elle refuse de l'admettre, c'est parce qu'elle a peur de t'avoir piégé. Elle est persuadée que c'est ce que tu penses et c'est à toi de lui prouver le contraire. Tu sais si bien y faire !

— Je ne sais pas si je pourrai...

Ce qu'il n'osait pas avouer à Dana Sue, c'était qu'il n'était pas plus prêt qu'Helen à s'engager. Ils formaient une sacrée paire, tous les deux ! Chacun traversé de doutes, d'hésitations, chacun aussi têtu l'un que l'autre !

Revenant au présent, il vit que Tess l'étudiait d'un air inquiet.

— Vous devriez lui dire ce que vous ressentez, lui conseilla-t-elle comme si elle avait lu dans ses pensées. Même si vous avez du mal à le reconnaître, c'est évident que vous l'aimez. Ça se voit.

— En revanche, Helen, elle, en dépit de ce que Dana Sue affirme, ne m'aime pas. Elle a été très claire là-dessus, déclara Erik sans contredire Tess pour autant.

— Les hommes sont-ils tous aussi bêtes ? lâcha Tess en levant les yeux au ciel.

Erik fronça les sourcils.

— Que veux-tu dire ?

— Helen est folle de vous ! N'avez-vous pas remarqué comme elle est rayonnante quand vous êtes dans les parages ?

— Si elle est rayonnante, il est plus que probable que c'est parce qu'elle est enceinte, rétorqua Erik sans réfléchir.

Tess, qui n'avait pas été encore mise dans le secret, ouvrit de grands yeux émerveillés.

— Un bébé ! fit-elle, ravie. Cela explique alors pourquoi elle est un peu bizarre. Si elle ne veut pas reconnaître qu'elle vous aime, c'est sûrement à cause de ses hormones. C'était pareil pour moi, pendant mes deux grossesses. J'étais un véritable Yo-Yo :

un jour, j'adorais Diego ; le lendemain, je ne pouvais plus le voir. Je ne sais pas comment il a fait pour me supporter et encore moins où il a pêché le courage d'accepter d'en passer par là une seconde fois.

Erik était loin d'être convaincu que cette théorie, aussi satisfaisante soit-elle, puisse être appliquée à Helen. Si elle refusait de l'épouser, se dit-il, ses hormones n'avaient sûrement rien à voir à l'affaire. Sa décision avait été mûrie et prise bien longtemps auparavant, alors qu'elle avait la tête et les idées claires.

Malheureusement, Helen était obstinée. Lorsqu'elle avait pris une décision, quelle qu'elle fût, elle s'y tenait et rien ni personne ne pouvait l'en dévier.

Heureusement, elle avait trouvé à qui parler.

— Est-ce que vous vous rendez compte que vous me stressez ? déclara Helen à Dana Sue et Maddie, tandis qu'elles l'entraînaient dans une boutique de Charleston entièrement dédiée à la mariée, regorgeant de robes toutes aussi délicieuses les unes que les autres.

— C'est totalement contraire aux recommandations de mon médecin, ajouta-t-elle. Quand je lui dirai, il sera furieux contre vous !

— Tu n'as aucune raison de stresser, fit Maddie en la tançant du regard. Nous sommes arrivées, détends-toi et profite du moment. Tout ce que tu as à faire, c'est essayer des robes. Tu adores ça. Alors, de quoi te plains-tu ?

— J'adore essayer des vêtements que je vais porter. Je ne vais pas porter de robe de mariée, puisque je ne vais pas me marier.

— Oh, arrête ! On connaît la chanson et elle commence à nous casser les oreilles ! s'impatienta Dana Sue. Tu te maries dans moins de trois semaines. Autant que tu sois aussi belle et resplendissante que possible, même pour les quatorze invités qui seront venus t'admirer en ce grand jour.

— Quatorze invités ? s'exclama Helen en fronçant les sourcils. Vous avez invité quatorze personnes à ce mariage sans me consulter ?

Maddie et Dana Sue échangèrent un regard entendu. Que tramaient-elles donc ? se demanda Helen, perplexe.

— *A priori*, j'ai pensé que tu voudrais que je sois là, avec Cal et les enfants. Sauf, bien sûr, le bébé, qui risque de pleurnicher. J'ai pensé que Jessica Lynn pourrait être demoiselle d'honneur, si elle n'a pas à marcher trop loin. Elle n'est pas encore très sûre sur ses jambes.

— Ronnie, Annie et moi, nous serons là aussi bien sûr. Plus Tess et Diego, Karen et Elliott et, évidemment Barb. C'est un minimum. Maintenant, si tu préfères, nous pouvons organiser quelque chose de plus élaboré, ajouta-t-elle avec un regard appuyé. On peut faire venir ta maman de Floride d'un coup d'avion, ce n'est pas un problème. Et puis alors, bien sûr, il y a tes collègues de travail, les avocats, les juges, tes clientes… Tu connais pratiquement tout le monde en ville. Tu n'as qu'un mot à dire et ce sera l'événement du siècle !

Helen était sur le point de leur dire ce qu'elles pouvaient bien en faire, de leur liste d'invités, lorsqu'une jeune femme élancée et très élégante, dans son tailleur ultrachic et ses souliers Manolo Blahnik, les rejoignit depuis le fond du magasin. Elle décocha un grand sourire à Helen.

— Vous devez être la mariée, dit-elle aussitôt. Vos amies vous ont décrites à la perfection. Nous avons plusieurs robes qui vous iront à ravir, surtout avec votre silhouette. Vous êtes prête ?

Malgré une profonde envie de ruer dans les brancards et d'envoyer tout promener, Helen sentait sa volonté fléchir. L'ambiance qui régnait dans ce magasin décoré avec goût éveillait en elle un vieux rêve enfoui. Les chaises anciennes tapissées de brocart, l'éclairage tamisé, les bouquets de fleurs qui apportaient de délicates touches de couleurs çà et là, tout contribuait à créer une atmosphère propice à l'imagination. Jusque-là, les seules fois qu'elle s'était rendue dans une boutique de mariées avaient été pour les premiers mariages de Dana Sue et de Maddie. Et elle ? s'était-elle dit alors. Quand son tour viendrait-il ?

Comme beaucoup de fillettes, elle s'était représenté son mariage jusque dans les moindres détails. Il y aurait des fleurs et des cierges partout dans l'église et, une fois tous les invités assis, lorsqu'elle ferait son entrée, l'orgue éclaterait en sonorités triomphales, tandis qu'elle avancerait vers l'autel.

Le temps passant, le rêve s'était simplifié. La robe incrustée de perles imaginée autrefois s'était transformée en fourreau de satin chatoyant. Les bouquets féeriques avaient laissé place à de simples tiges d'orchidées blanches, légères et délicates. Puisqu'elle n'allait plus guère à l'église, elle se marierait dans le parc, sous une tonnelle, tandis que les azalées exploseraient de couleurs et que les cygnes glisseraient doucement sur le lac scintillant, reflétant les rayons du soleil.

Puis, d'années en années et de désillusions en désillusions, le rêve s'était tari, tout simplement. Il n'y aurait jamais de mariage, s'était-elle convaincue. Comme il n'y aurait jamais d'enfants.

Et voilà que tout cela pouvait changer. Si seulement elle acceptait cette cérémonie qu'Erik tenait tant à lui imposer.

Pouvait-on se marier sans amour ? Impossible ! Erik ne lui avait jamais dit qu'il l'aimait, comment pourrait-elle l'épouser ?

Comme elle était loin du rêve qui l'avait habitée ! Erik tenait seulement à affirmer sa paternité. La belle affaire ! Pourquoi se marier en sachant que le divorce serait sans doute inévitable ?

Et puis tout chavira. La vendeuse apparut avec la première robe. C'était exactement celle dont Helen avait rêvé ! L'étoffe chatoyante se croisait devant, formant un cache-cœur au décolleté plongeant, qui mettait la poitrine en valeur sans être provocant. La taille était resserrée, le tombé souple et soyeux, ajusté sur les hanches, adapté à merveille aux lignes du corps.

— Je peux l'essayer ? s'enquit-elle, consciente des regards qu'échangeaient Dana Sue et Maddie, plus parlants que des mots. Mais n'allez pas vous faire des idées ! grommela-t-elle. C'est juste pour voir.

— Evidemment, murmura Dana Sue, qui avait toutes les peines du monde à dissimuler sa satisfaction.

Quelques minutes plus tard, Helen sortit de la cabine d'essayage et s'approcha du miroir à trois faces. Devant, l'ourlet remontait juste un peu au-dessus de ses chevilles, laissant voir les ravissants escarpins que la vendeuse l'avait persuadée d'enfiler. Dans cette robe, Helen apparaissait aussi élancée, aussi délicate qu'un lys.

La vendeuse s'approcha pour ajuster d'un geste expert un simple bandeau de soie torsadée dans les cheveux d'Helen. En un clin d'œil, son rêve était devenu réalité. Elle s'admira dans le miroir. Elle était sous le charme. Des larmes perlèrent à ses paupières. Elle déglutit, tentant désespérément de les retenir.

— Pourquoi résister, Helen ? murmura Maddie en s'approchant. Tu le veux ce mariage, tu veux un mariage en grande pompe avec tous les invités et ta maman présente, n'est-ce pas ?

Helen pivota lentement pour croiser le regard de Maddie.

— Mais je veux que ce soit *authentique*, balbutia-t-elle, la voix tremblante.

— *C'est* authentique, intervint Dana Sue. Bon, d'accord, la demande en mariage laisse un petit peu à désirer, ajouta-t-elle avec une pointe d'ironie.

— Elle laisse *beaucoup* à désirer ! interrompit Helen. Ce n'était pas du tout une demande, c'était un ordre !

— Ce que j'essaye de te dire, s'impatienta Dana Sue, c'est que la cérémonie et le mariage lui-même peuvent être exactement ce que tu veux au fond de ton cœur. C'est toi qui peux les faire marcher, ma chérie. Je sais que tu le peux.

Maddie hocha la tête.

— Ton problème, c'est que tu refuses d'accepter que tu veux Erik et que tu l'aimes. Même si vous êtes partis sur de mauvaises bases, ça ne veut pas dire que vous ne vous aimez pas. Une fois que tu auras compris ça, il n'y aura plus d'obstacle. A-t-on jamais vu une Sweet Magnolia ne pas faire tout pour obtenir ce qu'elle désire ? Ose l'admettre, ose prendre ce risque, tu as tout à y gagner.

Helen secoua la tête.

— Je ne pourrai pas. J'ai tout fichu en l'air. Il ne pourra jamais plus me faire confiance. Quel genre de relation pouvons-nous avoir, sans confiance ?

— La confiance, ça se regagne petit à petit. Souviens-toi, de ce que, Maddie et toi, vous nous avez dit à Ronnie et à moi ? Pourtant, il m'avait bel et bien trahie. Erik t'offre la vie entière pour te racheter, tu te rends compte ? Comment peut-on refuser une proposition pareille ?

Tout en étudiant son reflet dans le miroir, Helen laissait les paroles de Dana Sue résonner dans sa tête, éveillant mille et une questions. Elle avait déjà tant risqué pour en arriver là ! Faire un pas de plus lui ouvrait la chance d'un beau mariage. Son mariage ! Celui dont elle avait tant rêvé et auquel elle avait presque cessé de croire. Un pas de plus, un seul, et elle aurait la famille qu'elle avait tant désirée. Au point où elle en était, un pas de plus ou de moins… Un risque de plus ou de moins…

Elle prit une inspiration profonde, avant de pivoter vers la vendeuse.

— Je prends la robe, dit-elle d'une voix ferme.

— Vous ne voulez pas essayer les autres ? s'étonna la jeune femme.

Elle n'avait jamais vu ça ! Une cliente qui se jette sur la première robe essayée !

— Je veux celle-ci, insista Helen.

Cette décision-là, elle était sûre de ne pas la regretter.

21

Helen avait repoussé ce moment déjà trop longtemps, elle ne pouvait plus reculer. Elle posa tous ses paquets dans la salle de séjour et soupira. Elle avait pris des nouvelles de Caroline Holliday tous les jours par téléphone, lui avait même parlé personnellement une fois, mais n'avait pas eu le courage d'aller la voir. Il faut dire que sa vie était sens dessus dessous depuis qu'Erik avait appris qu'elle attendait un bébé. Elle savait bien toutefois que ce n'était qu'un prétexte. En vérité, elle avait bien trop peur de voir de ses yeux ce dont Brad était capable. Maddie, qui avait insisté pour l'accompagner, voulant surtout éviter qu'elle se retrouve toute seule chez elle, lui jeta un regard inquiet.

— Tu as la tête d'une gamine qui revient de la fête foraine et qui sait que sa maman l'attend pour lui donner de l'huile de foie de morue. Qu'est-ce qui se passe ?

— Je dois aller à l'hôpital régional rendre visite à Caroline Holliday. Pour tout t'avouer, je n'en ai pas la moindre envie.

— Je viens avec toi. Il faut bien trois quarts d'heure en voiture pour y arriver.

— C'est inutile, protesta Helen.

Devant l'air déterminé de son amie, elle n'insista pas davantage.

— Tu sais très bien que tu n'as pas le choix, dit Maddie gentiment. Bon, s'il faut y aller, ne perdons pas de temps. Il faut battre le fer quand il est chaud. J'appelle Cal, je préfère lui dire où nous sommes.

— Tu ne crois pas que tu en fais un peu trop ? grommela

Helen. Brad ne s'est pas manifesté depuis le jour où il m'a suivie jusqu'à mon bureau.

— Quoi ? s'exclama Maddie en ouvrant de grands yeux. Brad t'a suivie ? Tu en as parlé à quelqu'un ? Où était le policier en faction qui est supposé te protéger ?

— Le shérif n'a pas assez d'effectifs pour me protéger vingt-quatre heures sur vingt-quatre, sept jours sur sept.

— Dans ce cas, tu dois prendre des mesures personnelles. Je ne sais pas, moi, tu dois pouvoir louer les services d'un garde du corps.

— Tu es complètement folle ! Je ne vais pas engager un garde du corps, et puis quoi encore ? Ce n'est arrivé qu'une fois. Depuis, je n'ai pas vu le bout de son nez. Il a dû prendre la poudre d'escampette depuis longtemps.

Maddie la scruta en fronçant les sourcils.

— Tu sais aussi bien que moi que ce n'est pas vrai.

— Ecoute, ça ne sert à rien de discuter, on tourne en rond. On y va, oui ou non ?

— Très bien, fit Maddie.

Il était clair cependant que le sujet était loin d'être clos.

Une fois arrivées à l'hôpital, Maddie prit un siège dans une salle d'attente, tandis qu'Helen partait à la recherche de la chambre de Caroline. Quelle ne fut pas sa surprise en découvrant un agent de sécurité en faction devant sa porte !

— Y a-t-il eu d'autres problèmes avec son ex-mari ? demanda-t-elle après s'être présentée.

— Pas à ma connaissance. C'est son fils qui a tenu à louer mes services, par mesure de précaution principalement. La famille de Mme Holliday ne veut prendre aucun risque, tant que Brad n'a pas été arrêté.

— Je comprends leur inquiétude, fit Helen en hochant la tête.

Elle frappa à la porte et entra. La pièce orientée à l'ouest était très lumineuse, inondée du soleil de l'après-midi. Il y avait des fleurs partout, sur toutes les surfaces disponibles, trop de fleurs. Il fallut quelques secondes à Helen pour distinguer Caroline, recroquevillée dans un fauteuil dans l'angle opposé de la chambre. En la voyant entrer, celle-ci parvint péniblement à ébaucher un faible sourire qui dut lui coûter un sérieux effort, à en juger par son visage tuméfié et les nombreuses entailles dont ses joues étaient marquées. Devant ce spectacle, Helen eut du mal à retenir ses larmes.

Elle traversa la pièce et vint déposer un léger baiser sur la joue tuméfiée de sa pauvre cliente.

— Comment allez-vous ? demanda-t-elle.

— Je suis heureuse de voir que vous, au moins, vous êtes encore entière, répondit Caroline en secouant la tête. J'espère que vous prenez toutes les précautions nécessaires. Je ne comprends pas ce qui lui est passé par la tête. Lui, qui se mettait rarement en colère et même, quand ça lui arrivait, ça restait toujours très contrôlé. Il n'a jamais levé la main sur moi. Non, franchement, je ne l'aurais pas cru capable d'une telle violence. Quand il est venu ce soir-là à la maison, je rentrais de chez ma sœur. J'ai pensé qu'il venait chercher quelques affaires ou qu'il voulait parler. Alors, je l'ai laissé entrer. J'avais à peine refermé la porte, qu'il s'est mis à me taper comme un fou, il m'a jetée par terre et m'a tapée, tapée... jusqu'à ce qu'un voisin se précipite en entendant mes hurlements.

Encore secouée par le souvenir, elle avala sa salive avec difficulté, puis croisa le regard d'Helen, avant de continuer son récit.

— Il avait une arme, murmura-t-elle. D'où il la tenait, je n'en sais rien, ni depuis quand, mais je suis sûre qu'il avait l'intention de s'en servir pour me...

Elle frissonna.

— Si mon voisin n'était pas arrivé à ce moment-là...

Helen lui prit les mains entre les siennes et les serra affectueusement.

— Allons, allons, ça va aller maintenant. C'est fini. Tout va bien et vous allez vite vous remettre.

— Ce ne sera pas fini et je ne me sentirai pas en sécurité tant qu'il n'est pas sous les verrous. Vous non plus, Helen. Je vous en prie, prenez garde à vous, la supplia-t-elle en lui pressant la main à son tour. Promettez-le-moi.

— Je ne prendrai aucun risque.

Comment avait-elle pu s'imaginer une seconde qu'elle pourrait tenir tête à Brad, s'il l'agressait ? se demanda-t-elle en frissonnant. Elle n'avait aucune chance, surtout s'il était armé ! Instinctivement, elle posa une main protectrice sur son ventre. Plus question dorénavant de faire sa tête de mule, le jeu n'en valait pas la chandelle. A partir d'aujourd'hui, elle accepterait toute la protection qui lui était offerte.

Quand Helen était partie pour Charleston en compagnie de Dana Sue et de Maddie, Erik n'avait cessé de se torturer l'esprit. Avait-elle une fois de plus décidé de ruer dans les brancards et refusé catégoriquement de l'épouser ? Si c'était le cas, qu'allait-il faire ? Il avait beau être assez déterminé pour deux, il n'avait aucun moyen de l'obliger à dire oui devant M. le maire, si elle persistait.

Tout en préparant les légumes pour le ragoût, il ressassait les mêmes questions, sans parvenir à trouver de réponses.

Depuis qu'Helen était revenue habiter chez lui, elle s'était montrée froide et distante, ne lui adressant la parole que lorsqu'il la poussait dans ses retranchements et, lorsqu'elle le faisait, c'était d'un ton glacial et hautain. Il avait préféré faire comme si de rien n'était, vu qu'il n'était guère dans de meilleures dispositions lui-même. Toutefois, cette atmosphère tendue n'était sûrement pas bonne, ni pour le bébé ni pour elle. Ces premiers mois de grossesse représentaient une période extrêmement délicate, tout excès de stress risquant de déclencher une fausse couche. C'était un fait, il le savait de par sa formation médicale. Pour ne rien arranger, Dana Sue, qui partageait ses inquiétudes, ne cessait de le lui répéter. Si ça continuait, il allait devoir la laisser repartir chez elle, ne serait-ce que pour éviter une catastrophe. Il ne se pardonnerait jamais d'avoir contribué à provoquer une fausse couche. Helen ne s'en remettrait pas et lui non plus.

Il avait beau scruter le visage de Dana Sue pour deviner comment s'était passée l'expédition à Charleston, elle restait de marbre.

— Alors ? lança-t-il, n'y tenant plus. Comment ça s'est passé ? Vous vous parlez encore, les filles ? Elle a mis le feu au magasin quand elle a compris où vous l'aviez amenée ? Raconte !

Les lèvres de Dana Sue tressaillirent, puis s'étirèrent en un lent sourire.

— Elle a acheté une robe.

— Une robe de mariage ? s'écria-t-il, abasourdi. Tu plaisantes ?

Dana Sue secoua la tête.

— Toi et les femmes, on peut dire que ça fait deux !

— Qu'entends-tu par là ?

— Il suffisait qu'elle enfile la robe dont elle avait toujours rêvé, disons dont elle avait rêvé toute sa vie adulte, pour faire pencher la balance. Elle n'allait pas refuser ça.

— Tu es en train de me dire qu'elle consent, uniquement parce qu'elle va pouvoir porter une robe qui lui plaît ? s'écria Erik, dépité.

Que devait-il en penser ? C'était pour le moins déconcertant. Sauf que, évidemment, on pouvait voir le côté positif : elle avait décidé d'accepter.

Dana Sue lui tapota la joue affectueusement.

— Ne fais pas la tête. Même si, à première vue, c'est une histoire de robe, ne va pas t'imaginer une seule seconde qu'Helen accepterait de se marier, si elle n'y croyait pas. Elle passe sa vie à démêler des histoires de divorces, toutes plus sordides les unes que les autres, elle ne se lancerait pas dans une telle aventure sans réfléchir. Si elle n'était pas sûre que ça marche, aucun moyen de subversion ne pourrait la convaincre du contraire. Personne ne pourrait l'y obliger, pas même toi.

Les paroles de Dana Sue lui apportèrent une petite lueur d'espoir. Peut-être, après tout, parviendraient-ils à surmonter la colère et la discordance engendrées par la tromperie d'Helen ? se dit-il.

— Puis-je me permettre un petit conseil ? s'enquit Dana Sue.

— Je me demande pourquoi tu me poses la question, puisque tu vas me le donner de toute façon, que je le veuille ou non !

— Ce serait bien si tu pouvais, avant le mariage, lui demander sa main de manière officielle et romantique. Ce serait dommage qu'elle garde toute sa vie le souvenir d'une demande plutôt forcée.

— Le romantisme n'a rien à voir là-dedans, lui rappela Erik.

Dana Sue lui coula un regard appuyé.

— Ah bon ?

— Ecoute, il est question ici d'un bébé, un point c'est tout.

Il était peut-être têtu ou, alors, c'était de l'orgueil mal placé. En tout cas, il n'en démordrait pas ! S'il insistait tant pour qu'Helen l'épouse, c'était uniquement pour s'assurer qu'il aurait son rôle à jouer dans la vie de leur enfant. Uniquement. Pourquoi aller chercher midi à quatorze heures ?

Elle secoua la tête.

— Mon pauvre Erik, fit-elle d'un ton empreint de pitié, tu es vraiment bouché. Arrête de te mentir à toi-même. Tu aimes cette femme et tu ferais bien de le lui avouer, avant qu'il ne soit trop tard. Ça changera tout, aussi bien pour toi que pour elle, je t'assure.

— Trop tard, pour quoi ? demanda-t-il en plissant le front. Tu crois qu'elle risque de changer d'avis à la dernière minute ?

— Non, ce n'est pas ce que je crains. Ce qui me fait peur, c'est que si Helen accepte ce mariage sans avoir été rassurée sur tes sentiments, elle sera traversée de doutes pendant des années. Comment veux-tu que ça marche entre vous, dans ces conditions ? Si tu attends après cette cérémonie, tu auras beau lui répéter que tu ne l'as pas épousée uniquement pour affirmer tes droits sur l'enfant, elle ne pourra pas te croire. Tu dois absolument la rassurer sur ce point.

— Mais…

— Erik ! Ecoute-moi. Elle est peut-être très sûre d'elle sur le plan professionnel et elle le peut ; elle a très bien réussi. Tout le monde respecte sa compétence au tribunal. En revanche, sur le plan émotionnel, elle manque totalement de confiance en soi, tu peux me croire. Maddie et moi, nous la connaissons depuis l'école communale. Elle a mis longtemps, très longtemps, avant de nous accorder sa confiance. La mort de son père l'a terriblement marquée et, ensuite, voir sa mère se battre comme un beau diable pour arriver à peine à joindre les deux bouts n'a rien fait pour arranger les choses.

— N'oublie pas que c'est Helen elle-même qui m'a mis dans cette position. C'est elle qui voulait me refuser l'accès à mon propre enfant. Je ne pouvais tout de même pas rester les bras croisés !

— Tu as parfaitement raison, acquiesça Dana Sue un peu trop facilement.

Leurs regards se croisèrent.

— C'est intéressant, d'avoir raison, n'est-ce pas ? reprit-elle d'un ton ironique. C'est rassurant et ça te tiendra bien chaud la nuit…

Les jours suivants, Erik repensa aux paroles de Dana Sue. Hélas, chaque fois qu'il voulait aborder le sujet avec Helen, il restait muet, incapable de prononcer les mots qui auraient pu tout arranger et qui restaient coincés dans sa gorge. Il y avait trop à surmonter : la duperie d'Helen d'une part, et aussi sa peur maladive d'engager son cœur au risque de le briser une fois de plus.

Chaque tentative maladroite, chaque essai pitoyable, se soldait par un échec. Chaque démarche infructueuse était une pierre d'achoppement supplémentaire à ajouter à l'édifice déjà fragile de leur relation. Et chaque fois, Helen s'éloignait un peu plus. Ils étaient devenus deux étrangers vivant sous le même toit. Où était le couple qui, deux semaines à peine auparavant, partageait des nuits torrides pendant lesquelles leurs deux corps s'unissaient en un ballet sexuel effréné ?

L'un des deux allait devoir faire le premier pas, il le fallait pour sortir de cette impasse, se disait Erik, accablé. Pourtant, c'était plus fort que lui, plus fort que tous les raisonnements, plus fort que toute logique. Il n'arrivait pas à rassembler assez de courage pour être celui-là.

Plusieurs fois, pendant les longues nuits où, allongé seul dans son lit sans parvenir à trouver le sommeil tandis qu'Helen dormait dans la chambre d'amis à l'autre bout du couloir, il avait songé à tout annuler. Non ! s'était-il dit chaque fois, il y avait l'enfant. Il le ferait pour l'enfant. Peut-être qu'un jour Helen et lui se retrouveraient. Il ne devait pas perdre espoir.

La cérémonie n'aurait guère pu figurer dans les annales de *Mariée Magazine*. Certes, le site était magnifique, les cygnes glissaient sur le lac scintillant, même si la saison des azalées était passée, les fleurs abondaient dans une profusion de couleurs vibrantes et les quatorze invités, pas un de plus, paraissaient tous enchantés. Tous tellement ravis que cela en était littéralement écœurant. Il suffisait de voir Cal et Maddie main dans la main, Dana Sue et Ronnie bras dessus, bras dessous, et jusqu'à Annie et Ty, qui se coulaient des regards dégoulinant de tendresse.

« Quelle farce ! » songeait Helen, raide et gênée, à côté d'Erik. Ils auraient mieux fait de se marier à Las Vegas, avec comme officiant un sosie d'Elvis… Cela aurait été plus représentatif.

Pendant la période précédant le mariage, elle avait eu l'impression à plusieurs reprises qu'Erik cherchait à lui parler, à s'ouvrir à elle, à lui avouer peut-être ce qu'il ressentait vraiment pour elle. Et puis rien. Elle aurait préféré qu'il se fâche, elle aurait préféré qu'il se mette en colère une bonne fois. Tout, plutôt que cette froideur, cette détermination farouche et ce silence qui l'accueillaient chaque matin au petit déjeuner. Elle avait failli se lancer, briser cet étau d'apparente indifférence. Son courage, hélas, l'avait abandonnée. Comment pouvait-elle faire preuve d'autant de lâcheté ? s'était-elle demandé, furieuse contre elle-même. Elle, qui ne craignait pas d'affronter des adversaires autrement plus dangereux dans le cadre d'une salle de tribunal ! Tous ou presque avaient dû plier l'échine face à sa ténacité. Que lui arrivait-il donc ?

Voilà qu'elle n'avait pas le courage d'entamer une conversation cruciale avec l'homme qu'elle était sur le point d'épouser, avec l'homme qui comptait assez pour qu'elle l'ait choisi comme père de son enfant !

Dix fois, cent fois, mille fois sans doute, elle s'était dit de cesser cette comédie, aussi grotesque que vaine, et voilà qu'elle était à deux doigts de prononcer les mots qui devaient l'unir à Erik à jamais, pour le meilleur et pour le pire. Du moins, jusqu'à ce que l'un d'eux parvienne à s'affranchir de cette promesse.

— Helen Decatur, acceptez-vous…, commença l'officiant.

Pour Helen, ce n'étaient que des mots, des mots vides de sens. Pourtant, elle répondit :

— Je le veux.

Elle le faisait surtout pour éviter un scandale. Tout le pays en aurait fait des gorges chaudes.

Lorsque ce fut le tour d'Erik de prononcer ces mots, il ne fit pas preuve de davantage d'enthousiasme.

Tout ce petit monde se rendit alors au Sullivan, où la réception devait se tenir comme l'avait voulu Dana Sue. Quand Helen vit le gâteau fait par Erik — une spectaculaire pyramide recouverte d'un glaçage à la vanille, d'où cascadaient d'élégantes orchidées de sucre —, les larmes lui montèrent aux yeux. Quelle merveille ! Comment avait-il fait pour deviner son cœur et réaliser à la perfection le gâteau dont elle avait rêvé ?

Il coula sur elle un regard qui, pour une fois, était rempli d'un sentiment indéfinissable, qui ne s'approchait en rien de la colère ni de l'indifférence glaciale dont il la gratifiait depuis qu'il avait découvert sa grossesse.

— Qu'y a-t-il ? demanda-t-il, inquiet. Tu ne te sens pas bien ?

Figée, la gorge nouée, incapable de prononcer une seule parole, elle se contenta de cligner les paupières en essuyant d'un geste rapide une larme qui s'en était échappée.

— C'est à cause du gâteau ?

Elle hocha la tête.

— Il est si beau, murmura-t-elle.

L'expression d'Erik se radoucit.

— Tu sais, les gâteaux de mariage, c'est ma spécialité. Je pouvais difficilement faire en sorte que le nôtre ne soit pas parfait.

Incapable, à sa grande consternation, de contenir l'émotion qui l'étreignait, elle fondit en larmes ! Encore ces fichues hormones qui se mettent de la partie, essaya-t-elle de se convaincre, pestant contre elle-même. Cela n'avait, bien sûr, rien à voir avec la gentillesse du geste d'Erik, absolument rien…

Erik lui prit la main et l'entraîna dans la cuisine, avant de la serrer contre lui. Le soulagement qu'elle ressentit alors fut comme une averse bienfaisante un jour de grande canicule. Il ne la détestait donc pas !

Surpris et gêné de cette effusion, il ne savait trop comment réagir.

— Tout va bien, murmura-t-il en lui tapotant doucement le dos. Tout va bien se passer, tu verras. Je te le promets.

— C'est impossible. J'ai tout gâché, Erik, tout ! Aucun mariage ne peut démarrer sur de telles bases.

Erik poussa un gros soupir.

— Tu sais, moi aussi, j'ai accumulé les bêtises, ces derniers temps. Je te demande pardon.

Elle leva les yeux vers lui. Même à travers les larmes qui lui brouillaient la vue, elle put lire que son regret était sincère.

— Je n'ai jamais cherché à te faire du mal ou à te mettre en colère.

— Moi non plus, murmura-t-il en lui caressant la joue doucement et en essuyant ses larmes. Reprenons de zéro à partir d'aujourd'hui, tu veux bien ? Voyons où cela nous mène. On peut essayer, d'accord ? Tu veux bien ?

— Tu parles comme si nous avions tout le temps devant nous.

— D'après mes calculs, nous avons à peu près six mois avant la naissance du bébé.

Les lèvres d'Erik s'étirèrent en un sourire timide. Puis il ajouta :

— Puisque l'un de nous a une personnalité un peu obsessionnelle et ne laisse rien au hasard, cela nous suffira amplement pour savoir où nous allons à partir de maintenant.

Comment refuser la main tendue ? se dit Helen.

— Affaire conclue, déclara-t-elle en faisant mine de lui serrer, effectivement, la main.

Il fit comme s'il ne l'avait pas vue et posa sa bouche sur la sienne. Ce fut leur premier baiser depuis ce jour fatal où il avait découvert sa grossesse. Leur situation, comme ils le découvrirent rapidement, n'était pas aussi dramatique que ça ! Un désir violent, dévorant, s'empara d'Helen. Hélas, avant qu'elle ne se laisse porter, une pensée l'assaillit, déclenchant de nouveaux sanglots.

— Qu'y a-t-il ? s'inquiéta Erik.

— Nous n'allons même pas partir en voyage de noces, murmura-t-elle.

Pourtant, ils s'entendaient si bien sexuellement. Ils auraient pu profiter de leur lune de miel pour donner de l'élan à leur vie conjugale toute neuve… « Quel dommage », songea Helen, dépitée.

— J'avais peur que tu n'aies pas envie de te retrouver toute seule avec moi, reconnut-il. Ça ne m'a pas empêché de tenter ma chance, ajouta-t-il avec un sourire.

Elle écarquilla de grands yeux.

— Quel genre de chance ?

— J'ai réservé un hôtel à Paris pour quelques jours.

Elle n'en croyait pas ses oreilles et le contempla, émerveillée.

— Paris ? Comment as-tu deviné que j'ai toujours rêvé d'y aller ?

Il éclata de rire.

— Il avait été question, il y a quelque temps, que tu sois récompensée d'un voyage à Paris si tu atteignais l'objectif que tu t'étais fixé. Une sorte de pacte entre toi, Dana Sue et Maddie, il me semble…

— Tu étais au courant ?

— On ne peut rien me cacher… Alors, tu veux y aller ?

— C'est impossible. Lundi matin, je dois me rendre au tribunal.

Il secoua la tête.

— Non. C'est reporté, Barb s'est arrangée avec le juge, au cas où tu accepterais. Pareil pour tes rendez-vous de la semaine. Nous rentrons jeudi, ce qui te donne le vendredi pour remettre un peu d'ordre dans tes papiers au bureau et tout le week-end pour te remettre du décalage horaire. Alors, qu'est-ce que tu en penses ?

— J'en pense que c'est tout simplement merveilleux ! s'écria-t-elle en se jetant dans ses bras et en l'embrassant. Allons-y !

Dana Sue glissa sa tête dans l'embrasure de la porte. Elle ne put retenir un sourire.

— Il t'a dit, pour Paris ?

Helen hocha la tête.

— J'ai bien pensé que ça te ferait plaisir.

— Tu étais dans le coup ?

— C'est Erik qui a eu l'idée. Il s'est contenté de me demander mon avis. Je lui ai juste dit que j'espérais que sa carte de crédit tiendrait le choc.

— Il n'en aura pas besoin, se rebiffa Helen. J'ai la mienne !

Erik secoua la tête.

— Nous sommes mariés, maintenant. Rien ne m'empêche de t'offrir un ou deux de ces chemisiers que tu affectionnes tant. Et, pourquoi pas, quelques sous-vêtements sexy...

C'est le moment que choisirent Annie et Ty pour entrer à leur tour. Dana Sue fit mine de boucher les oreilles de sa fille et de les pousser tous les deux hors de la cuisine.

— Maman ! protesta Annie, refusant de bouger. Je sais bien que les hommes aiment les sous-vêtements sexy ! En revanche, j'aimerais bien voir ta tête quand tu les lui achèteras, ajouta-t-elle à l'intention d'Erik avec un sourire de connivence.

— Tu parles ! Moi, je serai en train de suivre un cours de cuisine à l'Ecole des cordons-bleus.

— Tu n'as pas le droit ! Quand on part en lune de miel, on doit faire tout ensemble !

Erik lui fit un clin d'œil.

— Tu vois Helen dans un cours de cuisine, toi ?

— Ce n'est pas pire que de t'imaginer dans une boutique de lingerie, le taquina-t-elle. Allez, tu dois me promettre de ne pas vous quitter une seconde. Et vous avez intérêt à rapporter des photos. J'y tiens !

Tout cela avait l'air si normal, si détendu, s'émerveilla Helen. C'était presque comme avant entre Erik et elle. Presque comme avant qu'il n'apprenne, pour le bébé... Peut-être parviendraient-ils à capturer cette connivence de nouveau, se dit-elle avec une lueur d'espoir.

— Alors, ce mariage ? C'était comment ? s'enquit Frances quand Karen et Elliott rentrèrent ce soir-là.

— Au début, c'était tendu, très tendu, dit Karen. Et puis je ne sais pas ce qui s'est passé, ça s'est plutôt arrangé. Tu as remarqué ? demanda-t-elle à Elliott.

Il haussa les épaules.

— Oh ! tu sais, pour tout t'avouer, Erik et Helen étaient le cadet de mes soucis. J'avais d'autres choses en tête.

Frances, tout à coup, bondit et, en moins de temps qu'il n'en fallait pour le dire, elle avait ramassé toutes ses affaires.

— Bon, je vous laisse. Je vous verrai demain, lança-t-elle en s'apprêtant à sortir.

— Attendez ! Ne partez pas comme ça, dit Karen, surprise. Je vous ai rapporté un morceau du gâteau.

Frances fit un clin d'œil discret en direction d'Elliott.

— C'est très gentil. Je vais aller le déguster chez moi avec une bonne tasse de thé. Vous n'avez pas besoin de moi dans les pattes.

— Quelle idée ! Pourquoi donc ? Nous voulons juste nous poser un peu et nous détendre cinq minutes.

— Justement, profitez-en. C'est exactement ce que je vais faire, moi aussi. J'en ai besoin, Mack et Daisy m'en ont fait voir de toutes les couleurs, ce soir. Je suis un peu fatiguée.

— Oh, mon Dieu ! s'inquiéta Karen aussitôt. J'espère que ça n'a pas été trop dur pour vous ?

— Mais non, mais non. Allez, bonne nuit !

Avant que Karen n'ait pu protester, elle s'était éclipsée.

— C'est bizarre, elle n'est pas comme ça d'habitude, commenta Karen. Elle adore rester et écouter tout ce qui s'est passé. Elle veut toujours tout savoir.

— Je crois qu'elle essayait surtout de faire preuve de discrétion, si tu veux mon avis, expliqua Elliott.

— De faire preuve de discrétion ?

— Elle a bien vu que je voulais être seul avec toi.

Leurs regards se croisèrent. Il ne fallut pas longtemps à Karen pour comprendre où il voulait en venir.

— C'est à propos de nous, n'est-ce pas ?

— Viens t'asseoir, fit-il en l'attirant vers lui.

Il s'installa sur un fauteuil, la prit sur ses genoux et la serra contre lui.

— Je n'ai pas cessé de penser à nous, aujourd'hui, lui confia-t-il.

— C'est normal, c'est parce que nous étions à un mariage. C'est toujours émouvant, les mariages. Tout le monde a les yeux pleins de larmes, on devient tout romantique. Même à un mariage comme celui-là. Pourtant on ne peut pas dire qu'il sortait d'un conte de fées !

— Et toi, ça t'a fait cet effet-là ? demanda Elliott. Tu as pensé à nous ? Tu as pensé à la direction que prenait notre relation ?

Elle laissa s'écouler un silence, le temps de calmer les battements de son cœur, le temps que sa voix soit plus assurée, qu'elle ne reflète pas son émoi.

— Je pense à nous, Elliott, bien sûr. Je croyais que nous avions décidé de ne rien précipiter.

D'un doigt, il suivit le contour de ses lèvres.

— J'ai changé d'avis. Je sais ce que je veux. Je veux que nous formions une famille, Karen. Je veux être à tes côtés, pour t'épauler, pour te soutenir financièrement. Je ne veux plus te voir te débattre comme un beau diable pour arriver tout juste à joindre les deux bouts. A nous deux, ce sera tellement plus facile. J'aime tes enfants comme s'ils étaient les miens. Je serais prêt à les adopter, si cela se révélait la meilleure solution et que vous soyez tous d'accord.

Evidemment, vu sous cet angle, elle n'avait aucune raison d'hésiter, se dit Karen. Elle connaissait la sincérité et la profondeur de ses sentiments pour elle. Etait-ce de l'amour ? Elle le pensait, même s'il ne le lui avait pas avoué en termes aussi précis. Elle savait aussi que ce n'était pas une passade, qu'il existait entre eux quelque chose de solide, de vrai, de durable. Quant aux enfants, ils l'adoraient. Jusqu'à Frances, qu'elle considérait comme sa mère. Elle l'approuvait à cent pour cent. Alors, pourquoi tant de doutes ? Pourquoi tant d'incertitudes ?

Karen connaissait la réponse à cette question. Et curieusement, elle était liée à ce qu'elle admirait précisément le plus chez Elliott : son attachement à sa famille. Ils étaient catholiques pratiquants, très à cheval sur les valeurs traditionnelles, et n'avaient pas vu d'un très bon œil l'arrivée de cette jeune divorcée. Ils n'avaient d'ailleurs rien fait pour cacher leur réprobation. Surtout les sœurs et la mère d'Elliott, qui le lui avaient fait sentir sans qu'il puisse y avoir la moindre ambiguïté, le jour où il l'avait amenée à la fête d'anniversaire de sa nièce.

— Ta famille va être contrariée. Et je ne veux surtout pas être la cause d'un conflit entre vous.

— J'en fais mon affaire, déclara-t-il. Ils finiront par accepter.

— Elliott, mets-toi à leur place. Pour eux, le divorce est totalement incompatible avec leurs croyances. J'aurais dû y penser avant, toi aussi d'ailleurs.

— Tu peux faire annuler ton mariage, suggéra-t-il.

— Je ne suis pas catholique. Je ne me suis pas mariée à l'église, c'était juste une cérémonie civile.

— Dans ce cas, c'est probablement comme si tu n'étais pas mariée, aux yeux de l'Eglise. Ecoute, je ne connais pas la loi ecclésiastique à ce sujet et ça m'est totalement égal. Je t'aime, Karen. Tu es la femme avec qui je veux passer le reste de ma vie. Nous trouverons une solution. S'il le faut, nous irons voir un prêtre et nous lui demanderons conseil.

Cela avait l'air si simple ! Pourtant, Elliott, dans sa précipitation, n'oubliait-il pas l'essentiel ? L'essentiel, pour Karen.

— Si je dois faire annuler mon mariage, cela fera de mes enfants des bâtards. Et ça, il n'en est pas question. Il n'en est pas question, Elliott, tu m'entends ?

Leurs regards se croisèrent, celui de Karen était perçant, inflexible.

— Leur père s'est peut-être révélé un moins-que-rien, il n'en est pas moins leur père. Ce sont des enfants *légitimes*. J'ai tellement souffert personnellement de ne pas savoir d'où je venais. Je n'ai jamais connu mon père, jamais su qui il était. J'avais l'impression d'être sale, j'avais honte. Ensuite, ma mère s'est d'abord complètement désintéressée de moi, et puis elle m'a carrément abandonnée. J'ai mis longtemps à m'en remettre. Je n'ai jamais eu confiance en moi, je croyais que je ne valais rien. Maintenant, j'ai fini par accepter que j'étais quelqu'un de bien mais, à quel prix ? J'en ai versé, des larmes ! J'en ai mené, des combats ! Je refuse que mes enfants aient à vivre même un dixième de ce que j'ai vécu. Tu comprends, Elliott ?

Il lui caressa doucement la joue d'une main rassurante.

— Je serai là pour eux, lui dit-il. Ensemble, nous les aiderons à trouver leurs voies dans la vie, ils seront aimés, respectés, choyés. Si c'est dans les choses possibles, et je ne vois pas pourquoi ça ne le serait pas, je les adopterai légalement. Ils ne connaîtront jamais ce que tu as connu, je te le promets.

Karen voulait tant y croire ! C'était impossible que la vie lui fasse un tel don, impossible qu'elle lui offre l'homme de ses rêves, pour le lui reprendre aussitôt !

— Je suis d'accord pour que nous allions voir un prêtre. Je veux bien qu'il nous explique ce qu'il faut faire pour que nous puissions nous marier dans ton Eglise. Je veux bien faire tout pour que ta famille m'accepte. Je ne peux pas faire plus.

— Alors, fit-il, immensément soulagé, nous sommes fiancés ?

— Non !

Elle l'avait blessé et s'en voulut aussitôt d'avoir été si catégorique.

— Bon, reprit-elle, disons que nous nous engageons à nous fiancer.

Elliott la remercia d'un sourire de soulagement.

— Je m'en contenterai pour le moment. Tout ira bien, j'en suis sûr.

Elle était loin de partager sa certitude. Il lui suffisait de repenser au regard que lui avait jeté sa mère, lorsqu'elle avait réalisé qu'elle était divorcée. Ses sœurs, tout en se montrant plus aimables à son égard, n'en avaient pas pour autant caché leur désapprobation. Gagner leur confiance, elle le savait, ne serait pas une mince affaire.

C'est alors qu'elle leva le visage et lut l'amour qui irradiait des yeux d'Elliott. Peut-être cette bataille valait-elle la peine d'être menée… Qui sait ?

Helen ne rapportait pas seulement dans ses bagages une ribambelle de souliers, de tailleurs, de lingerie sexy et autres fanfreluches, elle revenait surtout pleine d'espoir pour l'avenir de son mariage. Elle avait passé quatre jours de lune de miel idylliques. Trop courts, bien sûr. Elle avait quand même appris, à cette école de haute cuisine réservée aux plus grands, à faire un roux. A quoi cela pourrait-il bien lui servir ? Elle n'en avait pas la moindre idée. Peu importe. Elle avait surtout aimé voir Erik évoluer dans son élément, un vrai poisson dans l'eau ! Pour ce qui était des photos, ils n'y étaient pas allés de main morte ! Il devait y en avoir plus d'une centaine, Annie allait être contente. Il y en avait une, en particulier, où l'on voyait Erik, visiblement assez troublé, entouré d'une douzaine de mannequins en sous-vêtements affriolants !

Elle les avait toutes étalées sur une table du patio au Club du Coin. Dana Sue et Maddie les regardaient avec force soupirs d'envie, entrecoupés d'exclamations joyeuses. Helen, elle, était bien trop occupée à admirer ses pieds chaussés d'une de ses nouvelles paires de chaussures, de ravissants escarpins à talon haut et bout pointu, faits dans un cuir aussi souple et doux qu'une peau de bébé. Encore quelques semaines et ce serait fini. Le temps serait venu de porter des souliers confortables et sensés.

Maddie suivit la direction de son regard.

— Dis-moi, qu'est-ce que vous avez fait, à part dévaliser les magasins de chaussures ?

— Tu n'as qu'à regarder les photos, nous n'avons pas arrêté. Bien sûr, ajouta-t-elle avec un sourire coquin, je ne vais pas entrer dans le détail de *tout* ce que nous avons fait et qui n'a pas été enregistré sur pellicule.

— Ça va mieux entre vous, alors ? fit Maddie, malgré tout un peu inquiète.

— Ce n'est pas encore ça, mais je dois avouer que ça prend tournure. Il faudra du temps pour que je regagne la confiance d'Erik. Et puis je ne sais pas comment ça va se passer, quand le bébé sera là.

Dana Sue fronça les sourcils.

— Que veux-tu dire par là ?

Helen aurait voulu ne pas y penser, vivre le moment et, surtout, ne pas se projeter trop loin. Pourtant…

— Depuis le début, il a été dit clairement entre nous que nous pourrions divorcer, si c'était ce que je voulais, dit-elle, la gorge nouée.

— Helen ! S'il a accepté ça, c'est tout simplement parce que tu insistais tellement pour élever le bébé toute seule ! s'écria Dana Sue, exaspérée. Erik t'aime.

— Il ne l'a jamais dit, pas à moi en tout cas, protesta Helen.

Dana Sue soupira.

— Je l'avais pourtant prévenu qu'il le regretterait…, grommela-t-elle entre ses dents. Ecoute-moi, laisse-lui le temps de retrouver ses repères et toi, en attendant, apprends à lui faire confiance.

Maddie glissa sur Dana Sue un regard avec une lueur d'ironie.

— Tu oublies que pour Helen, c'est tout ou rien, noir ou blanc, il n'y a pas de nuances.

— C'est drôle quand même, commenta Dana Sue en fixant Helen avec insistance. J'ai toujours cru que c'était une femme qui se méfiait des mots. N'est-ce pas ce que tu répètes à tes clientes à longueur de journée ? Méfiez-vous des belles paroles, ce n'est pas tant ce que votre mari volage vous dit qui compte, c'est ce qu'il fait.

Helen fut bien en peine de trouver réponse à cela. Elle ramassa donc les photos et se leva.

— Il faut que je retourne au bureau. Mon agenda est plein à craquer à partir de la semaine prochaine et j'ai une montagne de messages ; pourtant j'étais partie moins d'une semaine. Je dois y mettre un peu d'ordre avant le week-end.

— Ne commence pas à te lancer à corps perdu dans le travail dès le premier jour de ton retour, s'écria Maddie, affolée. Un voyage comme tu viens de faire est beaucoup plus stressant que tu ne crois. Tu dois te ménager !

— Ne t'inquiète pas, ce n'est qu'une journée. Je vais avoir tout le week-end pour récupérer, pendant qu'Erik sera pris au restaurant.

— Ce que je veux dire, c'est que…

— Je sais ce que tu veux dire, ma chérie, l'interrompit Helen en se penchant pour l'embrasser. J'apprécie que tu te fasses du souci pour moi, mais je ne ferai pas de folie, je te le promets.

— Entendu, acquiesça Maddie. Je t'appellerai quand même plus tard à ton bureau, Barb me dira si tu es sage ou non.

— Elle fera ce que je lui dirai, si elle ne veut pas perdre son poste, rétorqua Helen en riant.

Sur ces mots, elle prit son attaché-case et se dirigea vers la porte du patio qui menait directement sur l'extérieur.

— Attends ! lui cria Maddie. Ne passe pas par là ! Traverse le club, Elliott va te raccompagner.

— Je ne vais pas le déranger, il est occupé avec une cliente. Il n'y a pas de problème.

— Helen, je t'en prie, insista Maddie en plissant le front. Il ne faut pas que tu te promènes seule, c'est encore dangereux.

L'image de Caroline à l'hôpital s'imposa soudain à l'esprit d'Helen. Ce n'était pas le moment de faillir à sa promesse.

— D'accord, tu as raison, déclara-t-elle en pivotant sur ses talons.

— S'il ne peut pas se libérer, lança Maddie avant qu'elle ne passe la porte, je te conduirai.

Cela devenait insupportable, songea Helen. Elle, si indépendante d'ordinaire, ne pouvait pas faire trois pas sans être accompagnée par Pierre, Paul ou Jacques ! Pourtant, c'était nécessaire et elle le savait bien. Elle appellerait le shérif sans faute dès qu'elle arriverait au bureau. Elle lui demanderait où il en était et s'il pensait être sur le point d'arrêter Brad Holliday. Et si elle sentait qu'il n'en faisait pas une priorité, elle prendrait l'initiative d'engager elle-même un détective. Cela ne pouvait plus durer.

22

Escortée d'Elliott, Helen se rendit à pied à son bureau. Il prenait tellement au sérieux son rôle de garde du corps qu'elle abandonna assez vite l'idée de bavarder avec lui. A quoi bon ? Tout en marchant, il surveillait d'un œil de lynx l'espace alentour, devant, derrière, de tous côtés, et ne répondait à ses questions que par monosyllabes, sans même la regarder.

En passant devant la grande quincaillerie, dans la rue principale, elle aperçut Ronnie et le salua de la main. Devant chez Wharton, elle demanda à Elliott de l'attendre — elle n'en aurait que pour une seconde. Passant la tête dans l'entrebâillement de la porte, elle salua Grace et Neville.

— Je t'ai rapporté quelque chose de Paris, dit-elle à Grace. Je passerai te le déposer plus tard.

La salle était pleine de clients et Grace courait dans tous les sens, les bras chargés d'assiettes.

— Ton voyage de noces s'est bien passé, alors ? lui demanda-t-elle.

— C'était merveilleux !

Une bonne façon de s'assurer que la moitié de la ville serait au courant avant la fin de la matinée, songea-t-elle. Cela mettrait peut-être un terme aux rumeurs qui devaient circuler concernant son « mariage forcé » !

Une fois qu'ils furent arrivés devant l'immeuble, elle se tourna vers Elliott avec un sourire.

— Mission accomplie, merci ! Me voilà saine et sauve.

— Je vais monter avec vous, suggéra-t-il.

— C'est inutile, Barb est là. Sa voiture est au parking. Ça ira très bien.

— Bon, entendu. N'hésitez surtout pas à faire appel à moi, si vous avez besoin d'aller quelque part. D'accord ?

— D'accord. Encore merci, Elliott.

Tandis qu'il repartait en courant à petites foulées vers le club, elle ouvrit la porte. Barb, qui était en pleine conversation téléphonique, l'accueillit d'un sourire en articulant « bienvenue » silencieusement.

Helen allait s'emparer de la pile de messages et prendre le chemin de son bureau, lorsque Barb lui fit signe d'attendre, qu'elle avait quelque chose à lui dire. Dès qu'elle put raccrocher, elle annonça :

— Je voulais juste vous prévenir que vous avez un client dans votre bureau. Il m'a dit que c'était urgent. Comme vous n'aviez rien de prévu pour aujourd'hui, je l'ai fait entrer en lui proposant d'attendre votre arrivée.

— Qui est-il ? Vous a-t-il dit de quoi il s'agissait ? demanda Helen avec un brin d'irritation.

Ce n'était pas prévu au programme, pesta-t-elle intérieurement. Elle qui avait compté sur une journée tranquille pour reprendre en main ses dossiers…

Barb jeta un coup d'œil sur son calepin.

— Il m'a dit qu'il s'appelait Brian Hallifax.

— Je ne connais aucun Hallifax à Serenity.

Barb haussa les épaules.

— Il ne m'a pas dit d'où il était. Je ne l'ai pas reconnu, d'ailleurs.

— Et cette urgence ?

— Sa femme menacerait de l'empêcher de voir ses enfants. Elle serait dans son droit, à ce qu'il paraît, et lui aurait annoncé la nouvelle à son retour d'un voyage d'affaires. Je n'en sais pas plus. Il m'est apparu surtout paniqué.

— Bon, très bien. Je vais voir ce que je peux faire. Plus d'appels pour aujourd'hui et je ne veux voir personne d'autre, c'est clair ?

— Compris. Je suis désolée, mais je ne savais pas comment faire, il avait l'air si désespéré.

Helen lui pressa l'épaule affectueusement.

— Ne vous inquiétez pas. Je connais votre bon cœur.

Lorsqu'elle entra dans son bureau, elle ne vit pas immédiatement son visiteur. Ce n'est qu'une fois la porte refermée que sa silhouette émergea de l'ombre.

Aussitôt, le cœur d'Helen fit un bond dans sa poitrine. Elle n'eut qu'une idée, se précipiter sur la poignée et crier à Barb d'appeler la police. Trop tard ! Brad Holliday la fixait, un sourire narquois sur les lèvres, les yeux bouillant de rage. Il tenait un revolver braqué sur elle.

— Parfait, articula-t-il en la voyant s'éloigner de la porte. Vous êtes une femme intelligente.

— Que voulez-vous, Brad ?

— Ce que je veux ? ricana-t-il. Je veux que justice soit faite, je veux obtenir réparation. Vous vous êtes bien payé ma tête, ma petite dame, mais rira bien qui rira le dernier !

Sans le quitter des yeux, Helen se rapprochait prudemment de son bureau, où elle pourrait s'asseoir. La solide table de travail de bois massif offrirait une certaine protection au bébé, si Brad décidait de tirer. Hélas, elle n'était pas équipée du bouton d'alarme, généralement situé sur le sol, que beaucoup d'avocats tenaient à avoir. Helen, elle, s'occupait principalement de divorces, pas de meurtres. Si bien qu'elle n'avait pas jugé nécessaire de se protéger.

Son regard plongea dans celui de Brad. Elle n'y vit que de la haine. Visiblement, l'homme n'avait plus toute sa tête. « Surtout, ne pas se laisser envahir par la panique », se répéta-t-elle. Peut-être qu'en le raisonnant elle pourrait gagner du temps. Il ne fallait pas qu'il s'aperçoive qu'elle crevait de peur.

Elle s'assit lentement, laissant ses mains bien visibles sur la table, sans le quitter une seule seconde des yeux.

— Brad, vous en avez fait assez, vous ne croyez pas, avec ce qu'a subi Caroline ? Rendez-vous à la police avant qu'il ne soit trop tard. Pourquoi risquer d'aggraver votre cas ?

— Je n'ai plus rien à perdre ! Vous m'avez tout pris. Alors, un peu plus, un peu moins…

« A quoi bon discuter ? » se dit alors Helen. Cela ne mènerait nulle part. Pourtant, quelque chose en elle lui soufflait de ne pas lâcher. Il y avait peut-être une chance, aussi minime soit-elle, qu'elle parvienne à atteindre le cerveau déréglé de cet homme. Peut-être était-il encore temps de le sauver de lui-même.

— Brad, vous savez bien qu'il vous reste encore beaucoup d'argent. Et puis il y a vos enfants, ne l'oubliez pas.

— Mes enfants ? Ils me détestent !

— Votre fille ne vous déteste pas. Elle veut croire en vous, du fond de son cœur. Quant aux garçons, il ne tient qu'à vous de regagner leur amour. Si vous me faites du mal, alors, oui, vous risquez de tout perdre, et votre fille se détournera de vous.

Cette dernière remarque lui arracha un rire amer.

— Vous ne comprenez donc rien ? Il y a longtemps que je ne suis plus l'homme qu'elle imagine ! Et tout ça, à cause de vous !

Son expression se fit plus dure. D'une main certes tremblante, il conservait néanmoins le revolver pointé sur Helen.

— Vous allez comprendre à votre tour ce que ça fait, quand tout s'écroule autour de vous !

Comment allait-elle se sortir de cette situation ? Helen sentait le désespoir l'étreindre. Une sueur froide se mit à lui couler le long du dos. Les mains moites, le cœur affolé, elle balaya d'un regard furtif sa table de travail, en quête d'un objet pour se défendre. Elle devait continuer à parler, à endormir peu à peu la méfiance de Brad Holliday.

Là, à quelques centimètres à peine, trônait un gros presse-papiers en cristal, un prix du barreau pour ses mérites d'avocate. Cela ferait sans doute l'affaire. Ne rien précipiter, choisir le bon moment, parler, continuer à parler pour faire diversion… Si seulement elle parvenait à saisir l'objet avant que Brad Holliday n'ait le temps de réagir…

— Brad, il n'est pas trop tard. Ne faites rien que vous pourriez regretter par la suite. Posez ce revolver et parlons. Je peux peut-être vous aider à vous sortir de cette situation.

— Vous plaisantez ? Je dois reconnaître que Jimmy Bob West ne vous arrive pas à la cheville, mais, même vous, vous ne pouvez rien. Personne ne peut plus rien pour moi ! Je suis un homme fini.

— Ne dites pas cela. Vous avez agi sous le coup de la passion, il en sera tenu compte. Vous n'avez pas de casier judiciaire. Il n'est jamais trop tard pour faire machine arrière. Pensez à vos enfants, Brad. Montrez-leur que vous êtes capable d'un nouveau départ.

Il secoua la tête.

— Taisez-vous ! Tout ce que vous dites ne changera rien.

Combien de temps parviendrait-elle à tenir ainsi ? se demandait Helen, cherchant désespérément les arguments qui repousseraient le moment fatal. Elle approchait peu à peu sa main du presse-papiers, lentement, très lentement. Voilà, elle y était. Il lui parut lourd, solide, sous ses doigts. Serait-il toutefois suffisant pour neutraliser Brad Holliday ?

C'est alors que Barb frappa à la porte. Profitant de cette diversion inattendue, Helen s'empara du presse-papiers et le jeta de toutes ses forces à la tête de son agresseur tout en priant pour que le projectile atteigne son but.

Tout se passa si vite, alors ! Atteint à la tempe — pas assez violemment, cependant, pour être mis hors d'état de nuire —, Brad se redressa et tira. La balle vint se loger dans le bois du bureau. Au même instant, Barb hurla tandis qu'Helen plongeait derrière sa table de travail pour se mettre à l'abri. Pas assez vite, toutefois. Brad tirait déjà une deuxième fois dans sa direction, et la balle lui érafla le bras. Un troisième coup de feu éclata dans la pièce, tandis que Brad se précipitait vers la porte et disparaissait. La vitre vola en éclats. Des sirènes assourdissantes hurlèrent.

Il fallut quelques secondes à Helen pour réaliser que ce n'était pas la police, mais bien l'alarme de sécurité qui s'était déclenchée.

Barb, qui avait tout juste eu le temps de s'écarter lorsque Brad avait fait irruption hors de la pièce, se précipita vers Helen, l'aidant à se relever péniblement puis à s'asseoir, avant de s'emparer du téléphone pour appeler les secours. Elle courut ensuite chercher une serviette dans les toilettes, qu'elle appuya sur la blessure pour stopper le flot de sang, tout en marmonnant une litanie d'excuses.

— Mon Dieu, tout est ma faute. J'aurais dû m'en douter, pourquoi l'ai-je laissé entrer ?

Helen lui pressa affectueusement la main.

— Comment pouviez-vous savoir, Barb ? Vous n'aviez jamais rencontré Brad Holliday.

— J'aurais dû être plus méfiante, surtout quand il a insisté pour vous voir aujourd'hui. Tout le monde savait que vous étiez partie en voyage de noces. Je lui ai dit que vous ne preniez pas de rendez-vous avant la semaine prochaine. Il a tellement insisté pour vous rencontrer… C'était louche.

— Barb, c'est toujours facile, rétrospectivement, de savoir ce qu'on aurait dû faire. Vous n'aviez aucun moyen de deviner ce qui se tramait dans cet esprit malade. Cessez donc de culpabiliser.

— Mais cet homme aurait pu vous tuer !

Elle balaya l'espace du regard.

— Qu'est-ce que fabrique la police ? Et l'ambulance ? Ils vont arriver, oui ou non ? Vous ne pouvez pas rester sans secours, vous saignez !

Affolée, la pauvre secrétaire était complètement dépassée par les événements.

Un coup de revolver retentit soudain dans la rue, aussitôt suivi d'exclamations horrifiées.

— Que s'est-il encore passé ? demanda Helen, qui grimaçait de douleur en se tenant le bras.

— Je ne sais pas, répondit Barb tout en faisant de son mieux pour maintenir la serviette en place.

Elle semblait reprendre peu à peu ses esprits et paraissait mieux maîtriser la situation, maintenant, contrairement à Helen, qui s'affaiblissait et avait l'impression de vivre un véritable cauchemar. Elle se mit soudain à respirer bruyamment, les mains posées sur son ventre.

— Oh, mon Dieu, mon bébé ! dit-elle en cherchant son souffle.

— Respirez lentement, profondément, lui conseilla Barb. Chut… Là, ça va aller. Votre bébé va très bien, assura-t-elle en la tenant serrée contre elle et en la berçant comme un enfant.

Après ce qui leur parut une éternité, l'ambulance arriva enfin. Lorsque Barb fit mine de s'éloigner pour laisser la place aux ambulanciers, Helen lui agrippa le bras et ne le lâcha pas.

— Ne partez pas !

— Je ne vais nulle part. Je vais juste appeler Erik et je reviens tout de suite.

— Ne faites pas ça, il va s'inquiéter inutilement.

— Inutilement ? Ça ne lui fera pas de mal de s'inquiéter un peu, vous ne croyez pas ? gronda Barb.

Helen fit de son mieux pour répondre aux inlassables questions des policiers et des infirmiers, qui insistaient pour l'emmener à l'hôpital. Bizarrement, malgré son obstination, elle ne parvint pas à savoir s'ils avaient arrêté Brad ou pas.

Quelques minutes plus tard — qui lui parurent des heures —, Erik arriva enfin. S'agenouillant près d'elle, il lui prit la main.

A la grande surprise d'Helen, il ne lui reprocha pas de s'être montrée imprudente, déversant au contraire sa fureur sur les policiers.

— Où étiez-vous, bon sang ? hurla-t-il. Elle aurait dû être protégée à tout instant !

— Le shérif pensait que vous n'étiez pas encore rentrés de voyage, expliqua l'un des hommes. Personne ne nous a donné l'ordre de reprendre la surveillance.

Erik blêmit.

— Alors, c'est ma faute, balbutia-t-il en posant sur Helen un regard désemparé. C'est ma faute s'il t'a tiré dessus…

— Ne dis pas de bêtises, murmura-t-elle.

Elle n'eut pas le temps d'en dire plus qu'il avait déjà bondi hors des lieux.

Que lui arrivait-il ? se demanda Helen, interloquée, en le regardant disparaître.

A cet instant, un infirmier la prit par le bras et la guida doucement vers la porte.

— Venez, madame. Nous devons vous emmener à l'hôpital. Votre blessure n'est que superficielle, il est vrai, mais nous devons prendre toutes les précautions nécessaires. D'autant plus que vous êtes enceinte. Vous en profiterez pour voir un obstétricien.

Helen aquiesça avant de s'adresser à Barb, la suppliant du regard.

— J'ai besoin d'Erik…

— Il va venir, ne vous en faites pas. Je vais m'en assurer. Je vais aussi appeler Maddie et Dana Sue. On ne peut pas les laisser en dehors de tout ça.

— Ce n'est pas la peine de les inquiéter, protesta Helen, qui n'en dit pas plus en voyant le coup d'œil sans équivoque que lui jetait Barb.

Docile, elle se laissa emmener vers l'ambulance sur une civière. Une fois dehors, on lui épargna, heureusement, le spectacle qui s'y déroulait encore. Tout à coup, elle se sentit vidée de toute énergie.

Sur le chemin de l'hôpital, elle ferma les yeux, tâchant de comprendre ce qui avait bien pu provoquer une telle réaction chez Erik. Il lui était apparu soudain si malheureux, si profondément malheureux. La souffrance qu'elle avait lue sur son visage, elle en était la cause. Elle avait entraîné Erik avec elle et malgré lui dans une chaîne de responsabilités liées à un mariage et à une grossesse qu'il n'avait jamais désirés.

Alors, à cet instant, elle sut qu'elle risquait de le perdre. Et cette éventualité lui glaça le sang.

Dans la cuisine du Sullivan, Erik, le regard flottant, l'esprit vide, s'affairait à la préparation distraite d'une grosse fournée de brownies. C'est alors qu'il subit l'assaut déterminé de Maddie et de Dana Sue. Sans la moindre hésitation, elles traversèrent la cuisine, se dirigeant vers lui d'un pas décidé.

Il savait que, en fuyant et en abandonnant Helen, il n'allait pas manquer de s'attirer leurs foudres. Malgré cela, il n'avait pas pu faire autrement. La douleur d'Helen, tout ce sang, tout ce chaos lui rappelaient trop de souvenirs déchirants. Pis encore, la pensée qu'il aurait pu les perdre, elle et le bébé… En dépit de ses connaissances dans le domaine médical, il avait paniqué. Purement et simplement. Il n'était qu'un homme, après tout. Il serait peut-être temps de le rappeler à tous ceux qui le voyaient en héros.

— Qu'est-ce que tu fais ici ? lança Dana Sue d'un ton lourd de reproches.

— Tu le vois bien, je pense au restaurant, moi. Il faut bien que quelqu'un s'en occupe, rétorqua-t-il. Nous ouvrons dans deux heures pour le déjeuner, au cas où tu l'aurais oublié.

— Les gens n'ont qu'à aller manger un burger chez Wharton, déclara-t-elle sèchement. Comment crois-tu qu'ils faisaient avant l'ouverture du Sullivan ? Ils n'en mourront pas.

Erik fronça les sourcils, choqué.

— Tu ne penses pas ce que tu dis.

— Ta femme vient de se faire tirer dessus par un fou furieux, alors tout le monde ici se fiche pas mal de tes brownies. Allez, file ! Tu devrais déjà être en route pour l'hôpital.

— Je suis allé la voir. Elle est en de bonnes mains, insista-t-il, ne laissant rien paraître de l'angoisse qui lui étreignait le cœur.

Dana Sue n'en croyait pas ses oreilles.

— Alors, c'est tout ? Tu es satisfait de la laisser avec des étrangers !

— Ce ne sont pas des étrangers, grommela-t-il. Elle est avec des gens très compétents, des gens qu'elle connaît très bien.

Et qui, à son grand dam, se montraient bien plus capables que lui de faire face à la situation.

Maddie, qui n'avait rien dit jusque-là, l'étudia attentivement, puis se décida enfin à prendre la parole.

— Erik, écoute-moi. Tu n'as absolument aucun reproche à te faire pour ce qui s'est passé. Le plus important à ce stade, c'est que tu sois auprès de ta femme à l'hôpital.

— Qu'est-ce que tu attends ? s'écria Dana Sue en lui arrachant le récipient des mains. Je suis parfaitement capable de faire ces fichus brownies, pour une fois !

— Je t'emmène en voiture, déclara Maddie d'un ton sans réplique.

Erik voulait protester. Il aurait voulu rester caché dans son coin, même s'il savait, au fond de son cœur, que Maddie et Dana Sue avaient raison, sa place était aux côtés d'Helen. Il lui fallait se ressaisir, recouvrer ses esprits temporairement égarés lorsqu'il avait cru, un bref instant, être si près de la perdre. Cette situation lui avait paru intolérable, trop cruelle. Elle lui rappelait trop ce qu'il avait déjà vécu.

— D'accord, lança-t-il.

Dana Sue ne put cacher sa satisfaction ; Maddie, elle, poussa un soupir de soulagement.

— Nous t'appellerons de l'hôpital, promit-elle à son amie.

— Et je serai là pour le coup de feu de ce soir, tu peux compter sur moi, déclara Erik.

— Il n'en est pas question ! s'offusqua Dana Sue. Encore moins s'ils décident de laisser sortir Helen ! Je vais appeler Karen et Tess à la rescousse, toi tu t'occupes de ta femme et tu ne la lâches pas.

— Dans ce cas, nous prendrons les choses dans l'ordre et nous aviserons en conséquence, conclut Erik.

Dans la voiture, Maddie lui jeta un regard furtif.

— Ça va ?

— Ce n'est pas sur moi qu'on a tiré.

— On dit que lorsqu'on aime quelqu'un, on peut aller jusqu'à ressentir sa douleur.

— Oh, ça va ! protesta-t-il, épargne-moi ton boniment de psychologie. Mais je comprends ce que tu essayes de me dire.

Il prit sa tête entre ses mains, avant d'ajouter :

— Quand Barb m'a téléphoné, tu ne peux pas savoir ce qui m'a traversé l'esprit…

— Je crois que j'ai une petite idée, répondit Maddie. Ça devait être quelque chose dans le genre de ce que Dana Sue et moi avons pensé : et si c'était beaucoup plus grave que ce que Barb veut bien laisser entendre ? Et si nous risquions de la perdre ?

Erik sourit. C'était toujours rassurant de savoir qu'on n'était pas seul avec ses émotions.

— Tu imagines ce que Barb doit éprouver, elle aussi ? fit Maddie. Quand tu penses que c'est elle qui a laissé entrer Brad ! En même temps, le seul coupable, c'est Brad Holliday, et personne d'autre. Tu peux lui accorder ta pitié, si tu veux, mais pas porter la faute à sa place. Tout ce qui compte, dorénavant, c'est de s'assurer qu'Helen et le bébé vont bien.

— N'empêche que je me fais des reproches.

Il marqua une pause, repensant aux paroles du jeune policier.

— Tu te rends compte, reprit-il, j'avais complètement oublié de prévenir le shérif de notre retour de Paris… Par ma faute, personne n'était missionné pour protéger ma femme.

— Tu rentrais d'un voyage de noces merveilleux, tu avais la tête dans les nuages… Et puis ces menaces avaient été proférées dans un moment de colère, des semaines auparavant. Tout le monde pensait que le danger était passé.

— A part toi. C'est toi qui as insisté pour qu'Elliott l'escorte jusqu'à son bureau.

Elle esquissa un sourire.

— C'est mon instinct maternel, je m'inquiète pour tout et pour tout le monde. Tu n'as qu'à demander à mes enfants !

Ils arrivaient en vue de l'hôpital. Maddie s'arrêta devant l'entrée des urgences.

— Vas-y. Je vais me garer. Helen a plus besoin de toi que de moi à ce moment précis.

— Je n'en suis pas sûr du tout. J'ai été nul, nul d'un bout à l'autre.

— C'est possible. Mais tu l'aimes comme un fou. C'est ce qui compte. Il serait peut-être temps que tu le lui avoues…

Les paroles de Maddie résonnant dans sa tête, il partit à la recherche de sa femme.

Sa *femme*. Il n'arrivait pas encore à y croire…

— Je cherche Helen Whitney, dit-il à l'accueil. Je ne sais pas sous quel nom elle s'est enregistrée. C'est peut-être Helen Decatur ?

— Jeune mariée, devina l'infirmière. Elle n'était pas sûre elle-même. Vous la trouverez dans la chambre huit. Je crois qu'elle ne sera pas mécontente de voir enfin son petit mari chéri. L'obstétricien doit passer la voir d'une minute à l'autre.

En entendant ces mots, le sang d'Erik se glaça.

— Il y a un problème avec le bébé ?

— Apparemment, non. C'est juste par mesure de précaution après le trauma qu'elle vient de subir. Le Dr Wilson l'a conseillé.

Erik hocha la tête, soulagé qu'Emily Wilson ait été de garde à ce moment crucial. Helen la connaissait déjà, ce qui était rassurant pour elle.

— Merci, dit-il en s'éloignant.

— Au fait, lui cria l'infirmière, elle s'est fait enregistrer sous le nom de Whitney. Elle a dû prendre ses vœux de mariage au sérieux !

C'est le visage éclairé d'un grand sourire qu'Erik avança le long du couloir à la recherche d'Helen. Elle avait utilisé son nom de femme mariée… Cela prouvait qu'elle ne lui en voulait pas trop. Il avait peut-être encore sa chance.

Encore sous l'effet des antalgiques, Helen avait du mal à garder les yeux ouverts. Pourtant, dès qu'Erik entra dans la pièce, elle sut qu'il était là. Il s'assit à son chevet. Luttant contre le sommeil, la bouche pâteuse, elle parvint à esquisser un pâle sourire.

— Tu es venu… Je me demandais si tu viendrais, articula-t-elle avec difficulté.

— Avec Maddie et Dana Sue, je n'avais pas trop le choix, admit-il.

Le sourire d'Helen trembla.

Il l'observa attentivement.

— Comment te sens-tu ?

— Abrutie, comme si j'avais reçu un coup de massue.

— Et le bébé ? Tu n'as pas eu de contractions ?

Elle secoua la tête et posa aussitôt sa main instinctivement sur son ventre.

— Non. Je pense qu'il va bien, mais le médecin va me le confirmer.

— Je comprends. Ecoute, tu dois te reposer. Je vais aller rejoindre Maddie dans la salle d'attente.

Comme il s'apprêtait à se lever, elle lui agrippa la main de toutes ses faibles forces.

— Reste, Erik. J'ai peur. J'ai vraiment peur. Et le pire, c'est que personne ne veut me dire ce qui est arrivé à Brad. Dis-moi qu'il n'a pas réussi à s'échapper, je t'en supplie.

— Rassure-toi. Tu n'as plus aucune raison de t'inquiéter. Brad ne te fera plus jamais de mal.

— Pourquoi ? Dis-moi.

— Il s'est suicidé. Il est mort, dit-il en se rasseyant près d'elle.

Il conserva la main d'Helen dans la sienne.

— Erik ?

— Oui ?

— Dis-moi pourquoi tu es parti de mon bureau en courant, tout à l'heure, comme un coupable.

— Entre-temps, j'ai compris que je ne le suis pas.

— Tu mens. Je sens qu'il y a quelque chose de grave, et qui dépasse l'événement d'aujourd'hui.

— Rien qui te concerne, en tout cas, déclara-t-il, le visage soudain impénétrable. Ce qui compte, c'est que toi et le bébé, vous alliez bien tous les deux. Ferme les yeux et repose-toi en attendant l'arrivée du médecin.

Comme elle semblait sur le point d'insister, il la fixa d'un œil sévère.

— Je suis sérieux, Helen. Repose-toi ou je m'en vais.

Elle soupira. Elle reviendrait à la charge plus tard. Après tout, les questions, c'était sa spécialité.

*
* *

Ça ne pouvait pas durer comme ça ! songea Karen en échangeant avec Tess un regard qui en disait long. Dana Sue était une vraie pile. Elle n'arrêtait pas de courir dans tous les sens, aboyant des ordres, empoisonnant l'atmosphère d'ordinaire si harmonieuse. N'y tenant plus, elle l'empoigna par les épaules et l'obligea à s'asseoir sur un tabouret.

— Là ! Il va falloir vous calmer et, pour commencer, vous allez manger quelque chose.

— Je ne peux rien avaler, grommela Dana Sue.

Elle accepta néanmoins l'assiette de salade au poulet que Karen lui tendait.

— Pourquoi n'avons-nous aucunes nouvelles de l'hôpital ? demanda-t-elle entre deux bouchées.

— Vous savez bien ce qu'on dit : pas de nouvelles, bonnes nouvelles. Je suis sûr qu'Helen va bien. Vous pouvez être tranquille, s'il y avait quoi que ce soit, Maddie vous aurait aussitôt appelée pour que vous alliez la rejoindre.

— Je suppose que tu as raison.

Elle mastiqua, avala, prit une nouvelle bouchée. Puis, penchant la tête sur le côté, elle posa sur Karen un œil intrigué.

— C'est différent. Qu'est-ce que tu as rajouté ? De l'aneth ?

— Juste un peu, admit Karen. Ça vous plaît ?

— C'est sublime !

— J'avais pensé y mettre aussi des cerneaux de noix grillés ou, peut-être, des amandes. Qu'est-ce que vous en pensez ?

Dana Sue prit une nouvelle bouchée.

— Des amandes, je pense. J'adore les noix dans les salades ; seulement, je préfère les éparpiller sur le dessus. Si les gens ne savent pas qu'il y en a, ça risque de les surprendre. Ils peuvent croire qu'ils sont tombés sur un os. Les amandes, c'est plus subtil, moins croquant aussi.

— Vous avez raison, acquiesça Karen. En fait, je m'étais dit que ça ferait une variante de la salade au poulet et à l'ananas que nous servons actuellement. On pourrait les alterner, de manière saisonnière, par exemple ?

— Je me suis dit la même chose. C'est une bonne idée d'introduire un nouveau menu à chaque saison, tout en gardant les favoris, bien sûr. On pourrait ajouter quelques plats, histoire d'encourager les clients réguliers à venir plus souvent. Ils risquent de se lasser, si nous leur servons toujours la même chose.

— J'ai quelques idées là-dessus. Vous voulez que je vous en parle ? proposa Karen avec un enthousiasme non dissimulé.

Voyant Dana Sue hocher la tête, elle tira un tabouret à son tour et s'installa à côté d'elle.

— Les tomates sont encore délicieuses en ce moment. Si on proposait une salade de tomates à la mozzarella de buffala additionnée de basilic, avec un filet de très bon vinaigre balsamique de Modène ? Ou de la bruschetta ? Vous savez, des tranches de pain à l'huile d'olive, grillé, frotté à l'ail, sur lesquelles on peut ajouter des tomates, des poivrons, des herbes et même du saumon si on veut ? Il y a des tas de possibilités. Ce sont des recettes idéales pour les mois chauds. Nous en avons encore pour deux bons mois, au moins.

— C'est vrai que ça changerait un peu, reconnut Dana Sue. Tu crois que les clients sont prêts ?

Karen hocha la tête vigoureusement.

— Tout à fait. Regardez comment ils ont adoré le gaspacho. Pourtant, à première vue, une soupe froide peut paraître bizarre. Non, au contraire, le Sullivan est fameux pour ses innovations. Les gens ne viennent pas ici pour manger des plats ordinaires, qu'ils peuvent se faire chez eux. Ils n'ont pas besoin de nous pour ça !

Le visage de Dana Sue s'illumina d'un large sourire.

— Bien vu. Parfait. D'autres idées ?

— Je pensais aux desserts. L'été dernier, Erik a fait beaucoup de tourtes. Si on faisait plutôt des tartes aux fruits ? C'est moins lourd.

L'enthousiasme de Karen était communicatif.

— Ça me plaît ! s'écria Dana Sue. Il fait une pâte merveilleuse.

On pourrait faire une base avec un peu de crème pâtissière dans le fond et varier les fruits frais sur le dessus. Ça sera non seulement délicieux mais, en plus, ça fera beaucoup d'effet en photo. Je vois ça d'ici, surtout si nous avons droit à un grand article dans le magazine régional, comme on nous l'a promis.

Elle scruta Karen attentivement.

— Tu es douée, tu sais ?, ajouta-t-elle avec sérieux. J'espère que je te le dis assez.

— Oui, la rassura Karen.

— Dis-moi, reprit Dana Sue sans la quitter des yeux, ça va mieux chez toi ? Tes problèmes commencent à se tasser ?

Karen fit oui de la tête.

— J'ai enfin l'impression de reprendre les choses en main. Elliott y est pour beaucoup. Il est formidable, je peux vraiment m'appuyer sur lui. Frances aussi m'aide énormément.

— C'est sérieux alors, avec Elliott ?

— Lui est très sérieux. Mais ce n'est pas simple, reconnut-elle.

Le regard de Dana Sue se chargea d'inquiétude.

— Oh ! Tu veux en parler ?

— Non, dit Karen. Je ne tiens pas à mélanger mon travail et ma vie privée. Plus maintenant.

— Dis-toi plutôt que tu te confies à une amie, suggéra Dana Sue.

— Vous êtes quand même ma patronne, lui rappela Karen.

Dana Sue fronça les sourcils.

— Nous formons une équipe, Karen. Tess, Erik et toi, vous êtes comme ma famille. Bon, je le reconnais, c'est une famille fondée sur le travail. Cela n'empêche pas que les sentiments soient là. Je me sens concernée par ce qui t'arrive, vraiment. Je sais qu'il y a quelques semaines, tu aurais pu ne pas me croire. Pourtant, je t'assure, même quand Erik et moi, nous étions stressés, en colère contre toi à cause de tes absences répétées, nous prenions tes problèmes à cœur, tu peux me croire.

Karen sentit sa gorge se nouer.

— Je sais, fit-elle en retenant ses larmes avec difficulté. C'est juste que j'ai besoin de savoir que je peux faire face à mes problèmes, seule. Pour le moment, c'est très important pour moi. Peut-être qu'un jour, ça sera différent.

Dana Sue lui pressa la main affectueusement.

— Je comprends très bien et je respecte ton choix. Du moment que tu sais que je suis là et que tu peux compter sur moi, si tu as besoin de quoi que ce soit.

Elle se leva.

— Bon, nous ferions mieux de nous remettre au travail, sinon les clients vont devoir se contenter des restes d'hier soir pour le déjeuner. Ça m'étonnerait qu'ils apprécient…

Avant de s'éloigner, elle pivota de nouveau vers Karen.

— Merci de m'avoir changé les idées et de m'avoir empêchée de faire les pieds au mur.

— Pas de problème. C'était une question de survie.

Dana Sue réprima une grimace.

— C'était si terrible ?

— Assez. Mais ne vous inquiétez pas, je suis sûre que nous aurons bientôt des nouvelles de l'hôpital. Vous allez pouvoir vous détendre.

Sur ces entrefaites, la vie dans la cuisine du Sullivan reprit son rythme quotidien, chacun s'afférant à ses tâches, y compris Tess, qui s'était faite très discrète pendant que Karen et Dana Sue parlaient.

Il était déjà presque 17 heures lorsque la sonnerie du téléphone retentit. Dana Sue s'empara aussitôt du combiné, grommelant des mots inintelligibles, avant de raccrocher. Karen était sur des charbons ardents. Lorsque Dana Sue pivota enfin vers les deux jeunes filles, son visage était radieux.

— Helen et le bébé vont bien. Erik et Maddie les ramènent à la maison. Ils n'ont même pas insisté à l'hôpital pour qu'elle reste une nuit en observation, ajouta-t-elle, visiblement enchantée. Ils ont dû vite comprendre à qui ils avaient affaire !

— Dieu soit loué ! s'écria Karen tandis que Tess traçait le signe de croix sur sa poitrine.

— Oh, oui, alors ! approuva Dana Sue. Allez, au travail, mesdames, les hordes d'affamés ne vont pas tarder à nous envahir ! Et au cas où je ne vous l'aurais pas déjà dit, encore merci à toutes les deux. Vous êtes des anges. Je ne sais pas ce que je serais devenue sans vous, vous m'avez sauvé la vie !

Le cœur de Karen se gonfla de joie et de fierté en reconnaissant la sincérité dans la voix de Dana Sue. Dire que, quelques mois à peine auparavant, elle avait failli perdre son job ! Désormais, elle savait avec certitude qu'elle était appréciée, qu'elle avait un rôle à jouer ici. En outre, c'était plus qu'un job qu'elle avait trouvé, bien plus : c'était une famille. Avec Daisy et Mack, Elliott et Frances, sa vie était riche.

Erik n'allait pas bien. Savoir Helen enceinte, et la perspective d'avoir un autre bébé, le rendait fou d'inquiétude et envahissait toute son existence. Depuis l'agression d'Holliday, il ne quittait pas sa femme des yeux une seconde, ne relâchait sa garde ni de jour ni de nuit. Il l'accompagnait à chaque rendez-vous chez l'obstétricien, plus angoissé qu'elle par l'issue des consultations. Au dernier rendez-vous, il avait posé tant de questions que le médecin s'était moqué de lui, lui proposant de le recevoir en particulier.

Si Helen se réveillait au milieu de la nuit avec une envie soudaine, il s'arrangeait toujours pour satisfaire tous ses désirs, quels qu'ils soient, dans les plus brefs délais. Si elle montrait le moindre signe de fatigue, il n'avait de cesse qu'elle ne s'allonge sur le canapé, bien calée sur des coussins, un livre à portée de la main, une boisson, bref, tout ce dont elle pourrait avoir besoin, afin de lui éviter d'avoir à se relever. Il était tout à fait possible que, dans les derniers mois, le médecin lui ordonne le repos complet au lit. Il appréhendait ce moment avec angoisse, connaissant Helen. Elle était incapable de rester sans bouger plus de cinq minutes ! Toutefois, il devait reconnaître, à son grand soulagement, qu'elle était parvenue jusque-là à contrôler sa tension, contrairement à ce qu'il avait craint.

Le jour où, pour la première fois, le bébé lui apparut sur l'écran d'échographie, le peu de colère qu'il ruminait encore à propos de la manière cavalière dont Helen s'était assurée de sa conception s'évanouit comme par enchantement. Cet enfant qu'il n'avait jamais envisagé d'avoir le fascina au-delà de toute attente. Comment un si petit être pouvait-il exercer un tel pouvoir sur lui ? Erik n'aurait su le dire et ne cherchait d'ailleurs pas à comprendre.

Ils étaient d'accord tous les deux pour ne pas vouloir connaître le sexe de leur enfant avant la naissance. Erik était convaincu que ce serait un garçon. Helen, elle, penchait pour une fille, avec tout autant de certitude. Des heures durant, ils avaient discuté des noms possibles, leur première liste tenant sur deux pages pleines ! Ils avaient réussi à n'en conserver que dix pour un garçon, huit pour une fille. Tout cela n'avait fait que rendre ce bébé encore plus réel pour Erik, lui qui s'était juré de ne jamais en arriver là. L'amour qu'il ressentait déjà pour ce petit être encore inconnu, son attente fébrile de l'instant où il verrait enfin le jour le bouleversaient, car il y était si peu préparé, s'étant si longtemps persuadé qu'il ne se trouverait jamais dans cette position.

Curieusement, Helen paraissait accepter les soins incessants dont il l'entourait sans montrer aucune impatience. De fait, plus les semaines avançaient, plus elle semblait s'adoucir, jusqu'à prendre un réel plaisir à être ainsi chouchoutée. Même si, de temps en temps, elle lui jetait un regard intrigué lorsqu'il insistait pour accomplir les tâches les plus simples.

Un jour, alors qu'elle était enceinte de six mois et apparemment en excellente santé, il arriva ce qui devait arriver. Erik venait, une fois de trop, de se précipiter, lui apportant le stylo dont elle avait besoin pour prendre quelques notes concernant sa plaidoirie finale ce matin-là.

— Bon, ça suffit ! s'écria-t-elle, à bout de patience. C'est quoi, ton problème ? Je suis parfaitement capable de me lever pour aller chercher un stylo ou un verre d'eau, même si ça veut dire que je vais me traîner comme une grosse baleine dix minutes plus tard jusqu'à la salle de bains. Je sais bien que Ronnie a perdu un peu la boule quand Dana Sue était enceinte, je sais aussi que Cal a failli rendre Maddie folle, tellement il était aux petits soins. C'est pour ça que je me suis montrée tolérante jusqu'à aujourd'hui. Mais là, franchement, tu passes les bornes, Erik ! Que se passe-t-il ? Il faut que ça cesse !

Erik secoua la tête.

— Ce n'est pas près de cesser, déclara-t-il, le regard sombre.

— Alors, je vais être obligée d'insister. Pourquoi ? Cela n'a rien à voir avec moi, n'est-ce pas ? Ni avec notre bébé. Tu me caches quelque chose. J'ai bien compris, le jour où Brad m'a agressée et que tu es parti en courant du bureau. Je t'ai déjà posé la question et tu n'as pas voulu me répondre. Cette fois-ci, tu ne t'en sortiras pas comme ça. Explique-toi.

Pourquoi avoir attendu si longtemps avant de raconter toute l'histoire à Helen ? se demanda Erik, perplexe. Il aurait bien été incapable de le dire. Il avait mentionné, il est vrai, lorsqu'il avait découvert qu'elle était enceinte, avoir déjà perdu un bébé. Mais il ne s'était pas attardé là-dessus ; tous deux avaient été bien trop contrariés alors pour qu'Helen relève sa remarque.

Après la mort de Sam, son entourage avait pris l'habitude de marcher sur des œufs, évitant la plupart du temps de mentionner son nom, si bien qu'il avait appris par la force des choses à garder ses pensées pour lui.

Pis encore, il n'avait plus jamais été question de ce bébé, une fille, pourtant si réelle à ses yeux. Aussi réelle que s'il l'avait tenue dans ses bras. Il l'avait sentie bouger dans le ventre de Sam. Il lui avait même chanté des berceuses, lui avait raconté des histoires, tout en se jugeant malgré tout un peu ridicule. Il savait qu'elle ne supportait pas que Sam mange trop épicé, manifestant sa désapprobation avec force coups de pied. Il savait qu'elle se calmait au son de sa voix.

Cela allait bientôt faire sept ans, pourtant ses émotions étaient aussi palpables que si c'était hier. Il plongea son regard dans celui d'Helen, y lut son questionnement, son attente. Il ne pouvait plus y échapper. Il devait lui parler de la mort de Sam et de son enfant, quoi qu'il lui en coûte. Il le devait s'il tenait, comme elle, à faire de ce mariage une réussite.

Il prit une inspiration profonde, s'efforçant de maîtriser son émotion.

— Tu sais que j'ai déjà été marié.

Helen fit oui de la tête.

— Et ta femme est morte, n'est-ce pas ?

— Oui, elle est morte...

— Tu ne m'as jamais dit ce qui était arrivé, fit-elle d'un ton plein de compassion. Elle devait être si jeune. Elle était malade ou bien c'était un accident ?

Evidemment, se dit Erik, vu l'âge de Sam, les deux suppositions étaient valables. Pourquoi, bon sang, avoir attendu ce moment pour lui raconter ? Avec le bébé qui devait naître dans quelques mois à peine, il n'aurait pas pu plus mal choisir.

— Je ne sais pas si je devrais t'en parler maintenant. Le moment n'est pas opportun.

— J'ai besoin de savoir. S'il te plaît, Erik.

Il hésitait encore. Helen, elle, était déterminée à connaître la vérité. Il était évident qu'elle ne le lâcherait pas.

— Bon, alors voilà. Sam était enceinte. Le bébé est venu prématurément. Elle a commencé à faire une hémorragie et on n'a pas pu la sauver. J'étais ambulancier, Helen, et j'étais avec elle, là.

Il ferma les yeux. Peut-être cherchait-il à fuir ce souvenir, si douloureux. Peut-être cherchait-il à fuir le tourment, inévitable, qu'il ne manquerait pas de causer à Helen. Il laissa s'écouler un silence, puis entrouvrit les paupières, s'apprêtant à affronter le choc et l'angoisse qu'il allait lui causer en lui racontant la suite.

— Elle avait déjà perdu beaucoup trop de sang avant même son arrivée à l'hôpital. J'ai tout essayé, rien n'y a fait. Dieu sait que j'ai tout essayé... L'ambulance a fini par arriver, mais c'était déjà trop tard. Elle était morte en arrivant. Le bébé aussi.

Ce sentiment d'impuissance était aussi fort maintenant qu'alors.

— Je sais que je te rends folle, Helen, à te couver comme je le fais. Mais ne me demande pas d'arrêter, c'est au-dessus de mes forces.

— Oh ! Erik…, murmura-t-elle. Je suis tellement désolée. Je ne peux même pas m'imaginer à quel point tu as dû souffrir.

Elle se souleva péniblement, attrapa la main d'Erik et la posa sur son ventre.

— Tu vois, nous allons bien, murmura-t-elle.

Erik s'allongea tout contre elle, la main reposant sur le ventre gonflé de sa femme. Il se mit à prier. « Faites que je ne perde pas cette femme ni cet enfant. » Sans trop savoir où ni comment, il était tombé amoureux d'Helen. Cet enfant, encore dans le ventre de sa mère, avait trouvé le chemin de son cœur lui aussi, comme un autre l'avait fait avant lui. Désormais, ils formaient une famille ou c'était tout comme. S'il leur arrivait quelque chose, si, pour une raison ou pour une autre, il les perdait, il n'aurait jamais la force de supporter, une fois de plus, un tel chagrin.

23

C'était un été indien comme il y en a parfois. Les journées se succédaient, plus chaudes les unes que les autres, presque insoutenables. Les habitants de Serenity se traînaient comme des âmes en peine, se disant que, si ça continuait comme ça, il y aurait canicule le jour de la Saint-Valentin.

Pour Helen, qui approchait de son neuvième mois de grossesse, le temps était particulièrement pénible. Elle avait l'impression de s'être métamorphosée en ballon dirigeable, les pieds si gonflés qu'elle était contrainte de laisser au fond du placard les douzaines de paires de chaussures élégantes qu'elle affectionnait, et de supporter de vieilles tennis délacées. Heureusement, le volume de son ventre les dissimulait à sa vue.

Bref, elle était de très mauvaise humeur et passait son agressivité sur ses dossiers. Elle ramassait les succès à la pelle au tribunal. D'autant plus que juges et avocats la ménageaient, par respect pour son état.

Il ne lui restait qu'une apparition à faire au tribunal de Charleston la semaine suivante — ensuite, elle ne s'éloignerait plus guère de son domicile jusqu'à l'arrivée du bébé. Depuis qu'elle avait compris ce qu'Erik avait vécu, elle s'efforçait de se reposer au maximum pour qu'il se tranquillise. D'ailleurs, il ne lui laissait pas vraiment le choix, tant il se faisait du souci pour elle. Dès qu'elle en faisait trop à ses yeux, il se mettait hors de lui, terrifié à l'idée qu'il puisse arriver un malheur. Ça ne servait à rien d'essayer de le raisonner, sinon à aggraver les tensions.

Toutefois, ce matin-là, elle ne voulait pas manquer la réunion hebdomadaire avec Maddie et Dana Sue au Club du Coin et insista pour y aller à pied. Pour une fois, Erik n'avait pas cherché à l'en dissuader. Il prit sa douche et l'accompagna jusqu'à la porte d'entrée, non sans lui recommander expressément de se faire ensuite conduire à son bureau ou de l'appeler pour qu'il vienne la chercher et l'y emmène.

— Il n'est pas question que tu te traînes à pied par une chaleur pareille. C'est compris ?

— Crois-moi, je n'ai absolument aucune envie de me déshydrater davantage. Il fait bien assez chaud maintenant, qu'est-ce que ça sera dans une heure ?

A l'intérieur, l'air conditionné marchait à fond. C'était divin. Elle ferma les yeux, respira profondément et se dirigea vers le bureau de Maddie.

Les salles de gymnastique étaient curieusement tranquilles. Où étaient donc passées les dizaines de femmes qui d'ordinaire emplissaient l'atmosphère d'un brouhaha continuel, fait du cliquettement des poids qui montaient et retombaient, ponctués de leurs grognements multiples et variés ? se demandait Helen, perplexe. Et qu'est-ce que c'était que cette musique qu'elle entendait, venant de bien plus loin ? Ce n'était ni la musique classique, ni le jazz que Maddie préférait… On aurait dit une chanson des années trente. Oui, c'était bien ça, quelque chose comme *You've Got the Cutest Little Baby Face…*

Elle poussa la porte qui menait au café et l'air se mit à vibrer de sons.

— Surprise !

Helen en eut le souffle coupé ! Comment ses amies avaient-elles pu organiser une autre fête à son insu, si tôt après son anniversaire ? Et pas n'importe quelle fête, tout laissait à penser qu'il s'agissait d'une *baby shower.* En d'autres termes, flonflons et cotillons pour ventres ronds !

Elle balaya l'espace du regard, s'arrêtant tour à tour sur chaque visage familier. Elles étaient toutes là, Maddie et Dana Sue, bien sûr. Mais aussi Jeanette, Barb, Karen, Tess, ainsi qu'une poignée d'anciennes clientes. C'est alors qu'elle aperçut Caroline Holliday et ses yeux s'emplirent de larmes. Elle ne l'avait pas revue depuis sa sortie d'hôpital. Elle s'était rapprochée de sa sœur, emmenant avec elle ses deux plus jeunes enfants, tous deux adolescents. Le contrecoup de la tragédie qui les avait frappés avait été particulièrement difficile à gérer. Ils ne la quittaient pas d'une semelle, avait-elle dit à Helen, au point qu'elle avait commencé à trouver cela inquiétant.

— C'est dur pour eux, avait expliqué Caroline lors d'une conversation téléphonique quelques semaines après avoir quitté l'hôpital. Ils pleurent la mort de leur père et lui en veulent, bien sûr, pour ce qu'il a fait. En même temps, ils se sentent coupables de ne pas avoir été capables de me protéger et, maintenant, ils ont peur qu'il ne m'arrive quelque chose et de se retrouver tout seuls. Je m'étais dit qu'en vivant plus près de ma sœur et de sa famille, ça les rassurerait. J'avais pensé qu'ils verraient bien qu'il y aura toujours des gens sur qui ils pourront compter, quoi qu'il arrive. Mais ça ne marche pas.

Helen lui avait alors parlé du Dr McDaniels, lui recommandant de la contacter, si la situation ne s'améliorait pas.

— Elle est formidable avec les adolescents, lui avait-elle confié. Sans elle, je ne crois pas qu'Annie, la fille de Dana Sue, s'en serait sortie comme elle l'a fait.

Ce matin-là, Caroline lui décocha un sourire si radieux qu'Helen sut aussitôt que la page de ses malheurs était enfin tournée. Trépignant d'impatience, elle voulait entendre en détail les dernières nouvelles, ce qu'elle dut remettre à plus tard, le moment étant mal choisi. Tous les regards convergeaient vers elle.

— Vite, trouvez-lui une chaise, dit Maddie en attrapant Helen par le bras. Il ne faudrait pas qu'elle s'écroule par terre avant d'avoir ouvert ses cadeaux !

— Très drôle, fit Helen en se laissant tomber sur la chaise longue qu'elles avaient apportée du patio.

— Tu fais très Mme Récamier avec sa cour autour d'elle, commenta Maddie en souriant. Allez, par quoi veux-tu commencer ? C'est toi qui commandes : veux-tu manger ou veux-tu ouvrir tes cadeaux ?

— J'espère que vous avez mieux à me proposer que les flocons d'avoine qu'Erik m'impose à chaque petit déjeuner, grommela Helen.

Dana Sue pouffa.

— Si je te dis que j'étais responsable du buffet, tu seras rassurée ?

— Alors, allons-y !

Une heure plus tard, elle soupirait d'aise après s'être régalée de l'omelette au fromage et aux champignons, spécialité de Dana Sue, suivie d'une demi-douzaine de muffins à l'orange et aux airelles, tout cela arrosé de ce qui devait bien faire plusieurs litres de thé sucré. Elle avait dû se rendre deux fois, tant bien que mal, aux toilettes. Une envie certaine d'y retourner la tenaillait encore, mais elle ne put résister à l'attraction de la montagne de paquets de toutes tailles et de toutes couleurs qui l'attendaient.

— Attends encore un peu, lui ordonna Maddie en suivant la direction de son regard. Nous devons au moins jouer à un jeu !

— Oh, non…, gémit Helen. Je déteste ce genre de jeu. Je les ai toujours détestés.

— Pas de chance, c'est tout ou rien. Tu dois faire l'expérience *baby shower* dans son ensemble. Tu as assez attendu pour ça !

— Je vous en supplie, fit Helen. Passez-moi une de ces boîtes et finissons-en.

Maddie éclata de rire.

— Je suis contente de voir que la grossesse te réussit.

Helen aussitôt cessa de geindre et se plia, bon gré mal gré, à la tradition qui demandait que les invitées essayent de deviner la circonférence de son ventre ou le nom qu'elle donnerait à son bébé, aucun ne s'approchant ni de loin ni de près à ce qu'elle choisirait si on lui en donnait la chance.

Quand elles en eurent terminé avec le deuxième jeu et qu'elle eut entrepris un autre voyage hasardeux jusqu'aux toilettes, Maddie annonça que le moment était venu pour Helen d'ouvrir ses cadeaux.

— Nous voulons tout de même t'informer que tu ne nous as

pas facilité la tâche en refusant de connaître le sexe de ton bébé avant l'heure, déclara Maddie.

Helen fronça les sourcils.

— Autrefois, personne ne le savait. Cela n'empêchait pas les gens de faire des fêtes très réussies. Je suis sûre que vous vous en êtes très bien tirées, toutes autant que vous êtes.

Dana Sue lui passa le premier paquet.

— Celui-ci est de Tess, dit-elle après avoir lu la carte qui l'accompagnait.

Il était fermé d'un ruban jaune qu'elle eut toutes les peines du monde à dénouer.

— C'est trop beau, je n'ose pas l'ouvrir.

Dana Sue leva les yeux au ciel.

— Tu attends ce moment depuis une heure au moins. Arrête de tergiverser.

Helen avait l'impression d'être une enfant gâtée ouvrant ses cadeaux le matin de Noël. Son visage s'éclaira d'un sourire de ravissement, puis elle déchira le papier. Ouvrant le couvercle de la boîte, elle en sortit une ravissante robe de baptême, réalisée dans un tissu délicat, orné de broderies et de dentelles. Cette robe ne sortait pas tout droit d'un magasin, loin de là. Elle avait été entièrement faite à la main, chaque détail d'une précision, d'une perfection éblouissantes.

— C'est ma mère qui l'a cousue, confia Tess en rougissant. Nous voulions vous offrir quelque chose de spécial pour vous remercier de ce que vous avez fait pour Diego et moi.

Bouleversée, Helen resta sans voix. Des larmes perlèrent au bord de ses paupières.

— C'est exquis, balbutia-t-elle enfin d'une voix tremblant d'émotion. Je ne m'attendais pas à ça. Je vous serrerais dans mes bras, si seulement je pouvais me mettre debout.

— Je suis si heureuse qu'elle vous fasse plaisir, fit Tess, les yeux brillants. Ma mère sera si contente !

— Dis-lui que je n'en crois pas mes yeux. Je ne savais pas qu'elle était si douée. Vous viendrez tous au baptême, ainsi vous verrez comme elle va bien au bébé.

— Maintenant, celui-là. C'est de la part de Karen, dit Dana Sue en lui tendant un autre paquet.

Helen y trouva trois gigoteuses, vert pâle, jaune et mauve.

— J'ai un peu hésité pour la mauve, avoua Karen, au cas où ce serait un garçon. Et puis je n'ai pas pu résister, j'ai trouvé que c'était tellement mignon qu'il fallait que vous l'ayez.

Il y eut d'autres vêtements pour bébé, une couverture tricotée à la main de la part de Frances et d'autres cadeaux utiles. Caroline avait apporté un gobelet en argent et la cuillère assortie.

— Je sais bien que c'est un peu passé de mode, dit-elle. Mais après tout, même s'ils ne servent jamais, c'est toujours agréable d'en avoir. On peut les transmettre de génération en génération.

— Rassurez-vous, intervint Maddie. Helen s'en servira. Ce bébé ne se contentera pas d'ustensiles en plastique bon marché. C'est tout à fait approprié, justement. Vous savez ce qu'on dit à propos des gens qui naissent avec une cuillère en argent dans la bouche ? Ce bébé sera pourri-gâté ! Entre Helen et Erik, il aura tout ce qu'il voudra.

— Et pourquoi pas ? demanda Helen. Ce sera un bébé très spécial.

— C'est la raison pour laquelle Maddie et moi t'avons choisi cela, déclara Dana Sue en luttant pour réprimer un sourire.

Lorsqu'elle l'eut sorti de son papier, Helen découvrit un livre expliquant comment élever les enfants surdoués.

— Au cas où tu n'arriverais pas à t'en sortir avec ton petit génie, la taquina Maddie.

— N'importe quoi, rétorqua Helen en faisant mine de se fâcher.

— Oh, attends ! s'écria Dana Sue. Ce n'est pas fini.

Elle se précipita vers la porte et appela Elliott, qui était resté discrètement en dehors de cette réunion exclusivement féminine.

— Peux-tu l'apporter, maintenant, s'il te plaît ? C'est de la part de Ronnie, ajouta-t-elle en souriant à Helen. C'était trop gros pour qu'on puisse l'emballer correctement, en tout cas, de façon à ce que tu ne devines pas tout de suite ce que c'était.

Quelques instants plus tard, Elliott entra, tenant un énorme objet emballé maladroitement, qu'il posa aux pieds d'Helen. Une fois sa tâche accomplie, il alla se placer derrière Karen, une main reposant doucement sur son épaule. La jeune femme leva vers lui des yeux si pleins d'amour qu'Helen faillit fondre en larmes. Ces derniers temps, cela lui arrivait assez régulièrement, songea-t-elle en reprenant de son mieux ses esprits, avant de concentrer de nouveau son attention sur le cadeau. Elle se débarrassa de l'énorme nœud et déchira le papier, révélant aux yeux de tous un berceau de bois sculpté avec tant de délicatesse qu'elle en eut le souffle coupé. A la tête du berceau, une ribambelle de petits canetons semblaient prêts à descendre et à se dandiner dans la pièce, tant ils paraissaient vivants. Chaque barreau formant les côtés était tourné à la perfection. Au pied, papa et maman canard tournaient des yeux pleins d'amour vers leur progéniture, qui s'ébattait à l'autre bout.

Des « oh ! » et des « ah ! » d'émerveillement s'élevèrent de toutes parts, tandis qu'Helen jetait un œil inquisiteur et ravi sur Dana Sue.

— On dirait le berceau d'Annie ?

Dana Sue secoua la tête.

— Non, nous gardons celui-là pour elle, mais c'est exactement le même. Ronnie a dit que c'était sans doute la seule chose que tu aies approuvée venant de lui, alors il a absolument voulu que tu en aies un. Ça fait des mois qu'il travaille dessus, dès que nous avons appris pour le bébé. Il savait combien tu aimais celui qu'il avait fait pour Annie avant sa naissance.

Il n'en fallut pas plus, une fois encore, pour qu'Helen sente monter les larmes. Elle et Ronnie ne s'étaient pas toujours bien entendus. Un tel cadeau, venant de lui, était bien la preuve qu'il était décidé à surmonter leurs différends une bonne fois pour toutes. Il avait dû mettre tout son cœur pour réaliser quelque chose d'aussi beau, d'aussi étonnant.

— Préviens-le que je vais l'embrasser jusqu'à l'étouffer, la prochaine fois que je le vois, dit Helen.

Dana Sue ne pouvait cacher ni sa joie ni sa fierté.

— Je crois qu'il y compte bien. Contrôle-toi quand même, sinon je vais être obligée de prendre des mesures draconiennes.

Tout cela était trop pour Helen, qui se laissa retomber dans la chaise longue, épuisée par tant d'émotions.

— Je ne sais pas comment vous remercier, tous autant que vous êtes. Pas seulement pour cette fête, pas seulement pour les cadeaux, mais aussi pour votre soutien indéfectible. Je sais que je peux être impossible, quelquefois.

— Quelquefois ? la taquina Dana Sue.

— La plupart du temps, affirma Maddie.

— Nous t'aimons quand même, ajouta Dana Sue. Nous t'aimerons toujours.

— Nous aussi, nous vous aimons, renchérit Caroline Holliday, même si nous ne faisons pas partie de ces fameuses Sweet Magnolias, aussi courageuses que fauteurs de troubles. Nous vous serons éternellement reconnaissantes d'avoir été là, au moment où nous avions tant besoin de vous.

— C'est si vrai ! souffla Tess.

Pour la première fois, Helen comprit enfin à quel point elle avait touché la vie de ces personnes qu'elle avait défendues au cours de toutes ces années. Elle n'avait fait que son travail pourtant, du moins c'est ainsi qu'elle le voyait. Elle l'avait fait de son mieux et, pour certaines de ces femmes présentes ce matin-là, elle avait réussi à changer leurs vies pour le meilleur.

Et dire qu'il lui restait encore tant de belles années devant elle !

La situation ne s'améliorait guère entre Karen et la famille d'Elliott, malgré tous ses efforts de rapprochement. Il avait beau faire, il avait beau dire, Karen voyait bien que ça ne servait à rien. Maria Cruz et ses filles restaient inflexibles. Plus le temps passait, plus leur désapprobation minait leur relation. Pas plus tard que la veille, ils s'étaient disputés, lorsque Karen avait refusé catégoriquement de l'accompagner à une réunion familiale.

Pourtant, le matin même, ils avaient échangé un moment de réelle complicité, de pure magie, quand Helen avait découvert le berceau offert par Dana Sue et Ronnie. Elliott lui avait pressé l'épaule dans un geste sans équivoque. Un jour, dans un avenir peut-être pas si lointain, eux aussi attendraient leur premier enfant, eux aussi seraient pleins d'allégresse, comme Erik et Helen, avait-il voulu lui dire secrètement.

Plus tard, cependant, quand il lui avait parlé du dîner organisé par sa mère pour ce soir-là, elle avait rué dans les brancards. Elliott eut beau insister, mettre en avant toutes sortes d'arguments plus ou moins convaincants, rien n'y fit. Elle ne changerait pas d'avis. Il devait quand même bien se rendre compte que tout n'était pas rose dans leur petit monde ! Un jour ou l'autre, sa mère trouverait le moyen de détruire ce qu'ils avaient bâti.

— Je ne supporte plus cette façon qu'elle a de nous casser, moi et mes enfants, de nous traiter comme si nous étions des moins-que-rien ! Je refuse.

Elliott, lui, gardait la tête froide.

— Karen, nous devons continuer à essayer, avait-il répondu. Sinon, que va-t-il se passer ? Nous allons être obligés de les couper de notre vie.

— Non. Moi, je vais les couper de *ma* vie. Je ne te demanderais jamais de ne pas voir ta famille.

Il l'avait contemplée en fronçant les sourcils.

— Ce n'est pas une solution.

— Tu en vois une autre ? Moi, pas. Pour moi, c'est la seule.

Elle l'avait poussé dans ses derniers retranchements. Incapable de lui offrir une alternative, il s'était rendu sans elle au dîner organisé par sa mère.

Karen savait bien qu'ils ne pouvaient pas continuer comme ça. Elliott était trop lié à sa famille et il l'aimait trop, elle. S'ils n'arrivaient pas à trouver une solution, ce serait trop cruel de l'obliger à choisir entre les deux. Elle le quitterait avant d'en arriver là.

Toutefois, il restait encore quelque chose à tenter, avant de prendre une décision aussi radicale. Il restait une dernière chance.

Une fois qu'elle eut déposé les enfants à l'école et à la garderie, elle retourna se changer. Elle mit sa plus belle robe, se coiffa et se maquilla avec soin, prit son sac, puis sauta dans sa voiture. Elle traversa la ville pour rejoindre la confortable demeure victorienne où Elliott et ses sœurs avaient grandi sous l'œil vigilant de Maria Cruz.

Tout en se garant, elle n'eut aucune peine à imaginer le décor tel qu'il avait dû être, des années plus tôt. Les jouets avaient changé, bien sûr, mais, comme aujourd'hui ceux des petits-enfants, ils avaient dû traîner sur la pelouse, laissés là par Elliott et ses sœurs. Il y avait une balançoire flambant neuve accrochée au grand chêne, remplaçant probablement celle d'autrefois.

Elle remonta l'allée en prenant garde de ne pas trébucher sur les tricycles, modèles réduits de camions et autres jouets, éparpillés çà et là. Au moment où elle s'approchait du porche, la porte moustiquaire s'ouvrit et Maria Cruz la toisa d'un œil soupçonneux. Au lieu de se sentir intimidée, comme elle l'aurait été en toute autre occasion, Karen lui fit face avec détermination. C'était le moment ou jamais d'en découdre avec cette matrone implacable.

— J'espérais que nous pourrions parler, fit-elle en soutenant son regard sévère.

— Et comme par hasard, votre téléphone ne marchait pas? rétorqua Mme Cruz. Je vous aurais évité de vous déplacer pour rien.

Karen osa la gratifier d'un sourire affable.

— C'est la raison pour laquelle je ne vous ai pas appelée au préalable.

Surprise par tant d'audace, la vieille dame resta sans voix. Puis elle haussa les épaules.

— Puisque vous êtes là, vous feriez mieux d'entrer, concéda-t-elle à contrecœur.

Première victoire, se dit Karen en se gardant bien de le laisser paraître.

— Merci.

Pour une femme jouissant d'une telle autorité, elle était remarquablement petite, d'aspect presque fragile. Ses cheveux, noirs comme le jais, étaient encore épais. Tirés en arrière et retenus en chignon sur sa nuque, ils ne faisaient rien pour adoucir ses traits anguleux, conférant à son visage un aspect strict et rigoureux qui semblait refléter son caractère.

— Allons dans la cuisine, déclara-t-elle en invitant Karen à la suivre. J'ai des petits gâteaux dans le four. Adelia va passer avec ses enfants après l'école.

— Mmm, ils sentent délicieusement bon, commenta Karen. Ma voisine aussi fait des biscuits pour Mack et Daisy.

— Vous pourriez les faire vous-même, lança Mme Cruz d'un ton désapprobateur. Ce n'est pas bien difficile.

Karen s'était préparée à recevoir ce genre de remarque. La maman d'Elliott ne s'était pas gênée pour lui faire sentir, à de nombreuses reprises et de manière sans équivoque, qu'elle manquait à tous ses devoirs en ayant fait le choix de travailler plutôt que de rester chez elle à s'occuper de ses enfants. Elle conserva donc un calme olympien.

— Cela m'arrive, bien sûr, seulement Frances adore faire des gâteaux pour les enfants. Comme vous, j'imagine.

Elle venait de marquer encore un point. Que Karen tienne compte des états d'âme de sa voisine prit Mme Cruz par surprise. Elle ne négligeait donc peut-être pas ses enfants autant qu'elle se l'était imaginé…

— C'est en effet concevable, fit-elle en désignant une chaise. Asseyez-vous. Je vais nous servir un verre de thé glacé.

Elle remplit deux verres et les posa sur la table, jeta un coup d'œil dans le four pour surveiller les biscuits et vint s'asseoir en face de Karen.

— Pourquoi êtes-vous venue me voir ? s'enquit-elle en braquant sur elle un regard peu amène.

Mieux valait jouer franc-jeu et faire preuve de sincérité, se dit Karen, bien décidée à ne pas se laisser impressionner. Qu'avait-elle à perdre, après tout ?

— Vous devez vous en douter. Je sais que vous n'approuvez pas ma relation avec votre fils, parce que je suis divorcée. Peut-être aussi pour d'autres raisons que j'ignore. Mais j'aime

Elliott, madame Cruz. Vous avez fait de lui un homme sensible, merveilleux. Vous lui avez appris à aimer sans retenue et à se donner avec tout son être.

Elle marqua une pause, fixant Maria Cruz sans fléchir, avant d'ajouter :

— Il m'aime.

La vieille dame n'eut pas le temps d'exprimer sa réprobation. Karen avait levé la main pour l'interrompre. Elle reprit.

— Vous savez qu'il m'aime, insista-t-elle. Et je sais que cela vous contrarie. Nous devons trouver un terrain d'entente. Nous le devons, pour lui. C'est une grande injustice de demander à Elliott de choisir entre nous.

— Vous affirmez aimer Elliott et vous seriez prête à le mettre face à un tel choix? s'exclama-t-elle d'une voix tremblant d'indignation. Quel genre d'amour est-ce là?

— Ce n'est pas moi qui le force à choisir, répondit Karen d'une voix douce. C'est *vous*. Si nous n'arrivons pas à nous entendre, vous et moi, alors je m'en irai. Lui pense que nous pourrions coexister d'une certaine manière, si nous devions en arriver là, mais je sais bien que ce serait impossible. Les vacances, les réunions de famille, que ce soit les vôtres ou les nôtres, seraient de nouvelles sources de chagrin pour Elliott, car nous ne pourrions pas être ensemble. Est-ce vraiment ce que vous voulez? Voulez-vous vous débarrasser de moi, au point de sacrifier le bonheur de votre fils?

Mme Cruz tressaillit, visiblement interpellée.

— Vous seriez prête à vous retirer, plutôt que de causer des problèmes entre mon fils et sa famille?

— Je ne veux pas en arriver là. Elliott est tout pour moi. Il représente ce que j'ai toujours rêvé de rencontrer chez un homme. Néanmoins, s'il le faut, je le ferai. Il vous aime. Il vous respecte. Pour lui, la famille, c'est sacré. Vous devriez le savoir, puisque c'est vous qui le lui avez appris. Je ne veux pas lui retirer ça, même si ça veut dire que je perdrai ce qui m'est arrivé de plus beau dans ma vie.

Pendant un bref instant, l'expression de Mme Cruz se radoucit.

— C'est un bon fils. Depuis la mort de mon mari, c'est lui l'homme de la maison. Nous comptons tous sur lui.

— Je le sais. Il fera aussi un mari et un père merveilleux. Il peut être tout cela à la fois, si vous et moi, nous lui en donnons la possibilité.

— Vous êtes divorcée, insista Mme Cruz d'un air buté. C'est un péché.

— N'est-ce pas un péché que le père de mes enfants m'ait abandonnée ? N'est-ce pas un péché qu'il refuse de me verser le moindre sou de pension alimentaire ? Dois-je rester mariée à un tel homme ? Dois-je rester mariée à un homme capable de partir sans se retourner ? Capable d'abandonner ses enfants ?

Visiblement, la mère d'Elliott était troublée par les paroles de Karen.

— Il vous a laissée toute seule avec deux bébés ?

Karen hocha la tête.

— Les choses ne se sont pas passées comme pour vous, lorsque le père d'Elliott est décédé. Mon mari n'était pas quelqu'un de bien. Il n'avait pris aucune assurance en mon nom, comme votre mari l'avait fait. J'ai bien été forcée de travailler. Heureusement, j'adore ce que je fais.

— Leur père n'envoie pas du tout d'argent pour ses enfants ? insista Mme Cruz, qui n'en croyait décidément pas ses oreilles.

Karen secoua la tête, lentement.

— Il fut un temps où je croyais, moi aussi, que le mariage, c'était pour toujours. Lorsque j'ai prononcé mes vœux, je l'ai fait avec conviction. Pas mon mari. Quand il est parti, quand j'ai fini par comprendre qu'il ne reviendrait jamais, j'ai entamé les procédures de divorce. Ce n'était pas un homme bien, un homme honorable, madame Cruz. Il n'était pas comme votre fils. Si Elliott et moi, nous nous marions, je veux que ce soit dans votre Eglise et je veux que ce soit pour toujours. Il a dit qu'il voulait adopter mes enfants, devenir leur père. Nous aurions la famille dont je n'ai pu que *rêver* jusqu'à maintenant.

Elle coula vers la vieille dame un regard innocent.

— Vous auriez deux nouveaux petits-enfants qui vous adoreront. Ils ont autant besoin de vous que d'un père. Ils ont besoin de tantes, d'oncles, de cousins et de cousines. Je voudrais tant leur donner tout cela. Cependant je ne le ferai pas, si le prix à payer est un fossé creusé entre vous et votre fils.

Mme Cruz hocha la tête, lentement, de haut en bas.

Elle contempla Karen avec un peu plus de bienveillance, même si l'on était encore loin des regards emplis d'adoration qu'elle réservait à ses filles et à ses petits-enfants. Mais c'était un début.

— Je vais dire à Elliott qu'il vous amène déjeuner dimanche, vous et les enfants, déclara-t-elle enfin.

Karen n'osait pas encore crier victoire. C'était une concession, soit, mais encore si fragile.

— Vous allez nous donner une chance ? Une vraie, cette fois-ci ?

— Tout ce que je veux, c'est le bonheur de mon fils. Vous aussi. Nous sommes donc d'accord sur ce point. Commençons par là, voulez-vous ?

— Merci, murmura Karen.

Une petite lueur d'espoir jaillit, tremblante, encore faible. Suffisante pourtant pour percer les ténèbres du doute qui la rongeait.

— Alors, vous viendrez ? s'enquit Mme Cruz d'une voix curieusement hésitante.

— Oui, nous viendrons, l'assura Karen.

Le premier pas était fait. Un tout petit pas, il est vrai, qui ferait l'affaire pour l'instant. Si la mère d'Elliott n'était enchantée ni par elle ni par la situation, elle reconnaissait toutefois un fait incontestable, un fait d'une importance non négligeable : leur amour à toutes deux pour Elliott.

Helen ressentit une douleur aiguë, fulgurante dans l'abdomen. Elle parvint à ralentir, puis à se garer sur le bas-côté de la route.

— Oh, non ! haleta-t-elle en maudissant ce dernier procès qui l'avait obligée à se rendre à Charleston.

Ce n'était pas possible. Elle ne pouvait pas commencer à avoir des contractions ! Pas trois semaines avant le jour prévu, pas toute seule sur une route isolée, pas à des kilomètres de l'hôpital le plus proche ! Les douleurs reprenaient, plus régulières, plus intenses. Si jamais il lui arrivait quelque chose, à elle ou au bébé, que deviendrait Erik ? Cette pensée lui rendit quelques forces. Elle s'en sortirait. Il le fallait, elle n'avait pas le choix.

Au bout d'un moment, elle put reprendre son souffle. Elle fouilla dans son sac à la recherche de son téléphone portable. Je vous en supplie, faites qu'il y ait du réseau…, priait-elle tout en faisant le numéro du Sullivan. Au bout de quelques sonneries, Dana Sue décrocha.

— Dieu merci…, murmura Helen. C'est moi. Je suis environ à trente-cinq kilomètres de Serenity, sur la route 522. Il n'y a rien ni personne, c'est le désert…

Un sanglot l'étrangla.

— Je crois que je commence à avoir des contractions…

— Je vais chercher Erik, déclara aussitôt Dana Sue.

Elle aurait tant voulu l'avoir à ses côtés. Pourtant, sa première pensée fut pour la souffrance qu'il avait endurée en regardant sa femme mourir en couches.

— Non, ne fais pas ça, supplia-t-elle. Ne lui dis pas. Ce n'est peut-être qu'une fausse alerte. Tu sais, ces fameuses contractions de Braxton-Hicks, ces contractions d'entraînement ? Tu vois ce que je veux dire ?

— Peu importe, insista Dana Sue. Il faut qu'Erik soit au courant.

Helen réfléchit un instant.

— D'accord, tu as raison. En tout cas, il ne faut surtout pas qu'il vienne tout seul ici. S'il te plaît, Dana Sue. Je ne peux pas t'expliquer, mais je ne veux pas lui faire vivre ça. Si jamais ça tournait mal…

— Tout va très bien se passer, affirma Dana Sue sans la moindre hésitation. Je vais fermer le restaurant et je vais venir avec lui. Ne bouge surtout pas ! Tu m'entends ? Tu restes où tu es. Si jamais tu as besoin de moi, appelle mon portable. Nous serons là dans une demi-heure. Peut-être un peu plus. Peut-être moins, si c'est Erik qui conduit.

— Alors, ne le laisse surtout pas conduire ! ordonna Helen avant de laisser échapper un gémissement de douleur.

Elle laissa tomber le téléphone qui resta par terre, oublié, tandis qu'elle empoignait son ventre à deux mains, fermant les yeux et retenant sa respiration.

Dès qu'elle put, elle relâcha sa pression et l'effleura doucement, reprenant son souffle.

— Je sais que tu es impatiente, dit-elle au bébé. Tu tiens de moi pour ça. Mais pourrais-tu attendre un tout petit peu, s'il te plaît ? Ton papa et Dana Sue vont bientôt être là, avec de l'aide. Ce serait mieux que tu n'arrives pas sur le bord de la route, tu sais ? Ce serait mieux que tu naisses dans un hôpital bien propre, avec plein de gens qui savent ce qu'ils font tout autour et une belle couverture bien chaude pour t'envelopper.

Pour toute réponse, Helen ressentit une nouvelle contraction, qui lui coupa le souffle. Seigneur ! Elle ne valait pas mieux que Maddie. Ce matin même, elle avait éprouvé des douleurs dans le bas du dos, comme des règles douloureuses. Elle s'était dit que c'était probablement parce qu'elle était restée assise dans la voiture en venant à Charleston. Voilà à quoi cela menait de ne pas être douillette ! Visiblement, le travail avait commencé depuis des heures, sans qu'elle s'en rende compte.

— Ça ne va pas du tout, du tout, murmura-t-elle en jetant un coup d'œil à sa montre.

Les contractions étaient désormais trop intenses et trop rapprochées : il ne s'agissait pas d'une répétition quelconque. C'était sûrement les bonnes. Elle, qui était toujours pressée, allait accoucher au pas de course, apparemment !

Entre deux douleurs, elle parvint à sortir de la voiture et à se glisser sur le siège arrière, où elle réussit à s'allonger, tant bien que mal.

Au bout d'une demi-heure qui lui parut une éternité, elle

entendit une sirène retentir et vit, dans le lointain, un nuage de poussière se former sur la route.

— Merci, mon Dieu, haleta-t-elle en serrant les dents, tandis qu'une nouvelle vague de douleur la traversait de part en part.

Soudain, Erik était là, à peine une minute avant l'ambulance. Le visage blême, il se pencha sur elle, avec à ses côtés Dana Sue, qui paraissait presque aussi anxieuse.

— Comment te sens-tu, ma chérie ? murmura Erik d'une voix brisée par l'émotion.

— A ton avis ? lança-t-elle en fronçant les sourcils malgré sa joie et son soulagement de le savoir là.

Elle lui agrippa la main et la serra de toutes ses forces, comme si sa vie en dépendait.

— Allez, on va t'emmener vite à l'hôpital.

Il avait beau avoir dit cela d'un ton léger, la tension qui émanait de lui était palpable.

— Je ne crois pas que nous ayons le temps. Les contractions sont beaucoup trop rapprochées.

Il eut tout à coup l'air complètement perdu.

— Depuis combien de temps ressens-tu des douleurs ?

— Depuis ce matin, je crois.

Erik étouffa un juron.

— Je suis désolée, murmura-t-elle.

Elle ne lui lâchait pas la main, s'y accrochant comme à une bouée de sauvetage.

— Non, non..., ce n'est pas ta faute, la rassura-t-il. Tu ne pouvais pas savoir. C'est la première fois que tu accouches. Ces fausses contractions sont parfois très trompeuses.

Deux ambulanciers paramédicaux se précipitèrent vers la voiture. Quand ils tentèrent de pousser Erik pour pouvoir s'approcher d'Helen, elle s'insurgea violemment.

— Mon mari est un ambulancier paramédical diplômé, déclara-t-elle, les yeux rivés dans ceux d'Erik. Je veux qu'il prenne en charge mon accouchement.

— Non ! Je ne peux pas, s'écria Erik, horrifié. Ces deux-là savent ce qu'ils font.

— Toi aussi, dit-elle à voix basse. Je crois en toi, Erik. Nous allons le faire ensemble, toi et moi.

C'est alors que Dana Sue ouvrit la portière du côté opposé et se glissa dans le réceptacle.

— Donc ça veut dire que c'est moi qui vais t'aider avec tes respirations, dit-elle d'un ton joyeux en lançant un clin d'œil à Erik.

Il plongea son regard dans celui d'Helen. Tant d'angoisse…, tant d'amour… qu'elle en eut le souffle coupé.

— Tu es sûre ? demanda-t-il.

— Tout à fait. Je n'ai pas l'ombre d'un doute. Et le bébé aussi a l'air parfaitement convaincu.

— On peut encore arriver à temps à l'hôpital, tu sais ?, suggéra-t-il en désespoir de cause.

Helen secoua la tête vigoureusement.

— J'ai déjà demandé au bébé d'attendre, lui dit-elle dans un souffle.

Elle marqua une pause. Respira de nouveau, puis ajouta :

— Ça n'a pas l'air de l'intéresser du tout.

Erik esquissa un léger sourire.

— Je vois que c'est déjà un petit rebelle. Ça promet ! Qu'est-ce que ça sera quand il sera adolescent ?

— Dans ce cas, je ne m'en tirerai pas toute seule. Nous aurons besoin l'un de l'autre pour nous tenir les coudes, annonça Helen en l'étudiant attentivement.

— Ça m'en a tout l'air, acquiesça-t-il. Tu n'as pas de problème avec ça ?

Elle avala sa salive, submergée par un désir violent de pousser.

— Erik, je ne crois pas que ce soit le moment de discuter de ça, articula-t-elle entre deux halètements.

Epuisée mais transportée de joie, Helen sentit le bébé sortir. Puis elle attendit quelques secondes.

Pourquoi ne pleurait-il pas ?

Paniquée, elle jeta un regard vers Erik. Il maîtrisait parfaitement la situation. Les deux ambulanciers suivaient chacun de ses gestes, hochant la tête, prêts à intervenir en cas de besoin. Ce ne fut pas nécessaire.

Tout à coup, au grand soulagement d'Helen, un vagissement déchira l'air. Une bouffée de joie intense l'envahit. Ses yeux s'emplirent de larmes.

Elle voulait savoir, fit de son mieux pour se hisser sur le coude afin d'avoir une meilleure vue.

— Garçon ou fille ? demanda-t-elle.

Quelques instants plus tard, Erik lui tendit un petit paquet bien emmailloté dans une couverture et le plaça délicatement entre ses bras.

— Petite maman, je vous présente votre fille. Et, à moins que je ne me trompe, elle n'a rien d'un prématuré, rien du tout. Elle est née à terme. Tous ceux ici présents peuvent en témoigner, ses poumons sont très bien développés.

— Sarah Beth, murmura Helen.

Elle coula un regard émerveillé sur cette petite chose toute rose et toute flétrie, ce petit miracle de vie. Erik, lui aussi, semblait comme hypnotisé. Elle le poussa du coude.

— Une fille a grand, grand besoin de son père.

Levant les yeux, elle le fixa intensément, avant d'ajouter :

— Moi aussi, j'ai besoin de lui.

Erik effleura d'un doigt la joue du bébé, puis la sienne.

— Ma toute douce, ne sais-tu pas désormais combien je t'aime ? Tu ne pourrais pas te débarrasser de moi, même si tu voulais.

Elle le scruta intensément, cherchant à discerner la plus petite faille, le plus infime doute. En vain. Il paraissait sincère.

— Tu en es sûr ?

Un lent sourire étira les commissures de ses lèvres.

— J'en suis tout à fait, tout à fait sûr et certain. Nous avons peut-être suivi un sentier tortueux pour en arriver là, mais j'ai l'impression très nette que nous sommes destinés à former une famille.

Imitant le geste d'Erik, Helen effleura d'un doigt la joue veloutée de l'enfant, puis le laissa courir sur celle un peu rugueuse de son mari.

— J'ai la même impression.

Elle tourna les yeux vers Dana Sue, qui n'avait pu contenir ses larmes et pleurait sans se retenir.

— Et toi ? Tu crois que le monde est prêt à accueillir une autre Sweet Magnolia ? Nous faisons partie de la famille, nous aussi.

— Imagine, répondit Dana Sue en souriant et en pleurant à la fois. Annie, Katie, Jessica Lynn et, maintenant, Sarah Beth. Serenity ne sera plus jamais la même.

— Quelque chose me dit que ce sera encore mieux qu'avant, dit Erik. J'ai vraiment hâte d'apprendre la suite.

Helen échangea un regard avec Dana Sue, puis caressa sa précieuse petite fille d'un tendre sourire.

— Et moi donc.

Si, comme nous l'espérons, vous avez aimé *La promesse d'une rose*, vous retrouvez les personnages de cette série dans un roman à paraître en octobre 2011.

Dans l'attente, les pages suivantes vous permettront de découvrir un extrait de *La maison de la baie*, le premier volume de la trilogie « Chesapeake Shores » du même auteur, à paraître le 1er février 2011.

Etre une accro du boulot était pénible, conclut Abby O'Brien Winters tandis qu'elle se glissait dans son lit. Il était minuit passé, et elle était mentalement et physiquement exténuée après la journée trépidante qu'elle avait eue à Wall Street. Elle avait réussi à passer vingt minutes avec ses jumelles avant que celles-ci ne s'endorment alors qu'elle venait seulement d'entamer pour elles la lecture du *Lapin de velours*. C'était la troisième fois consécutive cette semaine qu'elle dînait d'un plat chinois réchauffé au micro-ondes. Son repas à peine avalé, elle avait sorti une demi-douzaine de rapports volumineux, tous traitant d'analyses de marché. Elle devait les éplucher avant l'ouverture de la Bourse le lendemain matin. Ses lectures de chevet étaient autrement plus stimulantes que celles choisies par Caitlyn et Carrie !

Gestionnaire de portefeuille pour une compagnie de courtage, elle excellait dans son travail, une excellence qui lui avait coûté non seulement une quantité incalculable d'heures de sommeil, mais aussi son mariage avec un homme formidable. En effet, Wes avait fini par se lasser de passer après sa carrière. Bien qu'elle eût la garde partagée des jumelles avec lui, elle avait souvent l'impression qu'elle connaissait à peine ses deux filles de cinq ans. Les fillettes passaient plus de temps avec la nounou ou même avec son ex-mari qu'avec elle. C'était d'autant plus regrettable qu'Abby avait depuis longtemps perdu de vue les raisons qui la poussaient à travailler autant.

En entendant le téléphone sonner, elle jeta un coup d'œil à l'horloge et poussa un grognement. A cette heure tardive, cela ne pouvait être qu'une urgence. Le cœur battant, elle saisit le combiné.

— Abby, c'est moi, dit sa sœur Jessica.

Jess était la plus jeune des cinq enfants O'Brien et l'oiseau de nuit de la famille. Abby se couchait tard parce que c'était la seule façon d'accomplir le plus de travail possible en une journée de vingt-quatre heures. Jess, quant à elle, veillait tard parce qu'elle ne trouvait son rythme de croisière qu'une fois la nuit tombée.

— J'ai appelé tout à l'heure, mais la nounou a dit que tu n'étais pas encore rentrée. Et puis je me suis laissé absorber par un projet sur lequel je travaille. J'espère que ce n'est pas trop tard pour téléphoner. Je sais que tu n'es pas du genre à te coucher tôt.

— Ne t'en fais pas, assura Abby. Tout va bien ? Tu sembles stressée. Il y a un problème avec grand-mère ? Ou papa ?

— Grand-mère est étonnante. Elle nous enterrera tous. Et papa est en vadrouille je ne sais où, occupé par la construction de je ne sais quoi. Je n'arrive pas à le suivre.

— Il se trouvait en Californie, la semaine dernière.

— Je suppose alors qu'il y est encore. Tu sais qu'il faut toujours qu'il surveille le moindre détail, quand un de ses projets est en construction. Mais bien sûr, une fois que c'est fini, il perd tout intérêt. C'est ce qui s'est passé avec Chesapeake Shores.

Abby perçut une pointe d'amertume dans la voix de Jess. Cela n'était pas surprenant. Etant la benjamine des cinq, elle, plus que les autres, avait souffert de ne pas passer de temps avec leur père. Mick O'Brien s'était déjà fait un nom en tant qu'architecte et urbaniste quand il avait conçu et fait construire Chesapeake Shores, une station balnéaire devenue célèbre, située dans la baie de Chesapeake. Il avait concrétisé ce projet en collaboration avec ses frères — l'un entrepreneur, l'autre environnementaliste. La ville avait été construite sur une terre qui avait été labourée par Colin O'Brien, un arrière-grand-oncle et le premier O'Brien à arriver d'Irlande à la fin du XIXe siècle. Ce projet devait devenir la pièce maîtresse des travaux de Mick et un endroit idyllique pour la famille. Mais cela ne s'était pas passé ainsi.

Mick et ses frères s'étaient disputés au sujet de la construction, avaient bataillé sur des questions d'environnement et même au sujet de la préservation des quelques bâtiments historiques qui tombaient en ruine et qui étaient situés sur la propriété. Ils avaient fini par annuler leur association. Maintenant, même s'ils vivaient tous à Chesapeake Shores ou à proximité, ils se parlaient à peine, ne se rencontrant qu'aux vacances, quand leur mère insistait pour qu'il y ait un semblant d'harmonie familiale.

La mère d'Abby, Megan, vivait à New York depuis son divorce d'avec Mick, quinze ans auparavant. Au départ, il avait été question que les enfants l'y rejoignent, mais, pour des raisons qu'Abby n'avait jamais comprises, cela ne s'était pas produit. Ils étaient restés à Chesapeake Shores en compagnie de leur père presque toujours absent et de leur grand-mère. Puis ils avaient fini par partir les uns et les autres, à l'exception de Jess, qui semblait nourrir à la fois de l'amour et de la haine à l'égard de la ville et de son père.

Depuis qu'elle-même avait emménagé à New York, Abby avait renoué avec sa mère, mais aucun des autres membres de la fratrie ne l'avait fait. Et pas seulement Jess mais tous les cinq ne se sentaient pas à l'aise avec leur père. C'était grand-mère — qui n'était qu'une enfant quand sa famille avait suivi leurs prédécesseurs dans le Maryland —, avec ses cheveux roux à l'éclat terni, ses yeux bleus pétillants, son sourire facile et la pointe d'accent irlandais dans sa voix, qui les tenait unis et faisait d'eux une famille.

— Tu appelles pour te plaindre de papa ou pour autre chose ?

— Oh ! je peux toujours trouver à me plaindre de papa, reconnut Jess, mais, en fait, je t'appelle parce que j'ai besoin de ton aide.

— Tu peux me demander ce que tu veux, dit aussitôt Abby. Dis-moi juste de quoi il s'agit.

Elle était proche de ses frères et de son autre sœur, mais Jess avait une place privilégiée dans son cœur, peut-être en raison de la grande différence d'âge entre elles, et parce qu'elle savait combien le départ de leur mère et les absences répétées de leur père l'avaient affectée. Depuis le jour où Megan était partie, Abby avait fait en sorte de combler ce vide laissé dans la vie de Jess.

— Tu pourrais venir à la maison ? demanda Jess. C'est un peu trop compliqué à expliquer au téléphone.

— Oh, trésor ! Je ne sais pas…, commença Abby d'un ton hésitant. J'ai un travail fou.

— Tu as toujours un travail fou, et c'est pour ça que tu dois venir à la maison. Cela fait une éternité que tu n'as pas mis les pieds ici. Avant que tu n'aies les filles, tu prenais comme excuse le travail. Puis ça a été les jumelles. Maintenant c'est le travail *et* les jumelles.

Abby cilla. C'était vrai. Cela faisait des années qu'elle trouvait des prétextes. Elle apaisait sa conscience en se disant que tous les membres de sa famille aimaient venir à New York et que leurs visites étaient fréquentes. Tant qu'elle les voyait souvent, il lui importait peu que ce soit toujours chez elle plutôt qu'à Chesapeake Shores. Elle n'avait jamais pris la peine de se demander pourquoi elle n'allait pas dans la maison de son enfance. Peut-être était-ce parce que cette maison avait cessé d'être son foyer après le départ de sa mère.

Avant qu'elle ne puisse répondre, Jess ajouta :

— Allons, Abby… A quand remontent tes dernières vraies vacances ? Ton voyage de noces, je parie. Tu sais que ça te ferait du bien de faire une pause, et les filles se plairaient ici. Elles devraient passer du temps dans la ville que leur grand-père a construite et où tu as grandi. Grand-mère pourrait les gâter à les pourrir pendant quelques semaines. S'il te plaît… Je ne te le demanderais pas si ce n'était pas important.

— C'est une question de vie ou de mort ? demanda Abby.

C'était une vieille expression convenue entre elles, qu'elles utilisaient pour déterminer le degré de gravité de la crise.

— Ça pourrait l'être, répondit Jess sérieusement. C'est peut-être mon avenir qui se joue. Je pense que tu es la seule à pouvoir régler le problème, ou du moins la seule personne à qui j'aie envie de demander de l'aide.

Frappée par le ton de sa voix, Abby répondit :

— Peut-être que tu ferais mieux de tout me dire maintenant…

— Tu comprendrais mieux en étant là. Si tu ne peux pas prendre quelques semaines, alors prends quelques jours. S'il te plaît…

Il y avait une note dans la voix de sa sœur qu'Abby n'avait jamais entendue auparavant. Son ton était si pressant qu'Abby songea qu'elle n'exagérait peut-être pas quand elle affirmait que son avenir était en jeu. Comme Jess était la seule de la fratrie à manquer d'un but dans la vie, Abby se dit qu'elle ne pouvait pas lui tourner le dos. Et il fallait le reconnaître, une coupure lui ferait énormément de bien. Ne s'était-elle pas plainte, ce soir même, d'être une intoxiquée du travail ?

Elle sourit en pensant combien ce serait formidable de respirer de nouveau l'air iodé de la baie de Chesapeake. Encore mieux, elle aurait du temps à consacrer à ses filles. Elle les emmènerait faire de la balançoire sur le terrain de jeux que leur grand-père avait dessiné pour le parc municipal. Elles feraient des châteaux de sable sur la plage et courraient pieds nus dans les eaux glaciales de la baie.

— Je vais essayer de m'arranger demain pour venir ce week-end, promit-elle. Mais seulement quelques jours, d'accord ? ajouta-t-elle après un coup d'œil à son agenda surchargé.

— Une semaine, plaida Jess. Je ne crois pas que cela puisse être réglé en un jour ou deux.

Abby soupira.

— Je vais voir ce que je peux faire.

— Oui, convint aussitôt Jess, prête à accepter le compromis. Dis-moi à quelle heure arrivera ton avion et je viendrai te chercher.

— Je louerai une voiture.

— Après toutes ces années à New York, tu te rappelles vraiment comment on conduit ? Ou même comment trouver le chemin de la maison ?

— Ma mémoire n'est pas si mauvaise que ça, répondit Abby. A bientôt, trésor.

— J'appellerai grand-mère pour la prévenir de ton arrivée.

— Dis-lui de ne pas trop en faire, répliqua Abby tout en sachant que cela serait inutile. Nous irons au restaurant. Cela fait un moment que je meurs d'envie de manger des crabes du Maryland.

— Laisse tomber ! Ce n'est pas encore la saison, mais si tu veux des crabes à la vapeur, je peux en trouver pour le dîner de vendredi soir. On pourra manger sous le porche, mais je ne vais pas empêcher grand-mère de faire la cuisine pour tout un régiment. Je dirais même qu'elle devrait se mettre à ses fourneaux tout de suite.

Abby rit devant l'enthousiasme de Jess. C'était quelque chose, quand leur grand-mère se mettait à la pâtisserie : tourtes, tartes, cookies, scones, cakes… Il y avait eu une époque où Abby avait voulu apprendre ces recettes familiales traditionnelles et ouvrir une boulangerie-pâtisserie, mais c'était avant qu'elle ne se découvre un intérêt et un don pour la finance. C'était ce qui lui avait permis de quitter Chesapeake Shores.

Aujourd'hui, après dix années trépidantes passées loin de sa maison d'enfance — décennie qui l'avait vue gravir les traîtres barreaux de l'échelle professionnelle, se marier, donner naissance à des jumelles et divorcer —, voilà qu'elle allait retourner chez elle pour une véritable visite, quelque chose de plus long qu'un week-end précipité où elle disposait à peine de temps pour se détendre avant de reprendre un vol pour New York. En entendant la voix sombre de sa sœur, elle ne put s'empêcher de se demander si c'était une bonne chose.

DANS LA MÊME COLLECTION

Par ordre alphabétique d'auteur

JINA BACARR	*Blonde Geisha*
JILL BARNETT	*Souvenirs d'enfance*******
MARY LYNN BAXTER	*La femme secrète*
MARY LYNN BAXTER	*Un été dans le Mississippi*
JENNIFER BLAKE	*Une liaison scandaleuse*
BARBARA BRETTON	*Le lien brisé*
BENITA BROWN	*Les filles du capitaine*
MEGAN BROWNLEY	*La maison des brumes*
CANDACE CAMP	*Le bal de l'orchidée*
CANDACE CAMP	*Le manoir des secrets*
CANDACE CAMP	*Le château des ombres*
CANDACE CAMP	*La maison des masques*
MARY CANON	*L'honneur des O'Donnell*
LINDA CARDILLO	*Le tourbillon d'une vie*
ELAINE COFFMAN	*Le seigneur des Highlands*
ELAINE COFFMAN	*La dame des Hautes-Terres*
ELAINE COFFMAN	*La comtesse des Highlands*
JACKIE COLLINS	*Le voile des illusions*
JACKIE COLLINS	*Reflets trompeurs*
JACKIE COLLINS	*Le destin des Castelli*
PATRICIA COUGHLIN	*Le secret d'une vie*
MARGOT DALTON	*Une femme sans passé*
EMMA DARCY	*Souviens-toi de cet été*
CHARLES DAVIS	*L'enfant sans mémoire*
SHERRY DEBORDE	*L'héritière de Magnolia*
BARBARA DELINSKY	*La saga de Crosslyn Rise*
BARBARA DELINSKY	*L'enfant du scandale*
WINSLOW ELIOT	*L'innocence du mal*
SALLY FAIRCHILD	*L'héritière sans passé*
MARIE FERRARELLA	*Une promesse sous la neige*****
MARIE FERRARELLA	*Maman par intérim********
ELIZABETH FLOCK	*Moi & Emma*
CATHY GILLEN THACKER	*L'héritière secrète*
LYNNE GRAHAM	*Une passion en Irlande*
GINNA GRAY	*Le voile du secret*
GINNA GRAY	*La Fortune des Stanton*
GINNA GRAY	*Amants de toujours*********

…/…

DANS LA MÊME COLLECTION

Par ordre alphabétique d'auteur

JENNIFER GREENE	*Le cadeau de l'hiver*
JILLIAN HART	*L'enfant des moissons*
METSY HINGLE	*Une vie volée*
KATE HOFFMANN	*Destins d'Irlande*
KATE HOFFMANN	*Fille d'Irlande*
FIONA HOOD-STEWART	*Les années volées*
FIONA HOOD-STEWART	*A l'ombre des magnolias*
FIONA HOOD-STEWART	*Le testament des Carstairs*
FIONA HOOD-STEWART	*L'héritière des Highlands*
LISA JACKSON	*Noël à deux***
RONA JAFFE	*Le destin de Rose Smith Carson*
PENNY JORDAN	*Silver*
PENNY JORDAN	*L'amour blessé*
PENNY JORDAN	*L'honneur des Crighton*
PENNY JORDAN	*L'héritage*
PENNY JORDAN	*Le choix d'une vie*
PENNY JORDAN	*Maintenant ou jamais*
PENNY JORDAN	*Les secrets de Brighton House*
PENNY JORDAN	*La femme bafouée*
PENNY JORDAN	*De mémoire de femme*
BRENDA JOYCE	*L'héritière de Rosewood*
BRENDA JOYCE	*La tentation de Lady Blanche*
MARGARET KAINE	*Des roses pour Rebecca*
HELEN KIRKMAN	*Esclave et prince*
ELAINE KNIGHTON	*La citadelle des brumes*
ELIZABETH LANE	*Une passion africaine*
ELIZABETH LANE	*La fiancée du Nouveau Monde*
CATHERINE LANIGAN	*Parfum de jasmin*
RACHEL LEE	*Neige de septembre*
RACHEL LEE	*La brûlure du passé*
LYNN LESLIE	*Le choix de vivre*
MERLINE LOVELACE	*La maîtresse du capitaine*
JULIANNE MACLEAN	*La passagère du destin*
DEBBIE MACOMBER	*Rencontre en Alaska*****
DEBBIE MACOMBER	*Un printemps à Blossom Street*
DEBBIE MACOMBER	*Au fil des jours à Blossom Street*
DEBBIE MACOMBER	*Retour à Blossom Street*

… / …

DANS LA MÊME COLLECTION

Par ordre alphabétique d'auteur

DEBBIE MACOMBER	*La saison des roses*
DEBBIE MACOMBER	*Un parfum de bonheur*
DEBBIE MACOMBER	*La baie des promesses*
DEBBIE MACOMBER	*Les secrets de Rosewood Lane*
DEBBIE MACOMBER	*Le printemps des rêves*
DEBBIE MACOMBER	*Un Noël sous le givre*******
DEBBIE MACOMBER	*L'île du paradis********
DEBBIE MACOMBER	*Le jardin de Susannah*
DEBBIE MACOMBER	*Un été à Cranberry Point*
DEBBIE MACOMBER	*Un Noël à Cedar Cove*
MARGO MAGUIRE	*Seigneur et maître*
ANN MAJOR	*La brûlure du mensonge*
ANN MAJOR	*Le prix du scandale**
SUSAN MALLERY	*Un parfum d'été*
SUSAN MALLERY	*Le rêve de Gracie*
KAT MARTIN	*Lady Mystère*
SANDRA MARTON	*Une passion impossible*********
ANNE MATHER	*L'île aux amants****
CURTISS ANN MATLOCK	*Sur la route de Houston*
CURTISS ANN MATLOCK	*Une nouvelle vie*
CURTISS ANN MATLOCK	*Une femme entre deux rives*
MARY ALICE MONROE	*Le masque des apparences*
MARY ALICE MONROE	*Le passé à fleur de peau*
MARY ALICE MONROE	*Dans l'ombre du secret*
CAROLE MORTIMER	*L'ange du réveillon******
BRENDA NOVAK	*L'écho du souvenir*
BRENDA NOVAK	*L'héritière du manoir*
BRENDA NOVAK	*Un réveillon sous la neige**********
DIANA PALMER	*D'amour et d'orgueil****
DIANA PALMER	*Les chemins du désir*
DIANA PALMER	*Les fiancés de l'hiver******
DIANA PALMER	*Le seigneur des sables*
DIANA PALMER	*Une liaison interdite*
DIANA PALMER	*Le voile du passé*
PATRICIA POTTER	*Noces pourpres*
MARCIA PRESTON	*Sur les rives du destin*
MARCIA PRESTON	*La maison aux papillons*
EMILIE RICHARDS	*Mémoires de Louisiane*
EMILIE RICHARDS	*Le testament des Gerritsen*
EMILIE RICHARDS	*La promesse de Noël***

... / ...

DANS LA MÊME COLLECTION

Par ordre alphabétique d'auteur

EMILIE RICHARDS	*L'écho du passé*
EMILIE RICHARDS	*L'écho de la rivière*
EMILIE RICHARDS	*Le refuge irlandais*
EMILIE RICHARDS	*Promesse d'Irlande*
EMILIE RICHARDS	*La vallée des secrets*
EMILIE RICHARDS	*Du côté de Georgetown*
EMILIE RICHARDS	*Un lien d'amour******
EMILIE RICHARDS	*L'héritage des Robeson*
EMILIE RICHARDS	*Le chemin de l'espoir*
EMILIE RICHARDS	*Le temps des promesses*
EMILIE RICHARDS	*Le rêve de Molly*********
NORA ROBERTS	*Retour au Maryland*
NORA ROBERTS	*La saga des Stanislaski*
NORA ROBERTS	*Le destin des Stanislaski*
NORA ROBERTS	*L'héritage des Cordina*
NORA ROBERTS	*Love*
NORA ROBERTS	*La saga des MacGregor*
NORA ROBERTS	*L'orgueil des MacGregor*
NORA ROBERTS	*L'héritage des MacGregor*
NORA ROBERTS	*La vallée des promesses*
NORA ROBERTS	*Le clan des MacGregor*
NORA ROBERTS	*Le secret des émeraudes*
NORA ROBERTS	*Un homme à aimer**
NORA ROBERTS	*Sur les rives de la passion*
NORA ROBERTS	*La saga des O'Hurley*
NORA ROBERTS	*Le destin des O'Hurley*
NORA ROBERTS	*Un cadeau très spécial***
NORA ROBERTS	*Le rivage des brumes*
NORA ROBERTS	*Les ombres du lac*
NORA ROBERTS	*Un château en Irlande*
NORA ROBERTS	*Filles d'Irlande*
NORA ROBERTS	*Pages d'amour*
NORA ROBERTS	*Rencontres*
NORA ROBERTS	*Une famille pour Noël*****
NORA ROBERTS	*Passions*
NORA ROBERTS	*La promesse de Noël*
NORA ROBERTS	*Contre vents et marées******
NORA ROBERTS	*Rêves d'amour*
NORA ROBERTS	*Liens d'amour*
NORA ROBERTS	*Séduit malgré lui********
NORA ROBERTS	*La promesse d'une nuit*********
ROSEMARY ROGERS	*Le sabre et la soie*
ROSEMARY ROGERS	*Le masque et l'éventail*
ROSEMARY ROGERS	*La maîtresse du rajah*
ROSEMARY ROGERS	*Lady Sapphire*

... / ...

DANS LA MÊME COLLECTION

Par ordre alphabétique d'auteur

ROSEMARY ROGERS	*Nuits de satin*
ROSEMARY ROGERS	*Un palais sous la neige*
JOANN ROSS	*Magnolia*
JOANN ROSS	*Cœur d'Irlande*
MALLORY RUSH	*Ce que durent les roses*
EVA RUTLAND	*Tourments d'ébène*
PATRICIA RYAN	*L'escort-girl****
DALLAS SCHULZE	*Un amour interdit*
DALLAS SCHULZE	*Les vendanges du cœur*
DALLAS SCHULZE	*La promesse d'un enfant*
DALLAS SCHULZE	*L'appel de l'aube*
KATHRYN SHAY	*L'enfant de l'hiver*
JUNE FLAUM SINGER	*Une mystérieuse passagère*
ERICA SPINDLER	*L'ombre pourpre*
ERICA SPINDLER	*Le fruit défendu*
ERICA SPINDLER	*Trahison*
ERICA SPINDLER	*Parfum de Louisiane*
ERICA SPINDLER	*Un parfum de magnolia*
ERICA SPINDLER	*Les couleurs de l'aube*
LYN STONE	*La dame de Fernstowe*
TARA TAYLOR QUINN	*Le cadeau d'une vie*
CHARLOTTE VALE ALLEN	*Le destin d'une autre*
CHARLOTTE VALE ALLEN	*L'enfance volée*
CHARLOTTE VALE ALLEN	*L'enfant de l'aube*
SOPHIE WESTON	*Romance à l'orientale****
SUSAN WIGGS	*Un printemps en Virginie*
SUSAN WIGGS	*Les amants de l'été*
SUSAN WIGGS	*L'inconnu du réveillon***
SUSAN WIGGS	*La promesse d'un été*
SUSAN WIGGS	*Un été à Willow Lake*
SUSAN WIGGS	*Le pavillon d'hiver*
SUSAN WIGGS	*Retour au lac des Saules*
SUSAN WIGGS	*La maison du Pacifique*
SUSAN WIGGS	*Neige sur le lac des Saules*
SUSAN WIGGS	*Rendez-vous sous le gui******
SUSAN WIGGS	*Les amants du Pacifique*
SUSAN WIGGS	*Un été de rêve*******
SUSAN WIGGS	*L'amoureuse rebelle********
SUSAN WIGGS	*Le rêve de Leah*
SUSAN WIGGS	*Le refuge du lac des Saules*

... / ...

DANS LA MÊME COLLECTION

Par ordre alphabétique d'auteur

LYNNE WILDING	*L'héritière australienne*
LYNNE WILDING	*Les secrets d'Amaroo*
BRONWYN WILLIAMS	*L'île aux tempêtes*
REBECCA WINTERS	*Magie d'hiver***
REBECCA WINTERS	*Un baiser sous le gui*****
JOAN WOLF	*Le blason et le lys*
SHERRYL WOODS	*Refuge à Trinity*
SHERRYL WOODS	*Le testament du cœur*
SHERRYL WOODS	*Le rêve de Noël******
SHERRYL WOODS	*La Maison Bleue*
SHERRYL WOODS	*Soleil d'avril*
SHERRYL WOODS	*Dans la chaleur de l'été********
SHERRYL WOODS	*Le temps de l'espoir*
SHERRYL WOODS	*La promesse d'une rose*
SHERRYL WOODS	*Une preuve d'amour*********
LAURA VAN WORMER	*Intimes révélations*
KAREN YOUNG	*Un vœu secret***
KAREN YOUNG	*L'innocence bafouée*
KAREN YOUNG	*La mémoire blessée*

* *titres réunis dans un volume double*

** *titres réunis dans le volume intitulé* : Magie d'hiver 2007

*** *titres réunis dans le volume intitulé* : Passions d'été

**** *titres réunis dans le volume intitulé* : Magie d'hiver 2008

***** *titres réunis dans le volume intitulé* : Magie d'hiver 2009

****** *titres réunis dans le volume intitulé* : La Maison sur l'île

******* *titres réunis dans le volume intitulé* : Promesses d'été

******** *titres réunis dans le volume intitulé* : Magie d'hiver 2010

6 TITRES À PARAÎTRE EN FÉVRIER 2011

Composé et édité par les
éditions Harlequin

Achevé d'imprimer en Allemagne
par GGP Media GmbH, Pößneck
en novembre 2010

Dépôt légal en décembre 2010
N° d'éditeur : 15400